红裙

彭海燕◎著

长篇社会小说

群言出版社
QUNYAN PRESS
·北京·

图书在版编目（CIP）数据

红裙 / 彭海燕著. -- 北京 : 群言出版社, 2015.7
（2019.11重印）
ISBN 978-7-80256-784-9

Ⅰ. ①红… Ⅱ. ①彭… Ⅲ. ①长篇小说－中国－当代
Ⅳ. ①I247.5

中国版本图书馆CIP数据核字(2015)第139684号

责任编辑：盛利君
装帧设计：先锋设计

出版发行：群言出版社
地　　址：北京市东城区东厂胡同北巷1号(100006)
网　　址：www.qypublish.com（官网书城）
电子信箱：qunyancbs@126.com
联系电话：010-65267783 65263836
经　　销：全国新华书店

印　　刷：涿州汇美亿浓印刷有限公司
版　　次：2015年8月第1版　2019年11月第2次印刷
开　　本：787mm×1092mm　1/16
印　　张：21
字　　数：261千字
书　　号：ISBN 978-7-80256-784-9
定　　价：59.00元

序一　深厚的生活背景，严肃的人生思考

王跃文

我向来不赞同以题材取小说之高下，凡世间事皆可入小说的。《红楼梦》第九十三回，写到贾府屯里管地租子的家人来报："十月里的租子奴才已经赶上来了，原是明儿可到。谁知京外拿车，把车上的东西不由分说都掀在地下。奴才告诉他说是府里收租子的车，不是买卖车。他更不管这些。奴才叫车夫只管拉着走，几个衙役就把车夫混打了一顿，硬扯了两辆车去了。奴才所以先来回报，求爷打发个人到衙门里去要了来才好。再者，也整治整治这些无法无天的差役才好。爷还不知道呢，更可怜的是那买卖车，客商的东西全不顾，掀下来赶着就走。那些赶车的但说句话，打得头破血出的。"——这难道不是写中国古代的城管吗？

这些年，拆迁同城管，皆是社会关注的话题。四年前，作者创作了一部有关拆迁的长篇小说，题目是《凤码头的钉子户》。小说写得很棒，激烈的拆迁矛盾中，拆迁者与被拆迁者，各有各的人生面貌。不过，这样的好小说，却因为种种原因未能出版，可惜可叹。

在作者新作的这部《红裙》中，凤码头棚户区的拆迁已经不是她想要重点讲述的对象。小说以凤码头棚户区走出来的梅一朵在省电视台编导、南山新贵小学班主任、京城退休老部长孙子的家庭教师、影视公司编剧等几个身份之间的转换，以及她与两个所谓社会精英男人之间的爱恨纠葛，见证了一个"心比天高，命比纸薄"的女人在滚滚红尘中，在一个男性掌握主导权的社会中挣扎、奋斗的不易，也映照了21世纪这头十来年中国的城市变迁、思潮转变、阶层冲突、社会现实。

这部与《凤码头的钉子户》一脉相承的小说仍是很不错的。女主人公梅一朵

清纯美丽，但她从十几岁初恋失败时起，就发誓要凭借自己的才华，而不是美色，找到一份有尊严的事业，和一个般配的爱人。背后的原因来自于她刻意隐藏的出身——凤码头风流寡妇的女儿，她就是因为这个丢失了单纯的初恋。这个偏执的理念让她在情场与职场走来同样的跌跌撞撞、痛苦丛生，直到她经历了不同的男人与不同的职场之后，她才在伤口的血腥味里明白过来。红裙之下，多有丑类；云天之外，造化弄人。

作者虽落笔于情爱和寻常红尘，《红裙》却依然是一部有着深厚生活背景的小说，更是一部有着严肃人生思考的小说。现实生活中矛盾丛生，恩怨相伴。譬如书中的男主人公刘冬明直至被双规，才知晓了却一桩恩怨并不能让自己就此安心，因为整个人生就在不断的冲突与和解中进行。

都市情感小说最易被人贬以通俗之名。于是，某些不自信的作家，总好拿艰涩和高深去故弄玄虚，并以自己作品少有人读而假装欢喜。我不喜欢自欺欺人，小说不必羞于其通俗。文学本应该是通俗的，而其中的小说更应通俗。那些高深莫测的不通俗的文学，留给于时世不通的人看吧。

是为序。

序二　和解：成长之痛后的醒悟

阎真

认识彭海燕是十三年前。说是以文会友，她跟我的写作领域却不一样，是个有才气的诗人，又是电视台忙碌的编剧。从来没听说她转移了写作领域，突然就捧出了这一部长篇，又写得这么好，让我吃了一惊。彭海燕的文字幽默而富于想象力，即使是在讲述一个悲剧，她也能用幽默的语言和丰富的想象力轻松地化解。

如火如荼的拆迁现场，深藏爱恨的男女主人公狭路相逢，一个是前来督阵拆迁的官员，一个是被拆迁户的独生女儿。

编剧出身的作者开篇就将人物推向了绝境，然后笔锋一转，故事回到充满了跨世纪情结的2000年，那时候，主人公梅一朵刚刚穿上婚嫁的红裙，为了进电视台，她这个师范大学的校花亲点又错点了自己的鸳鸯谱。

由此，主人公的情感之路与职业生涯的多米诺骨牌开始倾倒，一错再错，许多的人生与情感的岔路口，她做出了种种不同常人的“拧巴”的选择——明明颜值高，却要拼才华；师范毕业，偏不去教书；实在是不爱，又托付终身；邂逅真爱，却只肯清谈感情……

随着故事的深入，我们看到了根上的原因——她不认同自己“凤码头风流寡妇”女儿的出身，她想在男权社会里，像个男人一样有面子地去爱，去成功。

螳臂挡车般的较量，结局似乎不妙，然而看到最后，也没那么不妙，当她经历了几个能左右她职场命运的关键男人之后，终于捂着血流汩汩的伤口明白过来，男人看重的，永远不是她自鸣得意的才华，而只是她红裙之下的诱惑；活得是否有尊严，不是别人的看法与说法，而是生命本体的思维角度，这些年的痛，都来自于她自己跟自己较量。

梦醒时分，她终于在心里，与母亲，与自己的出身和解。

这本书所呈现的饱满的信息量与深厚的刻画功力，也让人浮想联翩：关于人物，我想到了《红与黑》里的于连、《项链》里的马蒂尔德、《长恨歌》里的王琦瑶，他们的命运有些相似，却又因时代与地域的不同而各具特色；关于爱情故事，我想到的是《霍乱时期的爱情》，都是变化无常却贯穿生命的爱情命数，都因一场与爱情的症候类似的流行疾病而有所感悟，不同的是，迥异的人物性格，导致了迥异的结局；而关于知识分子的坚守与放弃，以及小学教育现状的描述，又让我不由自主地想到我自己新近的长篇《活着之上》，彭海燕因为浸淫小学教育十几年，对这一特定环境的揭示，更是入木三分。

总之，读这部小说，你会不自觉地融入到主人公的世界里，体会他们错综复杂的爱恨情仇。生活是美好的，但又是残酷的，你永远不会知道在什么时候什么地方，它会在你面前开出绚烂的花朵，也许就在暴风雨之后。你可以不认同生活中的点点滴滴，但是你必须学会接受它，因为你我都生活在这残酷的现实之中，说不定当你经历过一切再回首时，每个人都会发现，小说中隐约闪动着自己的身影。

1

像煎荷包蛋，某日一个政策“嚓”地叩开蛋壳，城市就在热气腾腾的油锅里越摊越大。当然，中心部位总是最高的，那里是蛋黄，包藏着传宗接代的遗传密码。

凤码头就在这个城市的蛋黄位置上，也正是这个原因，这几年它被一哄而起的高楼包围成了城市峡谷。城市峡谷里的老居民坐在狭窄的巷子里聊天，用本地话仰头轻视高楼里的外来新贵，外来新贵则趴在悬于半空的阳台上，对这些老房子老居民投来怜悯或是嫌弃的一瞥。

怜悯或是嫌弃凤码头的，不只是高楼里的新型城市居民，梅一朵也持有此种心情。她是凤码头的第二代居民，还不到四十岁，却经历了凤码头的三个时代——生于粪码头时代，长于凤码头小吃一条街时代，以及现在被唤作棚户区的时代。梅一朵知道，棚户区的称号，对于老城街道来说，就像后人给老者准备的寿衣，一旦制成，就意味着去日不多。

也因为去日不多，梅一朵心里积压多年的怜悯和嫌弃，现在却都变成了留恋。她借来地方志阅读，忽然发现历史上的好多名人名事都与此地有关联。别的不说，单是晚唐时候，这个码头就向海外转运了许多瓷器，成为海上丝绸之路一个重要的起点，中国被世界人民称为“China”，这个英文单词也是瓷器的意思呀，就凭这一点，凤码头就不能这样随随便便拆了。

梅一朵有些兴奋，她跑到巷子对面告诉她一直信赖的三爹，三爹那瞎眼珠子在厚窗帘一样的眼皮下骨碌碌转了一圈，说：读书人，读书人，只信书呀！我弹词里唱了那么多的掌故，你何不拿来用呢？

梅一朵却说，空口无凭，这是跟拆迁指挥部的人理论，黑纸白字不好些？

在凤码头棚户区漫天的拆迁灰尘里，梅一朵捧着揭示她出生地遗传密码的地方志，坐在她出生的那张老床上，边读边等拆迁工作人员上门来，这之前，她的妈妈是看到这些人一来便要关门的。梅一朵还在北京的影视公司里埋头写剧本的时候，她妈妈一时冲动在拆迁协议上签了字，还拿了三分之一的安置款，但后来听说别人签了更高的价，又要反悔，怕自己势单力薄，还把她叫了回来。

梅一朵回来后得知详情，拖着行李箱又喊走，她对妈妈说，拆迁是国计民生的大事呢，你怎么当个儿戏？再说了，你不是一直想住到有小区的高楼上去么？早拆早住啊！

她母亲可没有梅一朵那样的国计民生的情怀，很不理解的样子质问梅一朵，你到底是哪一边的？多拆些钱不好吗？我老了我用得了几个钱？还不是为你争的！这房子你从没出过力，现在它就要拆了，你还不出力你都没有出力的机会了！

梅一朵了解母亲，知道再说也说不通，就将就着住下来，想着见机行事，但觉得自己终归是理亏的一方。

第二天傍晚，夕阳的余晖照例被江滨的高楼幕墙反射，被老房子青灰的瓦屋顶吸纳，三个拆迁人员红彤彤汗油油地上门来了，但他们听着老灰尘弥漫的老房子里穿得一尘不染的梅一朵说出这个理由，却是齐刷刷都笑了，为首的一个说，我们的大老板和管拆迁的秘书长正好在外面的车里，要不你出去和他们说？

梅一朵那时穿着吊带绛红色棉布睡裙，也顾不得换下，就随工作人员来到他们老板的越野车边。

越野车贴着高档膜，梅一朵看不到里面，她在车窗外说：我是凤码头一号的拆迁户梅一朵，想给领导看看地方志，我们这里不但不应该拆除，简直要当成文物单位保护起来……

她把地方志翻到折好的那一页，敲了敲车窗，想要递进去的时候，越野车却“轰”的一声，喷出一股尾气飚出好远。

梅一朵晾在灼热的夕阳里，半天没回过神来。

阳台外面的那方天幕上，红墨水变成了蓝墨水，刘冬明副秘书长却浑然不觉，他捏着手里红枣味道的酸奶塑料杯子，一直想着刚才夕阳中向他跑来的梅一朵。十年来，他任由她音讯全无，却是时刻惦念，他设想过许多巧遇的场合，却没想到会以这样的方式重见。

路灯亮起，广场舞大妈们放的音乐声终于将他唤醒，他记起了手中的酸奶，吸一口，进来的都是空气，他将塑料小杯子捏得嘎嘎响，再吸，酸奶还是没有吸上来，他只得去了灰尘沉积的厨房，拉开散发出霉味的橱柜，翻出一把小勺子，在水龙头下冲冲，再撕开小杯子的封皮，将封皮底下，杯子四壁黏着的酸奶一点点地舀出来吃掉，才做出一个他认为最重要的决定——给拆迁指挥部易藻远指挥长发短信：

凤码头一号梅家的拆除暂缓，有关背景资料，再查查，送一份详细的给我。

他嗅到了机会的气味，上帝终于给了他一个偿还灵魂债的机会，他一定得抓住。

正在与新一届弯江小姐总冠军对饮的伍海洋也嗅到了机会的气味。

圈子里的人都知道，好色的伍总泡妞有两板斧：一是带到自家的别墅，让那些他认为每个毛孔都闪烁着拜金光芒的妞儿，欣赏自己的地下酒庄和品酒的雅致；二是带到高尔夫球场，欣赏他挥杆时的那份潇洒——他对妞儿的付出仅止于炫耀自己的品味与身家，从不主动示爱，更不赠礼讨好，暧昧是他行走江湖最佳的保护色。

当又一个弯江小姐总冠军来到他低调奢华的别墅，自然，他照旧驾轻就熟地表演，他在枝形水晶吊灯下摇晃着高脚酒杯，说：快看看它的挂杯，82年拉菲！

伍海洋是蔚蓝海洋地产公司的老总，他旗下的拆除公司，前年得到上一任主管城建的副市长与副秘书长的支持，最后中了凤码头棚户区拆除工程的标。去年反腐力度加大，这二位同时被查去职，城建拆迁这一条线的职位，就贴上了高危的标签，人人躲避。而前市教育局长刘冬明，在历经情感家庭巨变之后，落魄潦倒，清心寡欲，随运漂泊，转调到了市政府副秘书长这个岗位，城建拆迁这个烫手山芋，自然也就落在了他的手里。这对伍海洋来说，不算是好消息，也不算是坏消息。尽管刘冬明号称是油盐不进，可毕竟是熟人，话还是好说的，事能不能办，那要看自己怎么办了。比较麻烦的是，新任主管这块工作的副市长，却是从另一个城市空降而来的，他的性格嗜好，他是谁队伍里的人，伍海洋都摸不到风。而且，虽然没有证据显示他被牵涉到上一任被查的那两位腐官的案子里，但瓜田李下的，总不免惹人侧目。因此他想最终拿下凤码头这块地的开发建设权，恐怕不那么容易。

红色琼浆在透明的高脚酒杯里旋转，又薄薄地挂在杯壁徐徐淌下，妙曼的身段，跳跃的红色，又让他想起了她。十年前，那个叫梅一朵的女人总是一袭红裙出现在人前，十年后，也就是刚才傍晚时分，在凤码头拆除现场，他和已经成为市政府副秘书长的刘冬明隔着越野车的玻璃窗，又看到了她。她提着红色长裙的裙裾从暗处跑出来，跑到夕阳里，红，那种光和裙色交织变幻出来一种暧昧的红，极像82年拉菲的挂杯。

坐在越野车里的伍海洋看见旁边的刘冬明副秘书长脸色起了变化，来检查拆除工作进展的他，呆呆地望着拿着一本地方志隔着车窗膜喋喋不休的梅一朵好一会儿，忽然对司机说：开车，快走！

伍海洋叹了口气，微卷着舌头抿了一口杯里的酒。

十年前京城的会所里，梅一朵浑然天成的娇躯与毫无违和感的五官，甚至是脱下衣服时的娇羞、无奈与委屈等种种情绪混在一起酿造出的神情状态，都是那么动人，他奇怪自己十年来怎么一度将其忘却，现在这些却在心里风起云涌。

当他的味蕾被葡萄酒的酸甜包裹的时候，他想，梅一朵一定能帮他打动刘冬明副秘书长现在这颗颓丧与决绝的心，这是老天在对他暗示命运的转机，不是吗？刘冬明副秘书长从不过问具体的拆迁地块，拆迁住户，他约他吃饭喝酒他也从不答应，这次随他在凤码头拆除地块逗留了不到一刻钟，就上演了这样的一出戏，这不是天赐的转机又是什么？

他觉出了拉菲的味道有点儿不对劲，肯定是假酒！不过是假得比较高端一点罢了，真拉菲的那种醇厚回甘的余味，假的永远学不来，那是大自然的恩赐以及岁月的累积才能形成的东西。他妈的，这世道什么都是假的！伍海洋看了看眼前这个五官如3D打印出来般精致，形态故作骄矜优雅的冠军小姐，忽然心生厌烦。她和自己这十年来眼睛和身体接触过的女人们没什么差别，那胸，屁股，那鼻子，眼睛，还有那表情，感觉都如他刚刚下咽的拉菲一样。

十年的自欺欺人。

他放下酒杯，皱着眉头对冠军小姐说：你走吧，我还有别的事情要忙。

冠军小姐愣了愣，问：你是说现在？要我自己回去吗？这么远的郊外！

伍海洋说：对不起了，我忽然记起有个重要的客户半小时之内要到，你见了不合适，你走吧。

冠军小姐气得花容失色，抬手指着伍海洋半天没说出一个字，然后抓起包冲出门外。

伍海洋看到愤怒这种原本最明显的面部情绪变化也没有在她的脸上扯出天然的表情纹，心里冷哼一声，果然是假的。

冠军小姐走后，伍海洋拨通了拆除分公司龙经理的电话，要他马上喊凤码头指挥部的易藻远指挥长到他的地下酒庄来品酒，临挂电话的时候，又装作随意提及：凤码头一号，姓梅的那户，她家的档案资料，你复印一份过来，就找主谈梅家的一线工作人员复印就是，不要麻烦老易了。

2

凤码头拆迁指挥部办公楼，是由已经征收搬离完毕的少年宫改成的，它夜夜灯火通明。机关上班是朝九晚五，但指挥部特殊，白天被拆迁户的户主大部分都要上班，找不到人，得等晚上，指挥部的一线主谈人员才能进门做工作，因此指挥部的下班时间便拖到了晚上十一点，要开完当天的情况汇报总结会，才能各自回家。

为了打发晚间会议之前的这段无聊时光，指挥长易藻远和房源组组长、办公室主任，仨人在灰尘厚积的办公室打牌，这种打法当地人叫“跑得快”，谁手上的牌最先出完即是赢家。这晚易指挥长的手气很臭，他便连连摇头，摇得满头白发银光闪闪。对面的房源组组长取笑他最近肯定是被梅家的寡妇母女迷了心窍。坐在下首的办公室主任也附和，这娘俩虽然性格不同，却都有韵味，真不像凤码头的风水养出的人。

梅一朵家的主谈工作人员“光脑壳”，这时走了进来，他凑在易指挥长的耳边说的话也关乎梅家。“光脑壳”是易指挥长的亲侄儿，平时没事都要往伯父办公室跑，何况现在有了值得请示的事情，又何况拆除公司的龙经理还要他保密，因此他像汇报军事情报一样，故作神秘地耳语：拆迁公司的龙经理讨要梅家的背景资料，我敷衍了几句，借口上厕所，要伯伯你先指示我才能办嘛。

龙经理的微信也同时进来，易藻远指挥长看了看，顿时心生疑惑，与自己交道并不多的蔚蓝海洋房地产公司的老总伍海洋居然要请自己品酒！

这无聊的“跑得快”他显然打不下去了，他让房源组组长与办公室主任离开后，交代侄儿“光脑壳”：复印就复印吧，又不是什么国家机密，哦，你复印之后，将原件送到我这里看看。

面对拆迁户梅超英，也就是梅一朵家的资料，易藻远指挥长纳闷了，梅家并无特殊背景，为什么那日刘冬明副秘书长仓皇喊走，之后又索要梅家资料，现在，房地产老板又同时盯上了这一家呢？

他百思不得其解，决定先去会会伍海洋再说。

被拆迁户梅一朵家的相关资料，让本已心如死灰的刘冬明看得心如刀割。十四年前，他们的恋情刚刚开始的时候，梅一朵曾告诉他，她家住在省军区，父亲是高级军官，那时他深信不疑，现在，梅一朵的谎言在她毫不知情的情况下被拆穿，刘冬明心里没有气愤，只有心酸，他愈发感受到了梅一朵当年的用心良苦，和对自己山重海深般的爱慕，那些年她为他受了多少苦。

他是决定要帮到她家的，可她会不会领情呢？还有那日的仓皇逃离，都落在了同在车中的易藻远和伍海洋的眼里，虽然事后他俩都未曾提及，但内心起疑是肯定的了。

思来想去，刘冬明决定还是按照法律程序再组织一次拆除行动，然后自己在最危急的时刻，亮明现在的新身份，与梅一朵相认，让她再主动来找自己。

3

梅一朵坐在自家屋檐的阴影里，隔着巷子朝陶三河家的门窗喊：三爹，您老可听到了？

陶三河一边下楼一边说：听到了听到了，滨江大道的洒水车还没开始唱生日快乐歌，拆除指挥部食堂蒸汽就旺旺地响，这种力度是蒸百把人的馒头包子才有的，不是给他们的队伍吃，未必丢到弯江里去喂鱼？

凤码头的人都晓得陶三河的好听力。陶三河的好听力是在他三十来岁瞎眼了以后才练成的。他所在的凤码头靠江，靠滨江大道，拥着挤挤挨挨的老房子。

河风吹柳的声音，江鸥戏浪的声音，轮船汽笛划破晨曦的声音，车流与水流此起彼伏的声音，老房东以及租赁户本地口音外地口音吵架的声音，床铺上吱吱嘎嘎哼哼唧唧亲热的声音，厨房里锅碗瓢盆吱吱嗤嗤乒乒乓乓的声音，从早到晚，总是不绝于耳。那年他意外眼瞎，熬过了最痛苦的前四个月，脑袋里忽然多了套“打铁”的行头，每天都会把原先钝铁一般的声音锤炼成精细的形状，就连远近，粗细，由哪里，什么人发出的，都锤炼得清清楚楚。不光是声音，旋进鼻子里的各种味道他每天也要做几番锤炼。

师娘的女儿梅一朵，就是这套“打铁行头”导致的产物。当然，这是个绝密，是陶三河特别想让梅一朵知道，又绝不能让她知道的绝密。

越升越高的日头，将凤码头的陈年气息一层层挖了出来。好看又好闻的梅一朵，在酱豆腐干一样的老气味里穿过，清芬如针尖一样锐利，她仰着依然毫不知情的脸问她的瞎眼三爹：他们呢？

“他们”，指的是陶三河的徒子徒孙。

像一群游鱼忽然拐进了鱼篓，拆除队伍从宽阔的江滨大道，涌进凤码头窄窄的巷子，巷子一下子就满了。

扩音器里失真的声音钻到陶三河的耳朵里：梅超英，梅超英，你家的司法程序——

话还没说完，礼花弹的啸叫和爆炸声突然响起，声音巨大而刺耳。不用脑袋里的“打铁工具”锤炼，陶三河也知道，自己马上要应对的，是多么棘手的场面，恐怕今天当事双方都难以善了。他摩挲着月琴，长吐了一口气。

挖掘机以及拆除队伍马上退到了江滨马路边的工地围挡之外。

城管公安再次举起扩音器朝梅一朵家的楼上喊：梅超英，梅超英，因你们用自制武器袭警，限你们二十四小时之内，到派出所凤码头办公室投案自首，逾期严惩！

扩音器扩得断断续续，嗞嗞啦啦，梅超英没听清楚，又怕错过重要信息，只好硬着头皮对楼下喊：讲清楚点！

喊话的人只好又喊了一遍。

一队盲人，就在这仍然时断时续的喊话声里，眼戴墨镜，肩背月琴，左手搭肩，右手执杖，整整齐齐，敲敲打打地进到了巷子里，在梅一朵家的房檐下停住，分五排站好。

陶三河人未出门声先到，他大喊了一嗓子：兄弟们，梅嫂用二十四响礼花欢迎我们，你们唱起来啊！

这明显是为梅嫂家的“袭警”开脱。

陶三河唯一的睁眼徒弟大总，搬着一叠红色塑料小凳子过来，大脑壳一晃一晃地，给弹词艺人每人发一张。

撩拨月琴，他们愉快地唱起了弹词，唱的是九板八腔里的怒腔，内容是《武松怒打观音堂》唱段：

武松怒发三千丈，太阳头上冒火光。
（白）骂道一声群贼党，你们竟敢在观音堂，
胡作非为来乱干，当场作祟赛虎狼。
今天遇了俺武老二，管教你们一命亡！

围观的群众叫起好来！

凤码头拆迁指挥部易藻远指挥长脸上挂不住了，他走近吼道：拆除现场，闲人免进，这是妨碍公务晓得不？！

陶三河一拨月琴又唱了起来：

这里我一唱几十年，只要人心不要钱。
弹词是唱给闲人听，不闲进来就讨嫌。
断黑月亮它要照夜，再忙它也听我喧。
天明太阳它撒四方，也要听我吐圣贤。
任声大胆大口气大，大不过日月与长天，
东西南北风随便进，只要他不是彭霸天！

彭霸天是歌剧《洪湖赤卫队》里强抢渔民茅房与渔船的角色，指挥长知道这老瞎子是将自己比作彭霸天。他在心里哼了一声，挥手喝令：各就各位，挖掘机抄后路！老子就不信，你一个唱死人夜歌子的能翻天！

这没经扩音器的话，倒是被二楼平台上，为躲开众人视线席地而坐的梅一

朵和站着的梅超英听得清清楚楚。梅超英拉了把梅一朵，梅一朵全身软了下来，不肯起身。

她母亲恨恨地一甩手，瞪了女儿一眼，边往屋檐边走，边骂：我自己血湖血海生的女都不疼我，我还活什么活！

梅一朵闻言霍地起身，她推开母亲，一手压帽，一手拢裙，长腿轻点檐下石凳。嫩白的脚丫子一挨上青灰色的老瓦片，两者都受到了伤害，梅一朵嘴里发出咝咝的忍痛声，瓦片则咔嚓碎响。

江风携带着水腥味儿吹来，吹得梅一朵帽子下的黑色长发、身上的玫瑰红长裙纠缠飞扬，像插在屋顶的一面旗。

她又举手护帽，抬眼望前，看到洒在她身上的初夏的阳光，也铺满了宽阔的河流。

波光跃动，如泪光闪闪。

自己一个读书人，还是个年轻女子，众目睽睽之下爬屋顶要跳楼，真是丢人丢到家了，但她深知不孝的罪名更大，虽然不见得母亲上房顶了就会跳下去，但万一呢？三十好几的她，已经经历了太多血淋淋的万一，她不敢再跟命运开赌。

炮楼顶的燕子瓦和屋椽很多年了，梅一朵稍不留神，就踩踏一片，失重的身子仰面摔在了屋顶上，瓦片发出一阵脆响。

炮楼檐边，梅一朵的妈妈配合尖叫：救命啊！

人群也跟着喊起来：要跳楼了！要跳了！

梅一朵心中苦笑，这是拍戏么？做得这么真，一条肯定能过，又想，要真是拍戏就好了，收工的时候，戏装一脱，道具一扔，她又能做回有面子的自己。

她伸长胳膊去捡摔落屋顶的长舌遮阳帽，背脊与胳膊被瓦片擦得生疼，是可忍，孰不可忍的是，风乍起，遮阳帽呼啦就被吹走了，她心里懊恼倍增，这不是演戏，青天白日，围观者众，她维护面子的唯一道具也没了。

她打定主意就这么躺在屋顶上，躺到拆迁队伍离开，或是，挖掘机的长臂扬起落下，将她与老屋一同埋葬。

楼下的陶三河琴弦一拨：兄弟们，走起来呀——

整整齐齐的盲艺人们，整整齐齐地从红塑料凳子上站起来，后面的人，将手搭在前面人的肩膀上，在陶三河的带领下，绕行梅嫂的家，筑起了一道挖掘机不敢近前的血肉长城。

有一人不声不响不紧不慢地从人群后面走上前来。

敏感的陶三河捕捉到了一些信息，他说：哦？来的是黑包公还是白包公？

旁边的人说：是市政府——

这人就把手一摆。手一摆，旁边的人就把话尾子和着口水咽入腹中。

其实这人还在人群之外的时候，陶三河脑袋里的那套打铁行头就于混沌声中锤炼出了谁在恭敬地叫“秘书长”。现在，陶三河知道这个“秘书长”在冷眼旁观，或许要抓他们的什么破绽，他一声道白：大总，给师兄弟们看座啊——

大总并不姓大。因为自幼脑壳极大，大到婴儿的时候抱到儿童医院去看拉肚子，被对面闲着的庸医摸着他的脑袋说：脑壳这么大，还有些方形，十有八九脑积水呢。

一家伙把大总的父母吓得不轻，花了不少钱到处检查，也没查出个结果。

倒是大总的嫔驰，很喜欢孙子的大脑壳，用了当地的俗话来赞扬，说：我孙子帽子底下有人，大脑壳当官。

就将大脑壳的绰号叫开了。不过目前为止，大脑壳最大的政府给的官衔是市曲艺协会理事，最大的社会官衔是总经理——喜乐年华文化传播公司的总经理。公司就他一个人提着皮包走天下，专门给弹词艺人接那些喜宴丧事上的业务。

人称大总。

大总就和凤码头的其他街坊一起，把原先摆成五排的红色塑料小凳，分放到了房子的四面，每个弹词艺人的屁股底下都塞了一张。

陶三河拨了个音起头，百把人的弹词队伍，近千个指头，就在各自的月琴上滚、轮、弹、拨、搓、按、扳、揉、打、滑，时而内扣外旋，时而左滑右打，时而连弹滚拨，时而轻揉重搓。

凤码头也就时而群蝉鸣柳，时而流水淙淙，时而雷声轰响，时而铁马金戈，引得滨江大道上的行人车辆都停下倾听，里三层外三层，人三层车三层，滨江大道便拥堵成了停车场。车辆走不动，车里人索性开窗，伸长了脖颈往人群里张望，他们看见一栋两层翘角飞檐的青砖老房子的墙根，镶了一道三色花边——统一的绛红色裤褂，统一的月白色月琴与手脸，统一的黑色墨镜与头发。

围观的人都猜不透，明明是拆除现场，怎么搞得像灵堂一样？

一番指间弹拨，陶三河想好了弹词内容，他朗声唱了起来，危急的环境里，他唱的居然是九板八腔里的欢腔：

呵呵笑咧我笑呵呵，听我来唱首整容歌。
岁月滚滚它跑向前，世风硬将它往倒拖。
皮打褶又切又拉紧，谢了顶黑发栽几坨。
塌鼻梁垫成高鼻梁，裂嘴巴挖出小酒窝。
婆婆子进了整容院，孙崽不认得亲外婆，
老倌子进了整容院，变成了一个大帅哥，
凤码头进了整容院，打断脚手又砍脑壳，
高楼大厦它盖起来，老麻雀找不到，自己的窝——

陶三河的欢腔唱哭了老街坊，有嘶哑苍老得不辨男女的哭嚎声从人群里传出。锈铁一样的哭嚎声，将夏至日正午的阳光碰出了火星。陶三河听出了是铁砣娘的声音，这个一直在他心上走过的，干红枣一样又皱又甜的妇人。

哭嚎声瞬间又被众人弄出的喧嚣淹没，更多不明就里的人们，后浪推前浪地往前涌，包围圈越来越小，梅一朵家的“血肉”城墙像滚雪球一样越滚越厚实。

走上前来的那个人拿了瓶矿泉水，挤到陶三河的面前，伸手与陶三河握了一下，又把水递过去，用充满关怀的声音轻声道：早就听说您老了，著名的弹词艺人啊，只是天气这么热，他们真不懂事，应该找个凉快的地方请各位去的。

不等陶三河回答，他又后退几步，仰头朝屋顶上喊：姑娘，快下来！

不知谁变了老鸨的腔调搭话：下来接客——

人群哄地笑了起来，气氛轻松了不少。

梅一朵还躺着，手脚像鸟爪一样钩住露出的房椽，双眼紧闭，长睫毛上，细密的泪珠钻石一般折射阳光。青灰旧屋顶上，她像是昨夜被遗弃在路边的一枝玫瑰，清晨的露水也滋润不了她瓦灰的心情。

那个人又喊：姑娘，你芳华正茂，这样激烈，看着我心痛啊！下来吧，啊？下来好好谈。

真的是他的声音！泪水一个急刹车，停住了，睁开双眼，梅一朵望见灰蓝的天幕变得血红。

这个声音，十年来她没少在记忆里找寻。走在人群中，听到疑似的声音她总会放慢脚步，或快走两步偷偷细听。她也预想过他们再见面的各种场合、方式。

一年又一年，居然一次都没遇见过。

无地自容。

梅一朵的口里升起血腥味儿，双眼一黑，人就从斜斜的炮楼顶上往下滑溜。

平顶上的梅超英大叫着抱住了女儿：朵朵——又对楼下喊：救我女儿！

梅一朵软软的身子被她母亲扶着，煞白的脸正对着楼下，天旋地转，世界嘤嘤嗡嗡，她以为自己会死，她还真心想死，只是死也不能被楼下这个人认出，她挣扎着说了一个字：不！

市政府分管城建拆迁的副秘书长刘冬明，心疼地盯着楼上的梅一朵，加大音量也说了一个字：撤！

一干人马就如来时那样，说说笑笑地撤走了。挖掘机调转方向，离开梅家，突突突突地开到那些已经搬空、卸了门窗的房子边，长长的挖臂一咬一推，轰隆一声，断墙缝里老灰尘四起，又随风吹散，像刚刚散去的热闹，以及看热闹的人们。

4

梅一朵第一天当小学班主任，寝室楼闹哄哄的，她一间间对口令：谁是我的乖乖崽？

孩子们齐答：我是你的乖乖崽！

寝室马上界线分明地安静下来，就像猛然关掉哗哗哗哗的水龙头，然而这间寝室有个孩子哭得太久、惯性太大，还在强抑着抽泣，不过那也只是龙头口残留的几滴水珠，不会再连成线。

熄灯了，小床上的弯弯睡姿和小小面容都已模糊，梅一朵想抹掉“残留的水珠”，哄道：谁最先睡着，不讲话也不乱动，就奖励他五分，记住，够十分就能奖一个宠物小精灵的不干贴哦！

一个孩子马上坐起来：梅子妈妈，我家里有好多，都送给你吧。

另一个也坐了起来：我家里也有，我也送给你。

最后寝室十二个孩子都坐了起来，这个说家里有自己能走的圣斗士，那个说家里还有碰到东西就能自动转弯的小飞机，都叫嚷着说送给梅一朵做奖品。

梅一朵哭笑不得，又大喊一声：谁是我的乖乖崽？

孩子们齐答：我是你的乖乖崽。

这些富家子弟“视金钱如粪土”，梅一朵试着用权力的诱惑来封口：从现在开始，宋云老师，你帮我记名字，看谁安静得快，谁还插嘴吵闹，明天我会算分数哦，分数最高的，就让他当班长。

生活老师宋云老练地接话：好，七号床，你一直都没插嘴，加100分，再加一次，你就可以当寝室长了，五号床，你现在不哭了，很好，加50分，多加几次，你就可以超过他当寝室长。

梅一朵听她张口就送100分，觉得惊奇又有趣，心想只怕通货膨胀就是这样引起的，自己初来乍到，第一回合就输给了这只做些粗事的生活老师，真是羞愧啊！

一个孩子突然又坐了起来，说：等下我就会表现好的，我现在想到校门那里去看一下再睡好吗？就一下。

宋云严厉道：睡好，这时候看什么看！？再不睡下去扣50分。

那孩子又央求梅一朵：梅子妈妈，我就是想家了，我只看一下我家那个方向，保证回来睡好。

梅一朵牵着孩子就往外走。

生活老师宋云怕引起连锁反应，顾不得指正梅老师这无异于滚油锅里滴水的举动，赶紧拿许诺当锅盖来压住其他跃跃欲“炸”的孩子：你们都比他听话，每人加100分。

舒伯特的小夜曲骤起，值日老师脖子上挂着红底金字的胸牌，三三两两向寝室楼自己的管辖范围走去，一曲完毕，校园里像下过一场雨，尘土一样飘来荡去的浑浊喧闹不再升腾。

到了校门附近，这孩子抓着围墙的铁栅栏，脚踩到栅栏下面的圆形水泥台基上，又把头也靠到两根铁条的中间，张望之后，对着渺茫的夜空随手一指：看，灯光最亮的地方，就是我的家。

梅一朵心里一动，蹲下来抱起他赞道：真是个小诗人！

孩子骄傲的小脸一扬：因为我家住在“滨江诗意居”啊！

梅一朵心里又是一动。“滨江诗意居”紧邻梅一朵出生成长的凤码头，是这个城市第一个高端江景居住区，它一出现，就成了弯江边无比高傲的凤头，而脚下的凤码头老房子，则变成了凤屁股后面跟着的老母鸡。

“还是只肉瘦毛长，刚出抱窝的老母鸡！”三爹这样笑称。

“惊恐疲惫、元气大伤，不过谁要欺负它的崽子，又会河东狮吼勇猛刚强。”三爹补充。

滨江诗意居里出生的孩子现在抱在了凤码头老房子里出生的孩子的手中。他身形瘦小，梅一朵老师一只胳膊抱着都毫不费力，名字却大得吓人，叫伍大洲，是所有新生中她记住的第一个名字。

伍大洲就寝后，生活老师开始播放配乐故事CD，寝室渐渐安静稳定下来，梅一朵这才安心地跑到办公室，做贼一样，从抽屉里钳出个厚厚的红包，再提起大包小包家长们送的礼物，往校车上赶。

这天是2000年的8月27日，新世纪已过去大半年，虚拟的网络世界没有被“千年虫”弄崩盘，实在的地球村更没有践行“九九归一”的预言自动爆炸；至于那些赶着做世纪新娘的，新婚也开始变旧，生了世纪宝宝的，宝宝的哭、拉、病、吵并没有因此减少，很是让人们激动了一阵子的“跨世纪”情结，此时也如婴儿的尿不湿一样，沉甸甸湿漉漉地被扔掉。

师范大学毕业，二十五岁的梅一朵，新千年到来之际，正在电视台经受被排挤的苦恼，她自知个人的能力无法改变现状，只盼着“千年虫”或者“九九归一”重新洗牌的时候，将台里那些得势欺人的小人，统统崩掉。至于同龄人正在实践的“世纪新娘”和“世纪宝宝”的美梦，她更是不屑顾及，三年前为了进电视台，她已经将自己半卖半送给了婚姻，世纪宝宝呢，她更不愿意给丈夫生。当她看到垂怜整个人类的上帝，最终没有垂怜她的个人痛苦，就做了一回自己的上帝，辞了电视台的工作去了这所南山新贵寄宿学校，开始了三年前她连正眼都不瞧一下的老师生涯。

满载而归的梅一朵，掂了掂提在手中的礼品袋，又腾出一只手，捏了捏校服裤子口袋里那个厚红包，如果都是百元一张的，钱数可能在两千以上，她在校门处高悬的太阳灯下抿嘴偷笑，心脏跳得嘭嘭响，又想，收腰上衣，下摆半遮臀部，宽松的裤子，两个深深的口袋，难道学校领导设定校服的时候，就想到了方便装红包？

不可能不可能，梅一朵为自己的想法差点笑出了声，但世间诸事皆不能细想，要不桩桩件件都像有预谋，不是人的预谋就是上帝的预谋，如果今天穿着自己的红色连衣短裙，家长又能把红包插到哪里呢？

忽然她脑袋一激灵，糟糕，班上四十一个新生，目前她只认得一个伍大洲，谁送的礼品，谁送的红包，孰轻孰重，这又如何搞得清？

梅一朵竭力回忆傍晚报到时，闹哄哄的教室里、走廊上、卫生间的拐弯处，望着她的那一张张笑脸，贴着她的那一双双柔手，让她心惊肉跳又温暖开心的轻轻一插、一放，谁是谁的妈妈呢，谁是谁的爸爸呢？真的对不上号了。

梅一朵拿出手机，给举荐她过来教书的校友加闺蜜写短信：

家长送的红包，礼品，能收吗？那么多人送，怎么分辨呢？

梅一朵的这个校友加闺蜜毕业于师范大学英语系，名叫盛冰冰，性格却一点都不冷冰，此时她收到短信，心里骂了句傻子，就把电话打了过来，她嚷道：笨笨，这都不知道，帮他们实现各自的愿望就成了，如果出现了两个都想当班长的呢，就看谁送得多呗！

盛冰冰轻描淡写讲这话的时候，正好跟学校的美国外教Upton在“魅三惑四”酒吧里High，所以语气轻描淡写，声音却大得吓人。

Upton年近四十，看上去却像不到三十的毛小伙子，他属于他们那个民族后继的“背包一族”，已经“游教”了泰国、缅甸、中国，三个第三世界的国家。

他听到中国女友的嚷嚷，笑了，凑到盛冰冰的另一只耳朵边喊：你们国家小学生选举，也要财团支持的吗？

盛冰冰闻言，扭头挤眉弄眼地揪住山姆大叔的大鼻子，继续教唆她的笨鸟闺蜜：没事没事，能够到咱学校的，送你这点根本只是九牛一毛，什么？不知道谁送的？不可能，你没有仔细看礼品吧，里面肯定有一张写着祝福的卡片，要不就会在哪个角落里写着名字，你再找找吧，这些家长，都是人物呢，你以为像你这智商啊！笨鸟，记住，如果有CHANEL5号，明天就带瓶给我啊，我的刚好用完。

盛冰冰的声音太大，这头校车上的梅一朵，因为手机漏音，双颊早已臊得通红。挂断之后，她偷偷瞟了眼旁坐上的中年女老师，糟了，她闭目养神的脸上有点儿微笑在荡漾着，兴许她听清了刚才电话里的每一个字。今天到校的应该都是班主任啊，她们怎么没有大包小包的礼物呢？也许有，不过比自己有经验罢了，她们可能藏在办公室的柜子里，然后像蚂蚁搬家一样一点点搬，或者她是高年级的班主任，家长送出了经验，直接送某个商厦的购物卡了。还有，前面座位上的一对男女老师，一直在高高低低地谈话，中间好像是停顿了一下，那么也听到了什么吧？

管他呢，又不是自己索贿，盛冰冰说没事，就没事，唉！这个冰淇淋，那么大声。自己的手机又不行了，像个小广播，这么漏音，看样子要换新的了。换个什么样式的呢？有没有家长送手机呢，最好是那种彩屏彩铃带照相录像功能的。

可是，这不马上就是索贿了吗？还这么贪，想到这里，梅一朵的脸更红了，并且烫得不行，她担心自己脸上身上滚烫的热能辐射前面的同事，下意识地往后靠了靠，突然后面的同事也咳嗽了一声，她又吓得一下子坐直了身子。

奔驰品牌的大巴，载着梅一朵老师左右摇摆的心思和前后摇摆的身子，平稳地向夜色更深处、闹市更闹处奔驰。

5

南山新贵寄宿学校四年级一个男生，恋家厌学，被妈妈逼着在校门口下车，等妈妈的车掉头走了之后，拨了跟妈妈离异了的爸爸的电话，谎称自己突然肚子痛，要爸爸来接。

在校门口附近的暗处转着无聊，他捡起地上的小石子扔起来，一颗小石子砸到附近一辆宝马740的挡风玻璃上，炸出了一朵放射状的小小玻璃花，另一颗砸到引擎盖上，炸开了一朵黑底灰色小礼花。

车内的司机下来，好不容易追上了嬉皮笑脸逃跑的孩子，扇了他一耳光。

孩子的父亲正好赶来看见，揪住司机的胸口欲打，司机嚷着“宝马不是好玩的”，要孩子的父亲赔钱。

宝马车司机的女主人送完孩子从校园里出来，参与其中，讽刺四年级男孩的父亲：开一辆破本田还来讲什么狠？！

四年级男孩的父亲，松开宝马司机拨电话，一刻钟之内，来了六台七系宝马。

六台宝马车的主人，都推搡着司机，叫他砸自己的：你砸，随便砸，你砸了不挨打，你要是不砸，你怎么打孩子的，我们要怎么打回来！

学校门口闹成了一团，几辆车把路堵得水泄不通。学校的值班行政、值日老师、所有的保安，都被紧急调到这边处理调解这突发事件。梅一朵班上的一个学生，从寝室偷跑出来，躲在校园的花丛中许久，这时候逮到了一个机会，从围墙的两根铁栅栏之间，侧身挤了出去，逃之夭夭。

电话响起那会儿，梅一朵正做着噩梦，她梦见盛卫国总校长来听课了，自己跟学生讲《圣经》，正讲到大洪水将地球上的生物全淹死了，伍大洲站起来反问：那鱼呢？

是啊，鱼怎么会被淹死？

教室里发出哄笑，课讲不下去了，盛校长怪梅一朵老师弄砸了公开课，双手一抬，听课本变成了两把利剑飞了过来，射中了她的乳房，胸部发痛，她急得大喊救命，电话就响了。

电话在梅一朵的老公罗伟林那边的床头柜上，安静的夜晚放大了铃声的分贝，听起来就像电锯在尖锐地切割，罗伟林本是个粗暴脾气的男子，加之上床之后，他央求了梅一朵好久，梅一朵都嚷着太累了不肯行动，还决绝地趴在床上，竟然不一会儿就真的睡着了。卧室里，梅一朵身上散发出的白玉兰与麝香混合的味道折磨着罗伟林，磨来磨去，他黄灿灿的情欲之花终于磨成了一条垂头丧气的老丝瓜，他只好扳转梅一朵睡熟的身子，将头枕在她的结实高挺的胸上，聊以自慰。

正欲坠春梦的时候，电话就响了，他满腔怨恼找到了出处，抓起电话就吼：深更半夜，吵死哦！

电话那头的保安，因为事情急切，顾不得自报家门，只嚷着喊他快找梅一朵。

罗伟林一听是个霸道的男声，生气地回绝：没这个人呢！

一分钟后，电话再次打来，罗伟林抓过电话就吼：你神经吧，讲了没这个人！

梅一朵从噩梦中挣脱出来询问是谁的电话。

神经病！罗伟林恨恨地骂道，又索性不睡了，摁亮灯，说：梅一朵，从电视台辞职进学校当老师，这么大的事情也不同我商量，你太小看人了！

梅一朵还没来得及解释，自己的手机又响了，那头是南山新贵小学部赵众山校长的声音：你班上刘卅不见了，你快来！

她吓得浑身发抖，拖鞋半天都没穿进去，脑海里拼命搜寻刘卅的样子，怎么都没印象。

要我到学校去干什么？我又帮不上忙，开学第一天，谁记得这个刘卅是长个方脑袋呢，还是长个圆脑袋！刘卅，刘卅，啊！记起来了，那个两千块钱的红包上，不就写着刘卅的名字吗？天呐！

她坐在床边哭了起来。

罗伟林没好气地说：哭什么，叫你去就快去啊！

梅一朵看了男人一眼：我好怕，可能快十一点了，你用摩托车送我去吧。

罗伟林讥讽道：你们学校不是连校车都是奔驰的吗，叫奔驰来接啊！

梅一朵生气了。气虚的人胆小，一生气，胆子就大了，她勇敢地冲到暗黑的楼道里，忽然记起红包还在茶几上放着，又返回来，把红包放进手提包里出了门。其实她也不明白为什么要揣上红包，难道可以在出事之后就退给家长吗？显然不行，她只是隐约觉得，放在家里好像自己所犯的罪就要深一些。

办公室，梅一朵拿出学籍册，翻到刘卅那一页，一看照片，记起来了，他就是晚自习时，被来检查开学工作的教育局长特意进来摸脸蛋爱抚的那个孩子，再看父母的工作单位，原来刘卅的父亲刘冬明就是市教育局长。赵校长也看见了，他用胖胖的手指，在局长两个字下划了重重的一道痕，又狠狠地看了眼梅一朵，说：再分头找找吧，刚才他们已经粗粗找过一遍了，这次要过细点，留神角落弯里，学校里硬是没发现，梅老师你再给他家里打电话。

按照校长的安排，她负责在小学部的宿舍楼、教学楼以及之间的内操场和假山一带搜寻。

内操场是个足球场，昏黄的路灯照着浅浅的草坪，绿茵场看上去好像古铜色的地毯，古铜色的地毯上空空的，没有刘卅。

梅一朵记得校长要她留神角落弯里，她便沿着操场与铁栅栏围墙间种植的迎春花与蔷薇丛去找寻。

操场南端的蔷薇丛边，梅一朵于唧唧的秋虫声中捕捉到了一个声音，嘤嘤的尖尖的低低的声音，可不是孩子的哭声？

梅一朵惊喜地呼喊刘卅的名字。

嘤嘤的声音停止了。

梅一朵以为刘卅故意躲着自己，也把蔷薇丛误认成了迎春花丛，她伸手去拨那早已谢了花的枝条，想让路灯的光照进那一丛密实的黑暗里去，结果手一碰上去，一阵刺痛钻心，她的手指与手臂，都被蔷薇的刺划得鲜血淋漓，她同时哎哟喊痛。

高跟鞋与球鞋，一清脆一沉闷的脚步声在围墙那边匆匆走开，梅一朵意识到自己不知搅了哪对野鸳鸯的好事。

假山设在连接教学区与生活区的长廊拐角处的莲池正中央，莲池四周，错落围了些从海滨远道而来的黑礁石，种了七棵桃树，一株老垂柳，池水不深，养了十几尾锦鲤，种了几线睡莲，这时，睡莲睡了，蛙儿没睡，猛然一声老蛙的呼唤，让梅一朵注意到了莲池中的假山脚下，一个圆圆的脑袋，浮在飘萍之间，似乎还在晃动。

梅一朵不知哪来的勇气，她连鞋也没脱，猛地跳到莲池里，水刚好没过梅一朵长腿的膝盖，不过她刚一跳入水中，漾动的水就揭开了真相，原来是个篮球，篮球被水波推到了长廊射灯投下的光带里。

梅一朵哑然失笑。

明明知道刘卅是从寝室走丢，最不可能在的地方就是寝室，带着最后一线希望，梅一朵还是光着脚走进了寝室楼，她的拖鞋陷在莲池的淤泥里，也无心捡拾，她只想尽快找到孩子。

寝室里，中央空调嘶嘶地响着，汗津津湿淋淋的梅一朵老师，沉重地站在写着刘卅名字的空床旁，一股巨大的压力，一阵彻骨的寒意，直钻她心里。

走廊的灯光透过窗帘射了进来，梅一朵看到三排十二张小床上，十一个小身体在毛巾被的包裹里蜷着，四周安安静静的，他们中间有的打着不规则的鼾声，有的在磨牙，大部分都呼吸匀停，显然，这些未来的民族精英，都已在梦乡。

而刘卅，这个在照片上顶着黑油油西瓜太郎的发型，黑豆一样的眼睛，白贝一样的牙齿，笑盈盈的小宝贝、小心肝、小皇帝、小祖宗，现在又在哪里呢？

局长，还是教育局长，赵校长的那一划，一瞥，就如利箭穿心，将刘冬明这个名字，牢牢地钉在了她的心中。

半个小时后，负责地毯式搜寻的各路人马在校门口会合了，结果是，不见任何蛛丝马迹。

年近花甲胖墩墩的赵校长，本来头发就少得可怜，现在汗水都将它们牢牢地粘在头上，显得那张脸愈加宽大肥胖了，就像外界传言的那样，“面子”的确大，简直可以跑马！

面子很大的赵校长，此时却觉得自己的面子丢大了，今天各级领导都在嘱咐，像南山新贵这样的学校，杜绝安全事故是首要的，必须的，安全是学校生存发展的前提和基础，话还是热的，事情就出来了。

梅一朵见赵校长总捏着拳头望着那黑漆漆的天，感到事情远比自己想象的要严重，不知如何减轻自己的责任，就哆哆嗦嗦地问：赵校，现在，现在可不可以，给刘卅家，打电话呢？

赵众山校长却像没听懂似的，瞪眼望着梅一朵好一阵，才点头同意。

手机通了之后，她只喂了一声，校长就夺了过去，用力之大，吓了梅一朵一跳。

校长接过手机后，脸上就笑得像黑夜里的菊花了：刘局，您好啊！我是贵公子学校的赵众山，老赵呢，对对对，在您面前不敢称校长，没打扰您的休息吧，没有，那好那好，是这么回事，贵公子的班主任呢，是个很负责的老师，想找您了解一下情况，明天要他妈妈来学校一趟？不不不，明天上午呢，班主任就要安排座位啊，安排班干部啊，进行特长培训的分组啊，这个，梅老师想提前跟您商量商量，就请您今天晚上抽个几分钟来一趟吧。

听到对方答应了，赵校长连忙挂了手机，那张菊花脸马上又黑成了铁板一块，他语气沉重：看样子刘卅没回家，赶快报案，梅老师，等下你问问他妈妈，学校附近有什么地方，刘卅喜欢去，比如亲戚朋友家啦——

梅一朵反问：他家不就在附近吗？

是是，我的意思是，当娘的应该比我们更知道儿子，儿子在哪里，娘会有感应的。说完，赵校长又给派出所长去了电话，再安排值班行政姚晶，要她把学校附近有车的男老师都叫来：

在局长到来之前，能到的搜寻力量都要到齐。

刘冬明局长夫妇到学校门口时，三辆警车，十七个学校老师的小车都已一字排开，整装待发。

刘冬明见此情形，不知道发生了什么事。

讲明原委，局长夫人顿时两腿发软，蹲了下去，直喊：这怎么得了，这怎么得了！

刘冬明把夫人拉了起来，却是斩钉截铁地对赵校长说：不可能，怎么可能出去呢？我们家卅卅特别怕黑，他没这个胆量，这样吧，你带我到寝室看看。

寝室里，刘冬明啪啪啪把几盏顶灯全部按亮，几秒钟工夫，竟在伍大洲床上找到了自己的儿子。

看这情形，赵校长的反应是，不幸中的万幸，局长的公子总算没丢，丢了的是伍大洲。至于这个伍大洲的家长，不就是伍海洋嘛，孩子擅自行动，一定要指导梅老师教训他一顿，不过前提是这个伍大洲现在要安全地在哪里呆着。

也许真有感应，刘卅在大家的注视下居然醒来了，他揉揉眼睛看见了父母、校长、生活老师、保安叔叔都站在他的床前，一时搞不清这个场景是现实中还是在梦中，是家里，还是在学校。

刘卅又看见自己喜欢的新班主任手提着两只断了带子的拖鞋，光脚急匆匆地跑过来，眼神惊恐痛苦，越发不知道发生了什么事，他掀开毛巾被，坐了起来，怯怯地叫了声：梅子妈妈——

几个钟头下来，梅一朵脑海里只有刘冬明啊刘冬明局长，刘卅啊刘卅同学，以及自己设想的流血场面，现在，刘卅居然完好地在这里，她一时百感交集，眼泪双流，冷不丁把半梦半醒的孩子抱到了自己的腿上。

梅一朵亲着刘卅那小苹果一样的脸，喃喃说：宝贝急死了！急死梅子妈妈了！

事情紧急，出来的时候，梅一朵没意识到自己还穿着无袖石榴红长睡裙。此时，寝室雪白的顶灯照在她更雪白的带着伤痕的手臂上、染了淤泥的小腿与光足上、被汗水与莲池水弄湿而凸显出的玲珑的身躯上——这些因素结构成比太阳还耀眼的光，使得小小的刘卅闭上了眼睛，本能地反身钻到梅一朵的怀里，一手搂着梅一朵的脖子，脸却埋到梅一朵的胸前，暧昧地嗯了两声，翕动小小的鼻翼贪婪地嗅着什么，小嘴巴蠕动，睫毛扇了两下，像个贪吃又贪睡的婴儿着急地找寻奶源。惹得在场的几个男人都笑了起来，避嫌地将眼光移开去。

他们就看到了局长刘冬明眼神的滞重。

他们不知道，刚才他们见到的情形，加上“梅子妈妈”的称谓，还有她粘在身上的、霞光一样灿烂的细棉布石榴红睡裙，流泻在肩头的黑瀑布一样的浓发，辐射四周的体香，正一点一点激起了局长心头不一般的柔情。

此前，对于小学老师，刘冬明是有些看不上的：小学老师嘛，不就一本正经地教个拼音字母、加减乘除什么的！现在，这梅老师超出他想象太远了！怎么形容呢，灯光下，抱着孩子激情荡漾的她，真的很像油画上的那位怀抱圣子的童贞女玛利亚，圣洁、天真。他想说句什么缓和一下喉头的干涩，嘴巴张了张，却不知为何出不了声。

局长表情异样得明显，局长夫人自然尽收眼底，她一把扯过孩子怒道：干什么呢你？吓着宝宝了！

孩子被突然抽掉，梅一朵的双手还保持着刚才抱的姿势，她仰着头，愣在局长夫人发红的眼光里不知所措。

梅一朵眼角的余光忽然瞥见刘冬明脸上倏忽一闪的惊羞，心里顿时明白了八九分，不由得脸上飞红，尴尬地站了起来，扯了扯粘在身上的湿睡裙，嘴巴张了张，不知为何，也出不了声。

赵校长此时的心情，赶得上跟在螳螂和蝉后面的黄雀，他很给面子地不看三位当事人，只像活佛摸顶一样，摸了一下孩子的脑袋：对不起，刘局，让二位受惊了，我们以后会更好地照顾孩子的，您就放心吧。

局长夫人并没有意识到刚才自己的冲动，她不想承赵校长的情，觉得自己还可以乘胜追击，她望着亮瞎双眼的“梅子妈妈”打哈哈：呵呵！我们没事，主要让梅老师受惊了，梅老师，对不起啊！校长，我们还是快点出去算了，你看空调这么冷，梅老师穿了这么点儿，会感冒的，又偏头狠盯了丈夫一眼：走吧，刘冬明！

赵校长看这情形，不知为何萌生了锦上添花和火上浇油的想法，也跟着打哈哈：哈哈，这样，哦，局长，嫂夫人，这里给您透露点梅老师的背景啊，她可是当年师范大学的高才生，当学生的时候就发表了许多诗歌散文，毕业后又在电视台锻炼了几年，报到的时候我就留了个心眼，特意将贵公子分到了她的班上，梅老师，你陪我送送局长，宋云老师，你招呼刘卅同学睡好。

赵校长说话间早已弯腰站到了门边，刘冬明见状，夹着公文包走了出去。

梅老师脸上发烧，心里发冷，默默地跟在最后头，今晚校长的表演让她大开眼界，她想，他如此尊敬局长，又如此推荐自己，是不是在暗示或者促成什么呢？那么，局长妻子对自己的敌视和冲撞，就是逆反的促成了。

想到这里，她不由得朝刘冬明那高大挺拔的项背望去，的确气度不凡呐！

他的妻子看上去是配不上他的，可是自己怎么又改变了看法呢？她往自己口袋里插红包的时候，不是还觉得这个妈妈气质很好的吗？哦，对了，红包还在手提包里，好险啊！看样子钱是不好收的，周日的时候去书店逛逛，买几套书回赠给他们吧！金额最好要超过两千元，一定不能让他们小觑了自己，我梅一朵，是个贪财的俗女么？肯定不是！可是，自己为什么要刻意地在他们面前维护形象呢？难道仅仅因为他们是被校长尊敬的人？

心潮起伏的梅一朵老师，顺着“局长——红包——形象”的路线，思绪一泻千里，可她就是没想到，还有一个叫伍大洲的孩子，已经几个小时不知去向！

6

当越来越多的气功大师和周易学者纷纷从他们的玄学仙境下到“凡间”惠及百姓的时候，“气场”这个词，就开始广泛地流行起来，据说，大到国际谈判，小到俩人交往，只要谁先控制了气场，谁就能克敌制胜，成就心愿。

怎样才能控制“气场”呢？梅一朵开始想到的是先要有气势，有那种强权和公理撑腰的威风凛凛的气势，像古时候的衙门里，县太爷审案子之前，衙役们先吆喝的一声“威——武——”。

紧接着，那些专门玩文字玩概念的，由“气场”又派生出了俩新词，一是“造势”，一是“炒作”，梅一朵终于明白了“控制气场”是怎么回事，就是像在电视台时频道总监说的那样，“将自己的核心竞争力包装成烟花炸弹，第一时间向空气里轰炸，吸引同盟，吓跑竞争对手”，至于“核心竞争力”嘛，当年总监也有明示，即：买不到、抢不走、学不来的东西。

作为老师，自己的核心竞争力又是什么呢？

不不不，今天虽说是以老师的身份去见刘卅的家长，其竞争的焦点应该是在“女人”的身份上，下午赵校长不是有交代，“晚上与刘卅家长在五星级的弯江大酒店共进晚餐，你好好准备一下吗？”

准备什么呢？准备心情？准备“造势”？那么，首先就要将自己包装好啦！

梅一朵先想去做个头发，然后用那两千块钱买条能出席晚宴的裙子，此时她改变了买书回赠的想法，她说服自己，现在看风景名胜，看模特儿秀场，不都是要买高额票的么？好了，你给我两千，我就买条两千的裙子穿给你看，这应该也算是专款专用吧。

思量再三之后，又改变了想法，她想起了本地笑星讲的一个脱口秀，说是不久前这个笑星到泰国一地方去访问演出，当地的风俗是，迎接尊贵的客人，一定要脱得光光的，表示“赤诚”相待，也证明自己没带任何暗杀的凶器。听说之后，该笑星想，这个风俗怪是怪了点，却还蛮有道理，自己入乡随俗吧，没想一到会场，却发现只有自己一个人光着，原来，主人们怕他不适应，是照着中国的接待礼仪来做的。

梅一朵想，还是以不变应万变吧，到时候变成自作多情了，可是也不能太寒酸，昨晚细瞧了局长夫人的装扮，简单的一条裙子，一个包，却是扎眼的名牌品质、名牌标志，自己也有几样同标志的东西，却是仿制品，虽然是仿制品中最像真品的“A”货，不细看断然看不出来，可那是“真”不在场的时候。

怎么办？自己今天到底是“嬉皮”还是“雅皮”，是“多包”，还是“少包”呢，想来想去她还是搞不清楚，就跑到楼上的英语老师办公室，叫了盛冰冰出来商量。

盛冰冰极大方地让出了自己仅有的两件国际品牌的真品，一个“LV”手提包，一副“CHANEL”的太阳镜。她指点道：你也别换衣服了，穿着校服去，有这两样真品作证，别人就会想，你肯定有名牌衣服的，只是从学校出发，来不及换，其实你这么好的身材相貌，穿什么，穿与不穿，都是极品——

她见梅一朵这傻鸟忽然捂着嘴格格地笑个不停，就停下来瞪着眼睛望着她。

原来梅一朵是听她说“穿与不穿”时，又想到了笑星光着身子到泰国的笑话，她想象自己不穿衣服出现在他们面前，那该是一个怎样重量级的人肉炸弹。

盛冰冰边听边笑：总有一天，他会要你光了身子见他的。

俩人笑够之后，盛冰冰又开始亲授秘诀，告诉她，如果没钱买大件品牌，就买点眼镜啦，鞋子啦，包啦，项链啦这些真品的小挂件，是绝对有画龙点睛的作用的。说得梅一朵连连点头称是，忽然想到参加的是晚宴，太阳镜也许派不上用场，就准备退给盛冰冰。

盛冰冰恨铁不成钢地轻叹了一声，接过简约尊贵的“CHANEL”，挂在梅一朵校服上衣的第三粒扣子上，又后退一步赞赏：不错，视点就移到这里了，你这国际标准的“BREAST”（胸），配上我这国际品牌的“CHANEL”，简直天生一对！好像这眼镜经了她的手，就具有了二合一的功能，有阳光的时候可以遮阳，没阳光的时候，可以兼做胸罩，甚至还可以盗用一个港剧的名字“绝世好BRA（胸罩）”，只不过港剧中的绝世好胸罩是男人的手，而这里，换成了名牌眼镜。

傍晚六点钟，生活老师把学生接去吃晚饭的时候，梅一朵就依着盛冰冰的设计走进了赵校长办公室，却见伍大洲的爸爸伍海洋也在那里。果然，她一进去，两个男人就将视点集中在她的“绝世好BRA”上了，她不知道，由于衣服的第三粒纽扣，跟她里面穿的真正的BRA一起，承担了一半的眼镜重量，刚刚一路过来走得急，可怜的第三粒扣子被眼镜架第三者插足，愤然跟第三个扣眼决裂，此刻，她那被同学称为国际标准的胸和沟，已经露了三分之一在外头。

她品出了两个男人眼光的异样，招呼之后，就抬手佯装擦那前额上渗出的汗，低头看了一眼，我的天！她赶紧背转身去，又装作弯腰逗弄盆景缸里养着的金鱼，取下了一条腿正挂在BRA底边晃秋千的眼镜，脸色阵阵绯红，红过了校园里盆栽的那些反季节杜鹃花。

那两个男人也知趣，接着聊他们的话题，估计到梅一朵老师的脸色已经恢复常态，才相互提醒着：走吧！走吧！不能让局长等咱们啊！

其实今天晚上做东的是伍海洋。

昨天是伍大洲的二姐过生日，他惦记着生日蛋糕和那一份热闹，就趁老师和保安不备，又依仗着自己的身形小，偷偷地从围栏的两根铁条之间钻了出去，用他妈妈给的零钱，打了辆出租车，赶回家里。

回家之后，他骗父母，说是生活老师送回来的，校长和梅一朵找到了他家里，他才承认，睡觉之前，他就想回来，所以他要梅子妈妈带到围栏边看看，自己偷偷试了下宽窄，能够过去，后来就寝的时候，刘卅老在说自己的床位正对着空调的出风口，吹着不舒服，他就动脑筋了，他背着老师，主动跟刘卅换了个床位，又警告他不要出声，要不两个人都会挨批评的，这样他就争取到了时间，让他不至于半道被老师截回去。

等到把这个机灵的小不点儿从床上拉起来说明原委，时针已指向凌晨两点半，身心疲惫的梅一朵老师，在学生面前的自信心已经打大折扣，赵校长临时培训她指导家长怎么教孩子的话，一句也说不上来。她没想到，这个被自己褒为诗人的伍大洲，其实还是个“作案”高手，跟他比起来，自己太幼稚了！不是吗，你听他是怎样回答自己的问话啊，我为什么这样啊？因为我是弹珠脑壳呗，你怕我像那个刘卅，是个西瓜脑壳，一脑壳的水！

有其子必有其父，伍大洲的爸爸伍海洋，就是承建南山新贵学校的建筑商，也是个弹子脑壳转得快，第二天他将孩子送到学校，得知刘卅的父亲是市教育局的局长，连忙委托赵众山校长将他们夫妇和班主任约齐，自己率夫人一道，一并向大家谢罪。

然而吃晚饭的时候，他绝口不提谢罪，只对局长说：他们两个小家伙还蛮投缘呢，一听说同学怕空调对着吹，马上就换了床位。

刘冬明顺着话去：你教子有方，这么小，懂谦让。

梅一朵一直木着张脸，只用筷子一点点掀些东西往口里放着。

梅一朵本来天生一副好胃口的，今天这样，也不是装斯文，只是她太失望，令她浮想联翩了一下午的"晚宴"，原来只是在一个比教室还大的豪华包厢里，静静地听他们拍马屁、讲假话，不但跟盛冰冰借的两样品牌道具没起到道具的作用，她自己反倒成了别人请客的道具。

而昨晚看上去似乎对自己眼神奇怪的刘冬明，也只喊了句梅老师请坐，再无二话。她默默地看着伍海洋的妻子一个劲夸局长夫人这里漂亮那里经典，又看到伍海洋讲假话像打哈欠那么方便，心里暗下决心，好啊，你们敢蔑视我梅一朵，我会让你们知道我的重要的。

晚饭接近尾声的时候，察言观色的伍总夫人终于夸奖梅一朵了：梅老师，你的手臂跟才出山的笋子一样，又白又嫩。

刘冬明的眼里其实只有梅一朵。

昨晚妻子第一时间给他敲的警钟，像一枚硬硬尖尖的果核，呼啸着直种到了他的心里。昨天晚上自己的床上，今天白天单位的会上，好多次他都偷闲咂摸着灯光下的梅老师留给自己的念想。

然而今天夫人像只警觉的猫头鹰在旁边，他不敢跟梅一朵多言，更不敢老是看向她，可是故意冷落梅一朵呢，不但自己心里过意不去，就是别人看了也欠妥。这时他逮到了机会，就对伍总夫人说：不记得谁讲过，最生动的语言在民间，刚才嫂子才出山的笋子的话，真是鲜活——他这一词让在座的都想到了上菜前服务员拿来请客人过目的，网兜里直蹦跶的多宝鱼和基围虾——真是鲜活，局长接着说：我还记得在哪里看过一阕小令，今天正好可以阐述嫂子刚才的比喻，曲牌题目不记得了，内容是这样的：

落花飞上笋牙尖，宫叶犹将冰箸粘，抵牙关越显得樱唇艳。怕伤春不卷帘，捧菱花香印妆奁。雪藕丝霞十缕，镂枣斑血半点，掐刘郎春在纤纤。

刘冬明才背了头一句，梅一朵就惊喜地在心里跟他唱和了，她记忆力超常，这小令更是她钟爱的词曲中的一首，此刻她眼光粘连局长诗酒横溢的阔嘴，想象着小令里描述的意境动作，黑幽幽的眼里掩饰不住的浓情，黏稠得仿佛窖藏八十年没有勾兑的茅台，不过她眼里放出的酒香也熏到旁的女人，她们面前的空气里酒精分子的浓度正越来越大，只等心里的妒火自口中喷出，空气就要燃烧。

到刘冬明背完，梅一朵兴奋得等不及掌声停下，就补充道：局长记性真好，一个字都没错，这是元代徐再思的《水仙子》，题目就叫“红指甲”。她把自己的嫩白的纤纤十指伸展开来加以说明：就是写妙龄女子的红酥手，还有，“掐刘郎春在纤纤”，局长您不是正好姓刘吗？夫人的纤纤玉指是不是经常“掐”向您啊？

梅一朵自小因了许多春闺诗词的熏陶，十三岁就情窦初开，如今十二年过去了，头一次遇到这志趣相投风流倜傥的知音，兴奋得话匣子如同在水里泡了十二年的朽水闸，经不住汹涌而来的第一次春潮，努力地想关住，却怎么也关不住。

刘冬明只恨这梅老师跟自己太没有默契，其实“红指甲”的题目他是记得的，只怕说出来自己的夫人听出他背诵的是暧昧之词，至于内容，光听一听，自己那财会中专毕业的老婆是不会懂的。他一时被莽撞的梅一朵弄慌了神，平时喝酒从不上脸的他，这时竟脸红了。

果然，局长夫人马上拿研究的眼光望向局长，同时心里的醋海泛起惊涛。她不知道“掐”在古汉语中是“握”的意思，以为梅老师在讽刺自己张牙舞爪的泼妇形象，其实她自己的红指甲现在只想去掐这不知轻重的女孩。

正好服务员把燕窝端了上来，刘冬明马上自我解嘲：各位女士请伸出你们的红酥手来吃燕窝，我们男士痛饮茅台酒，为各位女士才出山的笋子永远是才出山的笋子干杯！说完仰头喝酒，酒到心头羞自除，就好比自己开着溅满了淤泥的车找不到洗车处，正好一场及时大雨，将泥巴冲得干干净净。

而局长夫人心里的块垒却没有消除，她看见梅老师拿着勺子只舀面前的光燕窝咂巴，心里轻贱她没见过世面，故意大声说：梅老师，旁边那四个小碗里的果汁是配着兑到燕窝里吃的，你光吃燕窝有什么味儿啊？

伍总夫人也不失时机地附和道：怎么梅老师没吃过燕窝？

局长夫人轻笑一声，接着说：梅老师姓梅，梅花香自苦寒来。

伍总夫人说：局长你们一家都是诗人啊，出口成章，梅老师，来，多吃点，不过吃多了对身体也不好，但是你没吃过的话，那是一定要尝尝味道的，来，别客气，点了就是要吃的。

梅一朵一时想不出如何回答，就近舀了一勺子木瓜汁兑进燕窝吃着，边在心里念起咒来：

姓梅的就一定出身寒苦？！那姓刘的呢？哦，局长的妻子不会随夫姓吧，姓刘一族，今天就放过你吧。

她偷偷瞄了一眼刘冬明，他正看着她微笑，这笑容里似乎也掺杂了轻蔑了，赶紧补了一句诅咒：姓刘的，祝你全家太平盛世坐在家里也吃流弹吧！

被燕窝连累得脸上飞红的梅一朵，心情又降到了冰点，吃进去的燕窝自然冻成了“燕窝冰淇淋”，她面上笑着，心里咒着，想起了“拙夫”罗伟林，要是他在就好了，她这种心理就好比从华灯高悬的都市走进乡村漆黑的夜晚，明知道华灯不可追寻，只好想念微弱光亮的手电：罗伟林，你老婆正被人欺负呢，你该不会又去打麻将了吧？

许是上天要彰显自己比人间的电信公司有更好更快捷的信道，梅一朵马上就收到了一条短信，正是罗伟林发来的。

她如同领到了特赦令，也像找到了遮羞布，赶紧放了手中烫手又粘手的燕窝汤匙，拿起手机在众人面前晃了一下，毫无必要地故弄玄虚道：不好意思啊，我先生信息。

就低头看信息。

大家都听出了梅老师口中的“不好意思”其实是自我解嘲，伍总却借此再次向“官方”释放自己“鲜活”的“民间”语言，他笑呵呵地说：原来梅老师名花有主了，不晓得这朵鲜花便宜了哪堆牛粪。

伍总夫人虽然不赞同老公夸了梅老师是朵鲜花，但是这种不快很快就给后面的“牛粪”冲淡了，在她眼里，插在牛粪上的自然是那种入不了丈夫法眼的低贱的村花野草了。

刘冬明想，梅老师看上去二十刚出头，怎么就嫁了呢？可见不是什么难攻的堡垒，而她的婚姻正好可以做自己的堡垒，挡住妻子猜忌的箭头，怀疑的流弹，他不知道前面梅老师早在心里拿“流弹”给他送礼，只想有朝一日老婆完全放松警戒，自己能够在堡垒里，让梅老师“掐刘郎春在纤纤”。

至于赵校长，他是今晚最受益的一个，看了一晚上的戏，他敏感地察觉到了刘冬明和梅一朵之间这种故作避嫌其实颇具暧昧的气氛。他想，以后有什么事要找刘局长，就派梅一朵去，准能搞定。他怕私心被局长和夫人从自己稀薄的头发缝里瞧见，赶紧装作被伍总那既不新“鲜”，又“活”了好多年的“牛粪”笑话逗笑，打着哈哈说：梅老师家里那堆牛粪是有蛮肥呢，体格健壮，高大威猛，人家是运动员呢！

梅一朵闻言，恨恨地想，你不说话没人把你当哑巴！又赶紧在心里给赵校长磕头，唯恐校长一不留神说出她老公只是个体育老师，这运动员，虽然也有头脑简单四肢发达之嫌，却可以认为只是对爱好的虚指和体格的形容，并不像“体育老师”一样，一听就是个确切的职业。

此时她矜持地站起来，带了微微的笑容，幸福地告辞：对不起各位，我先生到了，外面下雨了，他来接我。

这句话的潜台词引导在座的两对“新贵”勾勒出了如此画面：跑车、魁梧的运动员举伞、扶肩、入内、系安全带、奔驰而去，笑声随着雨花飞溅。

大家客气着目送梅一朵出去。刘冬明给自己又倒了一杯茅台，可是喝在嘴里却莫名泛出了一股醋味。

实际上罗伟林的短信是：

昨晚搞到凌晨，今天又还不回，人家冒雨跑到家里，鬼都没看见一个！不会又丢了学生吧？是的话讲一声，我好趁早去打麻将。

7

罗伟林发短信之前，本来在用当归、川芎、红枣、枸杞、黑豆、土鸡蛋给老婆煮夜宵，不知道是不是梅一朵乳房太丰满的缘故，每月快临近例假的时候，那儿都会胀痛得厉害，每次罗伟林的大手刚一挨上去，梅一朵就愤怒地推开，直喊痛，让他很是不爽。

有一年回老家，母亲就照着这个老方子煮给儿媳妇吃，没想到很是见效，有时候眼看着例假临近，梅一朵没时间亲自准备，就会叫丈夫帮忙，因为当归、川芎、黑豆、鸡蛋是要提前放进去熬的，等鸡蛋熟了之后，要捞出来冷了剥壳之后再随红枣一起放进去再熬，最后才放枸杞，很是费工夫。

这会儿罗伟林正在剥鸡蛋，可能是热鸡蛋还没有冷透，他接连剥了三四下都把蛋白一起带出来了。他看着在自己大大的手掌，粗长的指头间转动的小小鸡蛋，心里忽然一阵烦躁，又想到老婆昨晚害自己担心了一晚，今天这个时候还没回，并且电话都没一个，烦躁又升温成怒火：妈的！老子真的是太窝囊了！堂堂一百八十五公分的男子汉，不说像美国总统那样玩地球，至少也可以玩篮球、足球、甚至玩乒乓球都可以啦！怎么可以蹲在这灶弯上玩鸡蛋呢？！

他蓦地站起来，将鸡蛋往洗菜池里用力一掷！蛋壳蛋白代替梅一朵立即裂开了无数条细碎的口子向他求饶，他也仿佛听懂了那张张小口里的哭诉，很长自己志气地瞪了面目全非的鸡蛋一眼，咬牙切齿地咒它：你去死吧！

他寰球在握一般，昂首挺胸地走出了厨房，抓起客厅茶几上的手机就给老婆发了上面那条信息。只是"趁早去打麻将"那句是准备发时添上去的。其实他今晚并不想出去打麻将，他想好好跟老婆温存一番。这半个月梅一朵做开学准备忙得不可开交，一上床就嚷着别碰她她好累她要睡觉，如果再不抓紧这最后两天，她例假一来又得再等一星期。他想遣将不如激将，梅一朵不喜欢自己出去打麻将自己偏说要出去，让她心里也受点刺激，要不她也太漠视自己了！

自己真有那么爱打麻将吗？其实也不是，有时候周末打通宵，认为这下会觉得过足瘾了，最后却无论输赢心里都莫名其妙地发慌，一会儿觉得心里堵得厉害，一会儿又觉得空空如也。走在清晨被洒水车淋湿的街道，路边是鳞次栉比坚挺的高楼，总感到生命比这洒在路上的水还无意义，水还可以压压地面的灰尘，自己一辈子恐怕终究只是轻贱的灰尘一颗。夸美纽斯讲教师是太阳底下最光辉的事业，自己一个中学体育老师，天天带着学生在太阳底下晒，跑啊跳啊光是搞得一身灰，恐怕是这个太阳底下最"光灰"的事业。婚姻也是如此，追到自己爱的人，却没有得到她完全的心。按理说自己一个山里的孩子，娶妻如此，应该心满意足，妻子虽然有时也神神秘秘，不知她一天到晚想些什么，对自己却也还温柔顺从，对工作比自己更是积极上进，赚钱也比自己多，特别是胸口两个扎实的篮球，总引来兄弟们的艳羡。可不知道为什么，每次扎实的篮球在手，他却总要怀疑，这是我的吗？我真的拥有了吗？越问自己越觉得虚幻，越问越觉得自己的婚姻亏欠，好像球场上拍着气不足的篮球，疲沓沓的，使出的热情和气力得不到应有的回馈。

有时候他认为，他出去打麻将是被妻子对婚姻的态度逼出来的，他觉得妻子生气对他来说是一种享受，证明她对自己在乎，不生气的时候，妻子就当自己是空气，旁若无人地看书、看影碟、听音乐、做瑜伽，要不就煲电话粥，就是不跟他深入地谈心。做爱也好像不太投入，总喜欢一成不变。有一次他问，你们女人这之前、之中和之后是什么感觉呢？他原想学中文的妻子会用很多锦绣的词汇来描述，这对他来说将是极大的鼓励，没想到妻子却轻描淡写地回答，什么感觉？就是饿了就吃，吃饱了就不饿了呗！他启发她，还有呢？眼里充满了无限的期待和担忧。她却说，还有就是耳朵痒了想找根棉签来掏，掏完就不痒了呗！

操！他彻底失望，那我不成了工具吗？没想到妻子竟然还颇有一套理论，说你本来就是工具啊，我也是工具啊，不光在家里，在社会上，我们是社会主义大厦的砖瓦，在单位，我们是永不生锈的螺丝钉，说永不生锈那是单位想透支你所剩无几的余力，他也知道你会有生锈的那一天，真到生锈了，他们就会把你拔出来，扔得远远的，你想做工具都没资格了。

那时候，妻子正好被室内剧导演进行“精神性折磨”，一开口就是看透人生的名言警句。

罗伟林想，自己这样消极肯定是受了妻子的影响，不是吗？自己也有过活力四射的青春啊，自己也曾是众多女孩追逐的“黑马王子”啊！

想到这里，罗伟林又开始拨弄手机了。他在翻一个女人和一个女孩儿的短信，女人是他在老家上高中时一个要好的同学，叫李璐，嫁到他所住的这个省会城市以后，开了家美容院，两年前死了老公。今年在老家过年，罗伟林闲着无聊去她娘家看了她一回，回来后，她就总给他发那种诸如“吃饭了吗”“在干什么呢”“今天好冷啊”等等什么意思也没有的短信。他其实知道那中间真正包含了什么意思。

女孩儿是上个学年分来的音乐老师，叫孙瑟，自称“双S”，因为姓名的开头字母都是S，又兼有对前后看起来都呈“S”形状的性感身材的总括，据说还有集台湾影星大S、小S姐妹的魅力于一身的寓意。

双S声音如黄莺婉转，性格却热烈泼辣，追着他伟哥长伟哥短地叫，还当着同事的面，嚷着要挑个黄道吉日跟电视台的“江南名记”梅一朵谈判，他也知道她不过是寻开心罢了，但是对他有好感，那是明摆着的。

跟谁打电话呢？梅一朵还没回，这么等着真是窝囊，还是跟李璐打算了。决定下来之后，他想自己还是喜欢相对成功、有能力的女人一些。李璐也好，梅一朵也好，都比自己会赚钱，有能力。可也正是这一点使自己总不能够扬眉吐气，也许这就是命运吧。管他呢，一物降一物，卤水点豆腐，谁能够对抗命运的安排呢。

他拨通了李璐的电话，对方一听到他的声音就嗔怪：怎么舍得给我打电话啊？

我没有李富婆，哦，对不起对不起，应该是李富妹这么多钱啊，所以舍不得电话费啊。

你不是舍不得电话费，你是舍不得娇妻吧？

他半真半假道：你不会要我今天就在她和你之间选择吧？

对方寸土不让：那你就试着选给我听听，我不当真就是了。

他装作思考，停顿了下说：嗯，我呢，最想选的还是你啊，但是我长得太黑了不合适啊。

谁说长得黑不合适呢？

游戏规则这样定的啊，一般有钱的女人包的都是小白脸啊，你什么时候听说过包“老黑脸”……

罗伟林正和李璐正不咸不淡地在电话里过干瘾，急促的敲门声响起，他赶紧掐断电话打开门，看见是老婆梅一朵全身湿淋淋的，一脸委屈，嘟着嘴望着自己。他不由得心生爱怜，再加上刚才背着老婆打暧昧电话的愧疚，便忘记了剥鸡蛋时的种种抱怨，长伸着手跨到门外，像新婚入洞房一样，将湿嗒嗒的老婆抱了进来，还用打趣来掩盖心里的不安：落汤鸡哦——白白胖胖的落汤鸡谁买哦——

梅一朵挥舞粉拳借题发挥，发泄晚饭时受的委屈，所以口里骂的是：笨死了笨死了！我叫你骂老婆是“鸡”，我叫你卖我？！心里想的却是一拳拳都砸在晚饭时那些讨厌的脸上。

好在罗伟林正像校长说的那样具有运动员的健壮体格，粉拳砸在他肌肉突出的臂膀上，觉得像做按摩，心里有说不出的舒坦，他站在客厅中间任由妻子“打”了个够，见她不打了，又把头藏在自己的怀里哼哼哼地哭起来，这才郑重地将她放下，紧张地问她发生了什么事？他想怕不是自己跟李璐的电话被门外的梅一朵都偷听到了吧？！

梅一朵抽抽搭搭说：小区门口又被淹了，传达室的保安也不知道跑哪儿去了，出租车怕熄火又不肯进来，我说再加五块钱他也不肯进来，他还欺负我，说如果让他背进来的话，他倒给我五块钱——

这时解除了警报的罗伟林只想笑，只得紧咬下唇忍住，听梅一朵哭诉完毕，装作义愤填膺的样子喊：告诉我他的车牌号码，明天老子要军区司令部开一队装甲车来，把他轧成铁板烧牛肉！

梅一朵破涕为笑，心里皱褶一样的怨恼，经了大雨的冷浸，丈夫的热哄，自此彻底熨平了。

罗伟林突然想起厨房里煮了一半的单方和面目全非的鸡蛋，以及今晚好好温存的原计划，连忙提醒妻子赶快洗个澡，以免着凉。

趁着妻子洗澡的工夫，他跑到厨房剥起了鸡蛋，鸡蛋已经凉透，剥起来得心应手，他捡起一点不幸掉下来的颤巍巍的蛋白放在嘴里咂巴，仿佛吃着爱妻的嫩肉。此刻他有了新的自我评价：我，著名的伟哥，堂堂一百八十五公分的男子汉，上得球场，下得厨房，于国于家都有益，谁说我是个工具，只有几寸长的用呢？

这天晚上，梅一朵的投入和激情简直把罗伟林变成了铁板烧牛肉。他想，这个女人不是没能量，是要刺激，你看冰冷的雨一淋，当归蛋汤一烫，这水深火热地一刺激，她不就变成了高尔基的，哦，不，我罗伟林的暴风雨里高飞喊叫的黑色闪电了？

可是他不知道，如果把他这黑色闪电喉咙里，卷舌下，大呼小叫的每一个音节展平了，再连起来，就会是这样一句话：刘——冬——明——总——有——天——我——要——你——拜——倒——在——我——的——石——榴——裙——下——

8

那天晚饭梅一朵把被老公宠爱的得意之色装得滴水不漏，等她匆匆离开之后，俩女人就在丈夫们的高谈阔论里，嘀嘀咕咕地议论开了。

刘卅妈妈笑说：这个梅老师，年纪不大，当妈妈的瘾倒是蛮大，老公这样宝贝她，恐怕当亲妈的日子也快了，你不知道，昨天晚上她抱着我们家卅卅，一口一声的宝贝儿喊着，那么顺口。

伍大洲妈妈说：我也不舒服，昨晚他们走后，我就交代了伍大洲，下次再不准这样喊了，梅子妈妈梅子妈妈，能做孩子的妈妈，不就能做别个的老婆？她这是向所有男家长下钩子呢！

她看到丈夫正看过来，忙逮住他表态：伍海洋，我没说错吧，你是不是这样想的？

伍海洋笑得白牙齿闪闪发光：你就是多心，伍大洲多一个妈妈疼有什么关系，未必崽叫她妈妈，崽就变成我跟她生的了？照你这么说，梅老师成了什么？母猪太太？就是母猪一次也下不了三四十个崽吧，局长你说是不是？

刘冬明嫌恶伍海洋把自己心爱的姑娘比成母猪，又不好明说，只道：也不是这么说的，梅老师肯定是好心，再说了，叫妈妈未必就是妈妈？你看我们下乡检查工作，每个村口都挂着“欢迎您进入某某文明村”的横幅，难道挂个横幅就能证明真文明了？

他这话潜意识里是为自己和梅一朵开脱，但是赵众山校长却认为局长是在批评学校搞形式主义，解释道：当然，光搞形式，那肯定是要不得的，我们学校是寄宿学校，从前叫贵族学校的，现在社会上仇富的情绪太浓了，不这么提了，既然寄宿呢，孩子们就多数时间不跟家长在一起，尤其我们小学部，孩子太小，舍不得妈妈，老师能够用妈妈爱孩子的心来对待教育，尤其我们学校这种教育，那就更完美了，所以一直以来，我都要求老师们爱生如子，不过梅老师更大胆热情，富有创意。

刘冬明点了点头。

校长受到了局长鼓励，继续说：所以我准备明天开个新生班主任会议，将梅老师的做法在年级推广，孩子们刚离开妈妈全托在学校，我们有义务帮助度过这个心理断乳期，昨晚第一天新生就寝，梅老师班上哭闹的学生最少。

第二天班主任会上，校长的话刚一落音，就遭到了众口一词的反对。

一班班主任姓朱，她的意见最大，不过因为年龄也是她最大，话就说得委婉：梅老师到底是电视台出来的，有创意，昨天我听到她们班孩子梅子妈妈梅子妈妈唧唧喳喳地叫着，确实让我联想到了桃李芬芳的美景，但是我们呢，又姓得不好，就不学算了吧。

三班班主任姓杨，听这话受到了启发，马上插嘴：咦？真的哦，那我不成了羊妈妈了，朱老师就是猪妈妈了，我们学校就变成养殖场了！哈哈！

其他的老师，连校长在内，都跟着笑起来，梅老师也觉得有意思，突然她想起这学期跟她一起进来的六班班主任王子航是个男的，就笑得更厉害了，她见会风没有自己想象得那样严肃，就擦着笑出的泪，站起来指着王子航说：那他就只能叫爸爸了，但是，他姓王，哈哈，王爸爸——简称王爸——哈哈——王八——

刚从学校毕业的王子航生气了，涨红了脸警告梅一朵：梅老师你玩笑开大了吧？

校长也觉得梅一朵有点过分，又不想收回自己的成命，忙严肃道：好了！虽然是个小会，也要注意会场纪律，姓不好叫的就叫名嘛，这点策略都没有怎么当好我们南山新贵的班主任？就这样吧，散会！

等校长和梅一朵离开后，朱老师带头发表真心评论：这梅老师，“真的是病孩子的鼻子”。

旁人不懂，忙催问答案，朱老师得意回答：上面额外一条青筋呗！

众人忙恭维她，到底是小学特级教师，观察得细致，比喻得贴切。

这话没过夜就通过闺中密友盛冰冰传到了梅一朵的耳里，梅一朵却露出了甜美的笑容，轻拍着闺蜜的脸蛋，说：到时候你看我的。

星期五的下午，梅一朵班上有二十个孩子是需要坐校车回家的，出教室门之前，她作引导：要两天才能见到大家，梅子妈妈真的舍不得啊，等下副班主任穆老师送大家上校车，我会站在教室门口目送大家的，懂礼貌的好孩子，分别的时候，要一直怎么说啊？

她把手抬起来扬着启发这些小豆豆们。

孩子们齐声说：梅子妈妈Bye——Bye——

后来二十个孩子排队出校门的时候，就一直回头对站在门口的梅一朵喊着这句话，一年级其他班的孩子也在同一层楼，那日听盛冰冰说了之后，梅一朵就存心笼络邻班孩子，总去摸他们的头，夸他们可爱，他们也跟着喊她“梅子妈妈”。这时他们也从各自的教室里出来坐校车，或由家长领了回家，听到喊声，也一齐跟着对梅一朵扬手喊起来。

一时间，“梅子妈妈Bye——Bye——”的童声此起彼伏，蔚为壮观。走廊里、操场上，来接孩子的同年级或者高年级的家长，还有本不认识梅一朵的学生、教师，都顺着孩子们的喊声和向后挥着的小手看向梅一朵。

邻班家长交口称赞：这个漂亮老师好有爱心！好得人心！

送校车的副班主任们，见孩子们一步几回头，弄得本来排好的队伍乱成一锅粥，连忙对口令：一二三！

孩子们齐答：快站好！看向了自己的老师，站齐了队伍，可是没走几步，旁边“梅子妈妈Bye——Bye——”的声音又将他们的目光吸引过去，他们看到梅子妈妈还在门口朝自己这个方向挥手说着Bye——Bye——，不禁又扬手喊了起来。

四点钟的大太阳下，送校车的副班主任们，又急又热，就像赶着一群不辨方向的小猪崽崽，弄得满头大汗。

两个男老师，一个是音乐老师李瀚海，一个是美术老师曾骖文，他们受命将放了杂物的教室腾出来做艺术活动室，此刻俩人正费力地抬着一张深褐色木门经过梅老师教室正对着的操场，他们看见众人目光的漩涡里有位美丽的新老师正对着这边温柔巧笑，商量之后，抬着积了一层厚灰尘的木门又绕了过去，把门板在梅一朵的面前竖起来，曾骖文用手指划破灰尘在上面写了个“女”字，李瀚海对梅一朵做了个请的姿势：梅子妈妈辛苦了，请上厕所！

梅一朵哈哈大笑，门板挡了她的视线，“梅子妈妈Bye——Bye——”的童声合奏终于停了下来。

9

机场候机室贵宾厅，刘冬明捧着本古诗词鉴赏辞典，正看到“梦里不知身是客，一晌贪欢”一句，思绪翻了几个跟头，就对着他正闭目养神的院士老爹发感慨：老爹，咱们客家人是客里不知身在梦，遥望彼岸泪涔涔，这些年寻根您老太卖力了。

院士老爹眼睛都没睁开，说：砍藤子的人被藤子绊死，你们学文的越学越讲话不清，总是简单问题复杂化。

刘冬明不再言语，也不再看书，他定睛看着他的老爹，他已经很久没有这样近距离地看过父亲的脸，父亲已经65岁了，曾经多么帅的一个采矿专业教授、系主任、院长，是的，他刚当院长的时候都显得很年轻，什么时候老去的呢，是当选上了工程院院士之后么？刘冬明觉得自己真是关心父亲太少。

每个中秋节，刘冬明的父亲刘院士都要回广东梅县给先祖扫墓，成家之前，刘冬明也随父亲去过几回，成家之后，每个节日，妻子都要把他留在身边，不准他远行，也不愿随他祭祖，她的理由是照搬刘冬明母亲的：梅县已无至亲，坟墓里只是没有灵魂的枯骨，灵魂早在天堂，既然灵魂在天，你在哪里祭拜他们都能收到。

不能说是强词夺理，所以这十来年，都是父亲独来独往。

这次随父亲去梅县，起因是他妻子在首都一个重要部门任副部长的叔叔要回乡省亲。妻子很早就在他耳边念叨，念到他心里起了逆反，就主动提出陪父亲回乡祭祖。这就激怒了妻子：不是搭帮我叔叔打招呼，你能当上局长？不说梅县那把地下的烂骨头，就是你的院士爸爸，帮过你么？让你沾了什么光？你买房子他不出钱，给先祖修墓修祠堂又大把地烧钱，现在你也要学着他去沽名钓誉么？

本来还是个处在犹豫期的意向，妻子这番话一出口，他马上就定了两张回乡的机票。

其实妻子说的也是实话，父亲是院士，母亲也是研究院的高工，因此他俩更多的心思都放在科研与教学上，特别是父亲，一直不赞同他走仕途，也就更不会出手相帮，父亲常说：你是学文的，你看这个“政”字，又正又反，是对矛盾体，有矛盾就有斗争，你在斗争的漩涡里你不难受吗？

是难受，但活着就是难受，不管你在仕途还是在艺途，都没有坦途，刘冬明不跟父亲争论，只按自己的心愿，随着命运起起伏伏。

而这次跟父亲回乡祭祖，刘冬明还有个不可告人的心思，他是想有几天独处的时间，逃离刚刚涌上心头的情感漩涡——

梅一朵老师的样子总在他脑海里转，他已无力驱赶，若在家里，他怕自己会忍不住以检查工作或是看望孩子为借口，荒唐地去见她。

回到梅县，已是正午时分，与机场的贵宾待遇相比，刘冬明发觉父亲在这里其实是个无人欢迎的客人，梅县出了很多院士，父亲也并不看重自己的这个身份，因此他们只能打出租车前往乡下。

出租车上，刘冬明问父亲：虽然这里院士多，但好歹你也是科协的顾问，不能让他们找个车来接么？

刘院士笑了：尊重知识，尊重人才，那是吃政治饭的人的口号，口号是嘴上喊喊就行了的，你当真你就幼稚了，去年我的高中母校建校100周年请我回来，我还准备了发言稿呢，结果发言的是一个煤老板，因为我只捐了四万，他捐了二十万。还有，省里的科协开会，要科学家为家乡的发展献计献策，结果台上摆的座位牌都是领导的名字，一个老科学家，也是个老院士，颤巍巍地还被人扶着，他不懂世事，上台找自己的名字，找了一圈都没看见，还傻傻地站在台上不肯下来，那样子，我现在都记得，如今这世道，什么说话？权钱二字。

刘冬明说：那你还要我远离权钱？

刘院士说：我从解放前看到解放后，如今改革开放又这么久了，我是看透了，权钱就好比地壳运动时注入岩石层的矿浆，政治运动呢，就好比地壳板块之间的挤压，这政治运动，是比地壳运动还难以探明规律，我一不想你被挤压，二不想你成为被万人争抢的矿石，咱爷俩一样，适合做包藏矿物质的岩石，这样才可以长久地留在山谷里享太平，权钱，害人的祖宗哦。

出租车司机这时候忍不住插嘴：阿叔，钱是个好东西呢？如果你没钱，我还真不会拉你。

刘冬明说：我阿爸说的这个钱，不是你说的这个钱。

乡下与父亲共曾祖的叔叔准备了午饭，刘冬明的父亲指着桌上的酿豆腐和汽锅捶丸说：小时候告诉过你的，家乡特色，还记得不？

刘冬明嘴里正包着酿豆腐，他鼓着腮帮子答道：作为客家后裔，忘了它等于忘祖呢，咱们祖先为避战乱从北方逃来，可是这里只产黄豆不产小麦，没有饺子皮，就以豆腐皮灌各种馅儿，做成了饺子的仿制品——酿豆腐。

哥你教儿有方，我就没听我家大人说起过，堂叔说得很诚恳。

刘冬明的父亲越发眉飞色舞起来：我是从书上看的，我们的阿爸都死在毛里求斯，我们都没见过阿爸的面，阿妈与阿婆都是早出晚归地做事，哪有时间哪有心思教我们这些哦，我还不知道他们晓不晓得这一点。

刘冬明想，自己倒是见过父亲，也在父亲身边长大，可是自己的父亲就不如同学家的父亲会疼人，会带崽，以前以为是父亲忙于工作或是本来就感情淡漠，现在看来，是他自己从来没有享受过父爱所致。

吃过午饭便去祠堂祭祖，本以为祠堂会庄严肃穆地等着他们去拜谒，谁知还没进门，就听到里面哗啦啦的麻将声。

刘冬明知道父亲最恨不学无术、玩物丧志，麻将打到自家的祠堂里，父亲肯定不好受。

果然，刘院士站到门口大声说：祖宗屋是打麻将的地方吗？

族中有个年轻人说：房子空着也是空着，这不是利用起来了么？

刘院士说：你看到哪里空着了？上溯几百年的祖宗都在这里看着呢，看着你们在这里虚度光阴？我们客家人百年来都漂洋过海去找活路，好多客死他乡，就是为了养活不成器的子孙？

那个年轻人的母亲也在场，她替儿子打圆场：做父母的，都希望子孙过得舒服，祖宗会高兴呢。

刘冬明看父亲气得脸都紫了，就出来开烟、讲好话：各位兄弟，阿叔阿婶，今晚上我请客，到镇子上找个好餐馆聚聚，都是一家人，我阿爸这么远回来祭祖也不容易，大家帮忙摆个祭品，点个鞭炮。

几桌麻将这才散场，赢了钱的都高兴地围过来打招呼，输了的板着脸溜出门去。

祭祖完毕，便去后山上给祖父母扫墓，刘冬明的父亲一边走一边扬手指点江山：这里，曾经多漂亮，所有的树都几个人合抱不过来，结果大炼钢铁全部砍光了，这里是我的母亲你的祖母去毛里求斯找父亲圆房生子时出发的渡口，现在也悬起这般高，梅江里的水瘦成这样，哪能过船呀，只能给鸭子洗澡了。

听着父亲的唠叨，刘冬明血管里的浆液沸腾起来，心里也由此温暖，他想象着自己的祖母在正值妙龄的年华，随着水客漂洋过海去往地球另一端的那个小岛毛里求斯，两年后，又怀着父亲，过海漂洋地回梅县侍奉祖母，生养儿子，在她守活寡的那个漫长的岁月里，那小岛上男欢女爱的两年光阴够不够她夜深人静时的回味。

刘冬明问父亲：你妈妈和你奶奶，都常年在家守活寡，你说他们想男人么？

父亲起了笑容：你是指的哪个想？

刘冬明难得看见父亲这种暧昧不明的笑，一时间觉得有点不好意思，他将头看向瘦瘦的梅江，高悬的渡口：欲望的想。

父亲说：她们都健康得很，肯定想，她们也守规矩得很，所以肯定也只能想一想。

刘冬明记起了父亲是有个同父异母的哥哥的，那个哥哥的母亲，就是受不住房中寂寞，与来做法事的道士有了私情，被发现之后，村里容不下她，而逃走的，那时族规保护下的客家婚姻，是比现在的军婚还要严格，难怪父亲总说客家女人是中国最苦也最让人尊敬的女人。

可是自己娶的并非客家女，多少年来，为了家庭和谐与仕途顺畅，刘冬明一直在忍，他觉得他现在的小家里，是倒过来了，客家女人的命运，落在了他这个客家男人身上，他是被大城市和大城市的女人改造过了的客家男人。

如果是梅一朵呢？这个健康、性感、率真得莽撞的女子，和她生活在一起，恐怕要恣肆得多。

刘冬明懊恼自己又想起了她。

10

西方的《圣经》记载，上帝照自己的样式用地上的尘土造成人，将生气吹在人鼻孔里，人就成了有灵的活人；而中国的初中历史教科书上提到，人是女娲娘娘用皮鞭抽泥而成不同的长相。

世人皆不懂，为何东西方的历史传说源头，都公认人是泥土做成的，可是七岁的山里孩子张立奇却最早懂得它的逆定律：土都是人变成的，或者人都要变成泥土。

蹒跚学步的时候，父亲牵他到三个土堆前，按他跪下：这是你爷，这是你奶，这是你娘，给她磕头。娘是生他难产大出血而死掉的。

三岁多一点，一直带着他的外婆又把他牵到一个翻着新土、还来不及长草的土堆前，按他跪下：作孽啊，你这报应崽，给你爹磕头。

七岁多一点，舅舅又把他带到一个更新的坟头，这次他没要舅舅按，自己先跪下来，舅舅哭着说：奇崽懂事，外婆会晓得，你是外婆带大的，多给外婆磕几个头，明天舅舅带你去个好地方，你爸爸的魂魄也在那里，他们赔给你的10万块钱，舅舅没用一分，外婆的尿毒症，反倒用得舅舅也没一分钱了，这个也是经过你同意的，你不要怨舅舅，更不能怨外婆，你是外婆带大的，今天你多给他磕几个头，舅舅现在也是孤家寡人一个，要出去打工，还不晓得猴年马月才能回来再看你外婆。

辞别也变成了土的外婆，舅舅和村长以及八个进城打工的兄弟，让他捧着扎着黑布带的父亲的遗像，昼夜兼程，在新学期开学的前一周，赶到了省会城市里的南山新贵国际实验学校。

周五下午五点多钟，梅一朵送走了最后一个来接学生的家长。回到安静的教室，她疲惫地跌坐到讲台前的课桌上，长长地叹了口气，看着黑板报“本周表扬”一栏里，写在最前面的，红红大大的“刘卅”两个字，自言自语：你，为什么，不来。

说完，她费力地吞咽口水，滋润一周下来早已喊哑的喉咙，仿佛将刘冬明的身影同时吞咽下去，也同时告诫自己，只是累得伤心。她扫了一眼横七竖八的桌椅，孩子们那此起彼伏的蠢动又奔来眼前，她再次叹了一口气，觉得这四十一张乱七八糟的桌椅就像湖面上被石子弄出来的波纹，是的，一石激起千层浪，石子沉到水底不见踪影，可是波纹还在荡漾，孩子们走了，可是留下了这乱的痕迹。

她收拾心情，动手整理课桌椅，随口就唱出了黄磊的歌：我想我是海，宁静的深海，不是谁都明白，心怀被敲开，一颗小石块，就能够让我澎湃。

她被不经意就唱出的歌词惊得停下来手中的动作，想了想，又暗笑自己。她走到教室中央第三排的黄金位置，这是刘卅的座位，梅一朵低头看看抽屉里有没有什么东西没带回去，她就可以打个电话给刘冬明，叫他这时候来拿，结果是，一无所获。

她正下决心替丈夫抽自己一个耳光，来压制心里的澎湃，没想到手还没落下，教室最后面的桌子下忽然伸出张睡眼惺忪的脸，仰头怯怯地叫了一声梅子妈妈，口音既不是普通话也不是本地方言。

梅一朵退回到讲台旁，看了看上面的座次表，问那男孩儿：张立奇，你怎么还在这里？赶快打电话叫爸爸妈妈来接啊！

张立奇低头说：他们都死了。

梅一朵更惊了，好像不相信自己的耳朵：什么？你说他们都——

是的。

那是谁送你到学校来的？

舅舅。

梅一朵说：你舅舅电话多少？我帮你打电话要他来接你好不好？

他没有电话，他说他到广州去打工了，我以后就长期住在学校。

这样啊，那你还有其他亲人没有？是谁帮你交的学费？舅舅吗？

张立奇的头低得几乎要挨着桌面：都死了，我爸爸就是砌这个学校死的，我们没钱交学费，学校没收我的学费。

说着张立奇就走了出去。

梅一朵不知道他要干什么，只好跟着他问：你到哪里去？

走到学校文化长廊西端的“望江亭”边上的莲池旁，张立奇指着池中假山的位置：舅舅讲，我爸爸就死在这里。他又仰头看亭子的顶：舅舅讲，爸爸是盖瓦的时候，跌下来摔死的。

梅一朵这时候才明白，张立奇原来是农民工子弟。

她要张立奇到教室背好书包去找生活老师，自己就径直往赵校长办公室去了，她没想到自己班上还有个这样特殊的学生，赵校长事先居然不跟自己通气，真的是太欺生了！她要去讨个说法。

梅一朵此时的心理，小学部校长赵众山那天也有。

那天张立奇和他舅舅等一干人来学校，他以为总校长和当年学校的建筑商不会答应他们的无理要求，因为据总校长说，并没有谁去谋杀张立奇的父亲张兵国，是他自己不戴安全帽、不系安全带，中暑了跌下来摔死的，况且当年也赔了 10 万块钱私了，他不相信总校长他们会怕那群农民的威胁。孩子丢在这里可以送还当地的民政部门啊，在校门口无理取闹，可以叫警察啊，一只沉重的葫芦，挂在墙上不好，为什么偏要吊在自己的脖子上呢？

后来总校长通知接收张立奇的时候，他总算从那里得到了半句解释：你没听媒体上讲过？要善于把灾难变成机遇！

他猜想总校长和建筑商是想要借机炒作，或者这里面本就有什么不可告人的秘密经不起闹腾，联想到自己连知情权都没有，就在心里恨着：灾难从来就只是一线灾区人民自己的灾难，机遇也只是灾区领导自己的机遇。

其实总校长盛卫国负责的这个学校，莫说是农民工子弟，就是一般的工薪阶层的孩子，哪怕是做点小生意的小康后代，都是没有经济实力和面子进来的。

这所学校背靠南山，面临弯江，山上千年寺庙晨钟暮鼓，馨香袅袅，茂林修竹之间飞瀑流泉，鸟鸣啾啾；校内亦是亭台楼阁，假山莲池，树影婆娑。

学校的左面，是新建的市政府办公楼和住宿区，右边，是国家级的高新技术开发区，开发区里，建了许多半山别墅，这群别墅有个共同的名字，叫“南山新贵”，学校就是开发区投资创建的，用“国有民办”的方式运作，当然，按照就近入校的原则，市里的一些干部子弟是可以免了那十二万元的“捐资建校费”就读的。

就像羚羊麋鹿，逐水草而居，如今的“新贵”和“准新贵”们，更懂得“圈子”和“商机”的重要，因此，本市和周边城市的富翁们，也使尽招数将自己的孩子送到这里，不是吗？自己好不容易跻身或者正在跻身上流社会的圈子，怎么能让子弟掉队呢？“孟母三迁”，不就是择个教学环境吗？再说了，在人人设防的今天，知根知底的同学关系是最可信赖的了，十几年后，他们不就可以成为强强联手的事业伙伴吗？

正是大家这种抢占先机的意识，使得南山新贵的校舍还没建好，托各级各部门领导写条子来报名就读的学生就大大超过了原来的预想，只好赶紧又报建报批，成倍地增加建筑施工人员，进行校区扩建，最后建成的校园，比当初图纸设定的要大了一倍。

张立奇的舅舅和爸爸，当年就是这支抢建队伍中的一员。张立奇爸爸的死因，套用当年“蔚蓝海洋”公司的工会主席所作悼词中的一句就是：“作为抢建南山新贵国际实验学校校舍的，可敬的农民工兄弟的一分子，张兵国同志，把他最后一滴血汗，洒在了祖国栋梁成长的热土上”。为了赶上九月一日的开学，为了答谢领导和学生家长的厚爱，当年建筑工期最白热化的阶段，的确就在酷热的三伏天，所以那时的校园，堪称“热土”。

那天，果如赵众山所料，分班的时候出现了问题，最开始赵众山要教导主任将张立奇分到一班，没想到花名册还没造好，一班的班主任朱老师就来找校长了，直说自己是老教师，特别是心脏又不好，别说看见这个孩子了，就是听说这个名字，都会想起假山底下的那摊血，人就发晕。

一班班主任走后，二到五班的班主任也一起过来向他建议，要分就把张立奇分到六班、七班两个新来的班主任班上，他们没见过事故现场，也没看到过那天跟大人一起来吵事的孩子和遗像，心里才不会怕，不会有阴影。

赵校长这下恼火了，你有阴影他也有阴影！你怕他也怕！你不收他也不收！他还是个活生生的人呐！他又不是鬼！

不过赵校长恼火归恼火，最终还是接受了他们的建议。

他想，这天鹅湖里来了只丑小鸭，湖里肯定不会平静，六班是男班主任，将来若惹出什么事，恐怕他的性别不利于调停，七班最好，新来的班主任梅一朵，师范大学中文系毕业，又在电视台锻炼过几年，再说，人又长得，怎么说呢，按当下流行的说法应该是“很吸引眼球”。

不过，梅一朵来讨说法的时候，他当然不这么说，他对怒气冲冲的梅一朵解释：事先没有告诉你呢，是想你有个平和的心态，把他当普通学生一样公平对待，至于为什么唯独放到你班上，这是学校领导班子一致讨论的结果，觉得一年级七个班主任，你最面善，又在电视台锻炼过，有应对大事的能力。

从赵校长办公室出来，心中充满着悲悯情怀的梅一朵信步走到了学校文化长廊西端的“望江亭”上，张立奇的爸爸张兵国，三年前的一个正午，正在这亭子上盖琉璃瓦，那时广播里正播放着连播了数天的心急火燎的通知：“按照八月二十五日竣工的倒计时，提前一天完成所包任务的，奖一千元，提前两天的，奖两千元，反之则按同等金额罚款，以此类推”，张兵国出来打工数年，从来没有听说过如此高的工价，遂日夜奋战，真的是有钱能使鬼推磨，他把最后一滴血汗，就这样洒在了祖国栋梁成长的热土上了。

梅一朵还从赵校长那里得知，柱子的旁边，按最初的图纸，本来要建一个小学生的露天游乐场，张兵国跌下丧身之后，总校长请示教育局临时决定，将这里深挖放水，养上金鱼，种上睡莲，还在池中造了座假山，竖了一块硕大的七孔太湖石，又据说桃木能辟邪，还栽了七株桃树，于是这里就成了校园最诗意的景点。

眼前，游鱼戏莲，间歇而出的喷泉，将太湖石浇得终年湿润，孔的边缘已经长上了青苔，安慰加上重压，张兵国，你的灵魂应该安息了吧？梅一朵想，恩威并施的法则，也许走遍佛家所说的十方三界，都是行得通的。

教室里，梅一朵看到地已经拖干净，桌椅也摆得整整齐齐，她知道是张立奇做的，心里漫溢感动，赶到寝室，看到张立奇又在跟生活老师晾衣服，就喊他：张立奇，把书包背好，梅子妈妈带你回家，对，回我的家，你喜欢的话，也可以成为你的家。

11

中秋节这天，正好是星期二，梅一朵有晚自习，傍晚时分，有半数的家长来接孩子回去过节吃团圆饭，来的时候，每家都给梅一朵和数学、外语老师各送了一盒包装精美，印着某某宾馆字样的月饼。

生活老师接了剩下的不到二十个孩子去食堂吃晚饭后，梅一朵拣轻的先提了几盒去办公室。走廊里，碰到六班班主任王子航，也提着大大小小的月饼盒，步履艰难地走着，俩人心照不宣地嘿嘿笑了几声。

一班班主任朱老师已经端了饭在办公室吃了，见他们俩走进来，嘴巴赶忙从芋头炖牛肉的汤碗里抽出来，上唇边缘一圈灰白的芋头糊糊，她没法看见自己可笑的模样，反笑梅、王二位：哪里来的小商贩？走走走，这里不准推销月饼！

梅一朵看见朱老师周围一盒月饼也没有，有些得意：这些家长也真是的！送这么多，开食品店都够了！

王子航说：朱老师我家在外地，这些给您带回去吧，我教室里还有。

朱老师仅仅让嘴角肌肉扯动出一个面积极窄的笑：你的好意我心领了，家长也送了我好多，我都返回去了。见王子航很惊讶的样子，她继续解释：这个家长送的，我就返给那个学生了，我跟他们说，第一个中秋节，老师特意送给你们吃的，一定要带回家的。

梅一朵问：那些家长未必不知道你是拿了别人人情的还人情？

朱老师给了梅一朵一个面积更窄的笑容：你未必不知道他们也是拿了别人的人情送人情？他们家里多的是呢！你仔细看看盒子边上的印子，不晓得在好多汽车后备箱里、好多人家里蹭过呢！今天都十五了，真心送礼的，初一就开始了，你初一收到了么？初二收到了么？初三收到了么？十四收到了么？没有吧？你到商店去看看，月饼已经开始打折了，明天半价都没人买了。

王子航说：天呐！这还是我人生第一次“受贿”呢？我还想亏得我分到这样的学校了，我那些分到普通学校的同学，虽然是教初中，也没听说谁收到这么多礼的。

朱老师继续保持她嘴角的窄笑：礼呢，当然是我们这样的学校收得多，但是你要想这些家长有多尊敬你，那肯定不如普通学校那么尊敬，这就看你要哪样了？

梅一朵不解：不是说，要进我们学校教书，比高考还难吗？怎么反倒不如普通学校那样受尊敬？未必是因为家长们的素质或者是地位高？那我也不觉得啊。

朱老师收敛笑容：岂止是比高考还难，今年应聘考试的时候你们注意没有？有几个考场？17 个考场！每个考场 40 人，你算算，好多人？结果呢，只招了 9 个老师，我们当年进来还严格些，这不是我们的素质问题，你们没听说过一句顺口溜，专讲我们这样学校的。

王子航和梅一朵的头同时摇了摇。

朱老师上唇边的芋头糊糊这时候已经结痂，她可能感觉到了干痒，食指擦下，在眼前看了一秒钟，又配合大拇指抖到地板上，如此有三，方才开口：家长是上帝，学生是皇帝，老师是奴隶，生活老师算个屁！

梅一朵立刻联想到了那天的“晚宴”，不禁喉咙干涩，将月饼撂到桌下，牛饮了一杯水。她给丈夫罗伟林打电话，要他到学校来把月饼拿了送到她娘家去吃晚饭，丈夫回答说，昨晚就听她讲要上晚自习的，早约好了他学校几个单身汉打麻将。梅一朵也不坚持，她知道丈夫和母亲是互相看不起，所以听丈夫这么说，也只怪了一句：你那么喜欢跟单身汉玩，干脆离了我做个快乐单身汉算了！

就挂了电话。

跟丈夫打完电话，梅一朵见朱、王二人已经出去，就抽出学籍册翻到刘卅那一页，考虑是不是给他的爸爸妈妈打个电话拜节，又想起了那句顺口溜，觉得自己真的要自重，可是这罗伟林太不懂自己的心了，中秋夜，团圆夜，人家千里万里都要赶回来团圆，可是他却跟单身汉打麻将，这一打肯定就到了半夜，晚自习回去又是孤零零的，这属于诗人情人的中秋夜，如果自己有个像刘冬明那样的丈夫陪着吟风弄月，那该何等美好啊！她拿起了改作业的红笔，想着刘冬明在推杯换盏的酒席旁看短信的样子，套了《月中行》的曲牌，填了一阕中秋祝词：

中秋无月雨雾笼，绿水映霓红。三杯两盏夜已深，醉面似芙蓉。一则消息人不远，明灯下，婵娟似共。桂子初湿香更重，一朵祝福浓。

一气呵成之后，梅一朵将自己化作局长、局长夫人、校长等几个身份，将词反复看了几遍，觉得大方得体，对有心人来说，也蓄含深意。于是，整个晚饭时分，她都在发短信，给领导，给每位家长，给朋友，直到晚自习铃声响起，她才收起了已经发烫的手机走进教室，居然忘记了吃晚饭，也不觉得饿。

从打晚自习铃开始，调成震动的手机就在裤口袋里颤抖不已，梅一朵没有心情给剩下的孩子做互动教学，刚学会的几个拼音字母也经不了几抄，她要孩子们把往年一家人过中秋节的情景画下来，涂上颜色，自己就站在教室后门的角落里，不断翻看家长和朋友回过来的信息，却总是没看到自己期待的，只有局长夫人无限简约尊贵的“谢谢，中秋同乐”几个字，对她的思念起了隔靴搔痒的作用，不过没有几分钟，这不痛快的搔痒就幻化为痛，“同乐”两个字刺激了她敏感的神经，她苦涩的想象中，局长夫妇此刻不知何等快乐。

梅一朵走到刘卅身旁，看到他画的是五个人围着一张桌子吃月饼，天上一个鸡蛋形状的月亮。

另外的孩子都说画完了，梅一朵要他们交上来，一一看过，大概都如刘卅画的内容，只有两张特别，一张是伍大洲的，另一张是张立奇的。

伍大洲画的是一个大男人指着天上的圆月，一个小男孩儿抠着脑袋，脑袋的上方满是问号，问号上面是一行歪歪扭扭四分五裂的字：十五的月亮十六元？

梅一朵想这肯定画的就是他们父子了，不过问号代表什么呢？是不是他不会写“圆”字？那么自己趁机教他写罢。

结果从伍大洲那里得到的回答是：那天我爸爸说“十五的月亮十六元”，我，我，我就想，十五的月亮怎么这么便宜呢？

梅一朵笑醉，告诉他应该是圆溜溜的“圆”，不过她心里认为，伍大洲的误解，很符合时下流行的解构主义风格。哈哈，以后自己可以给朋友们出脑筋急转弯：十五的月亮好多钱一个啊？

张立奇交上来的其实只是一张白纸，上面有一滴无色无味的液体，使得原本平展的纸上出现了一个灰白嫩软不规则的圆影，像雨后的夜空裹着水汽的月。

梅一朵不知道这纸上的不明液体是张立奇喝水掉的水滴，还是思亲思故乡的泪滴，甚或是不会画画急出来的汗滴，她抬眼看向张立奇，他正在接生活老师刚送到他座位上的月饼和牛奶。生活老师走开之后，梅一朵看清了他红红的眼睛，心里一阵发软，走了过去，蹲到张立奇的身旁，贴了贴他的脸，轻轻地说了句：宝贝儿，节日快乐，晚上做个好梦。

梅一朵转身走到讲台上站定的时候，发现被张立奇咬了一口的月饼静静地躺在桌子上了，他两手紧紧握着牛奶瓶，吸管还没有插上，脸红红的，正吧嗒吧嗒掉着大颗的泪珠。

室内广播开始了晚间的播音，今晚的序曲是贝多芬的《月光曲》。

教室里，满是孩子们咀嚼月饼的声音，吸溜牛奶的声音，低声说笑的声音，课桌椅滑动的声音，梅一朵觉得，广播里叮咚而出的钢琴声，这一片高贵而宁静的忧伤，被孩子们的喧闹所抵制，就像冬日里高悬壁上的挂式空调喷出的热空气，怎么都下不来了。

小学的时候，梅一朵学过《月光曲》的课文，那时候自己的老师上语文课，就是教几个生字，背一篇课文，甚至连贝多芬何许人，老师自己也不知道。那时梅一朵所学到的《月光曲》的来历，就是课文上介绍的：好心的贝多芬，在洒满月光的夜晚，为购不起他音乐会入场券的盲姑娘，上门演奏了美妙的曲子。

老师那时总结的中心思想是：我们要学习贝多芬这种助人为乐的精神，学习他即使取得了巨大的成就，也永不自满、戒骄戒躁的好品德。

大学的时候，她才知道，诞生于两百年前，伟大的《月光曲》，原来是叫《升C小调钢琴奏鸣曲》。小学课文里的讲述，原来是作不得数的传说。

真相是，触动贝多芬创作的，并不是皎洁如水的月光，而是贝多芬与朱丽叶·琪察尔迪第一次恋爱失败后的痛苦心情。朱丽叶是伯爵的女儿，两人真诚相爱，因门第的鸿沟，又迫使两人分手。贝多芬在遭受这一沉重打击之后，把由等级制度造成的内心痛苦和强烈悲愤全部倾泻在这首感情激切、炽热的钢琴曲中。

今晚这首应景之曲，勾起了梅一朵要做一个与时俱进的现代教师的责任感，她记起刘卅和班上另外几个孩子是从小学钢琴的，于是她对着乱哄哄的教室对口令：谁是我的乖乖崽？

孩子们马上坐好：我是你的乖乖崽！

安静逼退了喧笑，渐入尾声的钢琴奏鸣曲沉入清澈的空间，像一群漂亮的金鱼游入水草的深处，余音袅袅，波光粼粼。

钢琴曲结束后，梅一朵飞快地关了广播，问：刚才广播里放的是贝多芬的《月光曲》，有谁知道贝多芬？

伍大洲抢先举手，梅一朵点他站起来，他张开缺牙的嘴巴笑说：贝多芬我听我姐姐说过。

梅一朵点头示意他继续讲。

伍大洲摇头晃脑转述：贝多芬，背多分，我姐姐说，背的东西多了，考试就得很多分。

生活老师，以及班上剩下的同学都笑了，笑声里有个学过钢琴的女孩儿在争辩：不呢，贝多芬是我们钢琴老师的老师呢！

讲台旁，高高在上的梅一朵老师哑然失笑，一句古词乘虚而入：便纵有，万种风情，更与何人能说？

晚九点，学生就寝铃声准时奏响，梅一朵依然没有收到刘冬明的回信。

下了晚自习的同事们急匆匆地将讲义往桌上一丢，就跑上校车与自己的朋友亲人去享受中秋节的“余韵”了。

只有梅一朵老师还在装模作样地改作业。

估摸着校车开走了，她才放下红笔，最后瞟了眼桌上的手机，将它调至震动加铃声，放到校服裤口袋里，又在办公桌边的一堆月饼礼品盒里，选了四盒印着五星级宾馆名称的，准备出了校门坐出租车送到娘家去。其实校车中，有去她娘家凤码头的路线，她记得开学第一天只有自己提着大包小包的礼品上校车的感觉，她不想再被人偷笑，才如此行事。

还有什么比面子更重要的呢？

门口竟然碰到了让她惦记了半晚上的刘冬明，和他一家子。

梅一朵顿时吓飞了魂魄，魂魄飞到半空中，冷冷地打量着自己的情状——手提多盒月饼，像个推销失败的小贩，行走在中秋夜的麻风细雨中，疲惫，委顿。

本来教育局长刘冬明与妻子金章，同管教科文卫的于凤鸣副市长一起晚饭，饭后，两家又一起打牌，不料一局未完，于副市长接了一个电话，说是某领导喊她去有事，就只好散了牌局。牌局散后，俩人觉得没有月亮的中秋节，如果儿子还不在身边，四目相对，必定秋愁无限，便决定赶快接回儿子，好应中秋夜、团圆夜的景。

就在校门口碰到了提着沉甸甸四盒月饼的梅一朵老师。

刘卅偶遇梅老师，兴奋如久别重逢：梅子妈妈！梅子妈妈！老爸快停车，那是梅子妈妈！

刘冬明便将刚发动的车在梅一朵身边停下，按下车窗，轻声道：梅老师。

梅一朵转头，看见车里面刘冬明微笑的英俊面庞，顿时魂飞魄散。

刘冬明说：上车吧，我们送你回去。

后座上伸出了局长夫人的头，她也微笑着，却笑得暧昧，眼睛盯着梅一朵手上大大的四盒月饼。

梅一朵边尴尬地朝局长夫人点头致意，边对刘冬明说：不了，我回娘家，在市中心，不和你们顺路，你们先走吧。

局长夫人却文不对题地说：刘冬明，我说了带盒月饼给梅老师，你要我莫多事，你看，别的家长都比你这个局长懂事得多！

刘卅怕梅一朵不上车，下车使劲儿拽梅一朵的手，硬是将她拖到副驾驶座上坐下，自己又很自然地在梅一朵的腿上坐定。

局长夫人喊自己的儿子：卅卅，坐到后面来，别挤了梅老师。

刘卅却说：我觉得不挤啊！

刘冬明将车发动：梅老师娘家住在哪里？

梅一朵马上想到了那日晚宴上，贵妇人们含沙射影说自己“梅花香自苦寒来”，当时自己没来得及出言反驳，再加上他们说到了局长夫人的叔叔，是省里组织部的一个高官，梅一朵也觉得相比之下，自己的确是寒苦的出身。

但是现在，形象如此败落，再不挽回，就永远没救了。

好在梅一朵毕业后在电视台有过三年的编剧经验，此刻她不动声色地说：我娘家啊，在桐荫路 9 号。

这个城市的人都知道，桐荫路 9 号是军区大院的所在地。

果然，局长夫人马上提问：梅老师的父母是军人？

梅一朵叹口气道：可惜我爸爸在要提副军职那年，不幸病故了。

其实她说的是她一个高中同学的家世。

如梅一朵所料，车内出现了短暂的沉默，三个大人各怀心思，只有刘卅同学思无邪：梅老师，你的身上怎么有牛奶糖的香味儿，爸爸你闻到了吗？

车在桐荫路9号门口停下，卫兵向他们庄严敬礼。

梅一朵老师边下车边说：时候不早了，登记挺麻烦的，你们走吧，雨也停了，没事的。

刘冬明将车拐了拐停在门侧的路边。

局长夫人从后座上递过梅一朵老师的四盒月饼，梅一朵看到她的眼里多了一份尊敬。她接过局长夫人递来的前两盒，说：剩下的这两盒给卅卅吃吧。

局长夫人本来想说，我们家里多的是，但不知是被军区卫兵的威严所慑，还是对这个没有父亲的女老师生出了怜悯，她转而道：这怎么好意思！

梅一朵老师将后座门潇洒地关上，走到副驾驶的位置，冲刘卅说：卅卅，你今晚表现很好，这是梅子妈妈给你的奖品，你接受吗？

刘卅骄傲地转对刘冬明说：老爸听到了没有？我表现很好呢！

刘冬明说：你是好孩子，那，梅老师，谢谢你了。

梅一朵老师挺直身子，像个将军一样，冲刘冬明挥了挥手，就将他的车与之前的种种委屈，一并挥走了。

12

凤码头原名粪码头。早在梅一朵出生之前，这个城市的街巷还是青石板与麻石铺地的时候，每天清晨，像群鸟飞入曙光一样，所有的粪车都空空地从这里出发，分散到各自负责的路线，走走停停，等到太阳升起，全城的粪车又满满地集中到这个码头下河。

是为粪码头。

入鲍鱼之肆，久闻不知其臭，粪码头的人，生长于斯，自己的鼻子也没有闻到粪有多臭，拖粪是他们的饭碗，在他们的思维里，粪和饭同样的香，至于粪臭，他们是从别人的眼光里感觉到的，感觉到之后，就形成了弓腰驼背，双眼看地的习惯。

直到1966年，毛主席将北京的掏粪工人时传祥接到他的中南海小住，又请每个毛孔里都散发着奉献芬芳的劳模在国庆节的这一天去天安门城楼观礼，他们的情状才有所改变。那天清晨，这个城市的人们一觉醒来，提着马桶、端着痰盂站到门口等粪车的时候，忽然发现粪码头的工人阶级们，比头一天都长高了一个头，眼睛是从未有过的晶亮。

梅一朵的父亲汪必成，就在这一年来到了粪码头，他是来给他们写颂扬弹词的，虽然他是个盲艺人，眼睛看不见劳模伟岸的身躯，鼻子还是可以嗅到劳动的芬芳的。

跟着走了几日，汪必成感到了从未有过的安心、从未有过的踏实，也从来没有觉得自己是这样的了不起、被需要，于是将经年的积蓄，买了粪码头龙头位置上的一栋旧平房，常驻粪码头安心创作，又与一个掏粪工人兄弟的年轻的乡下表妹梅超英结成了夫妻。

这样到了1973年，劳模时传祥被打成了“工贼”，城市的轱辘粪车换成了机动粪车，粪码头的新一代拖粪工人，扬眉吐气地成了环卫部门的司机，他们陆续搬出粪码头，只剩了汪必成和他的徒弟陶三河住在这里。

粪码头的老一辈拖粪工人见到汪必成汪瞎子最后一面，是在1976年春，梅一朵的百日宴上。

那天的粪码头酒香四溢，汪必成和无产阶级的领导者——工人兄弟们一起，喝得烂醉。

散场的时候，当年将自己的表妹介绍给汪必成的梅一朵的表舅舅，将天命之年的汪必成扶到床上，脱了鞋袜，掖好被角，诚恳地说：粪码头现在虽然没得粪臭了，但是牌子还是臭的，为了女儿，早点搬家吧。

却没有搬成。原因是百日宴后的第三天，汪必成去巷子尾新建不久的公共厕所大解，起身的时候天旋地转，头栽在水泥台子的角上，就这样去了。

师傅走了之后，陶三河就四处唱弹词养活师娘和梅一朵。这样又过了几年，城里的青年们忽然都提着个录音机，穿着喇叭裤，在“我们是八十年代的新一辈”的乐曲声中，到江边来跳交谊舞。

梅一朵的妈妈梅超英发现了商机，她与陶三河商量之后，将两家的靠背椅、木椅与圆凳搜罗在一起，只要一听到“澎恰恰”的乐曲声响起，她便带着女儿搬桌椅，摆茶摊，卖零食，这样下来，家里终于有了点儿余钱，梅一朵也能在换季的时候，穿到专为她做的新衣裳。

等到梅一朵十五岁那年，交谊舞都跳到了舞厅，茶楼里也不流行请陶三河这样的盲艺人说书唱弹词了，陶三河就抱着月琴在自己家门口唱，让梅一朵的妈妈做些当地的小吃，卖给那些常在江边下棋纳凉、打牌聊天、谈情说爱的市民们。

陶三河的弹词，深得师傅汪必成的真传，十八套曲，曲曲能推陈出新。而粪码头边的河滩地，浸染历年浓肥，种子一粘泥土，便有上好收成，不仅收成好，更重要的是味道鲜美，比那些坐船过渡担菜来卖的农民种的菜，要好吃百倍。就此两条，口口相传之后，一条巷子都做起了小吃，且生意越来越火。

生意火起来之后，粪码头的巷子名就成了头号问题。街坊们便一起到社区去反映，要求换名字，不然，一城的人都在喊：走啊，一起到粪码头吃东西去！

这样反映了几年，全国开始申报文明城市，粪码头到底引起了政府的注意。

注意了之后，政府慷慨拨款，从巷子口的陶三河、梅嫂家，到巷子尾的公共厕所，所有的门楣都换上了仿古的飞檐与翘角，贴上了清一色的青砖瓷片仿古墙面，挂起了中国红的大灯笼，再把巴掌大的蓝底白字“粪码头”老牌子取下来，将松木搭的“凤码头”的新门楼竖稳当，统一管理，粪码头就变成了凤码头小吃一条街。

这个无月的中秋夜，梅一朵走进了凤码头被细雨濡湿的中国红灯笼的光晕里，她在光晕与吃客的喧闹里停了停，还是先走进了三爹家的大门。

因为年迈的缘故，陶三河与梅超英家里的第一层门面，都租给了乡下过来的人经营，他们只靠租金过活。

每家的门面前，都搭了一块红蓝白三色相间的雨遮，小龙虾、马齿苋、泥鳅、鳝鱼、水芹菜、栀子花等都剖好洗好，水盈盈地装在红色的塑料篮子里让吃客点，一箱箱的啤酒白酒，每天傍晚都有人送来，就摆在备菜的一侧。

梅一朵本以为雨夜的中秋，吃客会少一些，没有那么吵，谁知还是如常，这个城市的人，真是爱热闹，爱热辣，他们要是出差到外地，首先记得要带的，不是衣物，而是一瓶豆豉辣椒，讲起话来也是刚烈，为了鸡毛蒜皮一点儿小事，就可以当街吵起来，吵来吵去都那几个字：

“你要哪样搞？”

“你要哪样搞就哪样搞！怕你啊还是！”

“那就搞噻！”

“搞就搞！”

“随你哪样搞！你不搞你是我的崽！”

“我不搞死你我是你的崽！”

……

气咻咻骂一顿，只要旁边谁搭句腔一扯散，骂仗的双方又勾肩搭背去馆子里喝酒吃辣了。

梅一朵还没进门就听到陶三河在吃客们的闹腾里唱弹词，唱的是《鲁提辖拳打镇关西》，正唱到结尾处：

渭洲走了鲁提辖（呀），五台山出了个鲁智（啊）深。

月琴的余音还在，正猜拳喝酒的吃客却耳听八方，恰到好处地鼓掌叫好。

陶三河起身一拱手道谢，就将脸转向梅一朵站着的门侧，虽然看不见，但他却能准确地感觉到。他的脸上便笑开了：朵朵回来啦！

梅一朵便提着两盒月饼，扶着陶三河上到二楼去。

跟她的妈妈比起来，梅一朵觉得自己跟陶三河三爹更亲，有时候回想和大人一起过的童年，她妈妈给她的趣事，她一样都记不起来，倒是三爹，他虽然视力全无，却总是出现在自己的视线当中。

她记得小时候，自己顽皮，将妈妈的大红花衣服放在三爹午睡的竹床旁，换掉三爹脱下的他自己的衬衣，然后和小伙伴一起，躲在门外看男人穿女人衣服出丑。

每次，他们都得逞，三爹总是马上就醒来，马上穿起红花衣服，走到巷子里，听凭一队娃娃们哈哈哈哈地大呼小叫：陶瞎子，瞎眼睛。乱穿衣，搞不清！

这个游戏玩厌烦之后，他们又偷来家里的破渔网，俩人各执一端，横在窄窄的巷子里，看瞎子自投罗网。

每次，三爹总会一个跟头栽到网里，栽得孩子们哈哈大笑。

稍大之后，梅一朵们才知道凭三爹的听力，不可能不知道他们的小把戏，其实三爹是在哄他们开心。

三爹也因此成为了梅一朵这一辈的孩子们心目中最好的大人，还因为这点，凤码头出去的孩子，只要月琴一响，心里都会蹦出一串一串的弹词；又因为自小耳濡目染合辙押韵的弹词，孩子们上学学习古诗词便有了坚实的基础，所以凤码头出去的孩子，长大后，不管从事什么职业，骨子里都是文青。

楼上，梅一朵打开月饼盒，取出里面备着的叉子，放到三爹的手里，自己又挑了个带咸蛋黄的，掰了一半放到口里，陪三爹吃。

三爹却举着叉子笑呵呵地没有动手。

梅一朵说：五星级宾馆出的呢，蛮好吃，香糯甜腻。

三爹笑：香糯甜腻，牙不争气，老了。

梅一朵想起了小时候，三爹从外面带回来的月饼，一张四方的白纸包着，白纸因为被月饼的油渗透，变得透明，打开油纸，便是圆圆的月饼，月饼外层的面粉被压制成了硬壳，因为像极了脚板上的老茧皮，因此被叫做脚板皮月饼，当然，这是在大宾馆的软软的，被他们称作“广式月饼”出来之后，为了区分，才这样命名的。

梅一朵想起脚板皮月饼的时候，三爹忽然也说到了：还是脚板皮月饼好吃，不腻，不粘牙，软硬合适，甜味也合适，包装也合适，不浪费，凡事都有个度。

梅一朵不同意三爹的看法，但是她理解三爹，从那种物质匮乏的计划经济时代走过来的人，不免节俭，她不想和他争论，就撒娇道：哎呀，我是来给您老拜节的呢，又不是来上课的。

三爹笑道：好好好！过节过节，那我就吃点儿蛋黄，不粘牙。

梅一朵看着三爹将叉子准确地叉在她刚才掰开的半边月饼中的蛋黄上，叹道：您老鼻子还是这么灵，我要把蛋黄放进口里的时候，才嗍得出一点点腥味儿呢。

三爹的喉结一滑动，完成了吞咽：好了，这就算过节了，其实你来了这节就算过了，剩下的月饼，等下你都丢到弯江里去，最近秋干水少，还有人趁黑打网偷鱼，我半夜醒来，总听得鱼虾叫得凶，那声音又怕又饿的，作孽。

梅一朵惊道：三爹你开玩笑吧！我晓得您老好听力，但是不至于鱼虾饿的声音也听得出吧？再说两盒月饼，您老一盒，另一盒我是准备给我娘的。

陶三河说：你娘的牙痛好几年了，吃不得甜，吃不得酸，她又省，你这高级月饼送过去，她是吃又牙痛，丢又心痛，何苦呢？

梅一朵不以为然：过节嘛，总是个意思，再说这月饼几百块钱一盒呢，她就是待客也有面子啊。

陶三河呵呵笑道：你们娘女都好面子，她确实会炫耀，不过我以为，她看了这包装，会舍不得送人吃，她会一边捂着腮帮子一边硬吞下去。

陶三河边说边掏出一叠钱，递给梅一朵：这是一千块钱，你给你娘，就说是学校里发的过节费，月饼放到我这里。

梅一朵说：我准备了四百块钱，再说我怎么要您老的钱。

陶三河说：准你孝敬三爹高级月饼就不准我疼晚辈啦！拿着！你晓得你娘还在生你的气，她总觉得在电视台又有面子又有钱，你不该商量也不打就进了学校，第一个中秋节，你多孝敬她一点钱，明早她给街坊们一夸，她的面子就回来啦。

瞎眼的三爹看得比谁都透，梅一朵心生佩服，就接过了钱，心想，等以后出息了再回报他吧，反正从小就欠他够多的了，虱多不痒，债多不愁。

果如三爹所料，当梅一朵在巷子尾的麻将馆找到母亲梅超英，说，“妈，我回来了”的时候，梅超英眼皮都没抬，继续摸牌出牌，只鼻子里“嗯”了一声，算是回答。又当梅一朵掏出一千两百块钱，厚厚一叠红票子递到梅超英的眼睛底下的时候，梅超英转过脸来，脸上有了笑容：发财了？

梅一朵说：学校发的，发了一千五，我留了三百给罗伟林寄给他家了。

梅超英这才伸手接了。

旁边的人都露出羡慕的眼光，有人恭维：梅嫂好福气，你家一个妹子顶得了我们几个崽女。

梅超英用力打出张“东风”：那当然，朵朵一出世，我们家老汪就算过，她五行缺火，水克火，所以她不能姓汪，木生火，所以她就姓了梅，我不光是肚子生了她，我的五行也生她，这福不该我享该谁享？

梅一朵连夜回教师村。车过弯江大桥后，一拐弯，她看到了对岸自己出生的老城，夜色蜿蜒爬行，灯光此起彼伏，像初起的山火。

她始终想不明白，生在这个夏热如火炉的城市，又逢如火如荼的年代，自己怎么还缺火呢？而心里始终存在的灼热感，又因何而生。

13

第二天，农历八月十六的傍晚，梅一朵正准备去食堂吃饭的时候，盛冰冰在门口拦了她，对她神秘地眨眼，说转达她哥的邀请，晚饭后同去南山顶上的子美阁陪领导赏月。

盛冰冰的哥哥就是南山新贵国际实验学校的总校长盛卫国。

梅一朵听到“领导”俩字，马上想到了局长刘冬明也许会去，紧张地问：哪个领导呢？

盛冰冰说：放心，正是你想见的那个。

梅一朵红了脸否认：你多心了吧，我，我想见谁呢？

盛冰冰叹了口气，认真地说：唉——，我多心没关系，就怕你这只傻鸟多情，别怪我没提醒你啊，他们这种男人，你如果认真，那就死定了，你问问自己，玩不玩得起，如果不能把握，我劝你趁早断了这个念想，不见了。

梅一朵说：不见就不见，谁稀罕呢？

盛冰冰继续逗她：被我说中了吧，已经动心了吧，从开学第二天到现在，你算算你讲了多少回局长？这么好的朋友还瞒！

梅一朵辩白：我瞒什么？你又没问过我。我也只是……对他有点好感而已，其实我碰到的有好感的男人也多了，关键是他老婆的态度，开学头天晚上，我抱着她的儿子，她一把拖过去，还当着那么多人的面唬我，好像我要抢了她儿子抢了她老公一样。

盛冰冰说：人家是正当防卫呢，你有什么气不过的？

梅一朵急得有点口不择言：那时候我对她老公根本半点想法都没有好不好！

盛冰冰抢白她：这时候就有想法了？你啊，怎么说你好呢？你怎么一点就燃呢？像你这火种类型的，不说玩火，就是一点火星都近不得的。又笑道：我去加油站把那个禁火标志取来贴到你身上好不好？

盛冰冰说她的姐妹是火种的确不错，梅一朵心中的爱火加妒火捂了有半月之久，都成了漆黑的木炭，此刻木炭又被姐妹点着，复燃成怒火，因为旁边有同事和学生来来往往，这怒火又如缺氧一般，只能作不充分燃烧，因此梅一朵咬牙切齿的抗议声中，带有一股呛人的浓烟味儿：玩！玩！你就知道玩！感情是用来玩的吗？世上本来有很多美好的东西，就是被你们这种人玩掉的！是的，你等我说完，别打断我，你听我说，你，还有你那些所谓的男朋友，这个什么局长之流，你们，空虚！堕落！情人之间玩感情，朋友之间玩关系，好像只有你们是人上人，一切都玩弄在你们的手掌心！

梅一朵如骤雨急下般讲完，不再看盛冰冰，只望着操场边的梧桐树，一叶一叶的往下跌。

盛冰冰看她的傻鸟闺蜜真的动气了，忙自己找台阶下，安慰道：其实也不能全怪你，我知道你把爱情看得很神圣，你就是没嫁对人，所以你心里才会不平衡的。

梅一朵鼻腔里一声苦涩的冷哼，她凑到盛冰冰的耳朵边：谢谢你的理解，我很平衡，至少罗伟林对我的爱是真挚的，请转告你哥和那个什么长，不跟他们在一起，我的月亮也是圆的。

说完转身向食堂走去。

仿佛怨气也是饿鬼化生，梅一朵吞食人间饭食，它也得了饱足，不再在心中横冲直撞。吃到一半的时候，梅一朵已经完全消化了盛冰冰的直言相劝，她想盛冰冰的提醒虽然直面残酷的现实，却实在是自己的一剂良药，那个风流倜傥的刘冬明，好像在心头也不那么重了，有什么必要去跟他老婆比啊争的，自己也许在年龄相貌甚或文化素质上强过她，可是没有她那么好的命啊，受她两句责难就忍了罢！万一刘冬明真如盛冰冰说的那样，就更没必要了！不是吗？何必成为他的玩偶呢？他有锦绣一般的前程，有幸福美满的家庭，自己算什么？即使他对自己偶有好感，肯发展一段感情，那也不过是他试卷上一百分之外的附加题，做得出就做，做不出，他仍然是完满的百分。

梅一朵吃完饭，又去窗口给丈夫罗伟林打了份盒饭准备带回去，开学半个多月了，只要没晚自习，她都会给丈夫带饭，有时候她觉得这是家庭主妇应尽的责任，有时候又怨丈夫的无能，结婚三年多了，唯一得到丈夫的好处就是凭借他二叔的关系，毕业时分到了电视台，此外从买房子、结婚，到养家，多半是娘家和自己在支撑。盛冰冰说自己多情，这话又对又不对，如果自己等到了知音最爱再嫁，那么就不会导致一颗春心无所归依，多情也就无从说起，如果自己真那么在乎爱情，又不会为了事业而牺牲它了。那么爱情到底是什么，梅一朵想，也许它是隐在某方天空的云翳里全知却小气的神明，看自己当初为了所谓的事业轻贱了它，如今就放肆搅动春心来惩罚了。

坐校车到了家里，罗伟林却不在，梅一朵打他的手机，处在关机状态，她狠狠地瞪了眼巨幅结婚照上青春帅气的丈夫，不禁又在心里恨了起来。她记起结婚的时候，朋友们都称赞他们是金童玉女，没有一个说他们是郎才女貌的，她想这两个词语唯一的区别就在新郎身上。是的，新郎是徒有其表的，而自己更看重的是才能，当然，还有一个德行，这是最基准的条件，可是这罗伟林，终日无所事事、不求上进，不是打牌，就是喝酒，还向自己宣讲什么“小赌怡情”。那日他把自己新领的工资都输掉，问梅一朵要钱翻本的时候，梅一朵质问他，你不是说“怡情”么？这时候怎么笑得这样难看啊？他这才没了平日的理直气壮。不过在梅一朵心里，丈夫已经“移情于赌”，却成了无力回天的事实，只要不再问自己要赌资，她也懒得过问。

今天只怕他又有牌局了，算了，随他去吧，总比他去找别的女人要强些，梅一朵这样安慰自己。门铃突然响起，她以为丈夫回了，开门却是盛冰冰笑吟吟地站在那里。

盛冰冰进来，张望之后说：咦？看了你带盒饭回来的，怎么你一个人在家？你那挚爱你的老公呢？

梅一朵说：不知道，回来就没见他。又解释：他们山里出来的，一个个都是零散的石头，有棱有角，互不相干，他出去从不打招呼，他家里人全这样，我都习惯了。

盛冰冰笑叹：哎呀！真佩服你的适应能力。又看着汗津津的梅一朵问：咦？家里又闷又热，你怎么不开空调呢？说着自己走过去摁开，催梅一朵：你快洗澡换身衣服吧，我哥他们已经往山上去了呢。

梅一朵也笑着回应：好——，小女子这就沐浴更衣，侍奉你这公主去朝拜神明！

盛冰冰见梅一朵终于露出笑颜，连忙上前去扒她的衣服：还是让本公主先侍奉你这贵妃入浴吧。解开衣服看到她的胸，又赞叹：My God！我看你这少妇怀春都怀到胸前了！

梅一朵颤巍巍地顶着一双娇乳往浴室里跑，一边交代盛冰冰：你打开我衣柜，帮我挑件适合今晚的裙子吧。

盛冰冰得令打开衣柜，深深浅浅、浓浓淡淡不同的红色扑入眼帘，她惊呼起来：你这是祖国山河一片红啊！

梅一朵在卫生间里大声回答：我五行缺火，易经老师让我多穿红色补火。

梅一朵不敢说出是自己的瞎眼父亲给算的命，对于自己的出身，梅一朵从来不敢多言，她只告诉别人父亲早逝，不想谈这些伤心事，就将这些让自己丢面子的话题剪断。

盛冰冰最终给梅一朵挑了条橘红色的百褶小短裙，配了件原白色收腰的半袖V领T恤，穿在一米七一的梅一朵身上，长腿毕露，身姿玲珑。

俩人收拾停当下楼来，晚霞还搂着南山的臂膀不肯离去，梅一朵想这秋天的黄昏真像多情女子，离去之前还要三番四次地纠缠，不像冬日黄昏，如绝情男子一般，转背就走，天眨眼就黑下来。

晚霞再怎么不肯离去，盛冰冰的甲壳虫还是没有追上她多情的脚步，到山脚的时候，天已经黑下来了，山道旁幽暗的路灯冷眼瞧着排成长队的车龙，心里暗自高兴，平日里这些耀武扬威的钢铁巨虫从来就没有正眼瞧过它们，也不肯在它们脚下作片刻停留，还有那总跟自己抢夺地盘的霸道车灯，今天也照不远了，只能瞧着前面的屁股熏黑烟。

梅一朵此刻的心情类似路灯，她想天意让那个什么局长等自己，不错，自己这些天来是想见他，但是他怎么可以这样摆谱地约见呢？约会是情人之间私密进行的事情，这样约见根本就是不平等，哪怕就是私下来条短信也强过这样的约会啊，她只恨自己明明想通了，却怎么就没了拒绝的勇气。

梅一朵忽然记起昨夜对局长一家所说的谎言，今天这种氛围，应该不会讨论到各自的家庭出身问题吧，还有，尊贵的局长肯花这么大个心思，找个幌子约见自己，是不是昨晚谎言的力量呢？自己又如何圆谎？

她不安起来。

盛冰冰全没她这些小心思，心急火燎地把冷气不断开大，终于忍不住给她哥打电话。

盛卫国接到电话直骂她们怎么不早点出来，晓得今天上南山赏月的车多，又叮嘱妹妹还是要注意安全，不要急躁。

旁边的刘冬明听到自己思念的人堵在山道上这时候还没有动弹，也心急起来，其实为了今天的约会，他的确费了心思，本来昨晚伍海洋太太给自己太太来电话，约两家今夜同上南山赏月的，他推说今天有事拒绝了。昨晚梅一朵填的词里“一则消息人不远，明灯下，婵娟似共”，让他再也按捺不住对她的渴念之情，于是提议去学校接儿子，想碰碰运气，看是否遇到梅老师，后来遇到了，却是隔靴搔痒，越搔越痒。一个没有父亲的女孩子，一个纡尊降贵来教小学的军官后代，是多么让人敬重怜惜！不过若单独邀约，他又拉不下自己的面子，更怕别人看见了弄出什么节外生枝的事情来，于是今天到办公室，他就以家长的身份给总校长打电话，说请盛卫国校长和孩子的班主任出来赏月，不过因为夫人有事不能同来奉陪实在不好意思。

盛卫国放下电话琢磨了半天，刘冬明作为市教育局局长，叫自己去可以说是朋友聚一聚，也可以说上下级之间沟通一下感情，偏偏说什么以家长的名义，还要他把孩子的班主任老师也叫上。盛卫国当然知道小学部七班漂亮的班主任老师梅一朵，她是自己妹妹的好朋友，当初她转来学校当老师，跟自己也不无关系。他想了想，还是不要亲自通知梅一朵，便给盛冰冰打了个电话，让她到南山和领导一起赏月，并嘱咐一定叫上她的闺蜜。

刘冬明心里着急，嘴上却慢悠悠地笑说：不急不急，月亮要升到中天才好看，让她们跟着月亮一起爬上来。

可是他话还没落音，就接到了一个让他急得飞奔的电话。

原来市公安局知道今晚上南山赏月的车会爆满，事先就制定了一个名为“循环赏月”，实际上是带有哄骗性质的方案，大致意思是南山各景点和岔道都报告车位满员的时候，再进来的车辆就只能从西门主干道上山，跟着车流，再绕到山下，从东门出，这样一来，南山的西边两车道全是上山的车辆，由引路警察“前面停、前面有位置停”地哄着往前行，到了山的东面，两车道上就全是被迫下山的车辆了。

谁知今天市里主管文教卫的副市长于至凤，邀了刘冬明的老婆金章还有另外两位太太，也来了南山赏月。

于副市长的司机是个老“司令”，服务过很多届领导，很知道现实生活中有许多虚的实的旁门左道，或者说“捷径”。路过西门的时候，他只瞥了眼陆续涌入山门的车流，就毅然决定从东门进，因为东门上山的路程要近一半。

到了东门，警察看见这辆车的车牌，没有阻拦。这车逆着下山的车流艰难地上了一小半路程，就有好几辆被骗下山的车，看到于市长的车牌，估摸着大树底下好乘凉，不听警察引导，又掉头跟着上山了，只几分钟，南山的主干道就“肠梗阻”了。于副市长明白了情况，把司机狠狠训了一顿。但是车已经卡在了半山腰上，上不去也下不来。赏月的兴致也没有了，于副市长跟几位太太说往回走算了。司机赶紧给于副市长的秘书打电话，让他开车来接，秘书的手机却半天接不通。刘冬明的老婆，嗅到了机会的气味，赶紧拿起手机给丈夫打电话。

刘冬明接到电话后，忘记了西边道上正堵着的梅一朵，边打电话跟公安局那边领导通气赶紧组织疏导，边两脚飞跑，向南山的“肠梗阻”处狂奔。

两个多小时后，盛冰冰的甲壳虫终于爬到了子美阁边，进来的时候，没看见刘冬明，梅一朵的心失落地紧缩了一下，听总校长说完局长忽又离去的原因，居然又有了一种石头落地的轻松，她一时兴起，忘记了平日对总校长的敬畏，开口就要他做脑筋急转弯题目：盛校长，十五的月亮好多钱一个？

盛卫国觉得妹妹的朋友还蛮天真的，就存心逗她：梅老师堵了这么久的车居然还喜笑颜开，应该是月亮的功劳吧，千金难买一笑，我出一千金一个。

梅一朵笑道：错啦！十六块钱一个，十五的月亮十六“元”啊。

月亮底下她同时临空写一个“元”字：嘻嘻，这是昨晚我的学生伍大洲创造的，他爸爸你认识吧，赵校长说就是当年学校的建筑商，叫伍海洋。

盛卫国愣了一下：哦？怎么在你班上？又介绍道：伍海洋不错呢，德才兼备，建筑公司经营得很好，本身又是行业有名的建筑设计师，在日本留学五年，我们都叫他中国的伍重。

他见梅一朵两只眼睛惊得圆过天上的月亮，又解释：伍重就是悉尼歌剧院的设计师。

梅一朵的确惊呆了，她喃喃道：天呐，真是人不可貌相，那天吃饭他说自己只读了五年书，我还以为他小学还没毕业呢！

14

“十六元”的月亮将罗伟林送到自家楼下，他抬头看了看六楼的窗户，里头黑漆漆的，他不知道是梅一朵回来早睡了，还是在外头没有回家。

他在清亮亮的月光里迟疑着，三番四次地把衣襟撩起来闻，捏着的手机都被汗水浸湿了，又闻了闻手机和手，好像是玫瑰香，又不纯粹是一个香味，太香了，肯定是李璐身上的，可能她家和车里那时都开着大大的冷气，香味儿当时没有挥发出来，自己怕在门口遇到熟人，要李璐在离院子还有几百米的地方停了，一路狂奔回来，走得急，香味儿就跟着汗水一起放出来了。

怎么办呢？想了想，罗伟林还是开机给李璐打了个电话，他埋怨道：你那什么香啊？弄得我一身的！

嘿嘿！精油——玫瑰加伊兰。

你不是不搽香水的吗？你搽哪里了？好像你耳朵背后没这种味道啊？

嘿嘿！是植物精油，比香水要浓多了！是揉进下腹部啦，你来之前，俺要俺的美容师给俺做了个卵巢保养，特意多配了些玫瑰和伊兰的精油，有催情的作用，怎么啦？刚才你不是很爽的吗？

罗伟林哭笑不得吼她：学什么怪腔怪调！俺俺俺的，等下进门俺就爽不起来了！俺还在楼下打转转呢。

李璐还在开玩笑：哦，对不起，对不起，都怪我心里只想着你，以后想你的时候，要连你老婆一起想了才周全些。

罗伟林的急躁脾气又上来了：哎呀！你提她干什么！我说你怎么这么不懂事呢？你不是故意的吧？

李璐生气了：好好好！是我故意的好吧？我李璐是个没人要的寡妇，要栽到你头上去好不好？一点香味儿就把你吓成这样？告诉我，你老婆叫什么名字？哪个单位的？明天我去找她，我做的事情我负责——

李璐的话快得密不透风，罗伟林几次想打断都找不到缝隙，惶恐中，看见六楼自家客厅的灯倏地亮了，仿佛梅一朵听到了情敌的叫阵，黑暗中已经默默拉开了架势，这才点燃应战的信号。罗伟林吓得一激灵，赶紧压低声音，边往墙根走边说：哎呀，她在客厅开灯了，可能听见我的声音了，我关机了。

还没来得及挂断李璐的电话，罗伟林的手机里就插进嘟嘟几声来电的声音，他知道是梅一朵的电话打进来了，他还没想好怎么应对妻子，就准备挂断电话，慌乱中错按了接听键，梅一朵声音传进来了：怎么零点还不回？你明天不上班了？

他怕妻子听到自己讲话的声音，大跑十几步到楼西面背人的围墙边，这才说：我我，我不是正回来吗。

梅一朵疑道：你怎么喘气啊？怎么有这么响的脚步声啊？

罗伟林说：摩托车烂了，我正跑步回来呢！好了，莫空话，我就回来了！你睡你的吧！说完挂了电话，长舒一口气，一摸额头，淋淋的全是冷汗。

冷汗这时给了他启示，他想沿着围墙使劲跑几圈，汗臭也许会盖了玫瑰香，也正好圆了跑步回家的谎言，但是又怕被熟人碰到，就跑到小区最后一栋的围墙边来回跑起来，跑一个来回，就撩起衣襟闻一下，又把衣服的下摆撩到出汗最盛的腋窝处擦，折腾了十几圈，身上香臭合流，气味儿反而更浓了。

正发愁，听见有摩托车的声音由远及近，最后在他跟前锐叫着刹车。

他抬起手臂遮挡刺眼的亮光，停下脚步，对方打趣的声音告诉了他，来者是他的一个有过几回同桌情谊的牌友。

牌友笑道：你吃多了吧！这时候还跑来跑去！

罗伟林就着他的话回答：是啊是啊，夜宵吃多了，胃里撑得睡不着，出来运动运动。

牌友笑得更响了：哈哈，晚上要搞就搞床上运动啰，你又不是没条件。边说边把自己的摩托车开向作为车库的杂屋。

罗伟林臊得黑脸通红，赶紧转身跑开，牌友摩托车的尾气味道，又给了他新的启发，他马上忘掉了刚才的难堪，向自家的杂屋跑去。

他不敢打开杂屋的灯，幸好有月光，足够他看清楚摩托车的油箱盖，他将盖子拧开，衣服脱下，把下摆拧成卷，一寸寸伸进去，再提出来的时候，就满浸了汽油，然后搓匀，衣服上就没有半点玫瑰精油的味道了，他边盖盖子，边在月光里暗自佩服自己的机敏，只后悔高中毕业没有去考刑侦专业。

正对着罗伟林杂屋门的围墙的暗处，巡夜的小保安以为有贼盗摩托车，悄悄叫来另一个中年保安，俩人猫腰蹲守着，只等人赃俱获，忽见出来的正是摩托车的主人，积蓄了半天的紧张和激动，好比下楼梯的人踩了个空，一家伙跌得生疼，俩人把怨言像搽红花油一样来回推拿。

中年保安说：你什么眼神啊？幸亏我还冷静，照你说的冲过去，脸就丢大了！

小保安委屈道：怪我？你看见哪个晚上不开灯修摩托车的？！愣了愣，又辩道：其实依我看他根本不是修摩托车，他好像是试还有好多汽油。

中年保安说：自作聪明！汽油是试出来的？有油表呢！

罗伟林开门进屋，先声夺人，大嚷：老子就是卖血也要换辆车，这一路漏油漏得，我这身衣服算报废了！

梅一朵在卧室里搭腔：你不是说跑步回的吗？怎么又一路漏油？

罗伟林往卫生间方向走：是啊，漏油就不能骑啊，我推着跑回来的！累醉了！

梅一朵又问：我六点多钟打你电话关机，十一点钟打你电话关机，关什么机呢？

罗伟林知道那时候自己在做什么，心虚着，又觉得非用强气势不可以压住，就好比小学生写错了字，拿浓白而呛人的涂改液来涂，虽然跟白纸最终不能融为一体，至少错误的真相别人再也看不出来。

罗伟林把衣服往卧室门口的地上一掷，汽油味就势往上蹿腾，他吼道：你怎么教不变呢！讲过好多次你总不信，你可以去问问那些打牌的，哪个老婆来电话吵，哪个就输！我不回来你就会死啊？我回来你又如何呢？我老家那些同学的崽都打得酱油了！你呢？我想起就烦躁！

梅一朵最怕丈夫提的就是这个问题，她不是不喜欢孩子，只是觉得现在的处境和现在的老公，既不可能让她孕育出理想中的孩子，又不可能让她实现孕育多年的理想。

她怕丈夫突如其来的怒火加上随身携带的汽油，会引得他自焚，遂噤了声，只是眼里的泪珠怎么也禁不住，右眼的刚滚落枕上，左眼的又越过鼻梁赶了上来，两颗泪珠植入枕头的蓬松里，就像种子被松软的泥土掩埋。梅一朵暗夜里看见了悲伤和后悔正在自己的心里生根发芽。

二十二岁那年从师大毕业，梅一朵跟绝大多数同学一样，坚决不去学校当教书匠。早在初中时代，看着老师们脸上的疲倦和无奈，她就深深地可怜他们。

她和她的同学都觉得，那一顶顶名为“太阳底下最光辉的事业”啦、诲人不倦啦、桃李芬芳啦等等浮光耀金的高帽子，就像七月半烧给祖宗们的新式冥钱，虽然具名“中央冥府”发行，张张也是巨额美元面值，却是善意的自欺欺人，作不得数。

其实，不去当教师，还有一个一浮上心头就被她强行吞咽的原因，那个总跟她拧着来的所谓“系花”柳眉，逮着了机会就会跟她谈论：朵朵，我发现，最后只能去当老师的，必定是长得丑，家里穷的，朵朵你是不会去的，对吧？

说第一次的时候，傻不咙咚的梅一朵还觉得蛮有道理，碰到别人谈师范生去向时，她还会转述柳眉的大发现。

第二次，柳眉跟她提，她也没有意识到什么，只说：什么记性，你已经说过一次啦！

说第三次的时候，柳眉没再掩饰表情，这回梅一朵看出来了，反击她：那你也不会当老师的吧，知道你的人都说，凭你的美貌与才情，最适合做的职业就是二奶了。

她本想说骚劲的，想起同学一场，还是出不了口，就换成了才情。

具有美貌与才情的柳眉，那时才情与财情一并喷薄：你才当二奶呢，咱家睡着几千万，上个月老爸就给我注册了文化传播公司，咱一出去就是老板，怎么样，找不到工作，到咱这里来打工吧，不过你长得像头丑奶牛，咱还怕客户误会我开的是牛奶公司呢！

当然，梅一朵长得并不丑，不但不丑，还有一半男生认为她才应该是系花。

“奶牛”的称呼，就是那些别有用心的男生，根据她惹眼的胸、高挑凹凸的身材、雪白紧致的肌肤给取的，并不是个贬义的绰号，但是她出身寒微，父亲早逝，母亲从农村嫁到城市街巷，一直没有正式工作，不像那个总是要成为焦点的柳眉，出身于新中国第一批先富起来的“豪门”。

哼！暴发户子弟，穷得只剩下钱了！有什么了不起！“旧时王谢堂前燕，飞入寻常百姓家”，我，梅一朵，书香门第，父亲在当年的北平，还被选中给蒋介石宋美龄献花呢！

梅一朵表面不屑，里面心虚地反击。

正好那年各大报刊争相转载一篇题为“我还活着”的文章，报道百岁老人宋美龄的纽约生活，她一口气读完，激动得手直抖，摩挲得书页沙沙响，同学看见觉得奇怪，凑了过来，她搓着双手，讲述了自己英俊少年的父亲，北平献花的故事。

惹得同学直笑她：赠人玫瑰手有余香，真的哦，香这么久，跨世纪的陈香。

她便在心里暗暗下了决心，要复兴老汪家“高贵的门第”，决不当个穷教书匠。当然，这个复兴和他父亲传下来的弹词艺术更没有关系。虽然从小就跟着她父亲的徒弟陶三河学弹词，但是，十三岁以后，她就认为，父亲传下来的弹词艺术，跟凤码头老巷子一样老朽，迟早会被淘汰。

那时，罗伟林正在追求梅一朵，他是她们学校体育系已经毕业的学长，因为篮球打得超炫，跟科技大学打比赛的时候，又被请了回来，拉拉队跳领舞的梅一朵便成了他的追求对象。谁说女人就不会加入“外貌协会”？梅一朵不爱罗伟林，但也不讨厌罗伟林的追求，这么一个帅气猛男跟在自己身后，也让梅一朵感到面子十足，尤其在柳眉的面前。但在梅一朵的心里，他也唯此一个长处，离她心里预定人选的标准，差了千里万里。

后来梅一朵得知罗伟林的二叔是电视台一个频道的总监，他才开始在她的心里发了些芽。毕业后，她只在心中学拍卖会上“铛”地敲了一记锤，就将自己接连推进了两张门，先是婚姻的大门，紧接着是电视台的大门。

三爹说她草率而执拗，叹道：你要嫁的是人，电视台那个名利场，你总有一天会后悔的。

那时她怎么回答的？她说：牺牲自己想牺牲的，追求自己想追求的，无怨无悔！

真的无怨无悔吗？

梅一朵听见正哗哗淋浴的丈夫，泪水也哗哗起来，为什么几年来自己不愿意在人前谈婚姻，为什么电视台的那段日子，自己在人后也不愿意回忆？

那么，来吧，为什么要在心里抗拒呢？难道真的输得连回忆的勇气都没有？不是，不是这样的，那好，来吧，就来吧，那八台空调都吹不散汗臭味儿的摄影棚，来吧，那个臭烘烘红胖脸上流油的现场制片，他居然把自己强行堵到道具室里索吻，他算老几啊？！简直是流氓！还有那频道外请的导演，是怎样揉搓自己的心情啊？凭什么自己的剧本老是通不过？他介绍进来的编剧，初稿就能过？自己从频道出来之后，才得知真相，原来每集四千的稿费，他是要分两千的回扣给导演的。他不就是要钱吗？怎么不明说呢？

梅一朵怪导演不明说，其实也没怪到点子上，那时梅一朵是频道固定的编剧，拿月薪不拿稿费，她即使懂得了“花钱买路”的法则，也未必放得下业已膨胀的自尊。在此之前，她跟频道自己的小编导合作的栏目剧，收视率一直很红。后来她丈夫的二叔从总监位置上退休了，据说是有着MBA学位的新总监跟几大酒厂谈定了一档室内轻喜剧，以酒吧为主场景，设计一些搞笑的故事，让几个本土笑星来串演，也就是后来很是风行的“植入性广告”，这样一来，这档财源滚滚的新剧目，就取代了梅一朵他们得意的栏目，她也就自然被放到这里做编剧。

不知道游戏规则的梅一朵，因了前面节目收视的长红，一时骄傲得很，自认自己是美女加才女，剧本肯定一稿通过，哪知这个自称从德国留学回来，却又张口来几句英语的外请导演，既不赏识她的美貌，又不赏识她的才华，每次看着她的剧本就是摇头，总是那几句模糊的话：

“人物没立起来，Do you know？”

“笑料不够，Do you know？”

“语言不够个性化，Do you know？”

从不提出具体的修改意见，让梅一朵总是一头雾水。

让她一头雾水的还有导演对她这个人的评价和态度，剧组里有旁人在场的时候，看见梅一朵进来，导演总会笑呵呵地说：朵朵来啦，朵朵，才女啊！又用粤语唱陈百强的《偏偏喜欢你》——“感情一逝去，恩爱都逝去，我却为何偏偏喜欢你”，再用手捏了她的下巴，装作很深情地在众人面前表演，“偏偏喜欢你——”，又把手指向旁边的女演员，套着调唱“偏偏喜欢你——”，又转指另一方的男演员“不可能偏偏喜欢你——”，逗得众人对他配合讨好地爆笑。

有时梅一朵送了修改的本子给他看，旁边没有他人的时候，他会先不谈本子，煞有介事地盯着她研究：你的嘴巴好Sex，像什么呢？红、圆、满、小，像什么呢？草莓，Oh！Look like a strawberry！

讲这些话的时候，他的神情好像很认真，眼里分明又有戏弄，让梅一朵不知道他这样算不算欣赏自己。

本子一次次过不了，每次片场休息的时候，他却一次次伸长那柱子一样的腿，坐在剧组为他那庞大的身子特制的靠椅上，仰头看着棚顶暂时熄灭的摄影灯，用朗读的声音大喊：I love strawberry！I need strawberry！（我爱草莓！我需要草莓！）似乎是用这种体己的方式，跟梅一朵分享只有他俩共有的秘密。

这样喊得多了，就被贴心的场记小妹妹记住了读音，回去问了中文意思，再来摄影棚的时候，竟然买来了许多草莓，惹得他哈哈大笑，当着梅一朵的面，嘬着嘴一颗颗吃草莓，故意发出接吻时才有的那种吱吱声，让她觉得是自己的嘴唇在被吃。

后来他再喊的时候，梅一朵就认为导演是在暗示自己了，他也许要通吃所有不同味道的女子，因为她觉得，导演肯定是不爱自己的，要不为什么剧本老通不过呢？通不过也许真是本子不成熟，为何他又不提具体意见呢？如果真有爱的话，就要培养自己啊，爱护自己啊，为何让自己一次次地受煎熬呢？

好个老谋深算啊！他是在戏弄自己，如果真给他像草莓一样地吃了，结局会连草莓都不如，因为草莓反正是要给人吃的，被吃正好体现了草莓的价值，自己在电视台混着靠的是能力，这样被吃了只会落得个一钱不值的下场。

梅一朵在写了九个本子都被导演否了之后，就去找管人事的副总监汇报情况，听说之后，被她一向视为大姐的副总却呵呵地笑着说她想多了，说这个导演曾经师承某相声演员，本来就喜欢开玩笑。

梅一朵只好请副总给自己换个部门，副总为难：换到哪里呢？每年有好多关系户往频道介绍毕业生，频道还考虑不再养编剧了，以后就走“酒吧对对碰”这种市场化运作的路子，频道只提供播出平台，整个制作班底全部外请。

梅一朵听出了副总话里的驱逐之意，明白自己再这样死皮赖脸地呆着无异于等死，这时她正好从盛冰冰那里听说“贵族”子弟云集的“南山新贵”要招老师，而且各种收入加起来绝不低于电视台，便连夜打了张辞职报告，交给了副总监。

从频道的二十八楼坐电梯下来的时候，她想，三年前，自己第一次坐电梯直升二十八楼时，感觉到的是一种直入云霄的豪迈，如今可能是最后一次坐这电梯，却是以这种直落谷底的方式打回原形，难道真是贫贱的师范生就只能教书？未必命运也有遗传？果真“王侯将相宁有种乎？”她是无论如何也不愿承认这点的。

罗伟林洗完澡上床，沐浴香波里残留着顽固的汽油味道，梅一朵嫌恶地背转身子，轻轻扯过空调被的角尖抵住鼻子。

她的这个动作被丈夫看见，罗伟林暗自发笑，对自己愈加佩服，设想着明天怎么跟李璐讲述化险为夷的经历，安然睡去。

第二天，梅一朵早起去上班，经过小区传达室，小保安正交完班准备出去吃早餐，看见漂亮的住户，也是昨晚“贼”的婆娘出来，赶紧跟了上去，搭讪道：

梅记者，早啊。

像很多行外人一样，小保安认为，在电视台工作的年轻人应该都叫记者，他更不知道，梅一朵又改行成了老师。

梅一朵急着赶校车，头也不回：你更早呢。

小保安赶到了梅一朵前面，讨好道：昨晚我们差点把你们家罗老师当贼了。

梅一朵愣了下，侧头看他，疑惑的眼光鼓励他说下去。

小保安得意地渲染：零点多了，我去巡夜，突然看见你们家杂屋没开灯，有人脱了衣服在搞摩托车，我马上把电棒握紧，又通知老刘在门口守着，准备“贼”一发动摩托车我就冲过去电晕他，没想到最后出来的是你老公，我开始想不通，后来琢磨了一晚，通了，他是不是衣服上搞了什么洗不掉的油漆啊什么的，你要他下来蘸汽油洗呢？

梅一朵愣得停下了脚步：他昨晚进来的时候你看见了吗？

小保安说：没有，但是老刘看见了，所以老刘和我都确定零点以后在你们杂屋里摆弄摩托车的是贼嘛！第一，不是贼为什么不开灯？第二，老刘明明看见罗老师跑进去个把钟头了，怎么还在杂屋摸黑呢，那时我还没想到他是要蘸汽油洗衣服这回事。

梅一朵说：昨晚没听他说起你们啊，你们后来惊动他了吗？

梅一朵见小保安摇头，有些放心，又有些担心了，她掏出手机看了下时间，便向前跑去，边跑边把话丢给后面的小保安：谢谢你啊，你别跟别人再讲这事，我们家罗伟林也别讲，他爱面子呢！

小保安因为被漂亮的女住户郑重嘱托，兴奋得脸红，忙用手窝成喇叭状放在嘴边，对着梅一朵的背影喊：放心吧，梅记者，我晓得——

小区一个精瘦的白发老头儿正在路旁晨跑，边跑边笑小保安：毛还没长齐呢你晓得什么？

15

梅一朵还是没能赶上校车，好不容易拦到辆出租车，又老遇红灯，到学校的时候，晨练已经结束，校园里传来一浪一浪的读书声，像夏夜广袤田野里蛙兵蛙将在拉歌。

梅一朵老实打卡，看着卡上显示红色迟到“罪证”，忽然想到了罗伟林昨晚的所为，很明显，他是在用一个“罪名”，掩盖另一个“罪名”。

并非周末，还打麻将到凌晨，再加上关机，本来就触犯了做“居家”丈夫的底线，罗伟林偏偏用这个来发火掩盖，衣服故意浸上汽油，他到底干了什么？“杀人”？他还没这个胆量，也不会那么镇定，那么很肯定，比打麻将更严重的，就是“偷情”了。

朗朗的读书声中，梅一朵凄恻一笑，回想昨晚零点多打罗伟林电话的时候，先还是“您拨的用户正在通话中”的状态，后来忽然又接了自己的，那时跟他通话的，应该不是还没结清赌债的牌友吧！

按编排，今天早自习读英语，梅一朵怕自己的办公室有人，就先进了英语老师办公室，虚掩上门，拨了罗伟林的电话。

罗伟林这时候正在面馆里吃早餐，见梅一朵来电话，犹豫了下，还是接了。

梅一朵问：昨晚零点你怎么又突然开机啊？那个时候，还给谁打电话？

罗伟林没想到，不太管事的梅一朵，这个时候还会对自己发难，有点措手不及，就故技重施，打雷一般地吼道：你噜苏个什么？我打个电话怎么啦？好了好了！我吃早饭呢，要迟到了，有话回家讲！

惊得桌子上正慢慢靠近面碗的几只苍蝇四散奔逃。

抓着被挂断的电话，梅一朵更想不通了，明明是他错了，自己还要挨骂？！

想了想，她又按了重拨键，还没响两声，又被挂断了，梅一朵气得伏在桌子上呜呜呜地哭起来。

罗伟林挂了电话，准备低头吃面，忽然发现一只苍蝇溺死在汤里，另一只苍蝇停在了碗的边缘向清汤探着头，像在想法子打捞尸体，又像在酝酿殉情的勇气。要在平时，罗伟林会请面馆里的老板来看现场，退还面条钱，但是今天他心里有事，没有纠缠的心思，又不想白白放过这理论的机会，他决定尝尝“得理也饶人”的滋味，就把碗端到正收钱的老板娘的眼前，拿筷子点着里面的苍蝇，见老板娘正欲开口辩解什么，便大方地笑了笑一转身，只留一个“大肚能容容天下难容之事”的神圣背影，给目瞪口呆的老板娘瞻仰。他以将军得胜凯旋的姿态跨上摩托车，在秋天清凉的晨空里放一路黑烟，直向李璐家奔去——他们学校没有南山新贵那么严格，体育老师的课，又都在上午三、四节或者下午，有什么事情，只要不耽误上课，可以自行安排时间。

李璐这时候还没有起床，她四岁的儿子嘟嘟在幼儿园全托，中秋节那天晚上，她就是以儿子的名义把罗伟林招来的。

那天晚饭后，嘟嘟在幼儿园把同学从楼梯上推下去，摔得鼻青脸肿，手脚都骨折，那同学的妈妈在手术室门口哭叫着给丈夫打电话，直喊丈夫快点过来，要他一起到幼儿园去，给那小崽子点颜色看！

李璐赶到手术室那一层时，正好听到，赶紧到拐角处给罗伟林打电话。罗伟林的麻将局还没开始，便急匆匆过来了，顺理成章地当了一回嘟嘟他爸，跟人吵了一架，虽然说定了负担医药费，可气势上，他们最终还是占了上风，嘟嘟也没受到威吓。

后来他们把嘟嘟带回了家，罗伟林又陪着李璐东一句、西一句地聊了一阵子，李璐进了一回卧室，出来后，告诉罗伟林孩子睡着了，说完就拿眼睛情意绵绵地看着他，就那么看着，看着，直到罗伟林在她的眼光里蒸腾。

接下来在熄了灯的客厅沙发上缠绕的时候，罗伟林脑海里装的，始终是老家屋后那棵被青藤缠死的刺槐，他年少时顽皮地把青藤一段段撬下，看得见树干上深深的勒痕。

第二天下午最后一节体育课的下课铃声刚响，不要大脑指挥，他就拨通了李璐的电话，李璐也只听了他电话里“喂”“嘿嘿”这几个象声词，就明白了他的意思，说自己正好开车在附近办事，她来接他。

就在李璐家里吃了晚饭。李璐买菜、下厨，还开了家里一瓶存放了好久，如果罗伟林不来不知还要存放好久的酒。孩子不在家，但李璐还是感觉到了家的味道。熄灯后，他们不需要隐忍、使轻功和发暗力，这次罗伟林脑子里出现的，不是屋后的藤缠树，而是除夕的时候，挂在屋前枣树上的那一长串电光鞭炮，个个都有劲、炫目、啸耳，爆炸燃烧过后的气味，一星星刺破黑夜的亮光，连绵不绝，经久不散。

李璐每天上午十点以后才去美容院，现在才八点多，她半醒中听见门铃声，猜不出来者何人，从猫眼里看到是罗伟林，慌忙对门外应着“等一下”，折回卧室套上长裤，又对着镜子理了理头发，擦了擦眼角，这才去给罗伟林开门。

李璐要套上长裤迎接罗伟林，并非她的矜持，有了两次的肌肤之亲，有了两个男人的体验，她早已没了羞涩，只是她的右腿比左腿要细一些，是小时候患小儿麻痹症落下的，走路时，还有些摇晃。两次亲近罗伟林，都是在熄灯后，凭经验，她知道那时候的男人会一叶障目，现在不同，大白天的，自己的缺陷一下子就会陷入他的眼里。

罗伟林进来，像屋子主人那样，往沙发上一靠，舒服地伸长腿，似笑非笑地说：你做的好事！

李璐问：昨晚……后来怎样了？

罗伟林又嘿嘿嘿地笑了几声，然后就前前后后、详略得当，也不无得意地告诉了李璐自己昨晚化险为夷的全过程。

李璐也陪着笑了两声，却有掩饰不住的羞愧和不安，她叹了口气，认真地说：唉，只怪我一时冲动，我真的不是人！

罗伟林那一坐下来就习惯性地摇啊摇的右腿停止了动作，质问：你什么意思？你是骂我的吧？语气里有生气，又带点儿紧张。

李璐躲藏了眼神，低声说：不是，到我美容院来的，有很多一脸憔悴的女人，我们费了好多力，她们也花了好多钱，都恢复不了过去的好气色，其实，对女人来说，摧毁力最大的，不是时间，是男人，当然，反过来讲也对，所以我才——

罗伟林站了起来，烦躁道：好了好了，莫空话，算我今天没来，我再不来就是了！边说边往外走，快到门边的时候，又嘟囔了一句：当婊子又要立牌坊，装什么好人啊！

李璐听到了这句话，双颊涨红，摇晃着冲过去拦住正要开门的罗伟林，仰脸喝道：你再讲一句试试看！

罗伟林被吓了一跳，紧张地低头看着李璐，她的身高还不到他的肩膀处。

李璐愤怒得胸脯起伏着，喘着粗气继续质问：你晓得什么才是婊子？啊？！你晓得什么人才找婊子？啊？！

罗伟林扭头看了旁边的地板，伸舌头舔了下嘴唇，咽了口口水，代表认输、道歉。

李璐见状，心里平复了些，也咽了口口水，义正词严地说：我没有装好人的意思，在你面前也不存在立什么牌坊，从前没打听过你老婆，刚才你讲，你一吼就把她吼得缩了头，你略施小计她就相信了，我觉得她真的很单纯，也很无辜，也正因为她单纯无辜，我不愿意她因为我受伤害。

罗伟林说：未必我想伤害她？以前没跟你讲过，是面子问题，今天你讲到这里了，我就告诉你吧，其实她看不起我呢。她从来就没看起过我，其实这些年心里不舒服的，一直是我，当然，她可能也还没意识到，就像你讲的，单纯嘛！哼！

听他这么说，李璐就拖了他的手，一摇一摇的，又往沙发边走。

看着眼皮底下李璐的摇晃，罗伟林的心也被摇得哗哗地动荡，他想起自己平日里被别人“伟哥、伟哥”地叫着，从来就没有过“伟哥”的感觉，这两天在李璐这里，无论是保护他们孤儿寡母免受别人的欺负，还是暗夜里感受她对自己那种强烈的需要，都让自己前所未有的膨胀。他想不明白李璐素有的缺陷为何现在这样让他心酸心动，刚才想着也许要离开她，心里竟有了明显的不舍。

坐到沙发上，罗伟林怜惜地握着李璐的手，坦白道：我，是我没讲好，我以为你再也不要我来了。

李璐笑了下，叹口气，小手反过来握住他的，说：我也以为你跟我做这些是同情，第一次的时候，我就当最后一次，昨晚也当最后一次，不过，我真的是怕伤害了你们家那位，也是怕害了你，其实，我巴不得你就住在我这里不走了。读高中的时候喜欢你，我只能像梦一样的放到心里，还记得那年大冰冻么？大家都知道我这腿走不了山路，班上男生都同情地看我或者不看我，只有你敢当众若无其事地背我回家。大家都知道，其实我也知道，正因为我俩差距最大，最不可能，你才敢这样的，可是，现在，能有这两回，我就满足了。

罗伟林又舔了舔嘴唇，把李璐拉到了怀里。

盛冰冰下了早自习进来，看到梅一朵伏在自己的桌子上，忙追问怎么回事。

梅一朵要盛冰冰开了旁边语音室的门，进去关上门之后，才一五一十地讲了过程。

盛冰冰听梅一朵说完之后，肯定道：你们家罗伟林绝对外面有人了。他凶你是虚张声势，而不是什么理直气壮，你想想他有什么道理啊？

梅一朵面对罗伟林的时候，立场是跟罗伟林相对的，现在面对别人，却又不自觉地跟罗伟林站到了一边，她乏力地替丈夫辩解道：我不打牌不知道，可能他们打牌的人，是信这么个彩头，女人的电话会坏了他们的手气。

盛冰冰哭笑不得：你听他扯淡！女人怎么啦？不吉利？祥林嫂？都什么年代了！我知道，你只是不敢接受和面对这样的事实。

梅一朵被说中心思，鼻子发酸，她忍了几忍，不能忍住，又觉得没必要再在姐妹面前维护所谓的面子了，就哼哼哼地哭诉开来：我真的没想到有一天是他先背叛我！他是这个样子，我还小心翼翼地维系，在家里，实在讲不到一块儿去，我就撒娇，故意要他帮忙做点小事，然后夸他能干，长他男子汉的面子。我，我还要怎样啊？他到哪里去找我这样的老婆啊？他怎么就舍得呢——

盛冰冰打断说：舍他肯定是不舍得，要不他花那么多心思蘸什么汽油撒什么谎啊？可能就是出去馋了下嘴，用他们男人的话讲就是放松吧。

梅一朵揩干泪，冷笑了声：哼！放松？我这么累我怎么没去放松，他本来就比我轻松得多，回家还四手不伸的，晚上他要怎样就怎样，他还要到外面去放什么松？

盛冰冰说：你开始讲，你在家里故意怎样长他男子汉的面子，未必他没感觉？他们这些男人啊，不管有没有本事，一个个都把自己看得起起的，你的同情对他来说，是巨大的压力呢。

梅一朵说：同情难道有错？

盛冰冰问：爱人之间讲同情，好像有点不对吧？

梅一朵想了想，说：对，我们之间，是缺乏点爱情，但是，他应该是爱我的啊，再说，我也没什么地方对不住他啊！

盛冰冰说：你这样的人，同意嫁给他那样的人，就是对不住他。

梅一朵又想了想，长吐了一口气：对，是我先对不住他，如果当时拒绝了他，是短对不住，嫁给了他，是长对不住，说到底，当初是我利用了婚姻，他是现在背叛了我，我是一开始就没向着他，他真傻，一个大男人，还比我大几岁，怎么当初没看透？

盛冰冰说：其实你更傻呢，你又不是个男人，还为了所谓的事业牺牲爱情，人家牺牲爱情是直达荣华富贵的目的地，你呢，用堵了一条路的方法，来换另一条路的出发点。

梅一朵说：每个人价值取向不同吧，在电视台，我看多了那些“我用青春换明天”的女子，心里总看不起，我如果没文化没能力呢，就算了，你晓得，我父亲去世得早，但是我妈妈总给我讲，老汪家祖上是有地位的，说是按命理推算，我也注定不是个平庸女子，是可以光耀门楣的。

盛冰冰像听相声一样，觉得这对母女又可怜、又滑稽，一个小学老师，对未来的规划还一片混沌，又怎么去光耀门楣？而在这个男权社会里，梅一朵最可资利用的是天赐的美貌，她却弃而不用，早早地嫁入寒门，还雄心勃勃地要去与男人拼能力、拼智慧，真是不识时务！

盛冰冰想笑，又怕表现出来伤了梅一朵，就摇头说：不同，人跟人之间真的不同，你既然有这样宏大的志向，就不该那么早要婚姻，更不能要这样的婚姻。

16

梅一朵跟盛冰冰谈了之后，觉得轻松不少，像堵着的街道被交警渐渐疏通，思想又可以缓缓流动了，可以工作了，但是时不时地，心里又升起罗伟林和某艳俗女人翻云覆雨的幻象，像街道隔几分钟就要亮起红灯。直到下午放学的时候，赵校长把她叫到办公室，给他看了“全省十佳辅导员”的评选活动通知，她心里才完全畅通。

看的时候，梅一朵心里有些激动，以为学校要推她为全省十佳，所以看完之后，她直接表态：感谢学校对我的信任，我一定准备好相关材料，准备好一台精彩的中队活动参加评选。

听她这么说，赵众山校长嘿嘿笑了两声，解释道：学校的意思，是想推大队辅导员，就是教育主任姚晶去。不过，大队主题队会，想要委托你弄，她负责搞材料，你有创意些，在电视台做活动也有经验了。这次评选，主要是看主题队会的质量，我们这样的学校，志在必得，盛校长的意思，队会要立意高、节目新、规模大，要把现代化手段都用上去，总之，要出精品。这是宣传学校的好机会，也是展示你才华的好机会，最后的展示是在十月十三号少先队建队日的表彰大会上，省教育电视台要现场直播的。他说着看了看台历：今天是九月十四号，不到一个月时间，今晚就要出策划案。

边听赵校长说着，梅一朵心里边想着主意，等他说完，梅一朵又表态：好的赵校，我这就考虑。

也不说自己考虑什么。

从赵众山那里出来，梅一朵就去找了盛冰冰，给她讲了赵校长找她的事情，又问：学校评优，以前也是这么指定谁就是谁吗？

盛冰冰说：评优吧，原则上讲起来，应该是大家推选评议的，以前呢，学校这一级的，还是会广泛评选，市里省里全国的，也要在小范围内选一选，推出去是学校的声誉呢，总不可能推个草包出去丢学校的丑吧。

梅一朵说：姚晶，你只说姚晶，学校有比她更够资格评“省十佳”的没有？哦，通知上讲，中队辅导员也在评选之列，我们小学部不是班主任就是中队辅导员吗？特级教师就好几个呢，就没有超过姚晶的？

盛冰冰探照灯似的眼光探着梅一朵，笑了两声：评姚晶跟评别人有什么区别吗？算了，别在我跟前绕了，说，是不是你想评啊？

梅一朵脸蓦地红了，说：完全不动心吧，那也是假的，但是我有自知之明，毕竟我刚到学校来，现在呢，是要我做嫁衣，你想啊，搞一个主题活动，从创意到排练，我要付出多少？我还有班主任工作，还有语文教学，我有几个脑袋？这些困难也许咬咬牙都能克服，我最想不通的是，到那天，一切名誉都是她的，我连署名都没一个，她连“谢”字也不会讲一个，其实，我不是不愿意做幕后英雄，我就是不愿意给她做。梅一朵用力地努嘴摇头：一百个不愿意！我没给你讲过，开学那天晚上，她给我的下马威，我一辈子都不会忘。

盛冰冰拿询问的眼光看梅一朵。

梅一朵就接着说：不是那晚丢了学生嘛，赵校没说什么，你哥后来也没说什么，就她啊，去伍大洲家的路上，她指指点点地教训我，还一口一声地说，出了什么安全事故，班主任是要负全责的，要下岗的。还说什么这不是电视台，靠点青春晃两晃就 OK 了，教学生是要德才兼备的。哼！德才兼备！她那是什么德行？丢学生那天，还是她值班呢，丢学生的时候，我已经下班了呢，到底谁负责？赵校在旁边，我只好忍住不做声。

盛冰冰笑说：她就是说给赵众山听的，她家里原来是他的邻居，赵众山还当过她的数学老师，她总是有机会就替赵众山讲话，她喜欢行使这么点特权呢！

梅一朵说：特权？是邻居就有特权？沾亲带故就有特权？那你怎么不行使特权？

盛冰冰说：我没有你们那么大的权瘾！

梅一朵点着自己的鼻子说：我？权瘾？

盛冰冰笑了笑纠正：好，我讲错了，你是事业心，她才是权瘾。

梅一朵说：有事业心不好吗？怎么现在这年月女人一说到事业心都好像很滑稽？但是，你看，我家庭又这个样子，事业还不许有，这不是要我的命吗？不过跟你讲句老实话，今天下来，还只有赵校给我讲了评“十佳”的事后，我这脑袋里才没去想罗伟林那破事儿呢，但是，现在，你看现在——梅一朵捂着胸口，皱眉：这里又揪揪地痛了，真的，我怎么去跟他谈呢？离婚现在也不是时候啊，我刚到学校来，事业才起步，你看，又要准备这么高规格的主题队会，我头痛啊——

盛冰冰从他哥哥那里帮梅一朵打探消息回来，在解释了定姚晶为“十佳”的原因之后，又眼神闪亮地转述了他哥哥的建议：我哥说，这次主题大队会，要切中时弊，要你多跟有资历、了解时政的家长联系，开发家长那一块儿的资源。

梅一朵一听，局长刘冬明的身影在她脑子里一闪，她的白脸就闪红了，嘿嘿笑着说：我晓得了，我晓得了！

盛冰冰在童声喧闹的走廊里对梅一朵耳语：晓得了吧？晓得了就要小心啊，别动心啊，不要公事私办啊！

17

梅一朵和刘冬明终于还是公事私办了。

刘冬明告诉梅一朵，现在国际上提得最多的就是温室效应了，为了人类免受气候变暖的威胁，1997 年 12 月，在日本京都召开了《联合国气候变化框架公约》缔约方第三次会议。会议上通过了旨在限制发达国家温室气体排放量以抑制全球变暖的《京都议定书》。

刘冬明又给了梅一朵一大摞资料，梅一朵从资料上得知：目前，从总量上看，中国二氧化碳排放量已位居世界第二，甲烷、氧化亚氮等温室气体的排放量也居世界前列。而且，国际环保专家也指出，近年来中国已开始认真面对环保问题。中国领导层近年来对环境问题的重视程度有明显提高，特别是在中国经济持续高速增长的年代，是否能够确保增长的可持续性已经被列为一项衡量官员政绩的标准。

官员的政绩，就是官员的生命线，官员所关注的焦点，就是主流社会的焦点，因此，刘冬明建议，这个主题大队会，就做环保主题。

梅一朵想了想，字斟句酌地追问刘冬明：自工业革命以来，一拨一拨发达起来的欧美国家，走的都是先污染后治理的路子，人类这样聪明伟大，难道污染这段路，就没办法绕过去吗？

教育局长刘冬明没想到小学老师梅一朵还有这个知识和头脑，眼睛里也有了那种梅一朵所期待的出乎意料的光芒，说：功利目的吧，欲望驱动吧。商品经济的社会，抢占先机占有雄厚的资本是第一位的，有了雄厚的资本就有了话语权、制裁权，其他都可以容后再叙。

梅一朵说：所以这地球就乌烟瘴气了，唉，也没谁有实权做仲裁，我看联合国秘书长也只像单位的什么工会主席啦妇女主任啦这样的官，只能嘴巴念叨念叨，就像你说的，实权就在那些资本最雄厚，也是对地球侵犯最大的国家手里。唉，天呐，谁来管束人类的自戕呢？

刘冬明从梅一朵极其严肃认真的语气和言过其实的措辞里，听出了她想讨自己欣赏的意思，心里有些得意，觉得梅一朵向自己又走近了一步，却不揭穿，边考虑怎么引导到私人话题，边敷衍道：无为而治吧，所以大自然就有几世几劫啊。

梅一朵没有意识到刘冬明话里的敷衍，依然认真摇头道：不行，照这样那还要教育干什么？你们这些公务员就更加不需要了，大家都像旷地里的野草一样自生自灭就可以了。不行，不是这么说的，什么原因呢？怎么办呢？

梅一朵从沙发上起身，大红连衣短裙一摆一摆的，裙摆的大褶子在她的臀部以下波动，裙下的两条无瑕玉腿，像长长的两条银色带鱼红海戏浪，她走到刘冬明的办公桌前，坐在对面，托腮望着他，嘴里“咝咝”地发出感叹的气声，表示着心里的思忖和为难。

刘冬明的头有些发晕，梅一朵大红的裙子太阳一般热情，他预感她太阳红的裙子下，一定是个引力无边的黑洞，他同样如太阳一样灼热的眼睛盯着对面托腮凝思、风情万种的梅一朵，看她黑瀑布的浓发在她的肩头扫动自己的心，等待她奇思妙想的下一步。

梅一朵“嗞”了半天，终于放下了那托腮的手，为了表示决心的坚定，又轻拍了下桌子道：这样，我们的主题队会就叫做“宇宙法庭的审判”！被告就是人类，原告是地球，让太阳当庭长，几大行星做陪审员，月亮小姐当人类的辩护律师。

刘冬明露出开心的微笑，点头鼓励道：很好玩，说下去。

梅一朵沐浴着刘冬明英俊的面庞上散发出来的阳光雨露，不禁心花怒放了，她干脆又站了起来，摇曳着葱白的手臂，来回走动着演说。这时候，她明显感觉到有另一个自己，从刘冬明的视角，看着自己的身姿。她配合手势侃侃说道：这周回去，所有的学生都要叫上自己的家长，带上录像机和照相机，深入地搜集人类的罪证，学校要为此设定一个比赛活动，看谁搜集的“罪证”最全面，最细致。这个真的很有意义，搜集的过程本身就是发人深省的一次教育，真的很有意义，很有意义！发达国家不能带坏了发展中国家，你们上一辈不能带坏了下一辈！我这是抢救活动，是亡羊补牢，真的，环保教育也要从娃娃抓起，要不到了你们这年纪再抓，晚了，已经定型了，改不了啦！

刘冬明听她这么说，呵呵地笑出了声，问：真的吗？你知道我们这年纪是多大年纪？

话题由此从公到私。

梅一朵愣了一下，白脸上又飞了红，道歉说：哦，对不起，我的意思不是说你们这年纪老得不可救药了，我的意思是从教育的年龄梯度——

刘冬明防她又从私回拐到公，进行适时拦截，把握住话题走向，说：你认为我们是两个年龄梯度？你不是要卅卅他们叫你做梅子妈妈吗？那你到底是哪一辈儿的？真的，你有20岁吗？

梅一朵被刘冬明牵住了思路，很有意见的样子，弯曲了右手的大拇指和食指，剩三个指头强调说：你是讲我幼稚吧？我大学毕业都三年了！我1975年生的，属兔！

刘冬明也竖起一个指头强调：我大你整整一轮，我也属兔。

梅一朵黑眼睛瞪圆了表示惊喜：真的？

刘冬明继续引导说：真的呢，这里两只兔子，《木兰辞》里有句诗写两只兔子的，怎么讲？

梅一朵兴奋地抢说：雄兔脚扑朔，雌兔眼迷离，双兔傍地走，安能辨我是雌雄？嘿嘿，这里正好一雌一雄——突然她看见刘冬明笑颜里有猎人的得意，就转而嗔道：你真坏——话一出口又后悔了，意识到这句比上一句还要轻浮。

刘冬明嘿嘿地笑着起身，躬着高大的身子，边收拾那些给梅一朵找的环保资料边说：他们都说女孩子喜欢讲反话，说谁坏其实就是讲他好，对亲密的异性尤其这样，是不是啊？

说完拿着收拾好的资料和公文包，定睛看着梅一朵。

梅一朵一时不知道说什么才好，她朦胧觉得刘冬明引导的前方似乎就是自己这许久以来想要去的地方，可是现在俩人真的站在这起点上，她又犹豫了，有一种似是而非的感觉。她想自己到底接不接招呢？初见他那天自己是怎么想的来着？哦，是想赢过他，哦不，是想赢过他的妻子，掺杂了一种报复心理，可是也不完全是，后来又想通过征服他来征服伍海洋那些家长和校长们，如果只是这样的话，那是不是现在已经达到目的了呢？他已经对自己表示了欣赏和亲昵了啊，自己不是只要他拜倒在自己的石榴裙下就 OK 了吗？可是现在，这颗心为什么还是突突地止不住往前冲啊？那么，自己是不是还想进一步赢得他的爱情呢？盛冰冰说他们这些男人不会认真的，这么一个风流才子难道没有爱情？自己没有真正赢得他死心塌地的爱情那怎么算赢？那么，接招罢，如果说以前还要担心有什么对不住罗伟林的，现在也不存在了。罗伟林啊罗伟林！如果真有那么一天，你要记住，咎由自取的是你！

可是，自己为什么要学他？罗伟林错到悬崖的边缘自己为什么要跟着去？跟着去了为什么是自己先跳？好险啊！那么，管住自己吧，梅一朵，千万要管住自己！一定不能好罐子摔破，更不要像罗伟林那样破罐子破摔，不论怎样，千万要管住自己的身心，如果输掉了自尊，人生就永远不会再有赢了。那么，往后退一下，装装糊涂，看看这些男人们的反应吧。

这样躲在低头害羞的姿态里好一会儿，梅一朵抬起头说：不只有女孩子喜欢讲反话吧？大人都喜欢对自己的孩子说，坏蛋啊，笨妞儿啊，丑小鸭啊什么的，你对刘卅没说过这种反语？

刘冬明没有马上回答，往后面窗户外看了看，又转头朝门外看了看，走到门边，把资料递给梅一朵。

梅一朵接过资料，正纳闷，就见刘冬明伸手按下门边的开关，黑暗中自己立刻被揽到了他怀里，脸颊同时被另一张有沙砾质感的脸颊来回蹭了一下，就领略到了清爽恬淡的剃须水的味道和屏住了的闷而粗的呼吸声，这有形有味有声的整个冲击过程，只在几秒钟内完成，梅一朵还没回过神来，就已结束，她听到刘冬明故作平静刻意玩笑的说话声：走吧，我送你回家，免得你路上碰到坏人。

刘冬明关了办公室门一脚跨到过道里，又左右看了一回这列车车厢一般的规整过道，梅一朵也跟着他的频率和转向，左右看了一回，同步得像有人在喊口令，俩人又因为这默契的动作相视而笑。

过道里寂静无声，隐在天花板玻璃后的圆圆顶灯尽职地释放光亮，紧张又兴奋的梅一朵把它当作谁窥视的眼睛，抬头警惕地看了一下，刘冬明也随着抬头看了一下，望着梅一朵又微微一笑。

正是刘冬明这两个含着羞怯与默契的微笑，让梅一朵忐忑澎湃的心暂时得以安放，她想，盛冰冰的说法太武断了，肯定是太武断了，他不是在好玩，一定不是在好玩，如果是玩转情场的老手，又怎么会跟自己一样的紧张、小心和羞涩呢？不是，一定不是！

18

从出门，下楼，一直到在车上落座，刘冬明都没再跟梅一朵讲一句话，神情严肃而拘谨，这让她又患得患失的，一会儿觉得喜欢和放心，一会儿又觉得失望和担心。

中学时代开始，梅一朵就领略了男孩子或者男人们明的暗的追求，那时候她待字闺中，所以他们对她的追求便开宗明义，简单直接，在追求效率的提速时代，这样的求爱方式也许正合时代的节拍，可梅一朵的爱情观偏偏没在时代的节拍上。

她相信时间是检验爱情的唯一标准。

她喜欢经过了近千年的时间检验了的中国古典爱情诗词：墙内秋千墙外道，墙外行人，墙内佳人笑，笑渐不闻声渐悄，多情反被无情恼。

她希望理想中的知音因自己的一阵笑声、一声叹息就无限钟情却不敢表达，她理想中的爱情要有浪漫的缘起，曲折的过程，只有这样的爱情才会伟大，才会被对方珍惜一辈子。

她又笃信经过了四百年时间检验的，近代人类思想史上具有里程碑意义的杰出的哲学家、思想家弗兰西斯·培根《论爱情》中的评断：

爱情的代价就是如此：不能得到回爱，就会得到一种深藏于心的轻蔑。由此可见，人们应当十分警惕这种感情，因为它不但会使人丧失其他，而且可以使人丧失自己本身。

爱情实在是愚蠢的儿子，但有一些人，即使心中有了爱，仍能约束它，使它不妨碍重大的事业。因为爱情一旦干扰事业，就会阻碍人坚定地奔向既定的目标。

现实中，她也看到好多女同学女朋友，迅速地被有钱的男人甩掉，被有貌的男孩甩掉，哭天抢地，成绩直线下降，前途一片渺茫，真如丧失了自己一般的轻贱缥缈，她更加不敢轻举妄动了。

最后，毕业之际，适逢为伟大的事业而牺牲的机会降临，她便义无反顾地牺牲了“爱情”——这个被培根蔑视的“愚蠢的儿子”。

梅一朵还知道培根有句流传更广的名言：“知识就是力量”，结婚的那天晚上，她隔了遥遥的岁月和遥遥的海岸线，感谢英国的弗兰西斯·培根给了她抉择的力量。当客人散去，罗伟林的鼾声在酒气中渐起的时候，梅一朵自我安慰地总结了这婚姻的两点好处：其一，因为跟罗伟林的婚姻，他二叔给了自己一个很高的事业平台；其二，因为跟罗伟林的婚姻，不可能再有所谓的爱情干扰自己的事业，而罗伟林明显地弱于自己，不但可以得到稳定的“回爱”，更不会遭“轻蔑”。

而今年以来，失去了所谓的“很高的事业平台”，现在又动摇了所谓的“稳定的婚姻”，那么爱情呢？那情窦初开的时候，就种在心里的浪漫爱情的种子呢？它还在心里吗？它还具备发芽和抽枝的能力吗？是不是也已经“笑渐不闻声渐悄”了呢？

此时，车内的刘冬明沉默不语。逼仄的空间里，他随手点开了大提琴的音乐CD，不是梅一朵特别熟悉的曲子，但是她觉得这低沉的声音拖来拖去很好听，有点儿忧伤，音符挪动得也似乎有些滞重，像密密的森林中穿行的大风，时而被粗粗的树干缠绕，时而被阔阔的树叶切割。

闭了眼睛靠着，更大更远古的森林海奔到了梅一朵的脑里，她突然压抑得想哭，很想哭，她翕动着鼻子忍了忍，似乎又看到海水慢慢涌上陆地，泥石流倾泻埋葬了森林，音乐低了下去，低了下去，似乎大地成了一片浓稠死寂的汪洋。她想，这片森林，即使被掩埋千万年，失去了葱茏的外观，但是炽烈燃烧的内质却不会失却，等到炭化之后重见天日，它们暗黑抑郁的身子，便要化作跳跃红艳的火焰，还原太阳的色泽和温度。

是的，许久以来，作为青春女子的美好，被自己亲手埋葬，今天，这旁边的人，他是另一块肯跟自己一起燃烧的、经世的煤炭吗？还是只是一个点火、烤火，甚至是玩火的人？

哦，罗伟林，罗伟林，还有罗伟林，你怎么能这样对我啊？怎么能这样？！你这样的一个男人，居然也在外面玩火了！可是我怎么做不到，我怎么做不到不顾一切地投入旁边这个人的怀抱！他是这样的俊秀儒雅啊！他却早就是别人的了！

梅一朵的眼泪脱眶而出，她赶忙从包里拿出餐巾纸低头擦拭，刘冬明看见，惊讶地问：你，你这是？

梅一朵本想向他一吐家庭变故，又怕他误会自己有意博取他的同情，只好模糊答道：我，我心里有点不舒服。

刘冬明有点慌乱，试探说：不会是办公室——

梅一朵懂了他的意思，他的慌乱又让她对他有了点把握，她凄凄地笑了一下，转而怪道：谁叫你放的这悲哀的曲子！我实在是太敏感了，这曲子我好像听过，又不记得名字了。

刘冬明轻吐了一口气，取笑梅一朵的多愁善感，说：你这薛宝钗的身材里，装的是林黛玉的心啊。《辛德勒名单》主题曲，你看过这电影吗？很经典。

梅一朵说：不是讲二战时期的纳粹党屠杀犹太人的吗，讲辛德勒本来是纳粹党的中坚分子，后来他救了很多犹太人，最后苏联红军来了，犹太人又保护了他，我最记得的是犹太人把他们仅存的财物，口里的一颗金牙敲下来打成戒指送给辛德勒。

刘冬明说：对，上面刻了一句犹太人的名言："救一个人，就是救了全人类。"

又跟儒雅的局长讲到了一块儿，梅一朵很高兴，她取笑自己道：我开始听的时候，想象的是陆地被洪水淹没，森林被泥石流掩埋，然后是千古蛮荒呢，真的文不对题。

刘冬明偏头看了她一下说：这么谦虚啊，其实差不多，世界大战不比洪水和泥石流更具摧毁力，更让人绝望？

梅一朵突然想到今晚还要出主题大队会的策划案呢，差点忘记了，如果回去，又要花很多精力面对罗伟林，正好就到学校加晚班算了，她看车子已经向跟学校相背的方向开去，就喊道：哎呀！掉头掉头我今天不回去了！

刘冬明这下受惊不小，有点口不择言，解释说：啊？！我，我，我不能不回去啊！

梅一朵知道他误会了，但看他认真着急的样子，又觉得有趣，她打趣道：我是讲到学校去写策划案呢，哈哈，你想到哪里去了？

刘冬明也用玩笑的口吻说：没想到哪里去啊，顶多想到我车的副驾驶座这里。

凤码头的血液又从她心脏里往外野了，梅一朵管不住自己地又嗔他：你又坏啊你！

刘冬明这时候已经将车子掉头，听了梅一朵嗔怪，心里荡漾得更加厉害，身体也有了很大的反应，五年前他妻子金章发现了恶性肿瘤摘除了子宫后，他和妻子之间基本就没了性方面的感觉。工作忙的时候还好，自己能够忘掉一个还在壮年期的男人的需要，可是这种被压抑住的需要却无法让它消失掉，有时候闲下来，或者某种特定的场合被触发，他也很想像别人那样，去找这方面的“工作者”适当放松一下。一来从本性上说，他不习惯也害怕去到那样的地方，二来又怕自己有了第一次，以后会沉迷进去，毁了健康，毁了前程。有时候，他也想像别人那样，找一个靠得住的情人。这个所谓的靠得住，并非单指情感稳定靠得住，还要对他们之间的事情守口如瓶的靠得住。他很早就听一位在风月场上穿梭多年的朋友讲过的一句话“十个女人九个肯，就怕男人嘴不稳”，他想这句话也可以倒过来说，“十个男人十个肯，就怕女人嘴不稳”。可别的男人也许无所谓，自己好歹是个干部，还是要追求进步的。老婆金章生病之后，总担心自己会抛弃她，太过敏感尖刻，又可怜又可嫌，让他不省心。当然，他的身边也不乏暗送秋波投怀送抱的漂亮女人，但他自认为对她们没那个贼心，也没那个贼胆。可是自从第一次见到梅一朵，他的“贼心”和“贼胆”就都不知道从哪里跑出来了，想压也压不住。

这么想着，他先是准备找个地方停下车来好好地抱抱梅一朵，可是这一段是去家和单位的必由之路，万一碰到了熟人，那就太不好意思了。忍忍吧，只好忍忍了，寒假妻子就会要带着孩子去北京找钢琴老师学琴，向中央音乐学院附中进军了，到时候再说吧。这样说服着自己，他就从底下伸过右手去握梅一朵的，没想到梅一朵的手先是缩了下，被自己握定之后，竟然像触电似的发起抖来。这下他忍不住了，再也忍不住了，他记得前方五百多米的地方右拐进去，有个文化宫的老宿舍没有门卫，院子里路灯也没有，就加快速度，向那里开去。

自己的手会发抖，这也是梅一朵始料未及的，她怕被刘冬明误解为矫情，或者误解为自己故意抖起来暗示他引诱他，就想控制住发抖，又不愿中断这幸福的一握，于是在心里取笑自己：这就是传说中的初恋感觉么？那就太怪了，梅一朵，你结婚都三年了呢！

她把自己的手在他掌心里慢慢调整为拳型，用力地握紧，直到有了长指甲陷到了自己掌心的肉里的微微痛感，手才不抖了，可是另一种感觉却怎么也不能控制，发潮了，不可遏制的潮湿，这么汹涌，是罗伟林从来没有激发出来的。这么汹涌的春潮，她自己都闻到了不断腾上来的花腥味儿了，不行！不行！真丢人！她吞咽发烫的口水，想罩住快要跳出胸腔的心脏，她想找合适的话题，拯救快要被潮头吞没的自己。

窗外是波光粼粼的弯江，天空有圆盈皎洁的月亮，两天前才过完中秋节，梅一朵却忘记了今夕何夕，她指着弯江说：春江花月夜。

刘冬明此时万念系于一处，每一个字他都听得真切，却每一个字都不明白意义，只机械地回答：对。

梅一朵又鬼使神差地想起一句诗，说了出来：春潮带雨晚来急。

车子刚好拐进黑蒙蒙的文化宫院子，刘冬明一个急刹，赶快熄灭了车灯，也顾不上灯光的余晖，就紧抱住由于惯性身子还前倾着的梅一朵，拿嘴唇堵住了她那将要滚滚而来的，反季节栽培的串串诗词。

手机如棒喝一般地响起，一声、两声、三声、四声、五声，像拔河时齐喊的口令：一、二、三、四、五——哗——！刘冬明被铃声拽了过去。

他用力又无力地咳嗽了一声，似乎是命令全身的每块肌肉、每滴体液、每缕气息都减速复位，响到第七声，他接通了手机，讲话之前，他又咳嗽了一声。

对方没有理会他的咳嗽，直接表达自己的情绪：快回吧！你看你这儿子，我怎么喊都不练琴，怎么喊都不练琴！你看你看！还哭！还哭！看爸爸回来怎么对付你？

刘冬明说：你让卅卅接电话。

电话那头，金章迟疑了一下说：诶？刚才你怎么半天不接电话啊？

刘冬明说：开了个小会，调成震动忘记调回来，刚听见，要不等我回来再说？我五分钟就到了。

那边又迟疑着听了听，说：好吧，快回啊！

见刘冬明如释重负地挂了电话，梅一朵问：他妈妈？

刘冬明说：是的，我都忘记今天周四了，学校的钢琴老师李瀚海，你认不认识？盛卫国说他的基本功比赛拿过全国大奖的，我就辞了原来的老师，请了他，这样在学校的时候他也可以陪练，他给卅卅排的特别辅导的时间是周四到周日晚上，本来开始就要跟你讲的。

梅一朵脑里闪过局长夫人锐利的眼神，低声落寞地说：我晓得，今天下午放学她来接孩子的时候告诉我了。

说话间车开到了通往南山新贵的路口，刘冬明把车靠边停下，有些歉疚地说：那，我就不送你进去？

梅一朵没想到绕一下就来回不到十分钟的车程，他竟然不送了，就生气地把车门拉开，却并不马上离座，说：好吧，走路也就半个钟头吧，又不是没走过！

刘冬明笑了笑，两手紧握方向盘，一副整装待发、十万火急的样子，用不容置疑的坚定口吻说：实在对不起啊，刚才我怕她追问，讲了五分钟的，再见吧，我会跟你联系的。

梅一朵见他都赶自己下车了，气得血直往上涌，一言不发地抱着大摞资料冲下车去，“砰”地关了车门，自己还没站稳，刘冬明的汽车就子弹一般射到了百米开外。

梅一朵望着绝尘而去的车，一颗易感的心又受到了水深火热的刺激。晚风中，她跟着路边高大的樟树一起，绝望地摇头，再摇头，心里高骂着：你这么怕老婆的人，有什么资格婚外恋啊！

梅一朵抱着一大摞资料走着，走着，走得眼泪婆娑，走得天昏地暗，快到学校的时候，她突然意识到今晚无论如何都没心情、没能力完成策划案了，她想，培根说，“爱情是愚蠢的儿子”，真的是愚蠢的儿子，这按捺了多年的爱情一冲上头来，自己连思考的能力都没有了，她记起她们这地方的一句方言，讲谁蠢就讲谁“一脑壳的煤炭”，或者说“木脑壳”，不管煤炭也好，木也好，都只晓得蠢蠢地烧！烧！烧！自己现在不是在蠢蠢地烧！烧！烧吗？

可是这岩浆一样在地底下烧烧烧的感觉真难受啊！得找一个出口，得找一个出口！罗伟林！对，罗伟林！就是你！不是你我又如何能容许自己放纵？不是你我又如何会愚蠢到自找轻蔑！你看别人的老婆一个电话就把他招回去了，说五分钟就五分钟，你却连电话都不接我的，我哪点不如人啊！

梅一朵马上挥手拦了辆出租车向家里赶去，今天晚上，她准备斯文扫地，她准备大干一场，要烧就一起烧吧！谁怕谁呢？

19

今天罗伟林回来得很早，他特意买了梅一朵喜欢吃的鲜辣口味虾，估摸着梅一朵快下班了，便将口味虾从一次性饭盒里倒腾到小锅子里，放到液化气灶上，开着小火，熬着，好将汤汁佐料的味道，穿透坚硬的虾壳，更深入地熬到细嫩的虾肉里去。

他想精心备好的晚餐能出点气氛，便下楼去传达室旁边的小店子里买啤酒。

传达室的保安老刘正跟守店的老板娘嘻嘻哈哈，看见他往里走，就切断那边的话尾调侃罗伟林：罗老师，昨晚那个时候你还在杂屋里搞么子鬼哦？

罗伟林心里一惊，嘴上却抵赖。

老刘打着哈哈道：还不好意思承认？那彬伢子猜对了。

罗伟林没想到自以为神不知鬼不觉的事情，还不止被一个人看见。他知道，传达室传达室，不仅传达物件信件，更能够传达各路消息，这事情现在还不知道传达到了怎样的广度和深度呢，心里就鼓一样的擂开了。

他问：彬伢子？怎么——什么意思？

老刘得意地说：不是我拉住他，昨晚上他就冲过去把你做贼捉了！老实交代，你那衣服上被什么人搞了什么顽固不化的家伙？

罗伟林装作刚明白过来，淡淡地回答道：哦，我自己外头没搞好，搞了些油漆。又转对老板娘说：买四瓶啤酒。

提着啤酒回到屋里，他意识到上午李璐的劝解正在丧失作用，重又变得烦躁起来。

上午，俩人再次细细地温存之后，李璐就趴在他的肩膀上开始劝说，她说他娶了个好老婆，要他还是好好地对待梅一朵。他觉得李璐确实是个好女人，梅一朵也确实是个好女人，自己碰到的都是好女人，可是为什么这些好女人都不能给自己一个好的生活呢？

梅一朵也许正怀着兴师问罪的雄心在回家路上，讲不好传达室这两个向来多嘴的保安已经将昨晚自己反常举动尽职地传达到了她的耳里。难怪她会在上班之后，反常地打来电话追问。

关于昨天深夜梅一朵电话进来时不巧自己正在跟李璐打电话这件事情，罗伟林已经跟李璐商量好了，李璐的手机现在已经放到了罗伟林的一个哥们儿的手里，如果梅一朵回家后再提到这件事，罗伟林就会用自己的手机按着昨晚那个号码打过去，说是昨晚跟一个兄弟商量事情，梅一朵只要听到电话那头的确是个男声，一切问题就会随着她那丰富而飞快的联想得以澄清。

而现在，情况比预想的要复杂，昨晚自己告诉梅一朵说是车漏油弄到衣服上的，今天才知道自己的“罪行”已经落入了还不止一个人的眼中，梅一朵肯定也在猜想谎言背后的真相，而自己半夜跑步的不堪，还不知道有没有传到梅一朵的耳中，这种事情，问又问不得，真是烦人。

心烦意乱的罗伟林，望着桌上为梅一朵精心准备的口味虾，心里越发蔑视和可怜自己。他拿起筷子，撬开啤酒瓶，打算将这些东西吃到只剩残骸，来显示自己的自私，用自私来表达对梅一朵的漫不经心，用这种漫不经心来维护自己男子汉的尊严。

梅一朵带泪带伤地一路回家，心已被痛苦揉搓得疲倦不堪，掏钥匙开门那会儿，她改变了跟罗伟林大干一场的初衷，她明白自己心里的痛苦不只是罗伟林一个人引起的，罗伟林对她的伤害，被刘冬明起初的爱慕和亲昵举动暂时按捺下去，现在刘冬明又给她新添了伤害。回来的路上，她想来想去，觉得还是不能找罗伟林吵，她不能破釜又沉舟，虽然破掉的“釜”只是初具形状，快要沉掉的“舟”也千疮百孔，但是有甚于无，所以进门之前，她准备回家就睡觉，她只想睡觉，也只能睡觉，无论怎样，睡饱了明天才有精力面对一切。

可是，开了门，所见的情景又刺激了梅一朵。

桌子上坟冢一样堆着红红的虾壳，虾的“衣冠冢”旁边是一只大碗，筷子横搁在上面，像通往地狱的奈何桥。

她想起刘三姐的歌——“哪个九十七岁死，奈何桥上等三年。”

罗伟林举起酒瓶，正仰头喝着，见她进来，还特意咂嘴品酒，发出刺耳的声音，眼睛里满含着讥诮的挑衅。

梅一朵应战的力气忽然从全身各个角落缝隙里苏醒，并且像士兵半夜听到了冲锋号，斗志与斗力迅速从沉睡中跳起、集结，她心里的声音先喊道，离婚！这次一定要离婚！

她把刘冬明派人给她找的主题队会的资料往客厅中间一扔，瞪着四散的纸页咬牙切齿喊，喊出来的字眼却只是：分开吧！分开吧！

喊完之后，梅一朵诧异自己到了这一步为什么连“离婚”两个字说出口还会走样，便鼓足勇气将眼睛瞪向罗伟林，想用眼神来为怒气和决绝做补充说明，哪知眼睛却不配合、不争气地连眨了两下，不坚定、没底气泄露无遗。

这点被罗伟林看在眼里，本来被梅一朵首次摔东西弄得受惊的眼神，也因此平复下来，这时他连身都不起了，仰头咕咚喝了两口酒，才慢条斯理地说：分开？你的意思是离婚吧，离就离吧，别这个样子，注意你的形象。

梅一朵的形象却不是她自己能注意得了的，这时，失控了的鼻涕、眼泪都背叛了主人端好的形象齐涌上来，她跌坐在沙发上，只饮泣了两声，号啕就像骤然拉响的防空警报，充满了整个房间。

罗伟林听到这声音，有些得意，有些心软，又有些烦躁，他知道梅一朵爱面子，就走过去打开窗户，故意夸张地把头伸出去：咦？天没塌下来啊？

梅一朵气恼又奇怪罗伟林这时候还有心开玩笑，就强收了哭泣，压了声音怒道：我虽然没你有心计，起码的辨别能力还是有的，有些事情，你做了，它就在那里的，你别以为你这样那样的就可以装傻装掉！

这个问题罗伟林在吃虾喝酒的时候就替梅一朵问了自己一万次，所以这时候按照排演的那样，他轻描淡写地说：我装什么傻？不就是昨晚那时候还打电话吗？

说着他就像三国那会儿正在城墙头上弹琴摆空城计的诸葛孔明，镇定地捏着手机过来挨梅一朵坐下，飞快地翻到通话记录：你看好了啊，已接电话，九月十四号，零点过一十七分，这个是你打的；已拨电话，零点过一刻，你看好了啊，我打过去。

电话通了，他对着早已备好了底的哥们儿说：是我呢，今晚上你们在哪个屋里玩？

问了这句之后，他马上把手机放到梅一朵的耳朵边，手机那头传来的男声说：玩什么玩！三缺一，你又不来，玩不成啊。

罗伟林就此挂断电话，胜利地盯着梅一朵问：你觉得还有必要再追问别的吗？我告诉你，你那编剧的工作已经把你的脑子搞得远远地脱离现实了，你那所谓的猜想一万个是不存在的。要眼见为实。

罗伟林把工作做到这个地步，要在平时，梅一朵会马上伏贴，可是今天梅一朵受到的是复合型伤害，好比断掉的两根胸肋现在只接好了一根，另一根还隐在哪里生生地刺得发痛。她挣扎着继续发难：什么我眼见为实，别人眼见就不为实了？我问你，你衣服上到底搞了什么见不得人的家伙，要撒谎，要搞阴谋掩盖！

这个问题，罗伟林在喝酒吃虾的漫长过程中，也已经想到了应答的方式和内容，虽然背上汗湿，也没有鹅毛扇摇，他面上却比当年的诸葛孔明更镇定，他叹口气靠向沙发，眼睛望着天花板说：怎么跟你说呢？其实很久以来，我就担心会出事，可是我一直不知道该不该向你坦白——

说到这里，罗伟林就故意把话掐断了，果然，梅一朵的口味被吊起，她紧张地问：出事？出什么事？你——

罗伟林又叹了一口气，叹出来的真诚度让他自己都受感动，他显得很艰难地表白：我们学校有个音乐老师叫孙瑟，去年分来以后，就开始对我好，前一阵还说要找个时间跟你谈判，当然这个也许半真半假啊，反正学校好多同事都知道，我说不可能，总是拒绝跟她单独在一起，这个学校同事也知道，可是她不甘心，总在纠缠，昨晚我们几个同事在打麻将，她也在旁边陪着看，临走的时候，她拿了瓶香水过来偷偷喷了好多在我衣服上，还说，“要是你老婆连这个也能忍，我就服了她，把你让给她”。

说到这里，罗伟林又故意停下不说了，只望着梅一朵。

梅一朵果然又掉到了陷阱里，她伸出食指，指指罗伟林又指自己，冷笑道：你到底是谁的？她把你让给我！

罗伟林也冷哼道：哼！是啊，你看这样的神经病谁敢惹？本来我想昨晚就跟你讲明的，又怕你连夜找她吵，那就中她的计了，多一事不如少一事，男子汉嘛，应该多承担一点，不过今天你既然问了，我就说了吧，免得你猜来猜去更难受。诶？你怎么知道我是故意搞汽油的呢？你长了透视眼，能够穿过层层楼板看到杂屋里去？

本来到这个时候，梅一朵已经被罗伟林的瞎扯完全扯“瞎”，心灵的眼睛完全被蒙蔽，死心塌地、感恩戴德地准备把疲倦的身心投向罗伟林的怀抱，谁知潜在手机里的罗伟林的“情敌”适时抢救喝止。

梅一朵看了眼手机，是自己倒背如流的刘冬明的号码。罗伟林就在旁边，是接还是不接？

刘冬明肯定以为现在自己还在学校，还不知道会说出什么样的话，手机又如此漏音，不接，不能接，可是如果不接，罗伟林又会怀疑的。

正是她犹豫的眼神和陡然涨红的脸提醒了罗伟林怀疑，他像要求证似的催促道：你接啊？怎么不接？你怎么回事？

梅一朵越发不敢接了，心跳的声音自己都能够听见，她在想怎么向罗伟林解释呢，忽然急中生智道：接什么？一个给我推销保险的，我都烦死他了，你说我们哪有闲钱买保险呢？说完后无限佩服自己，同时想弗兰西斯·培根讲“爱情是愚蠢的儿子”，其实爱情也是“谎言的母亲”啊，她那时却没有推己及人地想到罗伟林的谎言。

也许是伟大的哲学家培根在天有灵，不同意梅一朵的论断，要戳破这谎言证明自己的权威性，梅一朵的手机里接着又跳出一条短信。

罗伟林并没有相信梅一朵的解释，短信声“噔”地响起，他抢先拿了手机翻看，短信的号码就是刚才的号码，内容是：

还在生气啊，我刚出来送李老师回家，毕竟引起她的怀疑对我们以后的交往不利，你理解一下，早点休息，明天到单位再给电话。

罗伟林捏着手机，不断地冷笑着，鼻腔里一顿一顿地发出“哼！”“哼！”“哼！”的气声，哼的时候双肩也随之抖动，频率和力度都像点了火却发不动的柴油机车。

他这时眼睛望着天花板，惨白的天花板上先是出现短信里文字，接着出现的却是他和李璐缠绵缱绻的情态，有个酷似自己的声音在他心里感慨：好笑！太好笑了！罗伟林，你笑啊！不好笑吗？太好笑了！真他妈的太好笑了！

梅一朵被罗伟林的神态吓住了，她猜到可能是局长刘冬明的短信，她很想去看看内容，可是她又怕去罗伟林的手里拿手机，她怕自己的手一碰那手机，现场就会爆炸。

梅一朵正惴惴不安地看着罗伟林狰狞的表情，罗伟林却转头朝自己笑了，递过手机说：你自己看吧！卖保险的，哼！

梅一朵飞快地看短信，边想着怎样来解释这个短信会对自己更有利，还没想明白，就听到“嘭”的一声巨响，罗伟林摔门出去了。

“嘭”的声音在她耳边久久回荡，梅一朵捏着手机发了一会儿呆，后来她又像罗伟林那样“哼”起来，哼着哼着，也像罗伟林那样笑起来，她笑着笑着，就起身到抽屉里去拿5毛钱一本从地摊上买来的红封皮黄历，她要看看今天吉神在哪方，喜神在哪方，她要看看今天到底是什么冲什么的日子，现在她挑不出罗伟林错在哪里，也不知道自己错在哪里，她只好怪今天日子不好了。

20

人感冒了，身体就会调动流鼻涕、打喷嚏、发烧这些应急措施来对抗。

同理，只要遭遇困境，梅一朵老师的脑子里就会冒出一些古训真理来安慰或者鼓舞自己。

“文章憎命达”。

“诗，穷而后工”。

这天晚上，她被罗伟林“嘭”在家里，叹着笑着自己被命运强着破釜又沉舟以后，果然“穷而后工”，灵感大发，下笔如有神，居然两个多小时工夫，就将主题大队会策划案“宇宙法庭的审判”一挥而就。

设想着主题大队会的“震撼”演出，设想着各个领导的交口称赞，梅一朵心花怒放、心潮澎湃，她一连将策划案改了三遍，觉得完美无缺之后，才从书房出来。

许是经过了“宇宙法庭的审判”，此时的梅一朵，像刚刚接受了“洗礼”的基督徒，觉得原罪尽释，充满了“得救”之后重生的荣光。

她去收拾桌子上罗伟林吃剩的一堆虾壳，就觉得这虾壳不是虾的“衣冠冢”了，它根本就是一群金蝉脱壳之后留下的怀想，是只只幼蝶展翅之后留下的追忆。

她的心情也翩翩展翅。她重又翻看刘冬明给她的短信，误判为流失的“爱情”，在她此时流畅的思绪里峰回路转，刘冬明是在乎自己的，他是对的，是自己气量太小。

罗伟林更是在乎自己的，自己倒是从没想过罗伟林还有人追，有人追了他还肯为了自己放弃，那个姓孙的他的女同事，真是可笑，有机会不妨去他学校见她一见。

有了，罗伟林说要眼见为实，他见的也只是刘冬明给自己的短信，自己也的确跟刘冬明没到底线那一层，就心安理得地编点什么再骗一次罗伟林吧，以后收手就是。

梅一朵家客厅里的大理石地板砖，每一块正好是她的一步宽，此时她迈着步子，专踩砖的对角交接点，像走八卦阵，果然她走着走着，就走出了老庄的"一生二，二生三，三生万物"的自然法则的本来面目。

梅一朵第一悟到的是：只有自己知道来信者为男性，是谁，罗伟林并不知道，如果是女人关心女人生不生气，罗伟林又有什么好怀疑，好生气的？

紧跟着第二悟到的是：罗伟林不一定记住了电话号码，自己谎称是盛冰冰新换的手机发过来的短信，那不就得了。就怕罗伟林记住了号码，那就要盛冰冰用刘冬明的手机给罗伟林打个电话，不就行了吗？

第三悟到的是：自己只是早上问过罗伟林昨深夜电话的事情，刚才并没有提起，是罗伟林主动大张旗鼓地给哥们打电话取证的。那，有没有可能他也把别的女人的手机给他的哥们拿着来作伪证呢？

天呐！天！

梅一朵站在客厅的东南角上呆住了。

罗伟林不加追问摔门而出，其实也是他明白自己根本没有底气，他一怕梅一朵在自己的再三追问下产生联想悟到真相，二是不敢相信更不愿承认梅一朵对自己的背叛，因为在这之前他没有发现梅一朵背叛的任何蛛丝马迹，他愿意给梅一朵充足的时间，想一个合理的解释告诉自己。

在去学校单身宿舍的路上，他甚至都顺着梅一朵提供的线索，帮她想好了答复：是卖保险的，就是卖保险的，是两个卖保险的女人都向梅一朵推销保险，两个都是梅一朵的熟人，梅一朵和发短信的都不愿得罪第三方。

正像当地俗语说的那样："一床不睡两号人"，夫妻相处久了，不但会长成夫妻相，就连思维方式都会长成一样。殚精竭虑之后，梅一朵果然想出了如罗伟林的料想差不多的答案：发短信的的确是卖保险的，就是卅卅的妈妈，但是自己生气的原因不是卅卅妈妈要自己买保险，是她要自己推荐学校的钢琴李老师教卅卅，都试教了好几堂课，也没给钱，她又还托了别人也找了别的钢琴老师，却要自己帮着撒谎，自己不愿意，所以生气。

梅一朵第二天回家说这些的时候，已经不害怕罗伟林要按着号码打过去了，她记忆力超常，昨晚罗伟林按的号码“7788”的很有规律，梅一朵早已记住，那天下午她借了同事的手机，按照记忆中的号码打过去，果然接电话的不是罗伟林的那哥们了，是个女声。

梅一朵装作很嗲的童声对那头直嚷“外婆我今天回来吃晚饭啊”，就哄过了李璐，李璐在那边很开心的回答：呵呵，小宝贝你打错了！

所以，梅一朵估计罗伟林不敢逼她掀底牌，她只是学他的，是夫唱妇随。

果然，这事暂时就这样含糊地过去了，只是，从此以后，他们都各自存了一个心眼，也就貌更合，神更离了。

21

一堆粪不臭挑起臭。

这是南山新贵寄宿学校的某些家长，对梅一朵老师队会创意的评价。

事情始于“宇宙法庭的审判”主题队会的家庭作业——周末跟家长一起，深入城市乡村，搜集“人类的罪证”。

不少家长认为这是没事找事。

有个高年级家长在《家校互联册》上这样遣词造句：“大力士能举千斤，能不能举起自己的身体？所谓‘人类的罪’，又岂是人类自己能够找出来，举起来然后扔掉的？不错，街道上越来越多的私家车排放越来越多的尾气让城市的空气越来越差，但是，你能否认和舍弃它带给你的方便快捷和更多的象征意义么？当然，所谓‘人类的罪证’有很多，不过我认为也是跟汽车的发明和使用一样，利弊参半，甚至利多弊少，这里就不一一枚举，所以，我认为，你们这样的学校、家长都是重型化工业时代的最大受益者，也无奈地被冠以‘环境杀手’之名，做这样的调查实在是不明智的，除非你们要借此宣扬你们自己发明的‘人类不犯罪而能发展发达的方法’，比如，让汽车不喝汽油，喝酒。望贵校明晓立场，审时度势！”

教育主任姚晶看了之后，心中窃喜。她兼着学校的大队辅导员，也自信自己能策划得了主题大队会，所以学校安排梅一朵老师来帮忙，姚晶觉得是学校看轻了自己。这时候见家长大多持反对意见，就轻蔑地睃了梅一朵一眼，拿起这本《家校互联册》，直杀到总校长盛卫国的办公室。

盛校长看完以后，哈哈大笑，正好这个学生的班主任也在他办公室，便问：你班上的？这位老兄干什么的？

那班主任也笑了，回答说：这个主题戳到他的痛处，听说前不久，环保部门狠狠地罚了他们家一大笔款子。他家在市郊的哪个乡里开了个规模不错的化工厂，找的都是当地的农民，也没有什么劳保用品防护措施的，农民工手上长的铬疮，烂得都看见骨头，他厂子周围方圆五里地，稻谷大量减产，夹竹桃都开不出花。

盛卫国说：他倒是蛮会避重就轻，拿汽车尾气说事，他以为大家都有私家车，这样就挑起所有家长的公愤了。

姚晶问：那，我们是不是要换个主题？

盛卫国问：为什么？

姚晶说：家长不配合啊，还这么大意见，何必呢？

盛卫国问梅一朵：你的意见呢？

梅一朵笑了笑，拿出手机，拨号，通了，她对电话那头说：刘局，我可要批评你了，本周作业，班上就刘卅同学没完成，你就是不支持我的工作，也要帮孩子完成作业啊。

听得在场的三位瞠目结舌。

梅一朵把手机调成免提状态，刘冬明的话，带着亲切与疼爱，扬声而出：我怎么不支持你呀，这个创意怎么出来的你就忘记啦？你是创意的梅子妈妈我还是它爸呢！你这又是躲在哪个角落打电话呀？

梅一朵赶紧拦截：我现在在盛校长办公室，在汇报主题队会的工作。

那头说：哦。

就挂了电话。

姚晶还在坚持：大多数家长，我们要看大多数的意见啊！

盛卫国慢条斯理地回答姚晶：这个主题就代表了社会的良心，代表了人类大多数人的意见。我看很好。

主题队会竞赛在省教育电视台演播厅录播。

一进演播厅，姚晶主任胳膊一扫，就把梅一朵扫到后台化妆间，去做镜头绝对扫不到的化妆监督去了。

化妆师都是梅一朵从电视台请来的专业老师，能跟他们在后台聊聊，梅一朵倒也乐得自在，她知道刘冬明今晚会来，因此在给孩子们化妆之前，她要她的前同事，配合自己粉红长裙的款式，给盘了发髻，又化了个能把十米之外的眼光全部聚焦过来的舞台妆。

惊艳。

她看到镜子上的灰尘都被自己的美貌惊得簌簌往下掉。

她漠视姚晶主任几次三番的眼神责备，守在后台左侧，盯着台下中间第三排的局长看，看到刘冬明不时跟旁边的短发女同事说话，中间还有三次，话说完了，微笑还挂在脸上。

他的眼光坚定，没有四处逡巡，显然，他并没有找自己，不但没有找自己，在不知自己是否到场的情况下，他还是快乐的，不需要自己，他的女同事就能勾出他会心的微笑。

醋海翻波。

终于等到自己学校的主题队会展演了，梅一朵决定主动帮着男老师换布景，她这时候再不上台，妆都白化了。

换景的时候，台上的灯是完全熄灭的状态，梅一朵以为自己靓得能冲破黑暗，引来刘冬明的目光，结果刘冬明依然没有半点反应。

怎么办？怎么能拖延到灯光亮起？怎么能让惊艳的自己落到刘冬明的眼光里？怎么能让惊艳的自己落到观众的眼光里引起哗然，让哗然来证明刘冬明看中自己是多么的有眼光？

巨大的布景下都安装了滑轮，梅一朵根本没来得及想出拖延的对策，布景就装完了，她被气愤的姚晶硬拉到了台侧。

台上的灯光亮起，特制的背景音乐也同时响起。

深溺苦海的梅一朵忽然发现了一根救命稻草——“宇宙法庭”的审判席，居然被哪位马虎的男老师放成了背对台下。

急中生智。

惊艳的梅一朵老师，在背景音乐里，拖着粉红裙摆，款款地走上舞台，裙摆一个好看的飞旋，椅子被她利落地从审判席的桌前，搬到了桌后。

台下一片寂静。

刘冬明的脑袋却埋在了前排靠椅背下，兴许是接听手机吧。

梅一朵知道背景音乐的前奏还有最后十二秒，她走到旁白的麦克风前，轻轻推开傻眼的旁白，像她唱弹词的三爹一样，押韵道白：

世人犯罪痴不回头，太阳庭长愤而反坐；

善良天使自作主张，请求正视人间罪恶。

有请庭长，陪审员——

扮演太阳庭长与陪审员的孩子们戴着头饰飞了上来。

全场惊翻！

包括本校同事和领导，唯独没有惊到局长刘冬明——他这时又紧盯着自己的手机发短信，还是看短信？

梅一朵看到，局长旁边的盛卫国校长也看不过去了，他在指着自己轻拍刘冬明的肩膀。

刘冬明就是不抬头。

梅一朵失望，气愤，痛恨，差点要绝望。

彻底的绝望是在局长刘冬明上台讲话、颁奖的时候。

她等在刘冬明上台颁奖的必由之路上，刘冬明从她身边经过，一来一回，两次都目不斜视。

当教育主任姚晶从局长刘冬明手里接过特等奖的奖牌，梅一朵看到刘冬明和她握手后，还捏着停留了片刻。

妖精，梅一朵心里恨道。

她彻底绝望。

伤得不轻的梅一朵老师走出演播厅，她将化妆师精心盘起的发髻扯松，扯散，扯到披头散发。

泪水太过汹涌，泪花翻滚，冲向眼睫，冲落了她的紫色睫毛膏，冲花了她的银蓝色眼影，它们合成溪流，冲污了梅一朵白玉一样的面庞。

车灯射来，她倒像法海倒扣的钵里放出的金光光束中，失魂落魄的妖精。

这束车灯后来一直跟着梅一朵。

直到梅一朵穿街过巷，走进酒吧一条街的阿米高。

这一刻的梅一朵，想要一场艳遇。

阿米高酒吧很小，只能容三四十人，是老城区的旧房子改成。里面的装饰也很古意，石磨、纺车、旧式西洋钟、老款皮箱等等，白天的日光里，这里像废品收购站，但晚上的灯光一打，就显出了颓废、怀旧之感，再起点儿劲爆的音乐，来几个梅一朵这样烟熏妆的美妞，举着酒杯一扭动，酒吧就会变得很狂野，很时尚了。

刘冬明在角落里看着梅一朵被众人围在中间，仰着的脸上，她的眼神孤寂清冷，舞姿却奔放撩人，粉红裙子在色彩不断变幻的灯光下变成了七彩，她一抬腿，一旋转，犹如孔雀开屏。

梅一朵跳一曲，喝一杯。

有几双灼热的眼睛盯上了她。

在确认了全是陌生人之后，刘冬明走过去，将梅一朵拉到了自己怀里。

梅一朵喊：你走！你欺负人！

刘冬明在震耳的音乐声中，大声对她耳语：要想长久，必须克制！

梅一朵仍然奋力推他：你走！我不准你欺负我！

周围的人望向他们。

刘冬明，用自己的嘴，堵住了梅一朵的。

梅一朵瓷实的胳膊、腿、腰，慢慢地软，软，一米七一的身高，一寸寸地矮下去。

22

萧郎江岸箫声泣，

凤凰台上待弄玉。

醒时梦回心不回，

枕边梦去心亦去。

梅一朵老师，收到了刘冬明为她填写的第一首情诗。

她怕这情诗是刘冬明借用古人的，那诚意就要大打折扣，于是上百度搜，只搜到诸多含有“萧郎、弄玉”的名人古诗词，因此，这首现代萧郎给现代弄玉的情诗，完全是刘冬明原创。

三喜涌上心头：一喜刘冬明信任自己，敢发情诗留在自己手机上；二喜自己终于走进了刘冬明的心底，飘在了他的梦中；三喜上天保佑，刘冬明真风流才子，正吻合少女时代寻偶的标准。

师范大学中文系毕业的梅一朵，凤码头弹词养大的梅一朵，此时想起了历史上最为有名的女词人李清照，和她的丈夫赵明诚。他们经常互和诗词，传为千古美谈，而李清照的一句“莫道不消魂，帘卷西风，人比黄花瘦”，就胜了丈夫赵明诚三天三夜填出的五十阙。

她也要胜过刘冬明。

子夜阿米高。

绻在你魁梧经世的臂弯里，我逐渐缩小成一枚果核。

我就是一枚果核，卡在你甘醇微酸的肉里。你孕育了我果核的坚硬与锋利。我怕我核的尖端会刺伤你，我不断地收紧自己，收紧自己。爱的能量在包容的收紧里熬制。你说，让我和你一起醉生梦死吧。

熟透的果实枝头坠落，皮开肉绽，酒香四溢。果核形如一滴旷古的眼泪，静静地卧在地表之下。春天来了。

是第几杯我的腿、腰开始发软？是第几杯我纤细无力的手指触不到眼前的酒杯？

坐不直也触不到，我的双眼开始迷离。

你沾染烟草味的干净的手指，把住透明的酒具，炽烈浓红的酒浆从一颗玻璃心跌落到另一颗玻璃心，这红的液体一路欢歌。

此刻它一路欢歌。它可记得阳光下纯洁的身世？枝头的蜜笑。采摘。炼制。勾兑。长途跋涉。然后在阿米高和我这样的一个女子相逢。

和我相逢，也和你相逢，你说，我们互为镜像。这黏红的琼浆不也是我的镜像吗。镜中人请你记住，从果园到杯中要经历的煎熬有多少，从处子情怀到你怀里，我经历的煎熬就有多少。

子夜阿米高，一个醇厚的男音在唱着 R&B 版的《白桦林》。

我们痛饮这路途遥远的果实的汁液，亦如痛饮我们路途遥远岔道纵横的爱情。

梅一朵以此纪念阿米高酒吧的定情之吻，同时相信自己的笔力胜过刘冬明的第一首情诗。

人声、音响和音乐，混杂着，在这个空间里，逼真而又虚缈。成年中国男子和法国少女的畸形恋情，而有百叶窗的房间，作为性爱的背景，让细碎流动的光影，遍布画面，虚幻，颓废，逸乐。光线的变化、不同的目光和环境氛围，巨大的屋子里，床上两个人的高高俯拍，看起来空虚无望。此时比较原始的音乐，声声裸露着原始欲望，轻轻漫起来，像湖水冲刷堤岸，轻柔地，随男女两个人的表情和心情起起落落，看客的心情也随之起起落落。

影片重现了30年代法国殖民地印度支那风情，晦暗阴郁的西贡法式民居，湄公河，老式邮轮，湿热的街道，来来往往叫卖的人群……整部片子节奏舒缓，宁静平和。尤其是白色、黄色的大幅运用，温暖暧昧，奔涌着疯狂激烈，凄婉悲绝的感情暗流。

爱吧，杜拉斯说，爱情犹如疾患。

杜拉斯在平静地，不厌其烦地，叨叨唠唠地讲述一份爱情是如何地持续，衰竭，欲罢不能，它又怎样被呈献，被召唤。其实谁都知道，当爱情的帷幕关上后，总是一幅荒凉的场景，一切重归死寂，一切重归虚无悲泣。

令人想起《巴黎最后的探戈》，莫名的爱恨与欲望交织着，在绝望的情欲中挣扎。

故事的结尾是个轮回，我猜想也只能是轮回。当一切都黯然散去时，你只能独自一人凭栏。

刘冬明看电影《情人》之后，将影碟与自己的观后感，一并交给了梅一朵。

观后感的文字是梅一朵喜欢的气质，自此，她完全被折服，她觉得世上再也找不到第二对像他们这样精神如此契合的情侣了。

她要将他牢牢地抓在手中，永不言弃。最重要的一条，是要让他觉得她也是珍贵的、高贵的，也舍不得放弃。

她比以往的任何时候都爱打扮。为了不被金章的华丽穿着压下去，她将工资的大半，都用来买精致的服装，每次见刘冬明的时候，都不穿重样的。她曾跟他说过，她的父亲曾是准“军职”，她住在“桐荫路9号”，这样的出身，是必须用有品位的穿着来证明。

她注意到了刘冬明身上的衣服、腰间的皮带、脚下的皮鞋，无一是名牌，都是不超过两三百元的东西，她就问他：你们家那位，那么注重穿着，你怎么这么简朴？

刘冬明的回答让她心酸又嫉妒：我又不是什么大富大贵之人，过得去就行了。再说，她子宫摘除后，似乎又患了忧郁症，我要注重打扮，她就会多心，我不想伤了她。

从此后，梅一朵就拜托电视台的朋友，给她接栏目短剧的活儿干，她将所有的空余时间都搭上，又埋头写起了之前她认为毫无出路的肥皂剧，有时写到东方发白，直接刷牙洗脸，换衣上班，这样下来，每月又另有大几千的进账，她就用这些钱，给刘冬明买名品衣物、领带鞋包。

几次之后，刘冬明对梅一朵说：我的工资卡，都是她经管，我不知怎样来回馈你。

梅一朵说：没事儿，我家有钱，如果你硬是想回馈，就把她给你的烟钱，省了给我买内衣吧，要不袜子也行，穿在里面，也不要太贵的，只要是你买的，我穿着的感觉就会不一样。

有天刘冬明硬着头皮买了一套黑色蕾丝内衣裤，匆匆送来，看梅一朵笑成了花一朵，就眯着眼睛说：我是它们该多好！

梅一朵盯着内衣说：好，只是，希望你能找得到没有尊夫人遥控的时间。

23

李璐的美容养生馆里，新推出了一款叫“瑶御”的药浴套餐，药包里的药材以及配方，据说源自云南的一个瑶族聚居地；那里的妇女们，因药浴，从未发现过妇科病风湿痛；而且，据研究，对于都市女子的亚健康状态，疗效尤为显著。

刘冬明的夫人金章，是李璐的美容养生馆的常客。

金章在常在这里做美容，是她做了摘除癌变子宫手术以后的事情。

术后出院，她知道，活着已经不成为问题，所以，如何漂亮地活着，便成为问题了。

术后出院，她知道，她跟丈夫之间没有互相失去，可她失去了子宫，失去了健康，失去了美丽，丈夫爱护她的身体，所以也就难得亲近她的身体，于是，她同时也担心，在失去子宫的那一刻，丈夫对她的亲与爱，也会逐渐走失。

她想尽可能地抢回失去的东西，就像当初医生将她从死亡线上抢回来。

那时的她面色苍黄、皮肤松弛、细纹丛生。由于照顾病中的她耽误了工作，她出院后在家休养，丈夫便开始了日夜加班，忙碌疲惫。

很多独自在家的日子，她在镜子前面照了又照，越照越伤心，越照越孤独，又怕孤独落入别人同情的眼内，就将自己终日关在家里，与孤独为伴。

直到半年后，家里请的小保姆与她谈心：金姐，您总在家里叹气，怕自己活不多久，怕卅卅以后没人照顾，您不要担心，我很喜欢卅卅，卅卅也喜欢我，卅卅的爸爸对我印象也好。前几天，我妈妈突然生病了，他开车送我回临城县看了我妈妈，还买了好多礼物。金姐，我觉得刘哥真是个很好的男人，我一直暗暗地喜欢他。他需要女人的温存、照顾。我还是懂事的，如果您答应我，您百年之后，让我当卅卅的妈妈，那我现在不要名分，也不要工资，照顾你，照顾他，照顾卅卅，我都愿意。

金章震惊之后，又气又恨，一个乡下傻丫头，长相也不出众，就是胸大点，现在居然敢视自己为无物，试图来霸占这个家了。

她毫不犹豫地将小保姆扫地出门，痛定思痛，她决定去美容院找回昔日的青春与美丽，也为打发因漫长而猜疑，因猜疑而漫长的独处时光。

在李璐的美容养生馆里，她最喜欢做的项目是乳房保养。虽然她的乳房被地球引力已弄得上半球塌陷，但是，现在的她，却更加看重它。在没生病之前，许许多多的黑夜里，被子里，丈夫的双手总是先罩住它，然后，他英俊的脸，就挨上来了，然后，该来的就来了。

生病之后，丈夫的手就不去碰触它了，理由是，碰了它就会想，想了就要做，做了又会对她的病体不好。

小保姆的事情过去之后，某天夜里，狂躁难寝的她，突然褪去已经熟睡的丈夫的内裤，轻轻柔柔地，眼泪婆娑地，亲了起来，直到醒来的丈夫将手伸向她的双乳，直到羊膻味的液体充溢在她的口中。

她向来是有洁癖的。

有了这样的开始，某个气氛较好的晚上，丈夫也会来抱抱她，因此，她更加爱惜它了，每隔三天，她就去做一次保养，每次她都会要李璐亲自给她做。

要李璐做，不是李璐的手法最好，而是她受不了那些年轻美丽的女孩子。受不了那些女孩子，也不是因为那些女孩子的手法差，有些其实比李璐做得还要好，让金章受不了的是，她们弯腰揉搓她的胸部的时候，她们饱满的双乳便直鼓胀到她的眼前，她们那年轻的体香，那年轻有力健康的双手，都会使她联想到自己的缺陷，联想到如果躺在这里的是丈夫，他又会受到怎样的诱惑。

而李璐就不那么刺激她，因为李璐的腿有残疾。她的残缺在隐处，不说，别人看不出来，李璐的残缺在明处，所有人都能看得出来。在李璐面前，她有优越感。

收到李璐关于药浴新项目推出的短信之后，金章开始没怎么动心，直到有天她看到了穿衣镜前不一样的丈夫。

穿衣镜前，刘冬明神采奕奕，目光温柔多情，他在穿戴梅一朵买的衬衫皮带。

她问他：你们会务组发的衣服怎么每套都这样合身？

他答：会务组如果连局长的衣服都买不合身，那我就只好换人了。

她再问：以前你们开会是发消费卡的，那样不是实惠些吗？

他答：这样的事情我都不操心，你操心干什么？

她又想到了李璐不断灌输的理念：现代女人的享受，不是看到孩子香甜地吃着自己精心准备的美食，也不是看着丈夫穿着自己熨平的衣服体面地走在人前，因为他们大多不把这当一回事，他们不当一回事，女人最终就是失望。而只有在日渐衰老的岁月里，让自己的肌体得到全方位的保养，让自己的身心得到充分的放松，这才是作为女人最实在的享受。

一句老话，男人是视觉动物，看到美的，他才会动作。

还有一句话，爱自己，男人才爱你。

泡在茶褐色半透明的药液中，金章舒服地闭上了眼睛。

水的高度正好在她胸部的三分之二处，水的浮力将她的双乳向上托举了不少，看上去，她的乳房似乎回复到了她少女时代的高度。

李璐用药包给她搓身体，说：金姐，你看你看，你胸部好像大了不少。

金章睁开眼睛，低头看胸，她知道是浮力的作用，笑道：真的啊，以后同男人约会，就约在浴缸里。

李璐放下药包，绕到她身后，用双手从下方托起金章的双乳，往中间挪了下，说：看，迷人的乳沟！

金章说：唉！还不是要你挤才有。

李璐说：大家不都是靠挤的吗，你以为那胸模不穿胸罩也有这么深的沟吗，还不也是挤的，如果不用挤就有这样深，那肯定是硅胶垫的。

这时候，李璐的手机在一旁响起。

罗伟林在那头大声说话：今天下午我们在你家附近的一个学校听公开课，我现在开溜出来了，你回来一趟好不好，我们好久没聚了。

李璐说：我没时间啊。

罗伟林说：我不也是没时间的，挤点时间出来嘛。

李璐偏头看了下浴盆中，正用双手托着自己乳房的金章，笑说：挤一挤就出来了，你以为是乳沟哦。

罗伟林那头也开玩笑：是啊，时间就是你们女人的乳沟，挤一挤总会有的嘛。

李璐看向金章，弱弱地与罗伟林商量：我现在的确没时间，要不晚上吧。

罗伟林那头急了：晚上不行，我们家那个在家，难得找借口，现在吧，啊，现在吧，听话，你刚才乳沟乳沟的，弄得我不行了，你快回吧。

李璐对金章说：金姐，我现在有点急事要出去一下，我叫佳佳来给你做吧，她是我们这里最好的美容师。说着也不顾金章沉下来的脸，“哟笃、哟笃”一拐一拐地跑了出去。

看着李璐跑出去时那急切得怪异的样子，金章的心里很不是滋味。房间很小、很静，刚才李璐电话里的问与答，她都听得清清楚楚。这个身份、这个样子的李璐，竟然也是哪个家庭的第三者，而现在的她，对于第三者，是痛恨加惧怕，恨不得发明一种能够识别情感忠贞度的除草剂，一家伙喷过去，忠贞者茁壮成长，第三者一扫而光。

佳佳给金章先做了乳房保养，又做肩颈推拿。做肩颈推拿的时候，佳佳就开始犯忌了。

金章的子宫被摘除，这里只有李璐一人知道。做乳房保养的时候，金章由于心情不好，闭眼装睡，佳佳不好跟她说话，现在翻过来做肩颈，佳佳就开始了作为一个美容师的常规推销：金姐，我看了您的档案，好像您还没有打子宫保养的卡吧？子宫很重要呢，相当于女人的第二生命，刚才您泡了药浴出来时，我对照了一下您脸上的反射区症状，人中是子宫的反射区，您出浴的时候，人中青黑，说明您的子宫——

金章听不下去了，大喝一声：吵死啊你！我要睡觉！

做完肩颈推拿又翻过来修眉和去黑眼圈。

修眉的时候，因为开始被呵斥，佳佳很是紧张，一不小心，刀片划破了金章的眼皮，金章大叫一声，抬手一摸，看到了渗出来的鲜血，坐起来照脸就给了佳佳两个大耳光，打得佳佳的耳朵里听到了铁碰铁的巨响。

呆了一会儿，佳佳看到金章的眼皮没再流血，而金章的嘴巴大开大合的，自己的耳朵居然听不见一句，就大叫着跑出去：她把我打聋啦！

金章这下也懵了，回过神来，她赶紧拨李璐的手机，连拨了两通，都无人接听，金章咬牙切齿地骂着“奸夫淫妇”，又去拨丈夫的电话，丈夫电话关机，她便打电话给丈夫的司机，叫他通知丈夫，赶紧给她找个好点的律师一起来。

佳佳叫嚷着跑出去后，美容部的经理就拨了李璐的手机，也是连响了好久没人接听，再拨李璐家里的座机，快要放下的时候，李璐终于在那边接了。

得知金章要找律师了，李璐马上想到了也是老客户的盛冰冰，她知道金章的儿子在盛冰冰的学校里，她想叫盛冰冰的哥哥盛校长出面来调解。

盛冰冰接电话的时候，正在上海出差，因为一直同情李璐残疾人创业的艰难，便满口应承下来。

她知道哥哥不会掺和这样的事情，她决定直接找梅一朵，再让梅一朵给刘冬明说说，让刘冬明来制止他妻子。

盛冰冰打梅一朵手机，关机，一直打了二十分钟，还是关机。

盛冰冰只好直接打刘冬明的手机，也关机。

俩人同时关机？

搞什么鬼，这两个人！黄浦江畔的细雨中，盛冰冰在伞下愤愤地嘟囔，她忽然似有所悟，不言声地笑了。

24

自从有了第一次诗文唱和，刘冬明和梅一朵便文思泉涌，一发不可收。不到半年，梅一朵从手机里摘录下的俩人互酬的诗文就填满了她七本教案，两本会议记录本的空白处——其实她想用丝质封面带锁的精装本子来记录的，不过，那样太容易被罗伟林发现，她就只好让这些高贵的诗文屈居边角余料的空间了。

如此，他们惊喜地发现：原来爱神丘比特，和诗神缪斯，是结伴而行的，不，简直是连体婴儿。

在这个时代，像他们这样的职业，随便与人谈诗，比随便与人谈爱，还显得不合时宜，显得那么的酸腐。

谈诗是卖弄风情，谈爱也是卖弄风情，而卖弄，对于仕途上的人来说，是最容易被人误会成浅薄之人的。

浅薄，绝对是威信的头号杀手，市里管科教文卫的副市长于凤鸣，自读大学起就喜欢写诗，以前还出过诗集，现在却很少与人谈诗。纵使这样，也还有人暗地里笑她，诗歌圈内的人笑她不知深浅，官场中却有人笑她附庸风雅。

所以刘冬明的心里虽然有诗，却总被他压在心底翻腾，不许从口里流出，就像他心里对爱的欲望，那么强烈，也只能强抑着，不能让一般人窥出端倪。他认识的不少人，手中有权有钱的，在人前从来就奢谈或者是耻谈爱情，可以有女人，但是不能要爱情。爱情是多么麻烦，多么可怕的东西，搞不好是要命的。有再大的权、花再多的钱都难搞得定。也许只有用权和钱能够搞定的东西，他们才觉得安心。

所以他觉得，有着自己这样的爱好与追求的人，要生在柳永或者苏东坡那样的时代就好了。他有时想，古时候做官的人，多少人是诗酒风流相伴终生，却也不乏拳拳之心、铮铮铁骨。而在现代，许多文官的风骨与风情却一同丧失了，即便没丧失，也变成或者装成无趣的循吏，开口皆是领导有方，下笔皆是等因奉此。

直到碰到梅一朵老师，他的爱和诗，就像十月怀胎一朝分娩那样，不由自己控制地，联体出生了。

刘冬明有时也在后怕中自省，觉得不能怪自己不谨言慎行，要怪只能怪这个女人，怪她长得像诗一样的美，激情如诗一样的丰沛，做事乖张与诗一样的不合时宜却直指心底，真是要命！

梅一朵的生活，也完全被丘比特与缪斯两手遮天，就连教学也不例外。

语文课上，梅一朵用了拆字法教生字。

她教“春”字：大家看，三，人，日，“三”字和“人”字叠在一块儿，就像爸爸妈妈抱着宝宝，爸爸妈妈和宝宝，就是三个人，“三”个“人”一起过“日”子，就是“春”。

梅一朵描述的时候，脸上春光荡漾，无限憧憬。她憧憬的幻象里，女主人公是她，男主人公是刘冬明，宝宝的样子不确切，她首先想到的是刘卅，紧接着她又加以否定，却想不确切。

她要学生报出家长的姓名，大家一起来拆开记住写法和读音。

刘卅报的是他妈妈的姓——“金”，缺牙的嘴里飞珠溅玉：“一个‘人’，她是‘王’，腰里揣着两块糖。”

语文课一结束，梅一朵马上把这事电话了刘冬明，刘冬明也很高兴，说：人之初，性本诗，大人们被世俗之光蒙蔽了眼睛，往往写不出这种味道。

梅一朵老师受到鼓励，表态说：我要教孩子们写诗歌，边识字边创作诗歌，我要给他们出诗集，中国最小的诗人的诗集。

刘冬明在电话里笑着说：好啊！管科教文卫的副市长于凤鸣，她也是教师出身，现代诗也写得蛮好，是中国作家协会会员，出过好几本书了。等你的学生出了诗集之后，我请她来你们学校讲座，她一来，市里的媒体都会来，你，你们班就出名了。

梅一朵纠正说：关键不是我和我班出名，关键是写诗歌能锻炼孩子们的想象能力、文字的锤炼功夫，并且提高识字效率。

说这些话的时候，思维像诗歌一样跳跃的梅一朵老师，心里忽然想，于副市长也是教师出身，也写诗歌，那么，刘冬明是在暗示自己，她也有潜力走上于副市长的道路么？

就在盛冰冰替李璐给梅一朵打电话那天，于副市长在教育局长刘冬明的陪同下，来到了学校。

这天于副市长也是诗兴大发，本来安排一个小时的讲座，她又是朗诵，又是答问，将近黄昏，活动才结束。

活动结束后，梅一朵和刘冬明才将手机打开。

他俩收到了同一内容的短信：开机请即联系我。

他俩同时在闹哄哄的校园里拒绝发信人。

刘冬明对电话那头的妻子金章说：芝麻大点事请律师，不是个笑话吗？

梅一朵拒绝盛冰冰：得了吧，别把我往火坑里。他要是知道我向你坦白过我和他的事情，他说不定要和我绝交的。

于副市长在小诗人的心田播种诗歌之后的第三天，局长夫人眉下的小口子开始结痂，李璐的员工暂时性失聪的耳朵也渐渐恢复了听力，而梅一朵老师，在毫无思想准备之下，升官了。

她这个世界上最小的“主任”——小学班主任，自此荣兼学校文学社社长。

同事们就不像原来那样叫她梅老师了，也不叫她“梅社长”，而叫她“梅诗人”。

“梅诗人、梅诗人”，每张口叫出这三个字，梅一朵都无一例外地从中品出了讥讽、嘲弄和嫉妒，不过她并不纠正，而是自自然然平平和和地应答。

她记得《增广贤文》里有一句：“酒逢知己饮，诗向会人吟”，有必要跟这些不能理会诗意的人费口舌吗？

梅一朵固执地告诫自己：我只要我的学生懂，只要他懂！

25

梅一朵真正了解赵众山校长，是那天伍大洲跟张立奇打了一架后。两个小孩子之间会发生矛盾，说到底与赵众山的刻意安排密不可分，这话要从他本人说起。

老朋友老同事都知道，南山新贵的赵校长喜欢圆满，对数字尤其如此，恨散不整的心结、凑散为整的习惯，早已深入他的骨髓，比如，教导主任拿来一年级新生的入学试卷请他审核试题，他就不自觉地拿笔将那些十以内的加减法算式，都改成了得数为“五”和得数为“十”的。

有人说他是早些年穷成这样的。据说那时候口袋里只要攒到四块钱，他就开始心上心下地痛苦，因为他总要寝食难安地凑到五块整存了，心里的猫才不抓，可是计划经济时代，一毛钱都可以吃饱一餐饭，一块钱要凑满，绝非易事。

还有人说，这跟他的面相有关。他大圆脸，脸上的嘴巴鼻子眼睛也都在各自的水平位置上向外圆着，活像顽皮的孩子堆雪人时，用大海碗、小酒杯、钢笔套子这样的圆面工具，随手“扣”出来的，不过这些工具扣上去再抽出来的时候，手也许兴奋得晃动不已，所以这圆，也只是圆了个大概，不太规则，因此他生活中的事情，时刻环绕他的数字，也总是离圆满还要差一点。

比如当初梅一朵他们这一届一年级的新生招收，就一举突破了他五个班的预想，他没想到各种得罪不起的关系，以及亲朋好友递给他的条子有一百多张。由于教室和床位有限，他紧咬牙关也只扩招了两个班共 80 人，正高兴自己想到了“七”，恰巧是一周的整数，整个年级共 280 人，每个班正好 40 人，居然也是圆满的整数，谁知紧要关头却来了农民工子弟张立奇。

那日建筑商伍海洋和总校长盛卫国撇开他商定，并勒令他收下张立奇的做法，让他心里很不是滋味。后来分班时，又遇到了下属的阻力，这两面的夹击，使得他心里原来那个漂亮的圆，挤压成了橄榄形状，两头突出的尖尖，刺得他生痛。

好在赵校长是数学老师出身，沮丧之际，忽然想到正负相抵的法则，他记起伍海洋的儿子也是这学年的一年级新生，就将他和张立奇放到了同一个班上，他那时还不能料想这两个孩子放到一起将会生成什么新的化合物，但是他清楚自己解恨的目的暂时是达到了的，那时他安慰自己，你们可以私自“变灾难为机遇”，我也可以的。不过他心里所谓的机遇是，只要遇到俩孩子间发生点什么事，我就会有机会知道真相。

伍大洲和张立奇打架那天，正好是震惊全世界的美国“9•11”事件发生的第二天，讲起来这事还跟“9•11”有点儿联系，可以算作是千万里以外，通过地表、海平面传来的一点余震。

南山新贵的教育主任姚晶，系本地名报名记者之女，血液里本就充溢着新闻敏感性，再加上她本期新封了校报的主编，又碰上了这么档举世震惊的大事件，那血液里的敏感性简直过敏了，觉得如果不及时搔搔这人类“准历史”的大伤口，就会心痒不止。

那晚她第一时间收看了新闻之后，睡意也随着美国的双子大楼灰飞烟灭，她连夜跟名记者父亲打电话讨论，又上网看报道，看评论，忙了个通宵。第二天一早到校，就找了赵众山校长商量，如何让南山新贵的这些未来的民族精英在这件事里受教育。

对于昨晚地球另一边的大震荡，赵众山校长那如地球仪一般的圆脑袋丝毫没有感应，相反，他还难得地睡了一个好觉。一早起来，看到艳阳高照，丹桂飘香，食堂员工又送来甜稠的绿豆汁，他将圆唇深埋碗内，同时感到生活是如此的美好。

姚晶进来，喝断他的美感：赵校，你还在喝绿豆汁啊，美国双子大楼被恐怖分子劫持的飞机撞倒了你知道吗？

赵众山惊得圆眼睛鼓了出来，圆厚又向外紧噘的嘴唇此刻染了湿漉漉的绿豆汁，看上去活像一堆新鲜玲珑的鸡粪。

姚晶被他那染了“纯天然绿色唇膏”的特定唇形逗笑了，她飞快地抽了张面巾纸递给顶头上司，呵呵呵笑得直不起腰来。

赵校长看自己的得意门生又笑了，心生纳闷，他边擦嘴巴边看台历：咦？你们年轻人喜欢的那什么愚人节是上半年吧。

赵众山原来是姚晶的数学老师，多年前跟她家也是邻居，因此姚晶在他面前就比较随便。见校长不相信自己，姚晶更加得意于自己的第一时间汇报，赶紧打开他的电脑，点出网页，让校长自己看。

赵校长是毛泽东时代长大的人，确信这个消息之后，第一反应便是那句根深蒂固的话——“美帝国主义是纸老虎”。他跟姚晶商议，就从“帝国主义”和“恐怖主义”两个概念里挖教育元素吧。

姚晶开始拍手称赞，临出门又提出了质疑，她俏皮地歪着脑袋跟恩师商量：好像现在不提“帝国主义”了，应该是“霸权主义”吧？“霸权主义”好像又不太尊重人家，可能“强权主义”比较好。

赵众山校长自己是个圆融开明的小领导，最讨厌的就是霸权，最恨的就是自己怎么就不能够霸权，想来想去，他认为，既然要全校学生进行这两个概念的大讨论，靶子就不能太中庸平和，他说：还是“霸权”吧，就是“霸权”了，“强权”是个中性词，你再去请示一下盛校长吧。

这天是星期三，梅一朵的晚自习是周日、周二和周四。今天下午，刘冬明约了她同去南山顶上的子美阁，一年前的这一天正是中秋节，梅一朵的“月中行”引发了他携美人去子美阁度良宵的念想，他们之间“神交”也是从那天开始的，因为这条显示着“2000•9•12”的祝福短信，当时妻子也收到了，所以他就留着做纪念，今天他闲翻手机的时候看到，觉得应该把这天设立为“相恋周年”的纪念日。他原来记着的日子是农历的中秋，然而中秋好记却不方便跟梅一朵过，正好今天翻到阳历的日子，他就打了电话跟梅一朵商定了这么个纪念日，让梅一朵感动得好久都说不出话来。

放下电话，梅一朵暗下决心，如果今晚他再向自己提出要求，她就给他，他说得对，“连一向宣称本土无战争的头号安全国美国，也被击中了核心，这世界还有什么可以坚守的神话呢？”

正当梅一朵决心与美国双子大楼同命运，被“摧毁”的时候，广播里响起了通知，姚晶主任要求今晚晚自习统一由班主任上，以“霸权主义”和“恐怖主义”为主题开讨论班会，班会要有详尽记录，班主任要提前上网查资料，会后要写出相关文章，择优在校报上发表。通知里，实在按捺不住兴奋与激动的姚晶主任，还用她自以为相当克制，实际上别人听起来像“扇阴风，点鬼火”的口气，介绍了“9•11”事件的过程。

她这一介绍不要紧，校园里立刻沸腾起来，首先是拍桌子的声音从高中部传来，接着这种声音又伴随着口哨声和尖叫声弥漫到初中部、小学部，这股喧嚣被各班班主任压下去之后，初中部一个有“天才作家”之称的孩子灵机一动改编了一首儿歌：

太阳当空照，花儿对我笑，小鸟说，早早早，你为什么背上炸药包？
我去炸世贸，别挡我的道，劫飞机，爆爆爆，等他发现大楼已垮掉。

儿歌旋律简单，全校学生都在幼儿园大班学过，因此只几分钟时间，就变成了全校多声部大合唱。

梅一朵听到这歌时，心里正气恼好端端的约会被冲掉，忽然从被改编的歌词里领会到教育主任这种说法和做法，简直是投毒于井，孩子们也在饮鸩止渴。

她快步向教育处走去，内心激动不已，大有救民族危亡于发端的豪迈和紧张，走到行政楼二楼通向教育处的拐角，她又改变了主意，觉得这么大的事情，应该跟能做主的总校长讲，又向三楼奔去。

这时候正是全校各班由班主任管理的文体活动时间，梅一朵听到铃声，也在心里权衡了一下轻重，觉得自己班离开一下应该不会出什么事，还是赶快要总校长制止姚晶这疯狂举动重要，谁知偏偏这时候就出事了。

原来文体活动之前，伍大洲他们就学会了这首改编的儿歌，在嘻嘻哈哈唱着，梅一朵制止他们，又离开之后，伍大洲就带领一些孩子玩起了另一种游戏，他们首先叠了纸飞机从二楼掷向前面的假山，希望飞机可以穿过七孔太湖石的某一个孔，但是纸飞机太轻，飘飘悠悠都落到了水池里。

他们做这些的时候，张立奇一直在旁边看着，脸已经涨得通红，那天他哭着要跟舅舅一起走时，舅舅就指着七孔太湖石呵斥他：你走了你爸爸的魂魄谁来陪？

一句话就把七岁的孤儿震住了，所以，在他心中，假山就好比父亲，是不可侵犯的。

见纸飞机掷不到目标，伍大洲觉得很不过瘾，他跑到教室，就近拿了几个铁文具盒，瞄准了向假山掷去，听到“乒乓”的撞击声，他兴奋地喊着“炸喽炸喽！”其他的孩子觉得这种玩法不错，就赶紧学样，都回教室去找铁文具盒。

这时候，张立奇蹲在旁边，已经泪流满面。

伍大洲手中几只文具盒都掷完了，又飞快地跑过去拿了几个来，张立奇看见自己的文具盒也被伍大洲拿来掷到了假山上，再也忍不住了，就冲过去，一把拖住他，喊：你给我捡上来，你这畜生都给我捡上来！

他将伍大洲拖到了水池边，用力一甩，伍大洲就“扑通”一声，被甩到了水池里。

虽然伍大洲的个头不大，但他现在已经是二年级的孩子了，他从水里扑腾扑腾挣扎着站稳以后，可以看到莲池里的水在他肩膀以下，伍大洲见莲池旁围着很多看热闹的同学，张立奇还涨红着脸，用手指着他尖叫：你捡，你捡，你捡！

这时他心里打定了主意，就近捡了几个文具盒，紧闭嘴巴，仰着头，趟着水，向岸边走来，快走到张立奇身边，他将几个已经变形的铁文具盒，一股脑全向张立奇的头上砸去，张立奇的头上、脸上，立即划出了几道口子，鲜血直流。

张立奇一摸，发现自己流血了，便随手抄起一个文具盒，气愤地跳到水中，揪着伍大洲的领口，对着他的头用力敲了下去，九月的池塘中，顿时又盛开了几朵氤氲的红莲。

旁边围观的同学这才喊了起来：老师——快来啊——打架了——出血了——恐怖分子来啦——

伍大洲带领同学们扔文具盒的时候，梅一朵正跟盛卫国校长在理论。

盛校长说：梅老师你太保守了，你比我年轻得多还这么保守，学生们这种反应是正常的，这也是人性的真实流露，你还是没有将我们学校在心里定好位，我们学校是国际实验学校，有美国托福班，英国雅斯班，还有欧美的外教老师，这是个国际性的大事件，将来肯定要载入史册的，怎么不能让大家及时知道呢？

梅一朵说：当然是要大家知道的，我晓得我们不讲学生们迟早也会知道，我的意思是，您没看见大家的情绪，一脸的幸灾乐祸，我总觉得这样子做人很不地道。

盛卫国说：哦？这倒是说到点子上了，这还是个定位问题，也要引导，这个问题要一分为二地看，幸灾乐祸是第三世界的眼光，义愤填膺是第一世界的眼光，我们国家虽然暂时还处在第三世界，但是我们的家长们现在在中国所处的地位是第一世界的，等到我们培养的学生主导中国的时候，梅老师你不要用这种眼光看着我，是的，我们的学生无论是家世还是素质，包括所受的教育都要比普通学校学生高几个层次，将来肯定就是他们主导中国，等他们主导中国的时候，说不定我们国家也进入了第一世界的行列。所以要引导，要引导孩子们辩证地看问题，恐怖主义已经出现，我们要引导学生思考，如何应对，是妥协地均贫富、分强权？还是武力解决，各种方式的利弊怎样，信息社会，强权政治，我们的学生应该具备高度的政治敏感性和突发事件的应对能力。

梅一朵自叹不如，校长的慷慨陈词像一架驶离跑道的飞机，载着她渐入云霄。原来未来的民族精英真的将在自己手中诞生，她脑海里浮现了班上那四十一张脸，便嘿嘿笑着向校长承认自己被说服了，忽然想起自己学生的程度，只怕这番话不能照搬，马上继续请教：我们班那些小豆豆，他们连“主义”是什么都不知道呢，还第一世界，第三世界的，怎么讲得通呢？

盛校长说：你还是学中文的！还是文学社长！打比方你总知道吧，你就讲，一个富人，被穷人打了，或者说，一个当官的，被老百姓打了，现在怎么办？

梅一朵迅速在心里给自己定位，不晓得自己算穷人还是富人，算当官的，还是老百姓，她又想到了那个“家长是上帝，学生是皇帝，老师是奴隶，生活老师算个屁”的顺口溜，就笑着跟眼前这个“富人加当官的”抬杠：怎么办啊？这要看情况来定啊，如果是穷人被富人剥削了变穷的，那富人就该打啊，如果这当官的是哄骗了老百姓，才被选上去的，这个当官的也该打啊。

盛校长说：得！幸亏你在我这里就暴露出来了，都照你这么引导，那肯定坏事，你真的以为打江山哦，不是什么都可以打得来的——

盛校长话还没说完，赵众山就气喘吁吁跑进来，喊的是梅一朵，眼睛却看着盛卫国：梅老师你在这里啊，你们班伍大洲和张立奇打架了，在假山那里打的，都流血了。

盛卫国生气了：赶快送医院啊，你跑到这里来干什么？

赵众山说：已经派校医止了血送到医院缝针了，梅老师是班主任，这个时段也归梅老师负责，梅老师，我不是早就强调过文体活动课不能放羊么？你——

赵众山话还没说完，就被盛卫国打断，盛卫国问：等等，张立奇是那个农民工的子弟？

赵众山紧盯着盛卫国点头。

盛卫国照着桌子上就是一巴掌，吼道：你是老实鼻子空啊！你阴谋居然耍到我头上来了！开学不是交代你把他放到朱老师班吗？你居然不听安排，这还尤自可，你竟然把一对冤家放到同一个班上！讲！你到底想干什么？

赵众山似乎胸有成竹，赔笑解释：您误会了，我能想干什么呢？是朱老师不肯收啊，她说收了他会让她想起那摊血，其他班的老师也跟着不肯收，只能如此安排了。

盛卫国忽然看见梅一朵站在边上饶有兴趣地听着，就支开她，让她去医院做家长的安抚工作。

梅一朵只好离去，出门的时候，赵众山的声音跟着追出来：两个孩子什么都不知道，怎么就是冤家呢？张立奇的爸爸难道另外有死因？

26

总校长盛卫国提出一同去医院看望伤情并不严重的学生，这让梅一朵老师有些意外。

她知道，九千多人的学校，好比一辆拉着坛坛罐罐，高速行驶，又总紧急刹车的货车，碰撞碎裂，是最正常不过的事情。班主任对学生进行调解和教育，对家长进行安抚和解释，工会学生会买些东西去慰问，再通知保险公司理赔就了事，这些事按学校向来的程序走，总校长一般是不会管的。

梅一朵又想到了盛校长“一对冤家”和赵校长“另有死因”的话，不晓得自己陷入了怎样的一个棋局。

病房，伍大洲头上罩了一个白色的网状套子，正坐在床上玩手机里的电子游戏，神情专注而兴奋，嘴巴里还配合“咀咀咀”的声音，校医坐在旁边，端着瓶橙汁，手还捏着插在瓶子里的吸管，吸管离伍大洲嘴巴不到半寸，他只要一偏头就能喝到。

伍海洋和夫人正站在窗口，背对着门低低地争着什么。

听到校医喊了一声盛校长赵校长，室内的人都看向门口。

伍海洋回转身，眼光直射盛卫国，其凌厉和准确如武林高手反掷暗器的手法，不过他的眼光跟总校长焊接之后，就笑开了，他扯了一下盛卫国粉红色的领带：越来越骚了啊，这颜色的吊颈带子！

盛卫国也扯他的绿T恤：彼此彼此，我劝你以后穿这颜色衣服之前呢，先把后面的帽子剪掉！

又走到床边，食指挨了下伍大洲的脸蛋，问：玩游戏可以止痛吧，戴这苹果套子，你变红富士啦！

伍大洲手头的游戏正在进行中，不敢抬头搭腔分神，只瓮声瓮气地叫了声“校长好”，嘴巴里又“啾啾啾”地念开了。

伍大洲的头部只缝了两针，也不要住院，但是伍大洲的妈妈却对梅老师突然发难：梅老师，你要好好教训一下那个张什么伢子，怎么下这样的毒手呢？

我偏要开几天的住院，不住我也要开，你就打电话喊他爸爸妈妈来，不是我家缺这几个钱，是要他们家花钱买教训！

梅一朵听她这么说，不知道如何回答，她拿眼光看向几个知道内情的男人，希望他们做主回答伍大洲妈妈，谁知他们都不做声，梅一朵只好说：张立奇呢？他伤得怎样？

伍大洲妈妈偏不准梅一朵转移话题，她又问梅一朵老师要张立奇父母的电话号码。

赵校长看了看盛卫国，代替梅一朵回答：张立奇是个孤儿，很可怜的。

伍大洲妈妈愣了一下，怒气还没有完全消掉：孤儿？你们这样的学校收孤儿？

伍海洋有些不耐烦，说：好了好了！你照顾孩子去，这事儿还有我呢，再说是洲洲先打人家的，男子汉这点小伤算什么呢？对不对，洲洲？

这时伍大洲游戏已经过关，肯抬头说话了，他左右看了看，问：咦？张立奇呢？他也出血了，为什么他可以不缝针？缝针痛死我了！

梅一朵进来那时候没看见张立奇，而且校医也在这边照顾着，就在担心他了，这一年来的暑假和寒假，梅一朵都把他带到自己家里和娘家去住了些日子的。张立奇虽然不善于语言表达，却很懂事，看事做事也细心，梅一朵以及妈妈都跟他建立了感情，他也心眼明亮，在梅老师的娘家刚住了三日，就看出了对面唱弹词的瞎眼三爹跟梅老师家的关系很不一般。他借故学唱弹词，对陶三河总是鞍前马后地跟着。现在，眼前的情形引发了梅一朵老师心里的悲哀，都是一般大的孩子，命运却是这样迥异，这边前呼后拥，那边却是孤零零的一个人。

梅一朵转身向手术室跑去。

手术室的门紧闭着，她把耳朵贴在门缝边听着，里面传来张立奇“哎哟哎哟”凄恻的哭喊，心里不禁随着那喊声一揪一揪地疼，腿也有些发软。

她坐在旁边的凳子上等着，想象要是张立奇的亲人看到这情形会是何等的伤心，她根据张立奇的长相推测着他妈妈的相貌，想来想去却总是伍大洲妈妈指着自己鼻子骂的样子，她想，可怜天下父母心，孩子受伤了，妈妈难免有脾气，自己不要跟她计较了。

手术室的门开了，一个男医生领着张立奇出来，梅一朵马上迎了过去，张立奇看见，低低叫了声梅子妈妈。

男医生纳闷地问：你是，是他——？

梅一朵脸一红，解释道：我是他老师。

男医生说：哦，我说呢。又叮嘱：回家不能吃有刺激的东西，伤口不能进水，每天来换一次药，要打三天消炎针，破伤风针已经打过了。说完又盯着梅一朵看了会儿，眼光有些留恋，想了想，又说：头上有两处伤口，这里缝了三针，这里缝了两针。停了停，又看着梅一朵想了想，似乎再没什么可交代的了，就掩门进去，门还留着一线的时候，又回头看了梅一朵一眼。

盛卫国过来看张立奇，转达了伍海洋想将儿子伍大洲换到一班去的决定，但在随后的伍海洋与张立奇的会面中，又出现了波折。

伍海洋来的注射室的时候，天已经完全黑下来，他开口便问：梅老师你老实交代，“梅子妈妈”四个字，是不是“芝麻开门”一样的魔咒？

梅一朵又习惯地脸红，微笑着等他的下文。

伍海洋又说：我洲洲刚才讲，谁要他转班他就要去租架飞机撞谁的房子，这样，明天你就不用跟朱老师交接了。

梅一朵还没来得及开口，张立奇忽然从她身后钻出来，正对着伍海洋望着，眼睛瞪得大大的，瞳孔幽深黑暗，放出的眼光像深井里的冤魂突然扔上来的追命绳索，顷刻就要将人拽下去，梅一朵读不懂这眼神，看向伍总寻求答案。

伍海洋像是被镇住了，脸上惯有的吊儿郎当和戏谑全没了，平日活泛的五官也僵在那里。

梅一朵纳闷地喊：伍总，你没事吧？

伍海洋的五官被梅一朵喊活了，脸色还没转过来，他费力地从张立奇的眼神光柱里挣出来，像噩梦被人喊醒，他转身向门外走去，已经看不见的后背处，有句话迅急飘来：明早你还是跟朱老师交接吧，怎么能听孩子的呢？

第二天一早，伍海洋夫妇将孩子送到朱老师班上，朱老师得此厚爱兴高采烈。

她班上的孩子按照晨练时彩排过的那样喊：欢迎伍大洲！欢迎伍大洲！

校园里不明就里的师生听见，以为五大洲的元首联合访问南山新贵二年级一班，急忙互相打听。

等喜笑颜开的伍海洋夫妇一出门，被朱老师按到座位上的伍大洲就抱着书包跑回到梅一朵班上。

朱老师走到梅一朵教室门口大声呵斥：伍大洲你再不听话就送你到乡里去读书！

伍大洲干脆地回答：就是送我到香港去我也不去！

他妈妈跟在朱老师后面帮腔：你走不走？再不走我就不要你了！

伍大洲嘿嘿笑：妈妈你讲假话，昨天医院里你还哭，讲我有三长两短你就不活了，不要我就是不要你自己，哪个会不要自己呢？

梅一朵老师笑了，全班同学看见老师笑了，也稀里糊涂跟着笑。

伍海洋夫妇俩看没办法了，只好先行撤退，临走时，伍大洲妈妈不甘心地给梅一朵撂下一句话：我儿子这样看得起你，你要珍惜。

上午的课间，梅一朵给刘冬明办公室打了个电话，表达昨晚周年纪念日不能相聚的遗憾，还扼要说了俩孩子打架的前因后果及各色人等的表现和自己的困惑，没想到刘冬明产生了浓厚的兴趣，说中午抽时间详谈。

中午在刘冬明的车上见面，梅一朵问他为何对别人的事情这样感兴趣，开始的时候，刘冬明闪烁其词，在梅一朵的再三追问下，最后他说：南山新贵的建筑工程，当年是于副市长支持了伍海洋的公司，那时候，我在党校学习，他们越过了我。

27

一层秋雨一层凉，这凉从天上一线线、一场场的下到地，无处吸纳，无处遁逃了，就积累成硬硬的，呜呜咽咽的冷，冷透了，破涕为笑，就是冬了。

冬天来了，传统观念来看，似乎是一位老成持重、板着脸的白发银髯翁来了，其实，细想下来，冬天却是四季当中最顽劣的小孩子。

不是么？看那推门敲窗摘叶摘帽的北风，看那铺天盖地罩下来，一夜之间就遮了“真相”的白雪大手，这不就是顽童的恶作剧吗？

2001 年的圣诞节很快就要被“恶作剧”的冬风吹来了，被吹来的，还会有日本上田学校的九个中、小学生和他们的三位老师。

上田学校是中日友好交流协会安排的，跟南山新贵结对的学校，在此之前，盛校长去过他们学校作睦邻访问。

虽然日本是亚洲国家，传统文化受到中国的影响最大，但这只是历史印象，盛校长当然知道，事实上，自从西方工业革命以来，日本国就舍近求远了，正像19世纪末，他们的著名思想家福泽谕吉指出的那样：“我国不可犹疑，与其坐待邻国之进步而与之共同复兴东亚，不如脱其行伍，而与西洋各文明国家共进退。”

因此，“国际实验学校”的盛校长认为，这个圣诞节，一定要过得有国际氛围，要表现开放已久的中国早已与国际接轨，也有与“西洋各文明国家共进退”的姿态，他要求教育处和外语教研组共同设计庆祝活动，要做到圣诞节的前一周就开始有节日的氛围，最主要的是，全校师生都要动起来。

盛冰冰这时候是外语教研组组长，不过她已没有心思去搞她本应热衷的圣诞节活动，她刚刚失恋。

媒体盛传，“9•11”后不到一个月，美国佛罗里达州一家小报摄影编辑鲍勃·史蒂芬斯就被证实感染炭疽病菌，一天后不治身亡。与此同时，他的同事、73岁的巴兰科也感染了这种怪病。

就在美政府向民众保证这不是一起恐怖事件时，炭疽的触手已悄悄地潜入了整个美国的邮件系统。从全国广播公司、微软，到参议院、众议院、高等法院、国务院，短短一个月的时间，炭疽恐怖蔓延到了全美国。

盛冰冰的男友Upton本土的个人情感也在这时得到回暖，他的前妻和孩子来到中国，他带着妻儿去了另一个有着“人间天堂”之称的城市。然后他们就像童话故事的结局那样：王子和公主就永远在一起，过上了幸福美满的生活。

远隔重洋的美国“9•11”事件，通过著名的“蝴蝶效应”传来中国，对盛冰冰生成了如此的“次生灾害”——失恋。

盛冰冰原来觉得真有那一天，自己没有什么想不通的，她从来就没问他要过承诺。可事到临头，她还是失落，觉得心空、头痛。原来，自己不过是他新鲜一时的一道异国风情而已。教育处和教研组开了半天会，她一直没有发言，也不知道怎么来想主意。他们讨论来讨论去，无非就是在校园内摆圣诞树，挂小星星，小彩旗，小彩灯，让孩子们戴圣诞帽，老师在平安夜扮演圣诞老人送礼物，挥舞带着星星的小银棒，唱圣诞歌等等常规做法。

“May flower”中西餐厅里，语文老师梅一朵给了外语老师盛冰冰一个建议：改掉圣诞老人送礼物的做法，让学生自己赚礼物，学生向老师问候“MerryChristmas”，或者别的英文问候语，问一个就让被问的老师签名，谁签的多，得的礼物就多。

一向重视自己的才华胜过重视自己美貌的梅一朵老师，在中西餐厅提前一个月就播放的《铃儿响叮当》的乐曲声里，兴奋地对问计于她的闺蜜盛冰冰大声说：老师被几千学生问候“MerryChristmas”，并围着签名，很有明星感觉的，他们会不乐意吗？这不就把所有的师生都调动了吗？

声音惊得旁边的吃客侧目，面前的罗宋汤也惊起了微澜，梅一朵也被自己兴奋的高声吓到，而对面的盛冰冰的眼睛却忽然幽深了起来，她看着玻璃窗那边的街道上，一个金发洋妞与她同样的金发男人拖手走过，自顾自地说着：我和他最后的晚餐，就是在这里进行的。你看，这就是安排，上帝的安排。他那天就坐在这里这么解释我跟他的故事结局，他说，我们都活在神的计划里。

她又转成比苦瓜还难看的笑颜告诉梅一朵：“Merry Christmas”，是信教的教徒说的，他告诉我，我们不信教的，应该说“Happy Christmas”。

她叉了块牛排放入口中，囫囵着说：我真不知道，有哪个节日，会再属于我。

梅一朵伸过手去，握住盛冰冰的手，心灵的桥梁架起，同样的苦痛便流向了她的心头。

日本上田学校的那队师生在12月20日到来。他们来的时候，是上午10点整，南山新贵国际实验学校的学生们正从开着暖空调的教室里出来做操，个个穿着厚棉衣，缩手缩脚的，任凭广播里的口令乐曲起劲地喊着，他们也只像风中的稻草人那样，象征性地摆两摆。

看到那队日本学生进来，他们连摆都摆不动了，个个都愣在那里，他们看见日本学生穿着藏青色的短裤短裙白袜子黑皮鞋的校服，露着作为黄种人同样肤色的膝盖、腿，精神抖擞地走进了冷空气里。

简直丢了国际脸！

所有的老师都觉得自己的学生素质瞬间矮到了这队日本学生裸露着的膝盖以下。

真该给所有的家长看看，老师们都这样想。

原来南山新贵这样的寄宿学校，尤其是小学部，家校互联册上，家长们意见提得最多是孩子们的感冒问题，因此教育处主任姚晶制定冬季操行分扣分标准——值日老师与值日学生干部要竖起警觉的眼睛，看谁脱棉衣，就要扣掉谁班上的操行分一分。

上周，梅一朵班上就被武作栋和李臻两个胖子扣掉了七分，她带着俩孩子去教育处找姚晶，姚晶反问他们：为什么别的小朋友都穿棉衣你们就穿不住？

俩孩子同声说：我是真热。

姚晶说：这么大冷天怎么会热？

他们就说不知道，反正就是热，热了才想脱棉衣的。

姚晶最后不耐烦了，吼道：你们小孩子知道什么冷热？我觉得你们不热就不热，要不然，大家都脱棉衣，被抓了又都说自己热，结果又都感冒，学校怎么向家长交代？

俩孩子茫然地看着梅一朵老师，其中一个问：梅子妈妈，我怎么才能让姚主任觉得我是真的热呢？

踩着运动员进行曲昂扬的节奏，南山新贵的师生们垂头丧气地进了教室与办公室。

办公室里，朱老师摇头叹息：不同，太不同了，听说日本的家长，到了冷天，就让孩子站到院子里，提了冷水兜头去浇脱得只剩裤衩的孩子，不过也不是外国什么东西都好，你看这圣诞节，也不知道是哪个国家的流行风，得到学生的问候还要老师回讲什么鸟语问候，还要签名，我从来没过过这样累人的节！

王子航说：我现在也觉得有点烦了，不过头两天，我还是蛮兴奋的，被学生追着求签名，我觉得自己都变成王力宏了。

正议论着，吃完课间餐的孩子们拿着签名的本子喊着“Happy Christmas”涌了进来，梅一朵一看，都是自己不认识的高年级的别班的孩子，她接过孩子们递来的笔，边机械地笑着回问“Happy Christmas”，边潦草地签名，不断地签不断地有孩子涌进来问候、等签名，直到上课铃声响起，还有一个孩子不肯离去，向拿着教案要去上课的梅一朵高举着本子，眼里流露出来的神情，比那些闯红灯的警车还无畏。

其余的老师，也还都有个把两个孩子在坚持着等签名，只听朱老师终于不耐烦地呵斥：快走！快上课去！你们是哪个班的？怎么这么不爱学习？

这几个孩子委屈地离去，梅一朵走出办公室去上课，只听背后王子航大叹道：天呐！这圣诞节什么时候走啊！

节日还没来就盼着它离去，梅一朵想，都是自己的馊点子出的，就不知道盛冰冰他们英语组的老师和学校领导以及那些日本师生怎么看。

28

平安夜是星期一，上午的时候，梅一朵给刘冬明打电话，没接，下午快下班的时候再打，也没接，她郁郁寡欢坐校车回家。

老天爷把铅灰色的夜幕拉下来，也就拉开了平安夜的序幕，路灯与霓虹渐次亮起来，亮闪闪的霓虹灯像蒙面的圣诞老人的眼睛，四处躲闪着眨动。

校车穿过热闹的街道，华灯霓虹下，不时有戴着红帽子，挥舞着小银棒的情侣手拉手闯进梅一朵的眼帘。跟刘冬明有了爱情之后，梅一朵便有了严重的“节日恐惧症”，有情人一起过的节日才像节日，而他们，节假日是最没可能联系的。

节日不光是不能跟情人一起过，那些时日，就连最要好的朋友盛冰冰，也总在节日的时候，把她撇得远远的，那么，今天呢，这个最隆重的洋节，她没了洋人，是不是有跟自己相仿的心情呢？

梅一朵自责起来，她赶紧拨盛冰冰的电话，响到最后都没人接，等了一会儿，又拨，还是没人接，梅一朵着急了，想象盛冰冰跳到了冰冷的弯江里，或者在家里开煤气自杀了。

她又拨盛校长的手机，响了数声，同样没人接，更加慌张。

梅一朵在就近一站跳下校车，又拦了辆出租车，一边不断拨盛冰冰电话，一边奔向盛冰冰独居的精装修套间公寓。她大擂门，房内无人应答，邻居出来说这两天都没看到盛冰冰，梅一朵又叫了车直向盛校长家奔去。

盛校长家就在南山新贵别墅区里，铁栅围墙边，高大的银杏树伸出来光秃秃却泛着高贵银光的枝条，而欧式风格的大理石门楼边，却栽着两株代表南国风情的棕榈树，冬天的寒风中，它们和南山新贵的学生做操一样，萎靡而苍老的手只是应风而动。棕榈树下有块牌子，写着出租车不准入内，梅一朵只好在门口下车步行。

卫门口登记完毕，刚进门，梅一朵的手机响了，她以为是盛冰冰，看显示是罗伟林的名字，这才想起半路折回忘记跟罗伟林通报了，那次俩人大吵之后，互相就客气了许多，到哪里去，大概什么时候回，都会事先打个电话或者发条信息通气。

梅一朵接通电话，道了个歉，又三言两语说起盛冰冰的失恋和不接电话的担心，以及自己正找她的事实。罗伟林就告诉她，他的同事也喊他出去找酒吧或者歌厅过圣诞，如果想一起去的话，再打电话。

梅一朵说：好，你玩你的就是。

其实梅一朵知道自己就是不去找盛冰冰，也不会跟着罗伟林去，她更明白罗伟林也知道这一点，“放对方一条生路就是放自己一条生路”，这是目前他们共同默认的原则。

别墅群依山而建，高低错落迂回曲折，中间一条溪流自南山那一丛丛近千年的古树中潺潺流下，宁静的夜里时时都能听到它的歌唱。

巴洛克建筑风格的栋栋别墅里，平安夜的气氛氤氲而出，梅一朵瞻仰着它们拾阶而上，觉得中国的闹市街巷，哪怕是学校里的平安夜都虚假到荒唐，因为拥挤喧闹，平安夜充斥着不平安的因素。所谓营造出来的气氛，也只像谁在夜空里偷放的烟幕弹，不像这里，平安和节日气氛都是有根的，让人觉得可靠、真实。

这种感觉，扎根在梅一朵的心中，直到九年后，她因为写年代剧而查阅了民国时期的历史才知道，这种当时她二十多岁被爱情冲昏了的头脑生出的感觉是多么的可笑。

平安的气氛怎么会在南山有根呢？民国史记载的四次血肉横飞的抗战就在这里进行，前三次，国军胜利，蒋介石因此被邀请参加国际会议，最后一次，日军就在南山撕开了口子，他们就是从现在这群巴洛克风格别墅的位置，攻打南山。守山，也是守城的国军官兵全部阵亡，两万多具国军的尸体铺满了山头，血水染红了绿草与溪流。

本地民众就地掩埋了这些年轻的躯体，南山上密密麻麻刻着的阵亡士兵的名字。殉国将领的墓庐与墓碑，和山林里生长的千年古树一样多。而像梅一朵这样的在这个城市生长的后代们，打小就随着学校上山春游或者是秋游，他们在墓地里捉迷藏，在墓庐里躲雨，叽叽喳喳欢歌笑语。或许，老师们也不知道血战南山的历史，师生们对动植物的兴趣多过对墓庐的兴趣，他们一致认为，小展览馆里展出的绿毛乌龟，要比墓庐的墙上，那些殉国将领的生平文字介绍好看得多。

九年后的梅一朵，自认为挣脱爱情枷锁的梅一朵，陪着导演再上南山的时候，想起当年被爱情煎熬的自己，关于平安夜只有在南山有根的幼稚的想法，低着头嘲笑了自己很久。

平安从来是没有根的，像无常一样无根。

远远望去，盛校长家的草坪里，也竖着棵装饰得晶莹闪亮的圣诞树，不过院子里却没有人，院子门口意外地多了两个保安在逡巡，这更加深了梅一朵的担忧。

梅一朵不由得跑起来，曲折上到院门口，嬉笑声从里面传来，透过一楼大厅的玻璃墙，可以看见里面的宾朋在闹 Party。

梅一朵正准备举手按院门口的对讲门铃，俩保安同时过来盘问她，梅一朵还没来得及回答，就听别墅二楼的阳台上盛冰冰在挥手喊着她的名字。

等盛冰冰裹着长及脚踝的浅咖色羽绒外套，像粒能直立行走的卡通花生一样站到她面前，梅一朵满腹的担忧变成了甜酸的嗔怪，她一掌拍向盛冰冰的臀部，嚷：急死老子了！电话也不接！

盛冰冰并不领梅一朵进去，而是在院子里的圣诞树旁边的椅子上坐下，默默地捏着挂在圣诞树上的一寸见方的礼品盒。

平安夜的烟花东一朵、西一朵地炸开夜幕，梅一朵觉得，这些烟花不像是从地上升到空中，倒像是圣诞老人直接在空中东奔西跑着点燃的。

很多人的时候，梅一朵喜欢想些出奇制胜的法子使自己成为中心，让气氛热闹起来；两个人的时候，梅一朵也受不了相对无言，不管是口头语言还是肢体语言。现在，盛冰冰久久不言，梅一朵觉得她是心里太沉重，三生情石压在心头，以致说不出话来。

看了许多中外名著，梅一朵知道，要接引受伤的灵魂脚踏实地，就只能给对方呈现一颗伤得更重的心。世人千万种做派，无非都是在比较中找出自己的优势，心理才能平衡。而那些最终厌世轻生的人，也是以最直接的方式向上帝找最大的平衡：上帝不经自己的同意就把自己带到苦难的人世，那好，自己也可以不经上帝的同意放弃这条受苦的生命，所以很多时候，梅一朵都认为，比之于那些百病缠身还不肯撒手人寰牵挂世间的生命来说，那些自绝于人类的生命，他们的弥留之际要比前者更加轻松和幸福，每次从书中抬起头来，梅一朵似乎都能看得到那些勇敢的轻生者在云端的笑容，耻笑上帝的胜利的笑容。

因此，在未知的厄运到来之际，梅一朵决定用自己的悲伤接引至交盛冰冰，她不无夸张地深叹道：我心里不舒服，越是过节我越是不快乐，他要找我，马上就能找到，我打他电话，不接就不接。平时也就算了，周末或者下班的时候呢？说好了在家不方便我也忍忍算了，今天是平安夜呢！白天是上班时间，不主动问候我也可以忍，但为什么不接我电话呢？一直不接，也不给半个字的消息。我当初要是听你的就好了，现在感情深了，想断也不容易了。

盛冰冰扭过头来，果然满眼泪光，她低声问：还是那个刘？

梅一朵点点头，泪水也下来了。

盛冰冰看到梅一朵的泪水，心里果然得到安慰，灵魂也肯回到现实说话了，她说：好久没听你说他了，这么平静，原来你们在动态守衡啊！

梅一朵的心里刺痛起来，顺杆子往下接话：动态守衡？又怎么可能真正守衡呢？你不知道吧，他老婆癌症摘了子宫的，他开口就是老婆可怜，既怜又怕，你说我能去跟一个半死半老的人争吗？

盛冰冰说：咦？她老婆得过癌症？那你离开他得了，他只是用你填补他的欲望吧？你放弃吧，有什么好争的！

梅一朵分辩道：其实也没填补什么欲望的，我跟他还没到那一层，我是指最后那一层。

盛冰冰怀疑道：哦？那我倒有点想不通了。

梅一朵说：也不是他不想，好几次，在他车上，都快那样了，真的神了，他老婆就来电话了。

盛冰冰说：怎么可能？头发打湿了还有不剃的？我还不晓得这些男人，这个火候了，天塌下来都不会管了！何况一个电话，等下回过去随便找个理由就搪塞过去了。

梅一朵抓了盛冰冰的手，看着她的眼睛证明道：是真的！我没必要在你面前证明我的清白吧？当然，有两次他也要不管电话坚持的，是我坏了感觉，我反胃了，我想起他那也去过他老婆那带癌的地方，我怕，也许是心理作用，不科学，但是，我真的怕传染了病，也可能是怕传染了宿命。

盛冰冰说：我信了，换作我也会有这种心理，你真的不要跟他了，灵与肉都无所归依，老实告诉你，里面正在进行的是我哥和几个朋友共同为日本上田的师生开的Party，伍海洋也在里面，那个刘，我哥一早也邀请了，他白天请了假，去西乡县城里给他岳父过70岁生日，说晚上他们夫妇一定赶到的。伍海洋设计了一个抢红包的环节，要他带孩子一起来的，这时候应该会来了，你走还是留？

梅一朵内心冲突得厉害，她真的不想在这种场合看到他们双双对对的，刘冬明原来也交代过，最好大家不要凑到一起，还说他老婆很敏感，已经怀疑了。但是今天晚上，梅一朵萌生了就是要她老婆怀疑、难受的想法。为什么总是自己让他呢？为什么他说什么自己就要听什么、做什么啊？不公平，太不公平了！为什么受伤的总是自己，受了伤还要听他的话，不声张，单独躲在暗处舔伤口啊？

梅一朵说：他讲过要我尽量回避三人同场，要是等下他看到我在这里，神情绝对不自然。

盛冰冰说：那你就快走吧，他们应该马上就到了。

梅一朵冷笑一声：不，今晚我不走，我想看戏了，以前我太累了，我要让他们也累一回，难受一回，太不公平了！

盛冰冰推梅一朵：走走走，你还是走，这里还有国际友人呢，你别闹了，闹出来是国际影响。

梅一朵笑：你怕我发疯是吧？我还没到那种程度呢。你带我进去，我到你房里藏好，不参加他们的活动，等他们热闹的时候，我在阳台或者哪个暗处看看，等那些日本人走了我再出来，这总可以吧？求求你了，不这样，这个平安夜我就过不去了。

盛冰冰想了想，就紧握着她的手往里走。

门边，梅一朵往后拉了下盛冰冰，问：诶？这次活动，你哥和那些日本人还满意吧？

盛冰冰一时没想起来，纳闷道：什么活动？

梅一朵说：就是学校圣诞节问候氛围的营造，要老师签名的！

盛冰冰笑：哦，不错，特别是日本的校长，还引申了一大堆话，说什么以前觉得中国是个人情古国，重孝悌伦理，他很早读过什么孔融让梨的故事，“让梨”他觉得不符合市场经济竞争的法则。在西方的教育当中，如果有大小不一的梨子，不会鼓励孩子们去让，他们会要孩子们去修剪草坪啊什么的，干得多又好的，就得大梨子。这次，他们看到中国的学校，连圣诞节的礼物都是靠人气的竞争来赢得，觉得很有意思，很合潮流，并且超前。

梅一朵开心地笑了，连连说：歪打正着！歪打正着！接着敛了笑容又认真地问盛冰冰：“晚上好”用日语怎么说？

盛冰冰警惕了：你不是不参加活动吗？

梅一朵说：万一哪个日本人上厕所走错了房间，走到我旁边呢，我总不能不打招呼吧？你讲的国际影响呢，哎呀就当我学个知识总行了吧！

盛冰冰无可奈何地笑着说：你啊！

就咕哝了句日语。

梅一朵跟着用本地方言重复道：“磕你妻哇！”

盛冰冰就笑得咯咯的了：好好好，这样记得住些，你别说用方言读起来还真有点像。

推门的时候，她又变脸严肃交代梅一朵：讲好了啊，千万不能轻举妄动，你自己的面子也要紧！

29

月亮影响潮汐，同样受它影响的，据说还有人体的体液，古语说，“逃得过初一，逃不过十五”，最初的出处，就是指月亮的“朔”和“望”对人体生命体征的影响。

梅一朵和盛冰冰的情谊，类似情同姐妹、互相影响的月亮和地球——梅一朵跟盛冰冰走得近，俩人每月的例假也提前推后地调到了同一天。现在盛冰冰失恋，梅一朵也跟着进入了这种“磁场”。

在盛冰冰的哥哥家里，梅一朵藏身二楼回廊大盆景的后面，轻轻拨开藤蔓枝叶，俯瞰大半个一楼的客厅，她看到刘冬明跟夫人相处的真实情状，完全不像他给自己描述的那样：

“没办法，尽一点义务，一切都是为了孩子。我肯定不需要她，只是孩子最需要的还是她。爱你是肯定的，对她，算有点亲情吧，是两个层次，无法沟通，不像我跟你……”

梅一朵看到，盛校长向客人介绍局长和夫人的时候，他主动把双手搭在她的双肩上，把她往前推出了小半步，她回头柔情蜜意地看了丈夫一眼，很默契，很恩爱。

梅一朵想到，丈夫罗伟林带自己会他的朋友，从不主动介绍自己，有时候被别人点拨了要介绍，也总用他们山区的叫法，说“我婆婆子”，羞得梅一朵只想钻地缝。

梅一朵看到，他们的儿子，给他端来奶油蛋糕的时候，他让给她吃，还扯过纸巾仔细对折，笑着为她擦唇边粘的点点奶油。

梅一朵想到，丈夫罗伟林喊自己和他的兄弟出去吃饭，都是那种又脏又旧的廉价馆子，像凤码头一样，油烟辣酱的气味混合着吃客的杂味，还没进门人就被气味灌饱，而饭桌边，丈夫罗伟林，总是用手掌的下半部分用力地擦油嘴，噗地一口痰吐很远，完全不管梅一朵的感受。

梅一朵看到，伍海洋扮作圣诞老人抛撒红包的时候，孩子们都兴高采烈去抢，去捡，他们俩在旁边指着伍海洋说着，笑着，好像有讲不完的话。

梅一朵想到，丈夫罗伟林，工作日早出晚归，归来往电脑前一坐，打游戏。休息日睡到日上三竿，起来就出去打麻将，偶尔不出去的一日，俩人也无话。看到梅一朵不写东西的时候，就走过来，扯她的手，解她的衣服，和她做爱，而做爱的过程中，他连兴奋后的呻吟都不肯多显露，身子一翻，倒头便睡。

梅一朵看到，他们的儿子将抢来、找来的红包交给他，等会儿一个，等会儿一个，他都悉数转交她。

梅一朵想到，走进婚姻里，自己都没用过罗伟林一分钱，还经常要贴补他，贴补他老家父母。

梅一朵看到，他的老婆将红包偷拆开，抖出的百元红钞，都在五张以上，他的老婆用膝盖轻碰他，贪婪而兴奋的眼神示意他看，他用手轻拍她的手，示意她收起来。宽容而温存。

梅一朵想到，丈夫罗伟林每个晚上回来都要自己，自己不给，他就生气，用力地把被子扯过去，把梅一朵的枕头抽掉，跑到洗手间，大声地咳嗽，吐痰，恶心自己。

……

梅一朵的心好像丢到了洗衣机里，不由自主地被翻卷、抽甩，她肉肉的下唇咬出了深深的齿痕。

音乐响起来了，一楼错层的大客厅里，高一点的那半层上的餐桌被撤去，人群端着酒杯走到下半层来，那里就成了舞台，学校里一男一女两个舞蹈老师不知从什么地方钻到了台上，乐曲换成了日本国的国歌，俩老师挥摆并拢的手掌跳樱花舞。

那几个日本上田学校的孩子忽然跑了上去，同舞起来，“台下”掌声欢呼声响起。

梅一朵看不见刘冬明等人了，也融不进这欢乐的气氛里，她鼓励自己，下去吧，下去，既然学校舞蹈老师能来，我来了不也很自然吗？

犹豫着，舞台上又换了一个丰腴窈窕的女孩子敲着手鼓上来了，是维吾尔族的装束，以蜜枣红为主色的短裙子，随着她旋步的加快，飘到了臀部以上，是很美丽性感的腿和臀，梅一朵看到她的星眸也在乱转，风情万种。

这女孩子不面熟，不知道是学校中学部新来的舞蹈老师，还是去歌舞团请的演员，她的身材酷似自己的，却还这样轻盈活泼，魅力四射。

梅一朵想起了刘冬明给自己讲过，她首次去他的办公室，穿着红色短裙，太阳一样烧灼了他的心。而现在他会不会对这个红裙舞女产生同样的感觉？梅一朵自信心丧失大半，她想起自己出来的时候，没有刻意地打扮过，不敢在这种强烈的对比中推出自己。

梅一朵进到盛冰冰的房间，用她的化妆品修饰了面容，看着梳妆台镜子里的自己，还是不满意。

又脱掉学校每人一件的藏青羊绒校服长大衣，她觉得自己还是普通了。

又脱掉粉红的羊毛衫，里面是低领的黑色长袖紧身保暖内衣，这下曲线倒是毕露，可是，又不太正式，她看见盛冰冰的床头躺着一条蟹绿和宝石蓝相间出图案的流苏大披肩，就把它披上，又把高束的长马尾披泻下来，镜子里就出现了端庄典雅的形象，如果自己莲步轻移地下楼，应该会对大家形成不一般的视觉冲击。

可是，直接这样下去不是唐突了吗？怎么办，给盛冰冰打电话，要她上来吧，拨通之后，盛冰冰的手机却在电脑桌旁响起。

她焦急地来到可以观望到一楼“舞台”的回廊边，舞台上却出现了刘冬明正敲着手鼓，跟那女子在同跳新疆舞的景象。

他是多么的风流倜傥、多才多艺，梅一朵见识过他的文才，见识过他给学校活动题词的书法，还有他挂在家里墙上的文人小品画，现在，她看到他居然舞姿也这般潇洒。舞姿潇洒，他还从没有在自己面前露过半句，如此低调，要她怎么爱他爱得完？

梅一朵看着他们旋转，旋转，自己好像都要被转晕。

刘冬明和新疆舞女孩忽然一个对视，梅一朵似乎看到了金属撞击后四溅的火花，她凭此确信刘冬明已经被这女子魅惑了。怎么办？怎么办？放弃吧！放弃吧！可是，又怎么甘心？！

新疆舞，新疆女，新疆女，新疆舞，这两个词在她脑里盘旋、盘旋，越来越快，越来越快，直到拧成一把雪亮的双韧剑，深深刺进她的心窝。

她无端地想到这新疆舞源自古时的胡旋舞，又无端地记起了白居易的《胡旋女》，合着节拍，俯瞰楼下情欲旋涡里的一对，她不由自主地在心里吟：

胡旋女，胡旋女，心应弦，手应鼓。
弦鼓一声双袖举，回雪飘摇转蓬舞。
左旋右转不知疲，千匝万周无已时。
人间物类无可比，奔车轮缓旋风迟。
曲终再拜谢天子，天子为之微启齿。
胡旋女，出康居，徒劳东来万里余。
中原自有胡旋者，斗妙争能尔不如。
天宝季年时欲变，臣妾人人学圜转。
中有太真外禄山，二人最道能胡旋。
梨花园中册作妃，金鸡障下养为儿。
禄山胡旋迷君眼，兵过黄河疑未反。
贵妃胡旋惑君心，死弃马嵬念更深。
从兹地轴天维转，五十年来制不禁。
胡旋女，莫空舞，数唱此歌悟明主。

梅一朵想，这女子，会不会成为刘冬明的“杨贵妃”呢？那个伍海洋，亏他想得出抢红包的环节，这不是拉局长下水吗？他不就是如当年唐玄宗身边的安禄山般的人？

不行！自己要保护他，要提醒他！这生死存亡之际！

这时候的梅一朵，又被一股凛然的大气充塞起来，仿佛自己是纪检书记、组织部长，正挽救有前途的后备干部于危途。

她回到盛冰冰的房间，打开电脑，敲出这首诗歌，打印出来，她想找人，找机会送给刘冬明，让他去悟。

捏着诗歌出房门，正碰到盛冰冰端了杯果汁过来，梅一朵又跟着她回到房中，把诗歌给盛冰冰看，急切道：求你把这诗歌给那个人，你就说，你表弟在楼上做作业，不知道这诗歌的寓意，请他这大才子上来帮忙。你就在下面跟他老婆说话，我只见他几分钟，说两句话，就两句话，好不好？

盛冰冰审视着梅一朵的打扮，又看到她的脸被情热灼得通红，黑眼睛里火苗幽幽，知道自己若不这样做，面前的这女人恐怕真会被烧为灰烬了。

盛冰冰叹声气，接过梅一朵手中的那页诗歌下楼去了。

盛冰冰走后，梅一朵又对着镜子整理了自己的装束，设定又推翻了几次开门见刘冬明时的动作和表情，还没找出自己最满意的，就响起了敲门声。

梅一朵怕别人看见，更怕迟一秒钟刘冬明便会被命运的魔术师变走，她飞快地跑过去，拉开门，让进他，又把门反锁上。

刘冬明见是她，无限惊愕，花两秒钟镇定下来之后，强压着声音质问梅一朵：你都告诉盛卫国他妹妹了？你这是干什么？你疯了不是？

梅一朵说：我没疯，是你陷入迷魂阵了，你忘记你的身份了——

刘冬明不接梅一朵的话，眼光里含着杀气，继续问：你讲，你都跟他妹妹讲什么了？她刚说要跟我老婆聊两句，你是不是指使她去告诉我老婆什么？

梅一朵重又气愤起来，故意说：告诉了又怎么样？反正又不是捏造的！

刘冬明的脸涨成了铁锈红，他把那页打印着诗歌的纸狠狠地高扬起，又狠狠地扔向梅一朵。那页写着《胡旋女》的A4打印纸，从刘冬明的头附近，“胡旋”了直径183公分的路程，“呲”地叹息了一声，跟梅一朵的泪珠一起，同时落到地上。

刘冬明走了。

梅一朵呆立着，脑子里蜜枣色短红裙还在胡旋着。

屋外，孩子们欢呼：下雪啦！下雪啦！

梅一朵揩干眼泪，扯下盛冰冰的披肩，穿上校服的羊绒大衣，从侧门溜了出去。

她在南山别墅群里来回走着，北风刮得凶，又冷又硬，像梅一朵的心境，而雪花飞得密，又轻又柔，像梅一朵的心绪。

当她走到双脚发痛的时候，南山别墅路边停的一排小车上，都穿上了一层薄薄的雪衣。梅一朵就着路灯，用手指在每一辆的引擎盖上都划破冻雪写上大大的四个字：圣诞快乐。

当她走到双脚麻木的时候，来到教师村楼下，这边停的小车上，已经积了厚厚的一层雪，她又一辆辆写过去：离婚吧。

这时候她想离婚，她要在自己离婚之后，马上再找别人结婚，要么找胜过刘冬明的，气死他，要么找比自己的丈夫更差的，恶心死他。

当她顶着满头白雪，将教师村所有的车头车尾都写满“离婚吧”，再沉重地爬上六楼，来到自家门口的时候，她看到盛冰冰捏着自己的手机，来回跺着脚，口里呼出一串白气，站在门口等着她。

她投到她的怀里放声大哭。

连每月的潮起潮落都同步的俩姐妹，为了相同的感情重创，流下了相同的泪水。不到一个月，她们的脸上，又同步出现了内分泌失调引起的青春痘，一颗又一颗，此伏彼起，使人联想到“滴不尽，相思血泪抛红豆”这样的词句。

30

此后的十几天里，梅一朵一会儿生刘冬明的气，一会儿反思自己的行为；一边等他来电话道歉，一边管住自己不要主动打电话过去自取其辱。

直到考试完了，要放寒假了，梅一朵也没等到电话。

寒假里，刘冬明又不声不响地将刘卅转学到那种不寄宿的学校，由赵校长转述的理由是：便于孩子多些时间练琴，向中央音乐学院附中冲刺。

梅一朵掉入有生以来第一次的失恋漩涡中，她一边要痛彻心肺地伤心，一边要风平浪静地遮掩，两股激流不可调和，遂生成了脸上的诸多“红豆”。

盛冰冰将梅一朵带到了李璐的美容院。

美容院从墙壁到门框，从天花板再到地板，每一寸地方都被李璐按照地中海风格美了容，墙纸、地毯、杉木吊顶各种颜色堆积在一起，让梅一朵觉得地中海刮起了龙卷风，旋得人眼花，而每日都有人泡澡，湿气已经深深地在墙角的地毯与玫瑰花图案墙纸的扫脚部分，再次做了装修，画上了不规则的“霉”花。

看这架势，梅一朵嘴上没说，心里却打起了退堂鼓。

李璐初见梅一朵便直觉自己很喜欢这女孩子。她真心夸道：很少你这样漂亮的女孩子，真干净，是干净的漂亮。

梅一朵从来没做过美容，在她素有的观念中，那是上年纪的阔太太拿钱买青春，或者是那些吃青春饭的要维修青春去赚钱，自己一没上年纪，二没有浓妆艳抹的揉搓过青春，用得着保养吗？

“保养对于这个年龄阶段的我来说，简直是一种侮辱！”她曾经在刘冬明面前谈到那些扎堆就议论保养的学生妈妈时，这样骄傲地声明过。

刘冬明那时笑着看她，吟唐代张祜的诗：

虢国夫人承主恩，平明骑马入宫门。

却嫌胭脂污颜色，淡扫蛾眉朝至尊。

虢国夫人是杨贵妃的三姐，骄奢淫逸，与唐玄宗暧昧不清。梅一朵知道这首诗，更知道虢国夫人的坏名声。那时她和他在饭桌边，她正夹着他为她剥好的基围虾沾酱汁，基围虾白嫩的身躯已被梅一朵污了颜色，听到这首诗，她却抛开污颜色不说，转向了地位问题：你是唐玄宗吗？我只是虢国夫人？你只肯封我做个虢国夫人？

刘冬明说：你这脑袋总喜欢往歪处想，夸你像虢国夫人一样，天然去雕饰，看你这瓷白的肌肤，胭脂香粉算个什么东西！

因此她对美容，甚至是美容师，都很有成见，她经常不屑一顾地告诫盛冰冰：时光带走的东西，有退还的可能吗？我觉得保持青春美貌最好的办法，就是不要透支自己的青春。美容师，那不过是根据你们的心理，设置几个概念来赚钱罢了。

现在，现实教训了她，青春“过剩”，也摧残青春。长着一脸的青春美丽痘，这个美容师还夸自己是干净的漂亮，如果这是职业语言，那她的职业水准也太低了吧！

梅一朵藏了心里的轻视，说：你看我这脸，彻底恢复，要多久呢？

李璐的眼光像两把小毛刷，在梅一朵脸上扫来扫去。因为坐在吧台里面，扫完左边，她就要吧台外面的梅一朵自己把右边转给她扫，扫得梅一朵脸上痒痒的，心里酸酸的，她想象要是偶然在街上碰到刘冬明，看到自己这张脸，看到自己终于沦落到要上美容院，会是怎样地嫌恶？所以还是罗伟林好，他不嫌弃自己，就是要提高他的文化修养，他比刘冬明年轻，只是修养差点，但是文化修养是后天的，是可以学的，不像长相。

正在心里预定“教夫”计划，梅一朵忽听得李璐说：如果换肤呢，倒是见效快，个把月就可以了，不换肤的话，半年以上吧。

天生丽质的梅一朵对美容术语从未关注过，她听到“换夫”，吃惊不小，瞪眼问：为什么要换夫？这跟他有什么关系？又不是妇科病，明显的是青春痘！

说得盛冰冰和李璐都愣住了，继而哈哈大笑，旁边端茶递水的小姑娘连茶都端不稳了，整杯水都泼到地上。

笑声中梅一朵马上明白过来，她尴尬不已，嘿嘿嘿嘿地傻笑起来。

笑够了，盛冰冰抢白她：这时候知道罗伟林宝贝了是吧？说要“换夫”，紧张成这样！

梅一朵龇牙咧嘴地去捏盛冰冰的鼻子，盛冰冰边躲边喊李璐救命，忽然看见李璐半朵笑容僵在脸上。

盛冰冰不理解，停下了躲闪，拿眼神向李璐询问，梅一朵见状，也停下动作，不过等她顺着盛冰冰的眼光看向李璐的时候，李璐已经恢复了常态，她笑着从吧台里摇晃着出来，说：拿人家老公开玩笑，就是该打！走，我已经给你们预备了贵宾间。

看着在前面摇晃着带路的李璐，这回轮到梅一朵惊讶了，她暗暗地碰了下盛冰冰的手，又拿嘴巴努向李璐那短短的工作裙下面露出的，比左边细一半的右腿。

盛冰冰就凑到梅一朵耳边说：小儿麻痹症。

李璐好像背后生了眼睛，马上回头宽容地笑笑，说：没事的，小时候家里穷，深山老林的，没来得及治疗。

躺到美容床上，李璐还在盯着梅一朵夸：真的哪里都漂亮，我要是个男人，我也会爱上你的。

梅一朵接话悠远地说：我看过一篇国外翻译过来的小散文，里面有段话我还记忆犹新，意思是说，后天不幸残缺了的人，必定是上帝偏爱的人。对，里面有句原话是，“你是上帝最喜爱的苹果，上帝爱到忍不住，就咬了一口”。

李璐收拾停当了她五味杂陈的心情，大声说：好，冲梅老师这番话，今天我来帮梅老师做，我去洗手剪指甲，好久没亲自做了，指甲都长长了。

等房里只剩她们两个人，梅一朵对盛冰冰说：我真的佩服她，我讲的都是我心里想的。

盛冰冰说：你就是酸，我也一样尊敬她，真的很难见到她这样自然正点的成功女人，并且是残疾女人。你知道，很多人身体残缺或生活欠缺了，不是自卑，就是那种矫枉过正的自傲，她没有，她比我们正常人都正点。

梅一朵想到自己，就问：那我呢？

盛冰冰笑说：看看看，马上就矫枉过正了不是，最近你怎么这么不自信呢？不过，说实在的，我觉得你啊，除了工作，哦，对不起，对你应该称事业，除了你在你那伟大的事业上显得也还努力，也还正点之外，其余的，都不在点子上，生活中的你，从我认识你的时候开始，你就飘在半天云里。

梅一朵反击她：那你比我更飘，差一点就漂洋过海了！诶，好久没听你讲那个了，真的忘了他？

稍微停顿之后，盛冰冰说：半个月前我碰见了他，在网上的一个空间里。

梅一朵问：他说什么了？你们视频了？

又停了下，盛冰冰说：嗯，我视频了，他没有，也没说什么，但是我知道是他。

梅一朵又半撑起身子望着盛冰冰问：你是猜的？

盛冰冰笑道：你怎么这样看我，我可是正点得很！绝对是他，除了他，没有谁叫过我那个称呼的，而且全部的赞美都是英文，末了还在屏幕上写了句英国谚语：“What you haven't picked is only a spring flower, but the whole spring still belongs to you.”

梅一朵说：什么什么？摘什么“花”，什么“春天”的，你说太快了我没听清楚。

盛冰冰感叹的声音翻译道：你没有摘到的，只是春天里的一朵花，整个春天还是你的。

梅一朵叹口气道：我是仅仅摘了根小草，就失去了整个春天。你这处境，真的还有整个春天等着你。

盛冰冰说：不是这样说的，笨鸟，妻子跟丈夫，是撑起一个帐篷的两根柱子，一高一矮，空间肯定撑不起，所以这样的情况就要有第三者来帮忙。不是三足鼎立嘛，你看古时候的鼎，都是三个脚，这样才稳定呢。孩子也是第三者，你们没有孩子，外面可以做精神交流的也算第三者，所以现在婚外恋很多嘛。婚外恋不会让离婚率提高的，只要摆正了位置，你跟那个什么，就是没摆正位置，所以就塌了。但是你还可以找啊，走了一个家长，你们班还有那么多优秀的啊，外面也还有啊，你只别把门关上就行了。

梅一朵感伤地说：不会了，我再不找家长了，哦，不对，我再不让家长找我了，找我我也不要，我有这次就搞怕了，搞伤了，其实，感情不是想找就能找得到的。

忽然听到远远的一个声音似乎是喊向这边：璐璐姐姐，电话——

“咚、笃”，“咚、笃”，一下重、一下轻的脚步声就从她们的门边，似乎略带了些隐忍地走开去。

原来李璐早站到了门边。

梅一朵鼓着眼睛对盛冰冰吐了吐舌头。

寒假里，罗伟林要去乡下老家，梅一朵因为要治疗脸上的粉刺，有理由不跟去。梅一朵要盛冰冰过来陪自己，盛冰冰不肯，说要陪就自己过来，梅一朵就陪盛冰冰住了几夜。

最后一个晚上的半夜，忽起的冬雷将梅一朵打醒，她睁眼盯着天花板想了会儿心事，忽然醒悟一帘之隔的盛冰冰的书房里有蓝幽幽的光亮和风簌簌的响动。

梅一朵起来探头看去，惊呆了，她发现盛冰冰套着金黄的假发套，穿着暗红的三点式蕾丝内衣，在电脑屏幕前扭动着身躯，当脸扭过来的时候，梅一朵看到她化着魅惑的浓妆，眼里是狂野的沉醉。

梅一朵想到了黄色网站，她自己没上过，平时就是听罗伟林偶尔带句脏话出来，她也会嫌恶地冒出要把耳朵洗一洗的想法。她只是有次在食堂吃饭，听到两个计算机老师在谈论，说学校里的中学生，知道的黄色网站比他们还多，还说等那些高中部的学生上完电脑晚自习，跟进去上网，保证能有新发现。

梅一朵怕盛冰冰看见了自己，会很不好意思，准备悄悄退回来，哪知盛冰冰已经发现了她，居然在再次扭头的时候，朝她粲然一笑。

梅一朵这次受的惊吓更大，她没想到盛冰冰居然堕落到这种恬不知耻的地步，她想了想，还是向前移动了脚步，她内心承认，自己同样抵不住诱惑，虽然惊讶，自己却并不反感盛冰冰的行为。

为什么会这样呢？她把这跟听脏话作了比较，如果说脏话的人地位高、见识广、权力大，偶尔说出的脏话不会损了他的正面形象，反而会觉得这人有个性、接地气。就怕有些人，除了潇洒地骂脏话，其他都潇洒不起来，这样的人说脏话，就会被人看不起了，就会让人难受了。

因此，梅一朵妄自鄙薄，听句脏话都带着势利色彩，自己其实也堕落了，就像眼前，盛冰冰明显在进行色情视频，自己除了惊愕，怎么就没有瞧不起呢，反而心里如鼓样擂动，原来，每个人的血液里，都潜藏着色情的因子，只是光天化日之下，都披上了道德的外衣。

摄像头在电脑的上方，电脑旁边矮矮地放着一盏小小的，蓝幽幽的灯，射过来的光，照得盛冰冰的肌肤青白。

电脑屏幕上，一下蹦出一把玫瑰，一下蹦出豪华轿车，一下蹦出杯杯美酒，还伴随着传来男人的尖叫声，最后，屏幕上居然出现了一栋豪华别墅。

一道闪电扯进了窗户里，梅一朵失声惨叫了起来。

盛冰冰这才关了视频，汗津津地走过来，居然还带着诱惑的余韵，色迷迷地眼神看着梅一朵说：宝贝儿，别怕！

洗完澡跟梅一朵躺到一块儿，盛冰冰说：这个网址他在我这里的时候打开过，他走了之后，我请了个专家来帮我调出他的聊天记录和他去过的网站。我想，在虚拟世界里，我们或许还能再恋。然后，有天我点开了这个网站。这个网站跟别的不同，网页下面藏着玄机，只要下载这个网站的一个视频软件，注册成会员，就可以进去到网站上的“房间”里，观看视频表演。头次看到一个个房间里的女主持进行色情表演时候，我也跟你一样，的确吃惊不小，也有做贼的感觉，但是，我想到，他的那双眼睛，在哪个真实的社区的房间里，也在跟我一样观看同一“风景”时，我的心就平静了许多。后来，我看到网站上要招“Show 宝贝”的消息，我就想让他再看到我的身体，以前他说的，迷人的身体。我要馋他，让他也有跟我同样的思念和痛苦。我成功了，不仅得到了他的问候，你刚才也看到了吧，我一出现，就会引起轰动，我的点击率与日俱增，每次都能收到好多礼物，你刚才看到了吧，玫瑰一朵接一朵，别墅，轿车，什么都有。当然，你会说这都是虚拟的，最好的证明是，连续三个月来，我都收到网站汇来酬报，每月都在六千以上，他们怕我退出呢。还有好多男人要约见我，我知道那会发生什么，我不至于贱到那种程度，我肯定，你也应该晓得，我不是为了钱，也不是为了要个男人来过生活。我知道，现实中，没有谁再能像他那样，给我感觉，那我就在网络中一展魅力也无妨。我真的觉得很过瘾，我要让他看到，曾经归他独有的我，现在给了大众。他说对了，我失去了他这朵小花，但是，我拥有了整个春天，绚烂的春天！

她抬起侧着的身子，帮梅一朵擦泪：哦，朵朵你又哭了，宝贝儿你别哭，春天嘛，不就是这样，只吹送花香不吹送病菌的春天也不正常呢！

躺下来，她自己的眼泪，却已经忍不住流了下来。

31

寒假过完，梅一朵和盛冰冰脸上的痘痘得已痊愈，做完最后一次药膜，望着对方重又光洁润泽的面，姐妹俩像表演镜子舞那样，同时含笑、点头、吐舌头，然后同时翻包、点钱，同时潇洒地递向李璐的吧台。

开学后，走廊上碰见，俩人也会因此交换欣赏与窃喜的目光，这目光自远而近，然后擦肩而过。

但每次擦肩而过之后，俩人重获新生的脸，却都会重新被愁云笼罩——女为悦己者容，这是颠扑不破的真理，而梅一朵和盛冰冰，这一对失去了悦己者的姐妹，她们只是知己者。

也正因为知己者的定位，梅一朵想要拯救盛冰冰。不是吗？不管怎样地痴迷于一个人，也不能像盛冰冰那样，自甘堕落啊。况且这样下去，何日是个尽头？

那夜梅一朵再三劝解，得到的都是盛冰冰含笑的摇头，梅一朵想，她的其他亲人，都在广东，这里只有她哥哥盛校长一个亲人，看来，只能寻求盛校长的帮助了。

可为难的是，这样做明显辜负了朋友的信任。

而不把这事告诉盛校长，梅一朵也一样的觉得心痒难揉。

这里面也有两个原因。

第一个原因有些冠冕堂皇——真心朋友，就应该做诤友，诤友的诤言不起作用，另寻帮助是应该的，反之则害了朋友；

第二个原因有些难以启齿——改善关系，不是改善跟盛冰冰的关系，是改善跟盛校长的关系。

这里面还有两个原因。

第一个原因是梅一朵根据现象猜测的——自从刘冬明将儿子转走之后，她跟盛校长之间的桥梁就坍了，盛校长离自己又远了，很多时候碰见，他眼睛空渺渺地就这样过去了。

第二个原因是梅一朵根据现象证实的——这个学期梅一朵所教班的语文成绩排在全年级倒数第一后，盛校长失望了，很多时候碰见，他眼睛空渺渺地也就这样过去了。

其实按理说，梅一朵应该是学校文学素养最高的老师，所教班语文成绩排在年级最后，不是她素养的原因，是性格的原因。

“给点阳光就灿烂”，是近年来的一句流行语，专门用来形容梅一朵这类人。而浮想联翩的梅一朵，用“给点阳光就灿烂”来形容却还远远不够，应该说是，暗夜里某人嘴上叼了支香烟头经过，她这朵向日葵就会马上敏感成红日，不顾周遭依旧的浓黑，只朝向这一点红光立马抬头仰面。

梅一朵开始从教的这几年，正是中国教育大改革的年头，各种思想、举措、行动，在各家的楼梯上踩踏出一阵阵响亮急促地脚步声，后来的结果却几近相似——只听见楼梯响，不见人下来。梅一朵这排名末位的结局，就是被这短暂路过的、红旺旺的“疑似太阳”的“烟头”给导的。

这“疑似太阳”，在当时就是从应试教育向素质教育的转变、从填鸭式教学向学生自主学习的转变、从教师在站着的成人视角看孩子到蹲下来的儿童视角看孩子的转变、从课业负担过重向课业负担较轻的转变。

转变没转变怎么评定呢？拿教育局专管教育科研的王副局长的话来说，就是“这个老师的教学观念有没有改变，我只站到她的教室外听5分钟就够了，如果5分钟过去了，教室里还是静悄悄的，这个老师一定没改”。

语文科的教学目的就是培养孩子们的读写能力。王副局长发了这话以后，所有读声震天的语文公开课课堂里，老师们都在统一说同一句话导读：你想怎么读就怎么读，你想读哪段就读哪段。

而那段日子颇受刘局长、王副局长等教育局行政领导器重的梅一朵，自从接受这新的教育观念以后，马上就转变了，不但转变，还发挥了，无论来参观、检查、取经的任何人，无论事先是通知了还是没通知，她的课堂，始终是教学双边活动轰轰烈烈、热热闹闹的课堂。

头一个学期，刘卅还没转学，他们班也刚刚出了一本于市长写序的诗集。同时作为学校文学社社长，梅一朵结合全国古诗文大诵读活动所做的系列子活动也都得到了广泛的赞誉，所以落到班级的语文教学活动，用当时她兴高采烈对自己讲过的一句话说，就是“那是小菜一碟啦”。

的确，那时，大到市局的刘局长，小到学校的盛校长、赵校长外出搞经验交流，都是要带上梅一朵的录像课的。

那时候的梅一朵，按好朋友盛冰冰的说法，是她这个很有“事业心”的女人的“事业”最辉煌的时候，她从无奈教书，终于转到无限热爱教书上了。

为了响应减负活动，学生的作业都减了不少，这是最让梅一朵欢欣鼓舞的。原来她最恨的事情就是批改作业：生字本、词语本、写话本、听写本、基础训练册等等一项又一项的作业，像教室地板上的字纸屑，捡了又丢，丢了又捡——改了又错，错了又发下去改。

现在，学校规定，主科作业学校只检查两项了，至于哪两项，由各科老师根据具体情况自选。

年级另外的老师选的是抄写巩固生字词一项，基础训练册一项。

梅一朵则把第二项改成将生活中感兴趣的事情写成一首现代诗，随便几句话，不会写的字写拼音，但是一定要是自己想出来的新颖形象的句子。另外，因为减负而多出来的时间，梅一朵并没有用在休息和娱乐上，她用在了培养学生对中华五千年文化瑰宝——古诗词的兴趣上。

回想孩童时代三爹教自己和凤码头的一群顽童背古诗，现在又结合全校性开展的大诵读活动，梅一朵发现，孩子们在默写或者背诵那些古诗或者童谣时，常常会从同一韵脚的这一首诗串到那一首诗。为了解决这个问题，梅一朵就自作主张挪用了大量讲解课文的时间，将小学生必背的72首古诗提前讲解了意境和意思，讲完之后，她还教孩子们按韵脚划分这72首古诗，再玩孩子们喜欢的“找朋友”的游戏，就是肢解同一韵脚的诗句，再正确地找到“朋友”手中的上半句或者是下半句。她的课堂就笑声不断，孩子们找对了朋友高兴，找错了，也觉得好笑，有的在熟记古诗之外，还根据自己想象的情境，主动发挥自主对应句。

这样一来，孩子们对古诗背诵的兴趣上来了，积累也大大增多了，她班上的孩子，出去拜年都是张口就来诗句，“爆竹声中一岁除，春风送暖入屠苏。奶奶脸上没皱纹，细看起来像姑姑”，赢得满堂喝彩。可是期末考试分数却比不上别班，原因是卷面上的古诗一项占了十分，孩子们太小，只知道好玩，他们只记得课堂上每次根据现代的情况成功又正点地篡改了古诗后，梅一朵总会眉飞色舞地表扬他们为天才，为当代的“诗仙”、“诗圣”，他们不知道这考试重要。虽然教育系统在大改革，可是多数家长却不知道，知道了也不理解，所以，期末，学校还是要根据哪怕是零点五分的成绩之差来排名次的。而这些“诗仙”、“诗圣”，他们大都在最重要的考试卷上写上了自己认为的最出色的创造性诗句——“锄禾日当午，汗滴禾下土，送个机器人，农民就不苦”等等。

梅一朵欲哭无泪。

接下来的这个学期，刘冬明悄悄将儿子转走，梅一朵情场失意，立志要将剩下的这四十个忠诚的孩子带好，不放弃培养孩子们创造力的教学活动；也立志要对得起剩下的这四十个忠诚的学生家长，一定要将考试排名提上去。

这个学期，各项教育改革仍在轰轰烈烈进行，刘局长、王副局长出访还是会带上梅一朵的录像课，外地的老师来取经，王副局长也还会钦点梅一朵这位漂亮老师来上一堂漂亮课。因此，梅一朵虽然首次考砸，还兼失恋“毁容”（粉刺），却仍然自信满满。她相信，教育的春天已经山花烂漫了。她一边辛苦准备公开课，一边还想把“春天”外的教师老公也拉进来成为烂漫山花中的一朵。无奈老公罗伟林只关心他手里的麻将牌能不能做成“杠上花”。几次劝说都无效，梅一朵分析他是不自信，便用他的名字写了篇“论体育科学生自由操的自主性创造”的论文，文章从毛泽东在湖南第一师范读书时候自创体操开始写起，到他老人家穿着红色游泳裤在长沙体育馆的最后一次游泳结束，论述了中学生自主创造锻炼方法将受益终生的观点。然而罗伟林仍然不感兴趣，更不愿意用自己的名字去发表什么论文，他说：我最恨做假了，这搞什么改革，本来就假得死，你还要我搞篇假论文。我看到你一天到晚在家戏子样的表演上课我就要掉鸡皮疙瘩，你又要我也来做这种掉鸡皮疙瘩的事情。你们学校搞课题课改还有专项奖金，我们学校什么都没得。老师们都看透了，讲这样那样的改革，都是替领导折腾，不是折腾名就是折腾利，我们一个钱都没有，只能是瞎折腾。

梅一朵只好感叹自己的老公是“稀泥巴糊不上壁”了。

不过，老公罗伟林稀泥巴糊不上壁，梅一朵的学生却很能糊上壁。这学期，梅一朵不折腾古诗了，她折腾更能锻炼学生创造力和文字功夫的童诗写作。在她兴致勃勃的折腾下，有的孩子的诗歌发表在当地的报刊上，还有不少孩子自己出了单独的诗集，梅一朵得到了家长们异口同声的称赞。

可是到期末考试，又不行了。

这回的期末语文试卷上，有道题叫“将句子补充完整”，考的是孩子们的语言运用能力。按理说，这应该是梅一朵班上孩子们的强项，可是，由于要排名次，南山新贵的考试制度是交叉监考，交叉阅卷的，老师们批分数都批得紧，而梅一朵班上的孩子，联想太丰富，让别班的老师把不着脉，所以统统批错。

梅一朵班上的试卷是特级教师朱老师批的，在讲解试卷的时候，学生们纷纷把自己的卷子拿到讲台边，都嚷着说朱老师给他们批错了。

梅一朵接过试卷一看，也觉得可以不扣分，比如，“月亮挂在天上，像”，要求学生补充完整。张立奇补充的是“像外婆的笑眼”，伍大洲补充的是“像外公的裤腿上烟头烧破的洞洞”，等等充满想象和童趣的句子，都被朱老师批错了，如果把这些都订正过来，平均分将会上去好几分，那肯定就是年级前三了。

梅一朵拿着试卷拽了朱老师去赵校长办公室理论，哪知求圆满的这位数学特级教师，批得更离谱，他看着试卷上同一命题的两种答案，摇头皱眉道：梅老师，看来你必须马上调整你的教学了，原来听人说，你把你班的孩子带得嘻嘻哈哈疯疯癫癫，我还觉得是团结紧张严肃活泼，可是，你看，同一个题目，同一个月亮，一个是弯的，一个是圆的——

朱老师看着赵校长迷茫的老眼，知道他还在电脑的牌局里没进入状态，就红了脸打断道：那倒不是这样，给出的命题并没说是弯弯的，还是圆圆的月亮，关键是，他们这些孩子的答案都是额外一条筋，而且可以看出，梅老师班上的学生都在力求额外一条筋，这不符合常规。批这题目时，我也跟教研组长商量了，她也同意批成错误，力争把孩子们的思维矫正过来。梅老师你对我有意见也好，我受委屈也好，那都无所谓，挽救孩子是大事，要不然他们都不知道怎么说话了。

梅一朵哭笑不得，她才知道教研组长也同意这么批，她气愤地一把扯过赵校长手里的试卷，扬了两下，咬牙切齿道：真不知道你们的特级怎么特的！

这时赵校长回过了神，他又要过梅一朵手里的试卷看了两看，长长的、细细地“咝”了一声，像用注射器抽血一样，把相关信息从回忆里抽出来，他说：

我记起报刊上讨论过类似的问题，好像是说，语文没有标准答案的，那上面批评了一位老师，那位老师出的题目是，“冰雪融化了，变成了什么”。在她心里，既定的答案是“水”、“小河”、“小溪”，答这些的同学被她表扬了，后来一个同学说“变成了春天”，却被批评，但是后来经过专家讨论，从语文的角度来说，“春天”反而是最好的答案。

梅一朵心里好受了些，两手一摊，说：就是嘛！

朱老师忙解释：这个我也在报刊上看过，但是，语文虽然没有标准答案，总有合不合常理一说吧，你看，冰雪变成春天，虽然乍看也出格，但是，仔细一想，它只是省略了过程，还有春天一词，很大，很抽象，能够涵盖冰雪。而这个题目却反过来了，月亮是大的，抽象的，而外婆的笑眼、外公裤子上的烟头烧洞，还有你们班的另外的学生答的什么黑人笑口里的牙齿、妹妹脸上圆圆的酒窝，都很小，都是确指，这些只有他们自己看见过，我们并不知道他们看见的这些跟月亮是不是相像，这怎么判分？

赵校长点头说：朱老师说得也有道理。

梅一朵再次将试卷从赵校长手里抢过来，恨恨道：你没见过你不知道想象啊！

朱老师将双手一摊，表示无能为力，无法理解。

梅一朵心里骂着“一群文盲”，冲出门去。

从赵校长办公室出来后，她气冲冲又来找盛校长，盛校长却开会去了。

隔了一天，她再去找时，盛校长那里，已经被朱老师们“恶人先告状”。

盛校长看到捏着一摞试卷闯进门的梅一朵，放下了刚抓在手上欲打的电话，没等梅一朵开口，先严厉地教训起来：梅老师你果然争分又争到我这里来了，你真的要反省一下自己了。你看上学期倒数第一，这学期又倒数第一，而朱老师呢，连续几年都是顺数第一，你不去向她取经，你还跟她争。我知道，你是太年轻了，受不起捧，这两年你露脸太多，骄傲了，你回去反省一下吧，下学期若再考倒数第一，末位淘汰。

梅一朵听得泪珠滚滚的，解释：我那么努力，那么辛苦上公开课，不是为了学校的声誉吗，不是完成学校交给的任务吗？我什么时候骄傲了嘛——

盛校长有些不耐烦了，说：行了行了，这不就是骄傲嘛，上公开课怎么啦？有资格上公开课的老师要考得最好，才名副其实，你得到的够多了，也没什么委屈的，去吧去吧，跟朱老师道个歉，好好向她学习！

然后，盛校长抬起右手，手背往外一扬，就像赶进入菜园光吃蔬菜不吃虫的小母鸡，把梅一朵“赶”了出去。

盛校长这一扬手不要紧，梅一朵额头上本来接近痊愈的皮肤下，又冒出了一、二、三、四、五、六、七，七颗红豆，按北斗七星阵法排列，像镶嵌着盛校长袖底风偷送的暗器。

盛冰冰望着伙伴额头突起的“红豆阵”，也是无限同情，却只能用“木秀于林，风必摧之”来聊表安慰，因为她也知道，她哥哥认定的“错误”，那就是铁定的“错误”。

而且，自那以后，盛校长再看见梅一朵，目光就空渺渺的了。

寒假里，梅一朵把学生的这些答案复印了，又写了封信向盛校长申明，从文学的角度来说，朱老师的确批错了，不是一道题的问题，也不是自己排名的问题，关键会扼杀了好不容易培养出来的孩子们的创造力、想象力。

现在，这学期又开学一个月了，梅一朵碰到盛校长时，他依然还是空渺渺的目光。她是多么想找个机会缓和改善一下自己跟盛校长的关系，但是，他是总校长，他这个校长太大、太高，他们之间已经没有了刘局长那座大桥了。

思量再三之后，梅一朵还是决定以他妹妹盛冰冰做黄色网站“Show 宝贝”，又不听自己劝告的事情为由头，主动去找盛校长聊天。

32

2002 年，是罗伟林最郁闷的一年。他一听到诸如“搭车收费”、“XX 搭台，经济唱戏”这样的短语和句子就要啐唾沫骂娘。

这年三月份，南山新贵国际实验学校承办了一个全国的素质教育观摩活动，市内的中小学校都收到了教育局分发的观摩票。

南山新贵的盛校长，十年前曾经在广东一手创建了一个规模不错的私立贵族学校。他创建的那个学校，学生入校要交三十万。如此昂贵的收费，并没有吓退世纪末沿海地区的家长们，反之，他的那所学校，既带动了贵族学校现象的风起云涌，又战胜了时代选择的大浪淘沙。

经历了最艰辛的磨难，当那学校到了最稳定和繁荣的时候，盛卫国却将全部权力都交给了那学校的董事会，自己抽身出来四海巡讲了半载之后，就回到了家乡，着手帮着他中学的母校——当地原来一所有名的公办学校，进行“名校办民校”的“国有民办”的改制，就是现在的南山新贵国际实验学校。改制成功后，他就顺应时势地留了下来，随他一起留下来的，还有他在原来那所贵族学校养成的“事必做大做强，势要横空出世”的做派。

秉承他的这种做派，南山新贵承办的这次全国性的活动，的确弄得规模宏大、细节精致。在“细节决定成败”话题正流行的那年月，盛校长给来观摩的老师，每人送一个语音复读机，体现他们是外语特色学校。还包每天的三餐，包市内来观摩的老师的校车接送。至于自己学校的老师，没有按时的校车坐，一律坐出租上下班，学校报销。

深入了解南山新贵食宿住行的普通学校的校长老师们，的确受到了这种“横空出世”的震撼，领略到南山新贵的大方馈赠。这些学校的领导和老师感叹多于感谢。

有跟盛校长稍微走得近的别校校长斗胆笑问：你们学校真有钱！怎么这么有钱呢？

盛校长谦虚作答：我们学校没钱，是我们学生家长有钱，羊毛出在羊身上。

羊毛的确出在羊身上。虽然羊有肥有瘦，毛有多有少。

罗伟林所在的那学校，是正宗的公办学校，也没有南山新贵那样经得起考察的硬件和软件，因此增加学杂费或者是另收捐资助学费或叫赞助费的，绝对办不到，不过“搭车收费”、“搭台唱戏”，也许可行。

搭什么台搭哪次车呢？不是要推行素质教育吗？学校不妨自办艺术体育外语等等第二课堂，这是课程之外，老师和学校额外时间进行的教育，当然可以收取一定的费用。

还有农民工子弟来这里借读的，费用可以增加些，立几个说得过去的名目就可以了。

学校每年还要组织学生参加艺术体育等集体活动的表演和比赛，要统一服装，这里也可以赚取一定的价差，既然校服家长可以接受，这个也应该能够接受。

……

一阵风吹过干松的黄土地，必然会扬起灰尘，灰尘肆虐迷人眼，人们自然怪这该死的风，虽然迷人眼的是灰尘。

人类智慧里，最原始的便是上行下效，一个卖草帽的老人，在树林里被众猴子抢了草帽，老人够不着树上的猴子，抢不回帽子，于是脱下自己头上的帽子往下扔，猴子们纷纷仿效，老人得以收回所有的草帽。人类的祖先便是猿猴。

搭车收费行动开始的时候，罗伟林们对于这些钱最后有多少能到自己的口袋里都心存疑问，不过好在他们各自都有自己的权限，文化科老师可以帮学生代买这样那样的辅导资料，他是学校篮球队的教练，什么球耐磨，什么球服穿着最适合打球，哪个店子里能够买到这样经济实惠的用品，自然非他亲自代劳整合采购不可。

对于老师们这种行为，开始的时候，学校采取睁一只眼闭一只眼的方式。因为，当全社会都在认为最好赚的是女人和孩子的钱的时候，普通学校老师的工资却还是“光头面”，没有任何额外的收入。俗话讲“一粒胡椒转口气”，如今自己学校这些辛苦清苦的老师自行找到了这稍微能平衡心理的机会，也不妨任之。

可是罗伟林所在的这种普通学校的家长，不比南山新贵，下岗工人、郊区农民、小商小贩、工薪阶层、三教九流各种职业的都有，就是都不太有钱，都不配合学校。

试行一学期之后，第二学期，家长们告到教育局，教育局责令学校整改，学校领导无奈，只好停止这些款项的收取，但是仍有家长不甘休，学校又牺牲了家长闹得最凶的一个班的班主任做了“典型”，责令她亲自上门到每个学生家里退还所收的辅导资料等费用并道歉。这个班主任跑了一个上午，看尽了脸色，满心委屈，跑到校领导处，揭发罗伟林所赚取的体育用品和服装的费用，比自己的要多一倍。

校领导又责令罗伟林挨家道歉退款，罗伟林血气方刚，自然不肯，他在校长室把钱包掏出来摔在地上，说要请曾在电视台做过总监的二叔父安排卫星电视台的栏目记者过来采访，对学校甚至是教育局这种乱收费现象进行深度挖掘、曝光，看谁收的钱最多，谁是真正的幕后受益者，谁是冤大头。

学校领导从大局出发，马上自己找台阶下：当然，看问题要一分为二地看，其实这种收费也肯定有其合理性，我们可以看到它多半起到的是积极作用。辅导资料也好，体育用品、服装也好，肯定是专业老师知道什么最适合学生，最适合教学，集体采购肯定是批发价。若要家长每个都去跑一趟，那是零售，价钱高些，还要出路费，不见得会有益于事情本身。我们学校老师错就错在事先没有征求家长的意见，到期末统一收费，目标就大了，这才引起众怒。

罗伟林听出了领导的低姿态，就觉得没必要再争论什么，反正刚才他也是虚张声势，二叔会不会帮这个忙，能不能帮这个忙，还不知道，即使伯父能帮忙，那也只能是出口气而已，自己跟学校是利益共同体，唇亡齿寒，这个道理他还是懂得的。

这场风波得以平息，老师们在日复一日的枯燥教学中，对“光头面”的反胃，又渐渐泛起。

不是什么人都能进南山新贵那样的学校，不是什么人都有跳槽的资本，怎么办，那就只能像上面要求的那样，“立足本职求发展”了。

可是又如何发展？

为了评上名额有限的高一级职称而争得头破血流吗？希望是有的，但是，争到了又怎样呢？就是每月多十几块钱，最多几十块钱罢了！现在十几、几十块钱能干什么啊？

争当到处飞来飞去传经送宝的名师吗？那种成功的概率和艰难，不亚于从普通的士兵熬到元帅，试问天下能有几人？

对于一个单位的领导而言，能为职员谋福利，就是最好的领导，否则，职员领的是国拨工资，拿多拿少，与你没有什么关系，你又拿什么来凝聚民心？就连刚刚兴起的中国农村的村官海选大会上，那些想赢得村民选票的农民，都知道在台上挥舞着双手郑重承诺，我一定使大家每年的收入增加500元！

何况一届校长？

罗伟林学校的校长，在老师的建议下，后来又找到了一条生财之道。

学校周边的马路上，每到放学的时间，都有很多小商贩摆起摊子叫卖，有女生喜欢的小玩意儿，男生喜欢的游戏卡片等，更多的是吃食，什么油炸臭干子啦，羊肉串啦，葱油饼啦，麻辣烫啦等等等等。甚至有些近旁的居民，就在屋门口放一张凳子，上面摆个大塑料脸盆，大脸盆里装满了料炒的土豆丝，五毛钱一筷子，直接夹到学生们的手上吃，卫生状况自是不言自明。

老师们建议，把这档子生意接过来，由学校做。

校长吸取上次的教训，在每期必开的家长座谈会上，用随意却郑重的口气引导家长自己提出申请。

汇报完学校各项工作之后，校长话锋一转，说是有件事情还是要提一下，希望家长配合学校教育孩子，不要买校外摊贩的东西，他们都是非法经营，那些化学物质超标而且蛊惑童心的小玩意儿，那些不卫生的小吃，严重危害了学生的身心健康，据不完全统计，本月就有532例肠道病感染。

其实没有任何人来做这个不完全统计，只是校长知道，在数字化时代，人们是极其迷信数字的，尤其是这种有精确尾数的数字。

果然引起了家长的注意，有家长代表提出，学校为何不向有关部门举报？

校长自然说，肯定已经举报多次，只是屡禁不止。

自然有那些有水平和见识的家长代表帮助学校解释，需要决定市场，孩子们正是长身体的时候，用功到半夜，清早又起来上学，中午放学肯定会饿，会馋嘴，所以才去买东西吃，建议学校像南山新贵那样的学校学习，设立课间餐，发放牛奶、面包和水果，并且对进货渠道和卫生质量进行把关。

校长自然说上面没有这笔费用拨下来。

另外又有更穷困的家长反映，他们的孩子可以不用学校统一的课间餐，他们的孩子可以自己带干净的零食来学校吃。

自然有明白的家长争辩，除非上课之前统一交给老师，再发放下来统一吃。

校长说，如果这样，学校必须另聘小工，否则谁来管理？老师的时间都投入到教学当中了，抽不出人来。

这样一来二往达成协议，学校在家长的强烈要求下，设立小卖部，保证质量，保证卫生，学生课余时间自由买卖。

成立小卖部，自然要人手。请小工，那是权宜之词，既然为学校谋福利，那就从学校副科老师中抽调吧。

罗老师，你长得很帅气，篮球打得很好，是学生的偶像老师，给你减掉十课时，小卖部你负责吧，只是进货的时候要叫上会计出纳，三人为公。

校长没有忘记上次事件当中罗伟林的怒掷钱包。

开始两天，罗伟林还是觉得新鲜，满以为自己得到了校长的看重，可一个星期不到，他就烦了。

头两天他总是期盼听到下课铃声，只要下课铃声一响，学生们便会飞到他这里来，那就是大把大把的钞票啊！即使忙得满头大汗，他也觉得开心。

后来，他是只盼着上课铃声响起，上课铃响了，他就清静了，有什么好开心的呢，大把的钞票又不是自己的。

再后来，他连上课铃声响也会觉得烦，上课铃响了，他就要数钞票，记账，还要打扫周围丢了满地的包装纸。

他郁闷啊，烦躁啊，数着一毛一毛，甚至是钢镚儿的小钱，拿着家庭妇女专用的扫帚扫那些五颜六色的、纸的、塑料的包装袋，他渐渐地觉出了精神被流放，身体被囚禁的滋味。

有天轮到音乐老师孙瑟，人称“双S”的性感女孩跟他搭档卖东西。上课铃声响过之后，俩人坐在改作了小卖部的原来的学校仓库门里，半晌没有话，脑袋里满是刚才学生们“我要棒棒糖”、“我要魔鬼糖”、“手撕鱿鱼，快点快点，上课了”等等尖锐的喊叫声。

望着空空的操场，望着近旁扫了又丢丢了又扫的包装袋，罗伟林不想动，他要双S去扫，双S也不动。

罗伟林清理着大大小小、新的旧的、卷角的、撕裂的、各色各样的票子，无奈地扯嗓子唱着赵传的歌：我是一只小小小小鸟，想要飞呀，却怎么样也飞不高，我寻寻觅觅一个温暖的怀抱，这样的要求，算不算太高？

双S笑他：你是什么鸟？

罗伟林开她的玩笑：咦？怎么你对鸟也这么感兴趣？

双S听懂了意思并不脸红，她大方地说：不是什么鸟都有兴趣呢，所以我问你是什么鸟嘛。是只好鸟呢，还是坏鸟？是乌鸦呢，还是白鸽？

罗伟林数了半天的钱又被她的打断搞忘记了，就不想再理她，只敷衍说：不是乌鸦也不是白鸽，我是人，是再正点不过的男人。

等罗伟林把钱数完，记好账，双S递过来一张白纸，上面一个大大的“囚”字。

罗伟林接过来问：什么意思？

双S说：你站到店子外面去，朝里面看我。

罗伟林怕上当，猜道：你搞什么恶作剧？你想骗我出去扫地？想偷东西吃？

双S说：地不扫校长又不批评我，你真的小人呢，还伟哥呢，真的不是伟哥的做派。你真的不能再这样守店守下去了，一个堂堂的男子汉，搞得女人样的，告诉你吧，一个人，坐在一个房子里守店子，喏，就是“人”字外面这个大框框，那不是“囚”是什么？你守在这店子里，就是囚呢！

罗伟林真心叹道：你以为我想在这里，不是学校的安排？如果有什么好地方，我真辞职算了！

双 S 又拿过去白纸，在上面写了个“工”字，说：你的意思就是出去打工？我跟你再讲讲这个“工”的学问——

罗伟林不想听，打断道：你又要玩什么文字游戏？我们家有个玩文字游戏的就搞得我烦了，你一个弄“豆芽菜”（指五线谱）的又来玩！真的咧，好久没跟你谈心了，我们家那个，自从去年圣诞节以后，就天天在家里拖着我学习，逼我、求我看这样那样的书，还把我拖到他娘家去听他那个三爹老古董之乎者也地“念经”。你知道的，高考那时候，我看书背书都搞惨了，现在我看着书就打瞌睡。我说我要睡觉了吧，她就拿着书靠在我旁边大声朗读，还说是她普通话要过级，要考证。我又不是不晓得，语文老师普通话二甲的水平就行了，她普通话不说播音员水平，一乙肯定是有的，她是读给我听呢，要我学文化呢！提高所谓的修养呢！她还说我又可怜又可嫌，我看她才又可怜又可嫌呢！

双 S 耐心听他讲完，并不理会他的话，只用笔描画那个“工”字，解释：你听我的，你就不会可怜了。你看啊，刚才你说要辞职，那就是出去打工了，你打工，“工”字往下伸就是“干”，你就辛辛苦苦地干吧，干吧，干一辈子，干到哪一天呢，“工”字往上出头就是“土”，意思就是，你一个干活的打工者，永远只是干的命，直到你入“土”那天。

罗伟林被她上一划，下一划的逗笑了，说：哪个不入土呢？

双 S 说：问题是，别人从出生到入土的那一天，中间这漫长的过程，付出要比你少得多，获得要比你多得多，生活质量要比你好得多。我听说你老婆是南山新贵的老师吧，你看那些家长，你看每逢周末周日学校周围的停车坪里、马路上，那绵延数十里的宝马香车！

罗伟林觉得心被刺痛了一下，说：命吧！

双 S 劝道：什么是命？你这么年轻，又这么优秀还认命，我改变你的命运好不好？

罗伟林想她又在开那种玩笑了，就说：你是把我的命运改好呢，还是改坏？你不会是要把我卖到哪里去做鸭吧？

双 S 笑说：还卖到泰国做人妖呢？我是说真的，这样，明晚你跟我去参加一个活动。

去了之后，罗伟林才知道，双S讲的所谓的成功人士的活动，就是一个传销摇摆机的洗脑会。

显然罗伟林毫无准备，这次洗脑会，把罗伟林的脑给“洗”了一遍。

他看着台上那些西装革履，气度不凡的成功人士或慷慨激昂，或声泪俱下，或轻松幽默，或富含哲思地给“各位同道，各位同在光明正确的财富道路上的朋友”分享成功经历的时候，台下很多听众都动容了。这时候，罗伟林的心，还没有完全打动，直到活动快结束，由上线给下线颁发这月分红时，他听到了台上念“孙瑟小姐，蓝宝石级别，本月分红，九千元”！

平时自己没放在眼里的小小音乐老师，似乎还不懂世事的野丫头双S，居然不声不响地收益如此之多！他震惊了，他觉得自己的脑子不是被清水“洗”了，是被黄灿灿的金粉彻彻底底地洗了一遍。

会后，双S给了他一叠资料，他知道了起点是，自己要买三台摇摆机，每台1888元，他需要5664块钱，才能奠定自己通向财富之路的起点。

这些钱从哪里来？罗伟林首先想到了梅一朵的私房钱。

结婚以来，他跟梅一朵的收支是分开的，他的收入比梅一朵低，又爱打牌，喜欢跟兄弟们出去喝酒吃饭，因此他不但没有积蓄，还私下里在兄弟们那里借了一千多块钱。梅一朵有多少私房钱呢？罗伟林估计不会少于五位数，但是，罗伟林不敢跟她开口，也知道现在开口跟她要钱比跟银行贷款还难，他在她那里缺乏信任，只要他一开口提到要钱，她就会睁着怀疑的大眼睛问：打牌又输钱了？你到底赌多大？是要买东西？买什么？有必要吗？我直接给你买回来好了！

罗伟林断定梅一朵会认为摇摆机没必要买，要不要让她也去听这个洗脑会呢？好像她不会感兴趣。她学校里早七点，晚九点，各项事情都忙不过来。再说她并不缺钱花，肯定不会同意的。但是，也说不定啊，有这三台摇摆机作为起点，以后发展了自己的下线，每台可以提一千元啊！下线又发展下线，这个放射状的前景，对她会不会有震撼呢？

每次想起双S为他描画的放射状财富领域，他的心里就蠢蠢欲动，像电影开始播放，收在漆黑胶片的信息，通过窄狭的口子，呈放射状扩大再扩大，然后投射到巨大的幕布上，精彩的生活就活灵活现了。

联想丰富的梅一朵，会不会联想得更加美好呢？

33

梅一朵所住教师村周围的郊野，近两年来被房地产商看中，鳞次栉比地建了许多高层电梯房的高档住宅区。这些住宅区，不但售价比教师村高许多，就连地基也比教师村高，教师村由此深陷“谷底”，如果坐出租车回家，只要对司机说句“去教师洞”，保证不会送错地方。

“教师洞”如此著名，并非这里辈出的名师吸引眼球，也不是市民“尊师重教”的热情空前高涨，主要是这里经常得到媒体的青睐，这个城市一到雨季，“教师村这次涨水淹到一楼杂屋的窗口，创历史新高”，“这次涨水发生在夜晚，有许多没来得及开出去的车，被水浸泡，座椅上已经淤积了一层黑泥”等等新闻就会占据当地报纸的版面。

每次水退了之后，看着楼下那些狼狈肮脏的花草树木和各种级别品牌的车，梅一朵都会不由自主地想，都在同一地平面上，就没有什么高低贵贱之分了，这地下水也好地上水也好，它可不认得什么奔驰宝马鲜花杂草的。

大自然的洪水，不辨这教师洞里自己跑不动的物件们的高低贵贱，可是另一种情感的洪水，更不辨这教师洞里，地球灵长生物们的性别年龄学识高低。

四楼的一退休老师回到老家安度晚年，城里的房子给了独身儿子住，这儿子新近失恋，每到子夜时分，他总会抱着吉他，一首接一首地高声弹唱关乎感情的流行歌曲，最喜欢唱的是齐秦的《悬崖》：

再一步，爱就会粉身碎骨
坠入无尽的孤独
世界太冷酷，梦太投入
早习惯不能回头的付出
风在哭，当我走到悬崖停驻
发觉，泪也有温度
生命太短促，痛太清楚

才让你让我爱到无退路

……

月已残，灯已尽

夜黑人模糊

这一生因为爱你才清楚

……

被吵得睡不着，有邻居出来敲门制止，他就趁机跟人对吵一气，发泄情绪，等邻居走了，他又关上门大唱起来。

住在六楼的梅一朵，同时也被这洪水肆虐，她也想这样放肆一下，但是她没这个条件。

在发颤发烧的吉他声中，梅一朵有关与刘冬明过往的细节回忆也奔到了悬崖。

刘冬明给她的那些温存爱怜的细节，经过梅一朵翻来覆去的咀嚼，并没有像她吞咽的食物，会被身体慢慢消化吸收，她觉得自己的体内没有这种可以消化回忆的消化酶，她甚至觉察到了，这些时而清晰时而模糊的影像，正在心里飞快地长大，像逮着了机会，就要涨破胸腔、颅腔，迸裂出来一般。

每个晚上，四楼的失恋男直唱到吉他声命悬一线，人声若砂罐当风的时候，也是梅一朵情感的洪峰冲击心岸最厉害的时候，随着这洪峰裹卷而来的，还有一首又一首的古典诗词，像冲折断的千年古树的枝桠一样，漂在她的心潮上，虽然她也会唱许多的流行歌曲。

这些诗词的默诵和运用，给她情感的宣泄提供了很多帮助，她觉得即使将来人类搬到火星上去居住，这种情感总还是会亘古不变的，所以她觉得，人类集体搬迁的那一天，每人可以少带几件衣服，甚至一床被子，都不能忘带了这拷贝着唐诗宋词元杂曲的电脑芯片。

首先给她启示的，便是一句“窄裁衫裉安排瘦，淡扫蛾眉准备愁”。

她想，古人尚且知道准备失恋“预案”，自己也不能这样被动地任思念折磨了，要有自主意识的动作，怎么动作呢，那就在心堤上挖一条“泄洪槽”吧。

那些俩人互相唱和的诗词，布满七本教案与两本会议记录本空白处的情感罪证，在得知刘冬明将儿子偷偷转出那天，她一把火都给烧了，也就再不能反复翻看行寄托之举了。

她想起了衣柜深处的另一样东西——刘冬明亲自买的那套黑色蕾丝内衣。

这内衣裤已洗得又旧又软，因为质地不好，内衣的胸托都已经变形，内裤左右两侧，因为是每次提裤子时的着力点，也每边都被梅一朵的尖指甲，滴水穿石一般磨了破洞，梅一朵早穿不出去了。这时候，她却在家里，细细地洗过澡之后，穿上，在镜子前看了又看，她想由于自己的倔强，居然没给一次机会让刘冬明看到自己完整的裸体，如果哪怕有一次，她不那么坚拒，让他看到，让他完整地得到自己，那他就不会这么轻易地离开了，就是离开了，他也会有更多的念想回头找她。

有次罗伟林不在家，她穿着这套变形的黑色蕾丝内衣裤，在屋里走来走去，走到忘记了自己只穿了这么一点儿，以致罗伟林开门惊愕地望着她的身体，她还不知道怎么回事。

她可是从来不在罗伟林面前故意赤裸的，就是洗澡的时候，偶尔罗伟林进来拿东西，她都会本能地护住身体——进来的这个人，不是她正想念的人，她觉得被侵犯。

那次罗伟林看她只穿着内衣在家里走来走去，不像平时在床上平躺着的躯体，像尊放倒了的维纳斯雕塑，而眼前来回行走的裸体，是生动的，荡漾的肉身，是写满了欲望与渴求的完美的女人的身体。罗伟林一时兴起，抱住她，放到床上，开始的时候她还反抗，当内衣被罗伟林解开，在胸部滑动的时候，她忽然恍惚了，觉得是刘冬明向她求欢。整个过程，她难得一次地在做爱的过程中睁眼看着罗伟林，可是实际上她看到的是刘冬明的脸——这一段时间，任何人，任何东西，只要她定神一看，都能从视像的内部，像开花一样开出刘冬明的脸。

她觉得身体里面的，身体上面的，都是刘冬明。刘冬明卖力地深入，将所有的苦恋都顶到人类的源头，将所有的思念都挥洒成滴滴汗水，又咸，又香，是爱情的味道，她在爱情的味道里高呼：我——爱——你——

罗伟林猛然一震，千里之堤溃于“我爱你”，这是他自结婚以来，头次在自己的妻子这里，感受到灵与肉结合的滋味。

从这以后，他们的性爱大大超过了从前，旦夕晨昏，他们每天晚上在四楼失恋男坚持不懈的《悬崖》歌声中挥汗如雨，一觉醒来，他们又在晨曦里腾挪翻滚，每次都要弄到身体筋疲力尽，灵魂如坠悬崖深谷，梅一朵方才放过罗伟林。

但粗心的罗伟林却一直没有发现，每次交欢，梅一朵都穿着黑色蕾丝的破旧内衣裤，还不准罗伟林完全将内衣褪下，只让他解开后面的勾扣，让它松松地搁在她的双乳上，随着他们的动作、角度，来回滑动。

来回滑动间，梅一朵想到的是另一双带着烟草味道的，干净的手指。这双手，曾经多次到过这儿，来回轻抚，按揉，弄得梅一朵心旌摇荡，春江水涨。

一段时间之后，罗伟林坚信自己的老婆忽然又爱上了自己，那天晚上回到家里，他斗胆给老婆讲起了摇摆机的金光大道计划。

罗伟林就给梅一朵看资料，梅一朵不看，罗伟林又三言两语介绍了分红方法，为了证实这不是个骗局，就把同事孙瑟的成功事实也讲给她听了。

谁知梅一朵的放射状思维不是金黄色，而是玫瑰色的，她听罗伟林说完，就慢悠悠地表达自己的看法：哦，孙瑟，就是那个音乐老师双S吧？终于有行动了，不错嘛，那次她不是说，只要我能忍她搽到你身上的香水，她就把你让给我吗？我忍了，但是她怎么不让彻底呢？还要我拿钱去把你买回来是吧？可是她给你标价怎么这么低呢？哦，我忘记了，你说的，这只是起点，是摆在桌上的一个种蛋是吧？然后你们可以蛋生鸡，鸡生蛋，蛋蛋鸡鸡，鸡鸡蛋蛋无穷尽也，是吧——

罗伟林气得双颊涨红，两年前急中生智撒的那个应急谎，他早就忘记了，这时候梅一朵不但不给钱，还旧事重提。他没等她“是吧”完就恼羞成怒了，拿过旁边的一个大瓷杯，用尽全力往映着梅一朵和自己身影的梳妆镜掷去，伴随着清脆的碎裂声，他们俩的大半个身子都呈不规则线际地被截去，只剩黄黄灯光里两双有膝盖没膝盖的腿直插在地板上的拖鞋里。后来，插在男式拖鞋里，没膝盖的那双腿消失了，罗伟林大吼着摔门而去：你写协议，明早我回来签字离婚！

34

罗伟林跟梅一朵没要到钱，反而招来羞辱，心里着实难受，他摔门而去的时候，心里铁定要跟她离婚。

有什么意思呢？这还算夫妻吗？不信任到这种程度！她治疗个青春痘，一撒就是四千块钱，而自己呢？床上的千般恩爱，极致欢愉都不能从她那里换来一分钱！又不是没钱，自己是投资啊，又不是去嫖去赌，犯得着这样羞辱吗？罗伟林忽然有了被自己老婆玩弄了的奇怪的想法。这个对金钱像对肉体一样贪得无厌的女人！

一文钱逼死英雄汉啊，站在弯江长堤上的罗伟林仰天长叹。

天上有满盈盈的月亮，金灿灿的，像块大金币。罗伟林对着这个“金币”大喊：梅一朵，你攒了你的钱去打个大金币挂到天上看吧！你攒钱你攒到你的骨头缝里，是要打个金月亮挂到天上摆看吧！镜中花水中月，梅一朵你就是我的镜中花，你的钱就是我的水中月，我们这几年，你崽都不给我生一个，我跟你离婚，我是竹篮打水一场空啊！

凉飕飕的江风吹来，罗伟林流下了他长大成人后的第一场泪。

不能离婚，现在不能离婚，不能就这样人财两空，我要争口气给她看看，我要大把的钱赚回来大把地花，流水样地花，让她也尝尝心痛的滋味！

所以，不能放弃，这是个机会，投资这么小，双S一个小女人都能挣这么多，不信自己做不过她！

那么，到哪里筹钱呢，打牌的几个哥们吧，关系铁点的，还欠着赌债呢，实在不好再开口，再说，自己还想把他们留着发展成下线提成的。李璐吧，这点钱肯定没问题，她也是要发展成下线的，而且将是最有潜力的下线，她的那些美容客户，要是发展起来，自己真的就发达了！

想到李璐，他的心里明亮起来，温暖起来。她真好，她是真的对自己好。去年暑假，梅一朵和自己的学校都分别组织出去旅游，又不到同一个地方，李璐知道了，就找人给办了出境证。他就用跟学校去黄山作借口，偷偷地跟她去了趟香港和澳门，飞来飞去的，她花了不少钱。后来葡京大赌场赢的钱，他要给李璐，她还硬是不要。她是真的对自己好，商品经济社会，钱是唯一过得硬的东西，说一箩筐甜言蜜语，也不比拿10块钱出来过硬。她还把梅一朵告诉她的话，转给自己听，她还要自己对梅一朵好。这么好心的一个女人，早些年自己居然没有重视。

不行，不能去找她借钱，不能让她看扁了自己，买了摇摆机以后，要先送她一台，让她健康，让她温暖，让她主动跟自己一起踏上这条辉煌的财富大道，一定不能让她产生自己利用她赚钱的感觉。

正盘算着，口袋里的手机想起了信息提示音，是双S发来的短信：老师的七种死法，上告教委整死你，以人为本哄死你，选拔竞聘玩死你，混蛋学生害死你，教学课改骗死你，工资不长穷死你，不让休息累死你。

罗伟林嘴角露出了笑容，他想双S想赚自己的钱把“死”都用上了，她套路还蛮多呢。不过这短信好像说的还真是那么一回事，老师啊，老师，你的名字叫“死神”，“死去了的神圣事业”，呵呵，既然双S这样心急，她今天又领了九千元的分红，就让她先垫些钱吧，以后再从自己的分红里扣。

思量再三之后，罗伟林打通了双S的电话。很快，在“城市精英”茶馆里，他们俩见面了。

双S夸张地抽自己的嘴巴：哎呀！瞧我这笨蛋！我准备明天跟你分析你的下线群的，你不该跟老婆闹翻的，你老婆才是最好的潜力股呢！她的那些家长，那些家长的交际圈，这几千块钱算什么啊？白送给班主任都不为多，何况这是花钱买健康啊！

双S头摇得像拨浪鼓：不行不行！哪有给下线垫资的，那这生意就根本做不下去了！没一个，没一个，我们这里面没一个这样的先例！

双S眼里的问号重重叠叠有两斤重：钱真的都拿到乡下建房子去了？可以叫你哥凑了还给你嘛！

双S用力搔她那刺猬一样支棱着的女式板寸头：最多三千，你缴费的时候，我跟你一起去，那时候给你垫上。

双S瘦骨嶙峋的手臂前肥嘟嘟起了肉窝窝的手掌轻敲桌子：马上回家！跟你老婆搞好关系！一定时候，请学校同事去你家，我趁机跟她搞好关系，带她去参加活动。你不要再给她讲这些了，你讲不清的，讲这些要氛围的，现在你只管服服帖帖对她好就是，她是潜力股啊，绩优股啊！快回家吧！

罗伟林心里对双S说：洗脑就不用你了，见了你她会要拿硫酸洗你呢！我有支更大的潜力股呢，就让那个给她洗吧！小丫头片子，你就别拽了，你会看到我伟哥有多伟的！

他跨上摩托车，发动前向空挥了挥拳：大丈夫能屈能伸！

梅一朵坐在碎裂的梳妆台前，屁股上有几点玻璃碴刺过紫红的丝绸睡袍，让她有些麻痛的感觉，她也懒得去清扫，只顺手拿本书垫了再坐。

脑袋里满是玻璃的碎裂声，和分成了无数个破镜里的刘冬明的面容。

没来由地，查德卿的《寄生草·间别》飘啊飘地飘到了一地的碎裂里，歪歪扭扭，像做了特技的字符样：

姻缘簿剪做鞋样，比翼鸟搏了翅膀。火烧残连理枝成炭，针签瞎比目鱼儿眼，手揉碎并头莲花瓣。掷金钗撷断凤凰头，绕池塘摔碎鸳鸯蛋。

梅一朵的心忽然“咚咚咚”地慌跳起来，她听到屋外像是罗伟林在喊她，很急的声音喊：朵儿——朵儿——

梅一朵起身连应着：诶——诶——

走到客厅，门并没开，可是罗伟林的身影子飞快地扑向梅一朵，梅一朵本能地往边上一让，转眼又不见了。

是幻觉吧，罗伟林这臭脾气啊，什么时候能改呢？只怕这辈子都改不了了，开口闭口就是离婚，就是吼，就是摔门、摔东西。自己开始那番话，是不是太过分了呢？罗伟林向自己坦白交代了那个什么双S，不就证明了他跟她没什么吗，他是在乎自己的啊。虽然那个电话是撒谎的，说是一个哥们的电话，还煞有介事的要那哥们接，结果打过去还不是个女声。这个女声就是双S吧？自己总觉得对罗伟林不是爱，那还吃这个醋干什么？

梅一朵准备去扫玻璃碴的，想想，又放下了扫帚，她心里还是“咚咚咚”地乱跳，罗伟林不会有什么事吧？他不会去自杀吧？不会，不会，他不是说明早回来签字离婚的吗？离婚他肯定是不会离的，喊都喊了十几次了，吼几句，出去打两场牌就又不记得了，这个罗伟林啊，要不要打个电话问他在哪里呢？

打吧，反正吵架也是常事了，不存在什么面子不面子问题，打了知道他在哪里，自己好安心睡觉，这样想着，拨过去，却是没人接。

正犹豫要不要连拨几个，梅一朵的手机响了，是警察打来的，罗伟林果然出事了，出事地点就在离家不远的主干道上，他的摩托车被旁边小区里出来的一辆小车挂住，人摔到十几米外，已经送到医大附三医院抢救室了。临挂电话，那警察又加了半句：他没戴头盔。

梅一朵的手不停地抖动，脚也没力气站了，她跌坐到地上。她觉得头脑里、心里，在嘶唧嘶唧地下玻璃雨，好多银光闪闪的碎片挂得她脑袋里、心里，麻痛麻痛；后来她觉得房顶上也在嘶唧嘶唧地起劲下玻璃雨，她甚至看到好多碎片的芒角扎到自己的汗毛空里了，她下意识地把手伸到袖筒里摸，可不是！手臂上满是疙疙瘩瘩的，她的掌也麻辣地痛了！

镇定！要镇定！梅一朵命令自己，不是没说情况怎样吗？只说没戴头盔，说不定只是要告诉自己他破相了吧，说不定也只是骨折呢，接上不就好了吗。

梅一朵站起来，拿过手机看了下时间，已经快午夜十二点了，必须叫个人陪自己一起去，叫谁呢，要有车的才好，这时候了，叫盛冰冰吧。

她拨了盛冰冰的手机，关机了，又准备拨她的座机，突然想起她这几天对自己似乎有些冷淡，见面时招呼的笑容好像有些僵，可能她哥哥盛校长收到自己的信，已经给了她教训了。

想到这里，梅一朵又极力回忆信的内容。梅一朵最终没去亲自找盛校长聊，她觉得这样太小人了，但是，她又是真的想挽救盛冰冰，就写了封措辞模糊的信，大意是盛冰冰独自居住，网上又诱惑过多，盛冰冰应该在失恋的时候，被家庭温暖拉到正常生活的轨道上云云。

回忆清楚之后，梅一朵觉得自己所为并无过错，她相信盛冰冰最终会理解并感谢自己的。于是又拨她的座机，竟无人接听，放下话筒梅一朵才醒悟可能盛校长真的找她谈了，已经勒令她搬到别墅里去住了。

那么，叫谁呢？就叫李璐吧，有好几次，做完美容，李璐都主动提出送自己回来的。就叫她吧，非常时刻，麻烦一下算了，以后她有什么事情自己再去帮忙就是了。

35

肇事者余卫的父亲，是市委秘书长。

余秘书长接到儿子再次打来的电话，说是医大附三医院的主治医生已经初步判定罗伟林是颅内出血，脑基本上已经死亡了。

脑死亡，瞳孔已经扩散，但是还有微弱的呼吸和心跳，医生说，抢救过来，最好的状态是植物人，也就是说，他现在，除了死亡，就是变植物人，植物人呐——爸，就是一辈子的负担——

余秘书长生气地说：赶快开颅做手术，颅内出血首要的是赶快除淤血，救人第一！就是已经完全死亡了，你也要让伤者的家属看到我们是在尽全力抢救，上呼吸机没有？

余卫说：上了，上呼吸机都是撬开牙齿上的，基本上就是靠呼吸机带动他的呼吸了。

余秘书长说：好，赶快手术，我请省内最好的专家来帮忙会诊，这个费用，你今晚就要自己付清。

梅一朵和李璐赶到抢救室，罗伟林已经吊了输液瓶，上了呼吸机，连头发也做好了手术前的备皮，都剃得光光的了，下巴像演讲时的列宁，高傲地向上翘着，因此脖子显得比平时长了一倍，脑袋比平时小了许多，都成了圆锥形，像挂在枝丫尽头的一个青梨，她们两个没能将他一眼认出来。

梅一朵正极力想着罗伟林今天是穿着什么衣服出门的，就听见李璐问自己：不是的吧？搞错了吧？

旁边的护士问：是不是叫罗伟林？

她俩同时点头。

护士说：就是他了，你们谁是家属？准备签字吧，要尽快手术。

她俩听护士这样讲，赶紧都喊着罗伟林的名字，跑到床头，一个一声地大声喊着，把医生护士和警察都丢在一边。

罗伟林剃得闪青光的脑袋完好无缺，左脸颊有些乌青，只耳朵孔边沿残留着血渍，显然颅内的血通过耳朵孔流出来过，是被清理掉的残象。他的眼睛已经鼓了起来，眼睑不能合拢，看得见涣散的黑眼珠在里面一直都没动，梅一朵她们两个一块儿喊了十几声之后，罗伟林的眼角竟然浸出了泪水。

她们两个看见泪水，才如梦初醒一般喊：他听见了，听见了，医生，快救命啊！

护士没有任何表情地说：不是要你们快去签字吗？

梅一朵懵懂地问：签字干什么？

旁边的警察这时说话了：你是他爱人吧？他颅内出血已经昏迷了，要做手术清除淤血，时间就是生命，等不起了，你快点，小余已经交了第一笔费用了，手术室也准备好了，就等你签字。

梅一朵麻木而顺从地说：好啊，在哪里签啊？

旁边有护士递过来文件夹里的两页纸，说：你看清楚，同意了就签了吧！

梅一朵又顺从地看，像她教的小学生认字一样，一个字一个字地读着看，半天还没读完两行。

旁边的李璐急了，提醒她：你别看了，就快签吧！

梅一朵就顺从地签了。

警察将罗伟林的钱包递给梅一朵，梅一朵又顺从地接了，打开钱包看到了俩人的结婚小照，她又蹲下哭起来。

李璐转背就问警察：谁是肇事者？同时眼光逐个搜寻过去。

旁边一个胖胖的，白净脸，三十岁样子的男子，手里提着罗伟林的鞋子，听了这问话，眼里掠过慌乱的神色。

李璐顺着他慌乱的眼色又看到了罗伟林的鞋子，这鞋子是那年在香港的免税店，她花了一千多港币，给罗伟林亲自挑的，她心里一紧，眼泪哗地又涌出来，她顾不得擦，厉声对肇事者说：车钥匙交出来，还有你的身份证！

警察问：你是——？

李璐坚毅而飞快地回答：我是他亲表妹！

警察看到护士将担架往手术室推去，赶紧说：走，快跟去手术室，等手术结果。

李璐回头看了下梅一朵，又随手飞快地抓住肇事者衣角，跟着走去。

肇事者余卫被李璐突然一抓，开始吓了一跳，看李璐走得一摇一摇，又理解又无奈地笑说：小妹，你抓我的手好走些，我不会跑的，要跑我早跑了。

李璐走得气喘吁吁，问：为什么不交身份证？你住在哪里？几门几栋？哪个单位的？

肇事者余卫说：身份证驾驶证我都交给了警察，你要的话，我等下要他们复印给你。

李璐不说话了，却依然扯着余卫浅灰色棉麻衬衣的下摆，她身子每摇晃一下，余卫的衣服就紧绷一下，扣子都绷掉了一颗。

梅一朵如梦初醒般追上来，紧跟着罗伟林的担架车，她身后是肇事者，肇事者的身后牵着李璐，再后面跟着两个警察和三个不明身份的人，一行人排成纵队。

担架车转弯的时候，梅一朵回头望了望，惨白的灯光下，她觉得这好像一个梦境——溜溜的一群胖胖瘦瘦的大人，正神情严肃地玩着“老鹰抓小鸡”的游戏。

罗伟林被推进了手术室，众人被挡在了门外。

手术室门口，余卫准备将鞋子递给梅一朵，被李璐从旁边一把接过，放到了她随身带着的棕色间米色格子的大挎包里，梅一朵想对李璐表示感激，朝她笑了笑，没笑出来。

大家都在椅子上坐了下来，谁都不讲话。

等候走廊里的座椅，一排红一排蓝的，梅一朵想到自己五行缺火，幸运色是红色，正准备坐到红椅子上去，突然想到蓝色是代表希望的，红色呢，是停止的标志，是血，是不能闯的禁区，是危险的颜色。罗伟林的幸运色是什么颜色呢，好像从没听他说过，自己的幸运色是不是就是罗伟林的呢，老婆幸运了，老公也应该跟着幸运的吧，是不是这样呢？性命攸关的时候，可不能搞错了，到底是哪样呢？梅一朵头痛得要炸开，她好像看到自己脑袋里的脑浆都"啵啵啵"地煮成了一锅糊糊了，想不清了，什么都想不清了。

李璐揪着肇事者的衣角还没松，再三要求下，警察终于将身份证拿出来给了李璐，李璐凌厉的眼光将肇事者和身份证上他的照片飞快地检索了一下，这才松了手，一摇一摇地，又摇到还站在手术室门口的梅一朵身边，将那身份证递给她。

梅一朵机械地接过来，没有任何反映，也没看一下，就随手插进了紫红色丝绸睡袍的口袋里。她的心里脑里还在"啵啵啵"地煮着，到底老婆的幸运色，是不是同时就是老公的，她还没想清楚。

李璐见状，叹口气，又把手伸到梅一朵口袋里，掏出身份证自己收着，她问梅一朵：罗伟林学校校长的电话是多少？

梅一朵摇摇头。

李璐又问：那他同事的电话呢，要他同事通报给校长吧。

梅一朵又摇摇头。

李璐生气了，怒道：你怎么什么都不知道？你是不是他老婆啊？

梅一朵抱歉地苦笑一下，突然一个电话号码浮上她心头，她说：我知道他们学校一个叫双 S 的女老师的号码，好久了，不知道她还现在是不是还在用，罗伟林今晚跑出去就是为了她的什么摇摆机的事情。说着就把那尾号 7788 的号码报给了李璐。

李璐本来拿了自己的手机在认真地记号码的，听梅一朵报完，脸蓦地红了，这是她原来的手机号码，她想那年幸亏自己及时换掉了，那个直喊自己"外婆"的假声电话，原来真是梅一朵打的。

她见梅一朵并没注意自己，赶紧装作拨这个号码，又好像为了听更清楚，她喂喂喂地摇晃到了背弯的走廊里去打电话。

到了走廊里，她换拨了另一个号码，这个号码是罗伟林一起打牌的最铁的一个同事的号码。

从港澳旅游回来之后，罗伟林就经常带着李璐去见他的哥们儿了，这也是让李璐感动的地方。她经常想，罗伟林这样一个高大帅气的男子，不管怎么说，自己都是一个有残疾、有孩子的人。家里有个如花似玉的老婆，他不带出去，还带着这样子的自己出去，他是真心不嫌自己的，他是希望自己时刻在身边的。他好几次都说要离婚娶自己，是自己不自信，怕他离了那么好的老婆会后悔，所以才极力阻止。

后悔啊，真后悔，如果这次他醒过来，一定不管那么多了，他老婆真的该休掉了！居然这么多年，连他单位领导，甚至任何一个朋友的电话都不知道。

跟那哥们儿打完电话，李璐再也支撑不住自己了，她双腿一软，沿墙根滑坐到地上。

三个多钟头后，手术做完了，罗伟林那哥们儿和校长也恰好赶到，医生摘掉帽子口罩，眉眼嘴角牵动的肌肉里，含了大幅度的欣喜告诉大家：手术相当成功！

护士端了大半杯乌黑的血块给大家看，说是颅盖骨已经取下来，这是医生刚从颅内取出来的淤血。

医生解释道：绿豆大的血块压迫了重要神经都不得了，何况这么多！

梅一朵问医生：他醒过来了吗？我可以进去跟他讲话吗？

医生看了梅一朵一眼，说：开玩笑！还没度过危险期呢！你知道——

肇事者余卫赶紧递一张名片给医生，说：医生，我已经打了五万块钱到医院了，还需要多少你就委托人直接打上面的电话给我就是，总之，一定要救活他！全部拜托你了！

医生还没来得及把名片放到口袋里，就被李璐抢了过来，她伸手的同时说：这张给我算了，你再拿张给他。

飞快地扫一眼名片后，李璐又恍然大悟地说：哦——你就是“星天外”娱乐城的董事长！我告诉你，生命是不分贵贱的！你别想联合医生耍什么鬼，哪怕你爸爸是联合国秘书长！

余卫红着脸说：别乱讲！

李璐说：谁乱讲？你那有好几个管理人员在我那做美容。你爸是市委秘书长、常委呢！哼！谁敢非议这么大的领导？！

梅一朵听到“市委秘书长、常委”几个字，心里狂跳不已，刚才医生讲手术相当成功，她脑子里那锅糊糊暂时被釜底抽薪，停止了煮动，又能够想些事情了，这时她急问李璐：秘书长是好大的官？比我们教育局刘冬明局长还大吗？

余卫赶忙问：刘冬明你认识？

像许多白璧无瑕的肌肤都会在哪里暗长一个痦子或胎记，还健康的身体，也会有什么鸡眼、狐臭等小毛病，纵使从小就饱读诗书，记忆力超群的梅一朵，她也有致命的知识盲点——总是记不住、搞不清行政官员的级别和门类。不过她并不以这个知识盲点为不足，相反，她总认为这就代表了她不同于社会上那些善于钻营、溜须拍马的势利之人，因此每逢这个话题，她总会半卑半亢地说：我啊，最懵懵懂懂了，就跟农民样的，农民只知道最大的官是总书记，最小的官是村主任，我也只晓得最大的官是国家主席，最小的官是我们班主任。

但是这个时候，梅一朵就直觉自己不能假清高了，如果秘书长是个大官，那谁能与之抗衡？谁会与之抗衡？她认识的最大的官，就是刘冬明了。

一个五十来岁的男人和两个年轻男人急匆匆地走过来。五十来岁的那个男人看了看大家，对梅一朵介绍自己道：小梅吧？我是老吴呢。

跟着他的一个年轻男人就是李璐打电话过去的罗伟林的哥们儿，他补充道：我们学校吴校长。

梅一朵说：知道，我见过的，吴校长，谢谢你们了，罗伟林还不知道什么时候能跟我讲话呢？

耐心等了半天的医生说：三天危险期，等下我们就送ICU，专人二十四小时监护，家属和相关人员到护士台留下电话号码后可以回去明天再来，好了，我暂时告退。说着就进去，掩了手术室的门。

吴校长又问：通知他父母没有？这位是——？

梅一朵欲答，李璐抢道：我是罗伟林的亲表妹。说话的同时看了罗伟林那哥们儿一眼，那哥们儿赶紧把看她的眼睛转盯地上。

梅一朵不好意思地说：刚才忙着抢救，没顾上，只有他嫂子有个手机，他家里没电话，我现在就打他嫂子的手机吧。

李璐赶忙阻止道：土山县呢，几百公里，不可能连夜赶来吧，七老八十的父母，会一夜都——

她看到梅一朵诧异的眼神，猛然愣住了，怎么自己撒谎，把自己都骗了！梅一朵会怎么想呢？自己只是她请来的朋友啊，在她的概念里，自己根本不认识罗伟林，更不是什么亲表妹了，又怎么知道罗伟林家在何方，父母多大呢？

果然梅一朵停止了打手机，她瞪着惊讶的眼睛问：你，怎么——？

李璐呆立着，不知该如何收回这句话，她在心里喊罗伟林：你醒来啊，你在里面快醒来啊，你告诉你这个蠢老婆，你大声地告诉他们我是你的谁，我再也不推了，再也不顾了！

果然，手术室的门立即就有了响动，开了，罗伟林头顶裹缠着纱布被推了出来，脸色惨淡得像遗弃在荒野的白骨，大家的注意力又被他吸引过去，这个话题暂时被抛了下来。

36

月亮从东边移到了西边。

像地图形状的暗黑的罗伟林的血迹，以及被白色轿车保险杆挂住的脏旧的罗伟林的摩托车，直到罗伟林的两个女人来到之前，月亮都将其纳在自己的视野内，好好地照看着。

两个女人在血迹旁心酸腿软地蹲了一会儿。

李璐起身走向既像情人缠绵、又像仇人撕咬的摩托车和汽车。

她恨恨地一脚踹去，从英国进口而来的汽车立即用不太标准的中文“哎哟哎哟”地叫唤，接着“呜哇呜哇”地哭起来。

李璐又伸手狠拍它的“脸”，开骂：你他妈的臭杂种！撞了人家你还喊你还哭！

叫声在宁静的夜晚显得声波格外的长，月亮都听见了，它圆圆的脸庞泛起了红晕。

关于人间的爱恨情愁，它慵懒地眯眼，激愤地瞪眼，再到失望地眯眼，这样翻来覆去一月又一月，一年又一年地看了一世又一世，一劫又一劫；苦难深重的人类和狼族，对它也诗酒歌书、群嚎独啸地念了一世又一世，一劫又一劫。

它已渐渐迷失在人间辉煌的灯盏中，人类也清醒在对它的步步了解里，再也没有人高歌“明月几时有，把酒问青天”了，自身不能发光，引力也小得可怜，真相已经大白于天下，就连狼族也懒得对它倾诉饥饿的欲望。

梅一朵打开罗伟林摩托车的后备箱，里面横卧着三瓶啤酒和两个白色快餐饭盒，一瓶啤酒已经碎开，酒也漏尽，快餐盒里装的是梅一朵最爱吃的鲜辣口味虾。

梅一朵满含泪光地望向月亮，月亮赶紧借迅即而来的一片云，挡住了早已羞红的脸庞。

李璐第一次走进罗伟林和梅一朵的家。她的直觉是：这是一个有女人，但是没有“女主人”的家。

冬天夏天的拖鞋、男式女式的鞋子横七竖八地泊在门口，形成了世界上最繁忙的室内港湾。撮箕孤立在客厅中央，扫帚颓败地倒在旁边，翻开的书籍杂志趴在茶几上、沙发上、柜子上、桌子上，不同材质和颜色的发卡和梳子见缝插针地卧在书与书的间距里，五颜六色大大小小的皮筋内芯的发圈在“趴”着的书背上圈出了各自的“地盘”。

梅一朵进屋就将口味虾和啤酒送向厨房的冰箱里。

李璐从沙发上拿起一本书丢到茶几上准备给自己腾个坐处，立即有一群灰尘四散逃离。

她替罗伟林难过起来。

罗伟林在婚纱照上电影明星一般地对她灿烂地笑着，李璐重又起身，内心哽咽道：可怜的，今晚就让我做一回你的女主人吧。

梅一朵在冰箱旁呆立了一会儿，听到了客厅里的响动，出来见李璐在帮她收拾屋子，不好意思地解释道：学校太忙了，早上七点就要到，罗伟林从不做家务的。

就跟着动手打扫起来。

李璐走过来接了她的扫把：我是做服务行业出身的，习惯了，你睡吧。接下来，你是主角，要保持清醒的头脑，去床上眯下眼睛吧，天就要亮了。

梅一朵听话地躺到床上。

枕头里，熟悉的罗伟林的气息压挤而出，充溢梅一朵的鼻孔、胸腔，泪水又扑簌簌地掉了下来。

她突然起身问李璐：你怎么知道罗伟林家住在土山县的？

李璐在客厅里停了打扫，走到卧室门口，轻轻地说：你忘了，罗伟林的校长和同事是你要我联系的呢。他同事说的。想了想又补充道：我娘家也是土山县的呢。

梅一朵说：那你怎么没一点那里的口音呢？你是嫁到这里来的吗？

李璐说：是的。

梅一朵说：那我打个电话给你老公好吗，告诉他今晚你就陪我了，免得他担心。

李璐说：打不通了，他，唉——我也是个寡妇呢！

神经紧张而敏感的梅一朵吓得由半坐变成跪到床上，瞪圆的眼睛盯着李璐：你怎么说也？你是说谁还是寡妇？

李璐也吓得扫把都掉到了地上。

罗伟林的哥哥嫂嫂姐姐姐夫爸爸妈妈第二天傍晚才赶到医院。

隔着玻璃看到罗伟林直挺挺地躺在ICU的病床上，胸口处的床单，不知道是被呼吸机的动力还是心脏的动力冲得一皱一皱的，对着走廊上设置的喊话屏幕，千呼万唤都叫不应，罗伟林的至亲们，冲到走廊尽头的休息室，把肇事者余卫，你一嘴巴，他一拳，她一爪地打了起来。

守候在不远处的保安赶紧拉开他们。

吼声、哭声、叫声，随着拉扯陡然提高了十几个分贝，这三对面容黧黑，衣着陈旧，鞋面上都沾满绛黄泥巴土黄灰尘的老少夫妻，被保安拉开后，又像反扑的潮水，重新聚拢到肇事者的身边。

一直坐在旁边的李璐眼泪重又肆意滂沱。

梅一朵看着他们像橡皮筋一样，拉开又弹回去，拉开又弹回去，同样愤怒伤痛的情绪里，不知为什么陡然升起了一股厌倦，为了这股厌倦，她又强烈地自责起来，她迟疑着走到罗伟林妈妈的身边，轻轻说了声：妈，你休息一下吧。

罗伟林妈妈回过头来，像突然发现了梅一朵一样，把身子转过来，冲着梅一朵喊叫：我好好的一个伢儿送到城里交给你，我交给你你不好好地对他，他哥哥在乡里没什么好菜吃还一年年长胖，他一年年瘦一年年瘦，他一不栽菜二不犁田，他在城里他比他哥哥长得还黑长得还瘦，你长得这又白又嫩的，你讲你给他过的什么日子，你讲啊你！

梅一朵觉得心脏在猛烈地收缩，血液像喷泉一样直往上喷，她咬紧牙关，紧闭嘴巴，闭得血腥味儿都从鼻孔里自己冒了出来。

一阵昏眩，梅一朵所有人为的控制都像刹车失了灵，眼泪哗然而出，她紧闭双眼，仰头冲着天花板竭力喊破：啊——

窗玻璃把一道血红的残阳投了进来，喊到失声的梅一朵跌坐在金亮透红的光色里，无思无虑，眼睛再次睁开的时候，茫然清澈，像浴血初生的婴儿。

不远处，一个白衣白帽的医生，心生怜惜，一年前，他给她的两个打架的学生缝合脑部的伤口，他记住了这个美丽善良的老师。

接下来的两天，梅一朵就不再讲话，手机给李璐拿着，所有的电话都是李璐替她接，同事亲友来探望，她也不作声，都是李璐代为回答。

这两天，她也没有回去，总是趴在玻璃窗上看着罗伟林流泪，累了就在旁边的椅子上靠着闭闭眼。

李璐也陪在旁边，不过比梅一朵清醒。期间，她安排来医院看望的亲戚朋友吃饭，又要罗伟林的哥们儿背了两件矿泉水上来，打电话催肇事者准备后续的钱，又逼着肇事者余卫把一张六万块的银联卡送到罗伟林的妈妈手里。看到两天都无进展之后，她就自己联系到北京的专家，谈好明天由她亲自找的专家到医院来给罗伟林确诊。

这天晚上，梅一朵终于开口说话了，她对罗伟林的妈妈说：妈，我守了两夜了，也跟罗伟林讲了两夜的话，但是他都没应我，可能他想听你们说了，今晚上就换你们给他讲好不好。明天全国最好的专家要来确诊了，我想回去准备一下。

回到家里，梅一朵把啤酒和口味虾从冰箱里拿了出来，她并不麻利，却很果勇地用牙咬开啤酒瓶，一瓶放到自己这边，又咬开另一瓶，放到餐桌对面的李璐面前，说：看得出，你是个知情重意的人，今晚我就借罗伟林的心意，谢谢你！两天，我虽然没讲话，但是我都看在眼里了，也想了很多，总之，你很有用，我他妈的是世界上最没用的人！

说完梅一朵咕咚咕咚连喝了几口酒，李璐也跟着喝了两口，说：不要这样讲，盛冰冰说你事业心很强，是学校最有才华的老师。

梅一朵把酒瓶用力往桌上一放，用手掌的根部从右下往左上压擦嘴巴，毫不做作的粗野，是罗伟林平时的动作，看得李璐目瞪口呆，暗自感叹夫妻之间确实潜在着巨大的影响力。

梅一朵表示不同意李璐的话，也变成了大摇手，而非平日的轻轻摇头，她大摇手说：不不不！这次我总算知道了这所谓的才华有个屁用！我以前不这么想，我很高傲，我以为我熟读文史哲，我曾经跟一个朋友，对，现在我也不瞒你了，是个男朋友，原来也是我的学生家长，是政府的一个官员，很风雅，我跟他说话，连续两个钟头不停，他的任何问话我都是用有出典的诗词杂曲对答。我还在读初中的时候，作文竞赛就得过全国大赛的一等奖，大学也发表了很多风花雪月无病呻吟的酸诗文。哦，对，差点忘了，我还写过很多收视率很高的电视栏目剧。有用吗？有屁用！但是我原来不这么想，我看不起罗伟林，觉得他不读书，没文化。说实话，我也曾看不起你，也觉得你不过就有个一技之长，比我多赚了些钱而已。这两年，我配合全国热闹的古诗文诵读活动，搞了很有特色，有成效的子课题，我被吸纳为全省小语会的骨干，我在圈子里小有名气，我以为我成功了，对，从某个角度讲，我是成功了，家长的反映也好。但是这种成功没有底气，虚的，锦上添花，只是给那些活动的倡导者锦上添一朵花，给我这样践行的老师锦上添一朵花。锦绣就已经够漂亮的了，还在乎这朵花吗？不会像他们说的那样，“中华五千年的文化瑰宝，学生能够脱口而出，受益终生”的，不会的，我就是榜样，我受益终生了吗？或者说我过去的这些年受益了吗？没有，反而还害了我！结婚之前，我笑罗伟林学体育的，粗，粗人一个，他就笑我学中文的，酸，酸人一个，还说学体育总可以强身健体，身体是革命的本钱，学中文除了酸人就是骂人、骗人，像我这样没有自知之明的人还自欺欺人，现在看来，都被他说对了。中文，哼！才华，我现在觉得不停地跑出来的我那所谓的满腹经纶，只像粪便里没有消化掉的残粒，反胃的时候生呕出来的残渣，永远都不能变成我身体的一部分。这些书上的经验教训，知识理论，那都是前人本身的个体生命自己的体验，怎么能够拿来给别人用，甚至是后人用？即使是那些阐明大自然规律或者是人生规律的文字，那些规律适合后来的人吗？人类连自身从哪里来都争来争去的，没个统一的答案，以后会发生什么，下一刻会发生什么都搞不清啊，有什么规律？或许，那些有高度的大学者会说，人类自然的规律，要用大尺子来量，可是，人生不过几十百把年，用大尺子量，忽略日月甚至是年，可能吗？人生这样无常，生命这样无依无靠，有哪个瞬间是可以忽略的啊！罗伟林那天跟我讲的最后一句话，是第二天早上回来签字跟我离婚，可是，他现在能签字吗？不能了，永远不能了，他在进医院之前就已经死了。哦，不要这样惊讶地看着我，我真的不知道我们之间，这种客户和商家之间会有这么深厚的情谊，你能这么深地体恤到我的伤痛。哦，可能是你的老公也——是的，今晚回来之前，在脑外科我碰见了个认识的医生，他偷偷地告诉了我真相，判定人的死亡有三项指标，呼吸、心跳、脑，进院那天，医生只说了一项，脑死亡，这给我们造成了一个假象，他们在尽力抢救，当然，也是一种安慰，因为脑死亡说不定是植物人，植物人也有被唤醒的奇迹。其实，罗伟林的呼吸，是机器带动的，心脏的跳动，是药物刺激的，他，他早就离开了，连离婚的字都不签就离开了，话都没给我留下一句就离开了，哦，他留了这酒，口味虾，留下了他这最后一点心意，来，璐璐，我们干了这瓶酒，干了我就是另外一个人了。

李璐握着酒瓶的手，随着梅一朵的述说颤抖起来，她甚至都没有力气拿起酒瓶，干了她心爱的男人亲手买的这瓶酒，虽然不是给她买的。

她记起医院的抢救室里，罗伟林眼角被呼唤出来的那行泪；她记起澳门的海景房里，罗伟林闭眼躺在明亮的落地窗边的靠椅上，金红的朝阳照着他全裸的身体，私处像一只矮而肥胖的小倦鸟，缩在阳光下的草丛里打瞌睡。她裹着睡衣望着窗外，海水杂糅阳光和云彩的色泽，暗棕泛出油绿，平稳厚实，像新翻的泥土，也像充满她心间的宁静和幸福。

他对她说：你也脱掉，躺在旁边，让它们晒晒太阳，人们都从它那里来，又要再从它那里产生人。他妈的人变成了所谓的文明人，就剥夺了它见阳光的机会，一辈子难得的机会，来，璐璐，你也脱了，让它们一起晒晒太阳，看看海景。

她羞他：还看海景呢，你也瞌睡它也瞌睡。

他睁眼看了下它，笑着诱惑：它也假睡我也假睡，不信你脱了，它看见它就会抬头醒来，飞到它的窝里呢。

“叮”的一声，她的思绪被阻隔，她茫然地又看见了梅一朵，看到她碰了下自己的酒瓶，仰脖子正使劲地往嘴里灌，有溢出的酒顺着她长而白皙，可见细细青筋的脖子直往下流，如同迅疾的雨水流过窗户玻璃。

李璐努力把左手也握到了瓶上，可是双手都拿不起这瓶酒，她觉得是自己的意识怎么都落不到手上，茫然中有一首歌逐渐清晰升起，将她的思绪覆盖，她店里的一个小姑娘经常有一句没一句唱过：

……

谁来证明那些没有墓碑的爱情和生命？

雪依然在下，那村庄依然安详，年轻的人们，消失在白桦林。

那姑娘已经是白发苍苍，到死的时候，她喃喃地说，我来了，等着我，在那片白桦林。

……

她看到梅一朵“咣”的一声，在墙上碰折了酒瓶；她看到梅一朵迅速地把底端破成几个尖锐长齿的酒瓶扎向了左手的前臂，扯出，鲜血直流，先是流到桌子上，漫延开去，一滴滴往下、往下，连成黏稠的细线，缓慢地爬动；她听到梅一朵说：怎么一点都不痛？我从来没有从罗伟林的角度考虑过什么，我只想改变他，现在我想为他改变我自己了，也确实该改了，为了我自己也该改了。明天我就要盛冰冰把这些书拖到学校，捐给图书馆，也去害害别人！哦，算了，还是算了，烧掉算了，焚书坑儒，罗伟林虽然不是儒生，说儒生是对他的侮辱，但是，我对他亏欠的，够得上我焚书的礼节。

血依然在流，李璐依然茫然。

梅一朵趴在了桌上，闭着眼睛。她想不明白的事情太多了，包括李璐对自己流血“壮举”的无动于衷。

37

刘冬明近来无比郁闷。

本来给儿子转学，儿子哭闹了很久都不愿意，他自己自然也有不可言说的苦衷，再加上刚开完的家长会，真是让他啼笑皆非。

他想哲学上讲，“人是最重要的生产力”，其实，人也是最重要的破坏力，好端端的一个赏识教育，在儿子的新老师这里就变了味儿。

家长会的公开课前，校长示意刘卅的任课教师：近来刘冬明局长大会小会都在讲赏识教育，你们要注意贯彻。

课堂上，数学老师叫刘卅上讲台做题，题目是个算式，很简单：147 乘以

68，演算出来。

演算到8和4相乘，刘卅往横线上的百位处记点的时候，因为这粉笔质量不好，小矿石渣子藏在白粉里头，刘卅用的时候，粉笔尖头刚写到露出这半粒芝麻大的矿渣子，他记点的时候为了求速度，没去细看黑板上点没点上白点，再加上黑板已经被用得有了一层白粉笔的旧影，所以记上去的三点，有一点基本看不出来，刘卅写完4乘8的得数32的那个2字之后，再把1跟8相乘，再加所记的点写得数的时候，就少算了百位上的一个点，运算结果比正确得数9996少了100，变成了错得很远的得数：9896。

本来演算当中这样的错误是再平常不过的了，偏偏这位数学老师心记默记要贯彻局长强调的赏识教育，所以她对一蹦一蹦走下讲台的刘卅说：你真聪明，只差一点，你就算对了。

刘卅有些纳闷地看着老师，他弄不明白“算对了”跟“对”的差距和区别，但是他听到了老师说他聪明，表情也是在说他聪明，就得意地回头看了一下自己的爸爸，还挤了下眼睛。

刘冬明莫名其妙，哭笑不得，他想新中国成立的时候，领袖就在天安门城楼上朗声宣告中国人民从此站起来了，但这个民族骨子里至今还是跪着的，自己的孩子算错了，数学老师都不敢指正，多大点事儿啊，不就是一道算术题么。

语文课也是喧嚣不已，不管哪个孩子答了问题，老师都会笑容可掬地引导孩子拍手夸奖：嘿！嘿！你真棒！

这老师是个五十多岁，水桶腰的妇女，普通话自是不敢恭维，本地方言偏偏“P”和“b”含混不清，所以，开始拍手时，刘冬明还以为孩子们在说：“嘿！嘿！你真胖！”

后来，他总算听明白了，第一印象却总是纠正不过来，一堂课喊了十几次，刘冬明对照这位质朴肥胖，普通话里散发着酸包菜气味的中年老师，心里也暗笑了十几次。

之前，刘冬明局长高高在上，对小学基础教育，并没有深入调查过，南山新贵梅一朵老师的课，让他一叶障目，总觉得本市的师资力量很强，加之小学教育没有升学率的要求，他这个一局之长也就把心思放在了更高级的学校教育与行政事务上。

听完这次新学校家长会公开课之后，刘冬明局长就下狠心抓起了小学教育。

他颁布了普通话考级、读书笔记考核、粉笔字、毛笔字、钢笔字、简笔画等教师基本功素养与文化修养的硬指标，下令职称晋级的时候，一定要纳入考核，而每个学校，学生放假之后，老师要继续留在学校，与由他亲自指派的本地大学的人文学院和市文联书协、美协等艺术协会结对，聘请他们的教授与艺术家给小学老师再开讲座一个月。

这一来弄得全市的小学教师叫苦不迭，但辛苦之余，也普遍觉得自信心渐长。梅一朵老师那年圣诞节与刘冬明之间那算不得胡闹的胡闹，居然促进了一市的小学教育工作，这是他俩做梦都没有想到的。

听课回家之后，刘冬明局长跟老婆谈起，老婆也是唏嘘不已，说：那还是转回南山新贵算了。

刘冬明仍然遮掩：不是要多一些练钢琴的时间嘛！你不记得了，南山新贵下午要多上一节课，晚上又有自习，星期天晚还要去学校，根本没什么练琴时间嘛！

老婆金章坚持：大不了不上他们的下午第三节课和晚自习呗。本来让卅卅学钢琴，也是为了提高他的素质，培养他的贵族气质，好了，现在张口就是“酸包菜”味儿！那学琴有什么用？

刘冬明叹道：总不能不学了吧，每月四趟去北京，这样那样的老师，你算算，都花了多少钱了，不能半途而废吧？

刘卅在里边断断续续练琴，父母的话都收在了耳朵里，这时候他跑出来，认真道：你还是让我回南山新贵吧，我会好好练琴的，我肯定不会浪费你们钱的，我已经计划好了。

夫妇俩听到儿子用了“计划”两个字，同时笑了，问：你计划什么？

刘卅一本正经地说：上个星期，去北京的那个什么练耳老师那学，我看到妈妈往那老师的琴背后放了一摞钱，后来休息的时候，我跟一个学小提琴的女同学一起去看那后面，红红的，一摞又一摞，都堆满了。后来我就跟那个女同学计划，长大了我们就结婚，她收学小提琴的学生的钱，我收学练耳和钢琴的学生的钱，你看，你们的钱不都回来了？

夫妻俩面面相觑。

刘冬明的手机响了，他看号码，嘀咕给老婆听：市委余秘书长公子的电话。

接完后，他神思凝重了，老婆追问他为什么总是“嗯，嗯，好好”的，他都没听见。

他本来差点被老婆说动了。

那年圣诞节以后，他就没再跟梅一朵联系过，他满以为梅一朵会打电话给他，纠缠他，他甚至都想好了怎么回绝她，但是，梅一朵一次也没打过，就连他将刘卅转学了，她也没打电话过来追问怎么回事，转到哪里了。

他有些失望、难过，虽然适逢改革之年，局里繁杂事情很多，他还是觉得心空了起来，空得痛。原来他总在午饭之后，午休之前，用办公室的电话打梅一朵的手机，俩人聊聊天，说说心底的话。有次饭局上他听一个搞信息工程的朋友说，像他们这种正处级干部，尤其是部门一把手的，通讯工具有可能长期被监听的，若有日他们有人东窗事发，便会从中提取监听信息。当时他觉得这话有点扯淡，全国处级干部多不胜数，而聊天记录，更是海量，哪有那么多的人手去处理？不过虽不怎么信，这话却在他的心里生根了，再见面的时候，他就讲给梅一朵听，哪知梅一朵突发奇想，发明了一种只属于他们两个人之间的暗语，专门指代那些如“爱你”、“想你”、“亲你”一类的危险词汇，还每隔一个月就变换一次，有时又用第三人称来讲述俩人的事情，不断地给他和自己取新名字，以免让看不见的那只耳朵抓住把柄。

这样一来，中午的电话除了互诉相思，互为陪伴之外，又更多了一种捉迷藏的童趣与斗智斗勇的刺激，他们也就聊得更多更欢，以至于成了刘冬明的一种生活习惯，也让他推掉了许多饭局。

所以与梅一朵吵翻之后，每到中午，他还是会记得这个习惯，每每要用很大的理智才能压下这样的念头。后来，半年过去了，一年过去了，他始终都没收到梅一朵的只字片言，他又开始怀念起了跟梅一朵在一起的感觉。前段时间他刚好看了一本讲述查尔斯王子和他的情人卡米拉爱情故事的传记，他想是不是现在人们都对婚外恋已经改变了看法呢？戴安娜王妃那样漂亮，她当然也有人喜爱和同情，但是，世人对王子和他的情人，那个比王子大，比王妃丑的情人之间的爱情故事，似乎更为推崇，甚至将其封为经典的爱情故事，旷世情缘。

这样，种种因素加在一起，他真的又有了与梅一朵重修旧好，将儿子转回南山新贵的想法，谁知听说了梅一朵的丈夫，偏又接近死亡。自己去不去呢，新死了老公，梅一朵肯定情绪波动大，到时候见了面，她会不会不顾一切地扑到自己怀里，还真的没有把握。而且对这种乘人之危的行为，他潜意识里也感到嫌恶。

所以这一刻，刘冬明改变了主意，他认为中国毕竟不同于欧美，自己也不是查尔斯王子。自己有家庭，仕途上也还算顺遂。要想争取更大的进步，不能给自己留下污点，给别人留下把柄。

这样转念，他又给余卫打了电话，告诉他，自己的儿子已经转出来了，这时候出面做什么工作已经不适合，而一个普通老师的事情，他一局之长怎么能亲自过问？但是他回答说可以推荐学校总校长盛卫国给他认识。

刘冬明带余卫去一个足浴中心见盛卫国，没想到伍海洋也在，而且余卫和伍海洋也是老熟人，他们就换到了一个四人间里，边做足疗边讲话。

余卫指着青肿了一大片的左脸说：看，那伤者家里人打的！

盛卫国问：谁？梅一朵？

余卫讲：她暂时还没爆发，我看她很沉默，太沉默了，她到现在居然都没跟我讲过一句话，所以我不晓得她的深浅。

伍海洋说：她一个小学老师再深也深不到哪里去吧。

刘冬明本来觉得自己就是个引见人，这件事情自己最好不要说什么，听余卫说起梅一朵，心里就想间接地为梅一朵做点什么，便接话道：她还不错，盛校长要我帮着她搞过几次活动，比较有思想，是个有文化的小学老师。

盛卫国正被洗脚小妹按摩手劲痛得“哎哟哎哟”叫换，挥手让小妹暂停，回过头笑说：有文化的小学老师？我们学校的老师都有文化，局长我可要直言了，您对小学老师的成见太深了——

伍海洋替刘冬明帮腔道：一个小学老师，能有文化到哪里去呢？有文化他就不当小学老师了，他就去当校长了，他就去当局长了。

盛卫国拈起旁边小茶几上碟子里的一瓣槟榔扔伍海洋，同时笑道：还去当建筑设计师是吧？

余卫没心情也没时间听他们斗嘴皮子，急道：没文化的还不好对付些，我这身伤，就是这冒失鬼的乡下亲戚打的，我真前世欠了他们的！我的车前轮刚上主干道，他的摩托车就飞过来了，挂到我的保险杠上，人飞出去，头先着地。要说责任呢，他要负一大半，他还喝酒了呢，这些现场都勘测了记录了的，可是他姐姐姐夫爸爸妈妈哥哥嫂子都是乡下人，三担牛屎六箢箕，那天才见面就喊我赔人，听说他表妹，后来，他学校校长告诉我，也不是什么表妹，是这个冒失鬼一个什么相好的，这个所谓的表妹明天还请了北京的什么专家来确诊。其实从医学上说他早就死了，是我爸爸，要我尽人道，争取主动权，也亏得这样，要不他们那天就该把我打死了。明天医院就要正式给他开死亡证明了，他妻子是他财产的第一继承人，我了解了，他们没孩子，不存在抚养费。他家三兄妹，赡养费他只占三分之一，他家里也没什么过硬的关系，原来他有个二叔是省广电一个什么频道的总监，现在也退休了，没什么作用，他二叔只一个独生女儿，现在在美国。也就是说，这个冒失鬼家里，除了你们这个什么老师，是没有一个人可以做到坐下来谈判的。

盛卫国说：你的意思是——

余卫说：你今晚找这个什么老师谈谈，要她劝住他们，明天不要有过激行为。

伍海洋说：你拿钱出来赔就是，有什么摆不平的？

盛卫国揣摩道：你的意思是，要我嘱咐梅老师不要开天价？不是有赔偿标准的吗？

余卫说：是有标准，也有责任鉴定。你还是没听懂我开始讲的，就是按照交警队判定的，他们觉得不满意，这种时候，他们吵起来会杀人的！所有矛盾冲突都是由不信任引起的，何况我们是先有人命关天的冲突，然后还有不信任，无论判我赔好多钱，他们都会认为是我爸爸打过招呼的。他那所谓的表妹知道我爸爸的身份，所以，他们不信任。我的意思是，你们以站在这个什么老师一方的身份，来争取到他们的信任，去劝她，才有效，这样才有谈下去的可能。

伍海洋这时插话道：你高估了这些农民吧？你就放胆让他们自己开口，看赔多少，到时候你主动再加个两万也只有那么多钱。他们一年都赚不到两千块，他们的想象力能有多远？充其量十万八万就不得了了。

他为了证实自己说法，问正闷声不响给他按脚的，看上去刚从农村上来的老实巴交的小妹：小妹，你说说看，要是你，你要多少？

这小妹头也不抬，闷声道：我要一个亿。

说得大家都笑了起来。

伍海洋边笑边说：不得了不得了，刚到城里来就变坏了。

旁边给刘冬明洗脚的小妹把水撩得哗哗响，纠正道：不是我们变坏的，是你们带坏的。

刚才刘冬明听伍海洋开口说出“充其量十万八万的”，想到了梅一朵跟他讲过的农民工子弟张立奇的事情，他一直没机会知道这其中的隐情，这时他不由得转过头来，研究地看着伍海洋。

伍海洋眼角的余光感受到了刘冬明局长的研究，也同时想到了死去的农民工张兵国，立刻变了脸色噤了声，呵斥给他按脚的小妹：哎呀哎呀你这穴位没一个按准了，把你们老板叫来，换一个熟练工！

大家自然又都笑这小妹不该开口“一个亿”，气得伍老板穴位都错位了。

38

谈判双方都到齐了，罗伟林的家人还哭的哭喊的喊骂的骂乱成一团。

主持会议的主任说：不要哭了，要节哀，什么要求，一个个讲，爸爸妈妈先说。

罗伟林的爸爸嘴巴张了几张，没说出一句完整的话，只是“妈妈的！妈妈的！妈妈的！”念咒样骂个不停。

来之前，大家都勒令他不要讲话，因为他发散思维极强，一讲话就没个完，又容易文不对题。比如，梅一朵刚到他家去，他跟儿媳套近乎，问的话就是：你城里人消息灵通，我跟你打听件事情好不？听说美国佬要送我们中国每家一部彩电，是邓小平不肯，他讲中国没那么多电，有这回事没有？

他们结婚的时候，这位老爹到城里来，他们带他去烈士公园参观，这个城市的烈士公园和动物园是前后门连在一起的，他老人家又不识字，只晓得儿子带他去了烈士公园，回去就跟村里人炫耀，村里人就逗他说话，问：您老去烈士公园看到烈士没？

他想了想，点点头，很认真地讲述：看到了，一个个关在笼子里，龇牙咧嘴的，凶得狠！

所以，来之前，大家都再三请求他，威胁他，不要他开口。

接着老伴“妈妈的，妈妈的”的咒骂，罗伟林妈妈沉着地开口：我的要求很简单，我只要我的伟伢儿。

主任说：我们能理解您的心情，您讲点现实的好吗？人是一去不能复返了，您老终归还是要接受这个事实的，养儿防老，养儿防老，您就给您二老的养老金开个数字吧。

罗伟林妈妈说：我伢儿都没了，多好一个伢儿，我要钱有什么用。

罗伟林的哥哥本来说话就有些结巴，他哆哆嗦嗦地说：对，对对！我们不，不要钱，只要人。

他嫂子出去打过几年工，见过些世面，人也有些尖牙利嘴的，她说：人命好多钱一条？你们这里未必明码标价有买？那你讲，好多钱一条？我跟你买一条。

姐姐姐夫同声附和：对，我们不要钱，我们只要我老弟。

双方僵了起来。

盛校长和伍海洋，以及罗伟林学校校长作为亡者一方的陪同，坐在了梅一朵他们后面。这时，见这些乡下亲人们并没有像他们预料的那样，开个低价，盛校长就把嘴巴努向梅一朵。今天上午他见过梅一朵他们，他和伍海洋分别给梅一朵和公公婆婆拿了一千块的人情钱，他还告诉了她一些政策，跟她讲了个参照：因为矿难死亡的矿工，最多是赔偿20万。虽然梅一朵始终没开口讲一句话，甚至连头都没点，但是她并没摇头，说不定她心里已经默认，这些情况，他都告诉了对方。

主任看到盛卫国努嘴，就对梅一朵说：梅老师，你是亡者的妻子，你说说吧，事情已经发生了，我们要解决是不是？僵在一些不现实的争论里，总不是个办法啊。

梅一朵轻声说：我听我公公婆婆哥哥姐姐的。

这主意是她三爹陶三河给出的，三爹在电话里告诉梅一朵，要对丈夫的亲人宽容些，这是最后的交道，要给他们留个好印象，要尊重他们。所有的赔偿，都由他们做主，都给他们。为了怕自己强悍的母亲过来节外生枝，三爹也同意了梅一朵的建议，罗伟林的死讯先不告诉母亲。

主任有些急了，说：你应该有你自己的主见啊。

梅一朵还是默不作声。

肇事方的谈判代表，余卫的堂兄，矮矮胖胖一个四十岁左右的红脸汉子，终于忍不住站起来怒道：都不讲是吧？好！我来讲！我弟弟今天为什么没来？他病倒了，他有心脏病，他现在还在医院里抢救，他不要我告诉你们的，你们不信可以去看！我可以说，他是世界上最善良的人！今天上午你们自己请来的专家也讲了，你们家那个其实当时就自己飞到地上撞死了，为什么我们还抢救了几天，因为我们同你们一样的悲痛，一样的不相信这个事实，这个事故对我们家同样也是一种灾难。我弟弟现在承受的心理压力以及以后承受的压力，绝对不会比你们轻，因为他是一个善良的人，他的爸爸也是一个善良和正义的领导。医院这四天，花了将近四万块钱，我们主动垫付的，你们妈妈手上的六万，也在第一时间送来。你们只知道你们的损失，我们难道没有吗？不说已经付出的这十万白花花的钱，不说我弟弟的心灵创伤，不说那天你们对他拳打脚踢故意造成的外伤内伤，也不说他那汽车，你们也许不知道，那汽车划破一条油漆印子，就损失了几千啊，何况现在保险杆、引擎盖都撞成了那样，要修好的话，至少十几万。好了，这些也不说，只说他这一病病在医院里，这几天为了这双方的因素造成的事故，他不能去管理经营他的公司，天天都在亏钱呐！亏到什么时候，真的不知道啊！你们看一边还赔钱，一边要亏钱，一边他还生病，越病越亏，越亏越病，他也是上有老下有小啊！什么时候是个头啊！这是飞来的横祸啊，没有谁故意，也没有谁愿意啊！

说着，他竟掩脸号啕哭起来。

罗伟林的爸爸也跟着掉老泪，他哽咽着跟老伴商量：要不，那六万块钱，我们拿点出来给那伢儿看病？

罗伟林哥哥狠狠地瞪了自己的爸爸一眼，瞪得他随浊泪一起流出来的清鼻涕都忘记吸溜回去，直接越过花白胡楂乌紫嘴唇流到桌上。

罗伟林嫂子照着桌子上就是一巴掌，力度震得刚积成围棋子形状的鼻涕直哆嗦，她吼余卫的堂兄道：放你妈的狗臭屁！你莫在这里猫哭耗子假慈悲，你只算你家里损失的钱，你不算我家的损失？你留着一个人要赚好多钱，你不算，我们家老弟留着，我们家给他算过命，他是有后财神的，他留着的话，不出五年，他是千万富翁，你怎么不算？你怎么不算？

主任边敲桌子边显出极其尊敬的样子对罗伟林的爸爸说：您是罗伟林的父亲大人，这里您老为长、为尊，总这样扯来扯去不是办法，您老开个口，就按您讲的办。

罗伟林的爸爸为难又可怜地看向大儿子。

罗伟林的妈妈紧捂口袋，那里有6万块的银行卡，说：不管你们哪个讲，反正这6万块钱我是不会拿出去的！

罗伟林嫂子赶紧说：妈，您老真的是急糊涂了哦，6万块做么子？你没听他刚才讲，他修个车都是几万块，您那标标致致的伢儿，就这点钱吗？

又转向肇事方，质问：反过来，死的是你们家的伢儿，你会要我们赔好多？

余卫的老婆一直没说话，这时开口道：笑话！你们能赔好多钱？就是把你们一起卖了，也卖不得几个钱噻！自己几斤几两都不晓得还张牙舞爪地打人！

这话犹如火星射入油库，“嘭”地燃炸起来，一时间，瞪眼的，啐唾沫的，拍桌子的，跺脚的，骂娘的，会议室又开了锅。

盛校长这时也站起劝架了，他瞪余卫的老婆道：你太不像话了！再急再难受都要尊重人啊！这样，梅老师是亡者遗产的第一继承人，由她来提要求，梅老师，要坚强，拿出你的主见来——

盛校长话还没讲完，罗伟林的父母哥嫂姐姐姐夫都对着他吼起来：哪个讲她是第一继承人？！你一个外人凭什么在这里说三道四？她伢儿都没跟我家生一个，可怜我伟伢儿走了连个磕头戴孝的都没有啊——伢儿啊——肉啊——

梅一朵这时慢悠悠地起身了，她的声音很轻，所以大家马上都安静下来，她走到罗伟林妈妈的身边，说：妈，财产都是你们的，我嫁到了罗家，我也是你们的，你们有什么难过的，回家后再对我骂出来吧，这个一句那个一句也不是个办法，要不我们就到哪里开个小会，推一个人出来讲，如果你们信得过我，我讲了，所有都是你们的。你们信得过我，就点个头，我来跟他们讲，你们听着，有什么不周到的，你们再补充好不？

罗伟林的亲戚们窃窃私语了一会儿，都点了头。梅一朵问此次会议的主持：其实你们对这样的交通事故，是有个依据的对不对？如果没猜错的话，你那文件夹里连赔偿钱数，双方应负的责任什么明细都有的文案对不对？

主任说：有是有，不是要综合你们的要求的吗？尊重亡者家属的意见，这是我们以人为本的办案原则。

梅一朵微笑道：好，那我的条件也不高，40 万，一分钱都不能少，罗伟林买房子借款 20 万，这是他生前的债务，如果他还在的话，他肯定要还的。他还有父母需要赡养，20 万，如果他还活着，这是他肯定要尽的义务，对不对？这两位老人还没有任何经济来源，三病两痛的话，这 20 万，还不知道够不够，你们讲，你们凭良心讲，我不过分吧！

余卫的妻子拍桌子道：你狮子大开口哦！他们这群农民一年都赚不到几个钱，你家里那个，生前不也只是个老师吗？月工资好多？年薪好多？要这个校长讲嘛！有个道理嘛！何况我们还有损失，你们家那个对我们家也造成了损失！

罗伟林学校的吴校长一声咳嗽，正待开口，梅一朵挥手将他拦住，说：校长，算了，你是有职位的人，等下你开口说错了话收不回的。

校长见状，又咳嗽一声坐下，打了半天的腹稿，从喉头作无条件的撤退。

梅一朵直望着余卫的妻子，说道：我们家罗伟林以前是没赚什么钱，你说的，老师嘛，能有几个钱？农民嘛，钱就更少了，你开始讲，就是把我们几个一起卖了，也卖不了几个钱。是的，我知道，你们家有钱有势。但是我告诉你，这是社会主义国家。国家现在都在说，工业反哺农业，为什么用“反哺”两个字，就是因为过去的好几十年，都是农民被克扣，在艰难地养活着这个民族。你们家那个没撞好，正好撞在民族的伤口上了。如果开始你没说那话，如果你们不是绕来绕去地等我们开个低价欺负人，我也就含混过去算了，但是你们欺人太甚了！把我们都做无知无识的白痴搞是吧？你这自以为了不起的蠢女人，你这是在撕裂民族的伤口你知道不？前苏联的斯大林当时还要怎样受崇拜啊？他欺负剥削农民来推动工业发展，当然发展工业没错，但是他不知道“反哺”，还不是将那么大个国家，那么个声名显赫的国家搞垮了。我告诉你，农民是老实，没见过世面，但是农民是不容忽视，更不容欺负的。我们罗伟林这样的底层老百姓也是不容欺负的！我们是卖不了几个钱，我们也赚不了几个钱，不像你，那么豪华的车，那么豪华的娱乐城，但是我们是有尊严的，我们的尊严是不容侵犯的。我本来不想作声，你太欺负人了，全社会都在做有益于缩小差距，愈合伤口的事情，偏偏你们要绕，要暗在肚子里阴险地盘算我们，你别以为我不知道。你们真太欺负人了，你们以为十万八万就打发我们了？你们知道我公公心软，你们居然诱导他把手上的6万块还要吐出去，你们居然要他开口做主。还是告诉你们，40万，一分钱都不能少，不是钱的问题，钱在这里不代表钱，代表尊严！

罗伟林的姐姐姐夫也附和道，对：不是钱的问题，如果不答应，我们就把我弟弟从太平间的冷柜里抬到你们娱乐城去！

伍海洋坐在后面，目瞪口呆，他对梅一朵刮目相看，他暗自庆幸当年的张兵国是个无依无靠的孤儿，庆幸之余又有些愧疚和不安。他再三咀嚼梅一朵的讲法，觉得听起来有些离题，似乎有些故弄玄虚，但其实也还都在点子上。到底是南山新贵的老师啊，他内心感叹。

旁边，赵众山校长看着伍海洋不由自主的摇头，若有所思。

经过几个回合的讨论和商量，罗伟林的家属得到的赔偿总额是29.8万，梅一朵按照她的承诺，全部给了罗伟林的父母。

把罗伟林的骨灰安葬在生他的那片青山绿水间，梅一朵跟在自己妈妈的身后往公路上走，南山新贵派的车在那里等着接他们回城。

快到公路边的时候，梅一朵听到婆婆在后面喊自己，停下了脚步。

婆婆气喘吁吁地赶来，手里捧着个褪了色的军绿旧书包，上面有发旧发硬的蓝墨水的污渍，书包里鼓鼓囊囊的。

到了跟前，婆婆把包递过来，说：书包是伟伢儿读小学时候的，书包里有些黑豆，我自己种的，还有十几个鸡蛋，你那里痛，月经来之前，每月要记得煮了吃。

汽车要拐弯了，婆婆还站在田边金黄的野菊丛中，双手垂在身体的两边，望着这个方向。

梅一朵不知道婆婆这时流泪没有，她觉得接包的时候，自己应该流泪的，却没有泪流下来，这些天泪腺已不受控制，有时候不由自主的流泪，有时候，心里明明在痛，在抽动，却一滴泪水也没有，像抽水机兀自空转着，抽不上一滴水，她不知道婆婆是否也这样。

39

刘冬明局长将伍海洋和盛卫国牵扯进了市委余秘书长公子的交通事故的处理中，这让他俩有说不出的难受。

盛校长的难受在于一方是领导的领导，一方是自己的员工、妹妹的朋友，死者也还是教师，也算自己的同行，其实他心里是很想帮着梅一朵说话的，毕竟她是弱势，但是万一自己的态度和立场得罪了余秘书长的公子，他要到他老子面前下一点眼药，那也不是件好玩的事。所幸梅一朵还力挽狂澜争取了这一方的利益，这让他心里又好受一点。

伍海洋的难受在于这起交通事故触到了他的旧疮疤。

五年前，张立奇的父亲张兵国，在他负责的工地上做事，中暑，从二层的脚手架上掉到地上，正好掉昏在了他临时停在那里的车后头。等他审完表格出来，倒车——那时候是一辆经常开着去参加障碍赛的越野吉普车——感到后轮受阻，他以为是谁乱放的建筑材料，心里发火，便加大马力，咯噔一下，他就看到张立奇的舅舅像屁股着了火一样，哇哇叫着跑了过来。

当时正值他们这个火炉城市的三伏天晌午，大家都在歇晌，这悲惨一幕，只有张立奇的舅舅看见。后来协商的时候，伍海洋也告诉了盛校长，考虑到民工的集体情绪会影响工期等因素，盛校长就建议伍海洋找张立奇的舅舅私了，建议他答应他私下提出的所有要求。

没想到这位舅舅只开了8万块钱的口，当时伍海洋在恐怖自责同情等复杂的心情下，又擅自借用学校的名义，给这位舅舅追加了2万。也正是这以学校名义追加的2万，给这位舅舅留下了将来送张立奇来这样的好学校上学的念想，这一念想使得伍海洋给出的赔偿陡增30万元。不过，当时伍海洋并不觉得这位舅舅贪得无厌，他只觉得这个狐臭熏天的老实农民工不晓得天高地厚，不晓得在城里要培养一个孩子的费用额度，伍海洋也懒得跟他讲，伍海洋有伍海洋的平衡法则。

那日，刘冬明局长带着余秘书长的公子找来，他之所以顺口就说出了10万、8万等概念，一则是他想表明自己亲余卫这位朋友，远梅一朵这个老师的立场，更重要的是，多年以来，他已经养成了刻意妄自菲薄的习惯——他看不起那些装逼又张扬的人，他决不允许自己在众人面前显出所谓的高尚、高雅，他知道显出来了会是怎样的后果，所以别人求全，他求缺。

这源于他的另一个旧疮疤——他跟张立奇一样，也是孤儿，由伯父带大的孤儿。

他在伯父家成长的那段日子里，要强、优秀，也张扬。各方面，他都暗下决心要把伯父的两个女儿比下去，以证明他没有白吃饭。而每次面对伍海洋所取得的优异成绩，伯父却从未表露过欣慰，每次总把两个女儿叫到面前训斥：你们什么时候也拿份这样的成绩单给我看看！

他那时小，以为是表扬，常常在堂姐堂妹面前得意洋洋，弄得她们都讨厌自己，直到长大之后还互不往来。长大之后，每次想到伯父的话，却总是心酸，他羡慕这样一份来自亲生父亲的训斥，他也想要挽回跟堂姐堂妹的感情，却都成奢望。

也正因为这些，走入社会后，他总告诫自己要放低，尤其在面对不知底细的人，一定要先让别人小视自己，所谓的大智若愚，扮猪吃虎，从来就是赢的不二法门。

但是，对于再三考察，赢得了伍海洋信任的同学朋友，他却从不藏藏掖掖。他很孤独，他太需要共患难而生发出来的亲情，这份亲情，是老婆孩子不能给的，这里面有宽容、理解和支持，惟独不是依赖。这份亲情，在于副市长那里有，在盛校长这里尤盛。他们三个，当年是市一中的高中同学。

从梅一朵的丈夫罗伟林的善后谈判会上出来，俩男人都似乎是互相理解，又互相嘲笑，还带着点自我解嘲地对望了一下，盛校长就对伍海洋说：晚上去南山顶上吹吹风如何？别叫你的司机，我来接你去。

南山顶上子美阁，凉风与月色交融。因为已是深秋的缘故，山风拂面而过，有说不出的冷清。

他们是这个晚上子美阁茶楼唯一的客人。俩人坐定之后，听到四周松涛灌耳，竹篾编织的灯笼在卯榫结合的梁上垂下，幽幽的光更增添了秋夜的寒凉，伍海洋叫了声，服务员。

里面有尖细的女生应答，就来了。

又过了一会儿，瘦瘦小小的女服务员才出来，递过茶单之后，肃立一旁，没有半点笑意，面色也像秋夜的颜色。

他俩倒是不介意小服务员的举动神情，点茶之后就又都噤声了。

送茶来的却是一个中年男人，留着长发，留着八字须，留着圆肚子，脖颈上与手腕上皆套着檀木串珠，眼神里带着些研究，看向这两个客人。将他们点的铁观音置于茶几之后，那八字须下半张着的，似乎随时都会溜出话来的嘴，被伍海洋与盛卫国俩人的严肃强制关上了，终于未说半句，退到了里间。

盛卫国上次来此，并不是这俩人接待，心里思忖茶楼是否新换了承包人？中年男人的佛珠与俗颜的强烈反差，让他心里发笑，待中年男人走了之后，盛卫国看向了伍海洋，准备低声和他交换下心里的看法。

伍海洋却有些心神不宁，刚才上山的时候，无意瞥见了自家的车，正缓缓拐向子美阁停车场下面的岔道。那副驾驶座的窗口，还伸出一只白而瘦的手臂感受着山风，断断续续地，还传来了手臂的女主人“噢——”的惬意的喊叫声，虽然有些失真，但这种失真也是伍海洋熟悉的。

因为夜色的掩护，盛卫国并没有觉察到伍海洋的脸色不对劲，他跟伍海洋谈起了他们的老师，谈起了他们的学生时代。

对面的伍海洋像一头渴得不行的水牛，大口吹喝着应该还很烫的茶水。

盛卫国嘱咐道：秀气点，担心烫了，还记得我们读书的时候，作弄许老夫子么？

伍海洋也跟着回忆：你还好意思讲，他留我们两个在办公室抄古文，趁他上厕所了，你就把他那生头发的白色药丸，放到白粉笔灰里拌一遍再灌到瓶子里。

盛卫国笑道：呵呵，他虽然没生出黑发，不是也没生出白发嘛。你呢？给他取小名，喊他“老蛤蟆根”。

伍海洋也笑说：怪我？谁叫他老是讲我们的课堂是“吵蛤蟆坑”呢，我发觉咱们国家很怪，师生关系、医患关系、夫妻关系等等，原本都应该是同心同德的关系，怎么都演变成对立关系了呢？

盛卫国叹道：其实最不应该对立的就是师生关系，可是你看，从我们那时候的老师，到现在的老师，几十年了都没变，反正老师要有什么扎实的成就感，那是不太可能，学生成绩好，那是学生聪明，学生成绩不好，是你老师没教好。

伍海洋又大吹大喝了几口茶，接话道：我倒是觉得你可以提拔提拔你们学校这个梅老师当个行政领导。今天谈判会上那段话，我觉得她还是有一定的思考和判断能力的，虽然放在那样的场合或多或少还是有些突兀和大而无当。

不等盛卫国答话，伍海洋又起身道：你在这里跟杜甫老先生神聊一下吧，我要去楼下“不尽长江滚滚来”了。说着很急的样子向楼下走去。

下了楼，又绕到停车场下面的岔道口，伍海洋看到自家的那辆车停在离岔道口不太远的地方，一闪一闪地亮着警示灯，伍海洋就完全判定了是自己的老婆在跟那年轻威猛的司机偷情了。记得有回一转身，他看到过他们的小动作，因为并不明显，他当时心疑了一下也就过去了。

刚刚猛喝下去的铁观音此时已经变成了辣椒水，反涌到喉头的时候，他感觉到了辛辣辣的痛。

他想到了妻子的前夫，伍大洲大姐和二姐的亲生父亲，那个他只见过一面的国际化妆品的代理商。妻子说他们离异的原因是他嫌她太过于铺张浪费。妻子是岳父宠爱过度的独生女儿，这么大的家业，她一个女人能浪费到哪里去？当时没有深究，现在想来，这个前夫肯舍弃这么大的家产的继承权，恐怕也是遇到现在自己正遇到的男人最不能忍受的事情。

而伍海洋跟那个前夫不同，他是岳父亲自挑中的女婿。他原来只是岳父请的设计师，岳父喜欢他做出来的那几分粗鲁，更喜欢他的学历、经历以及孤儿的身世。从不强迫女儿的他，在女儿的第二次“终生”大事上强行做了一回主。

伍海洋也没有辜负岳父的期望，在他的经营下，公司改制、上市，规模得到了空前发展。

山林里，秋虫唧唧，它们集体放出的秋声一浪一浪，像众多的僧人在法事上忽高忽低的诵经声。比之于浩大的丛林，这诵经般的虫声显得多么的微小又执着。

车里的那个浪荡女人，伍海洋想到这个词心里又一阵抽痛，她已经是四十岁的秋天的人了，还在这里狂什么啊！

想这些的时候，伍海洋已经摸索到了岔道的坡下，当年做南山工程的时候，他熟悉这里一切地形。现在，他把手机调成了震动，然后隐在车的下方，开始录车里面传出来的，毫不掩饰的浪荡的声音。

这对忘乎所以的烂人，伍海洋想，自己摸索过来，接连惊飞了三只夜眠的鸟，都没有中断他们的行为，他背靠着寒凉的山土山石，背都靠凉了，手都举麻了，他们还在行进。

他想到了他们的孩子伍大洲，他为自己给他找了这样一位母亲而感到心痛。

他还想到了高中的时候，许老夫子给他们介绍的唯一的好书，塞林格《麦田里的守望者》，还记得许老夫子那纯正京腔的朗读：

有那么一群小孩子在一大块麦田里做游戏。几千几万个小孩子，附近没有一个人——没有一个大人，我是说——除了我。我呢，就站在那混账的悬崖边。我的职务是在那儿守望，要是有哪个孩子往悬崖边奔来，我就把他捉住——我是说孩子们都在狂奔，也不知道自己是在往哪儿跑，我得从什么地方出来，把他们捉住。我整天就干这样的事。我只想当个麦田里的守望者……

那个可怜的孩子霍尔顿，连他敬佩的唯一的一位老师，后来也发现可能是个同性恋者，而且居然还用“一个不成熟男子的标志是他愿意为某种事业英勇地死去，一个成熟男子的标志是他愿意为某种事业卑贱地活着”来教导他。

洲洲，原谅爸爸，因为有你，现在，爸爸只能卑贱了。

一点热乎乎的鸟屎拉到了伍海洋的左臂上，他便换了左手举了正录音的手机，右手僵僵地抹擦掉。他抹的时候，苦笑了一下，想自己这个能忍，就没有什么不能忍的了，当年的韩信受那些小流氓的胯下之辱，自己比他更甚，是胯下受辱。

浪声终于止息，松涛还在呜咽，然后是开车门关车门的声音，脚步声，男人和女人嬉笑的声音，开前门的声音，关门的声音，然后又是开这边副驾驶座车门的声音。

汽车轰鸣而去，伍海洋早已寒凉的背脊感受到了由重而轻，由近而远的震动。他重新感受到了来自骨头缝里的隐忍的力量，他心里念叨着胯下之辱、胯下受辱、胯下之辱、胯下受辱，朝子美阁走去，一些计划在心里渐渐酝酿成熟。

盛卫国见同学终于回来，取笑道：你真的去尿长江了吧，这么久？

伍海洋正色道：不是，是我正尿的时候，不巧被下凡的仙女看见了，仙女硬要对我的贞洁负责，我开导了她半天她才肯放我回来。

40

刘冬明在家画梅花，皴出梅的枝干，洇出花的蕊瓣，硬与柔对冲着，灰里戳出小块的空明，梅花以饱满怒放时的状态随着风的线条落在空明里，是梅一朵落在她的冬明里，两个苍凉的名字，一点苍凉的心意。刘冬明篡改了古人的诗句，在空明处题道：

细风吹雨弄轻阴，梅花欲谢恐难禁。

儿子刘卅看见，一语点破：梅一朵，爸爸你只画一朵梅花，就是我们的梅子妈妈梅一朵。

客厅里，跑步机上的脚步声忽然慢了节奏。

刘冬明说：零落成泥碾作尘，只有香如故。卅卅，梅花是岁寒三友，岁寒三友你知道是哪三个吗？

刘卅不接话：爸爸你什么时候要梅子妈妈来我家玩吧，我好想她的。

刘冬明重新拿过一张生宣，打开画册，临摹起了张大千的荷花。

其实在刘冬明的心里，妻子年轻的时候，才真像梅花，清秀，质朴，淡淡的雅致，话不多，读书也不多，开口却能一针见血，语气也没有现在咄咄逼人，但自有一股傲气。

而梅一朵，刘冬明却认为她像荷花，不是周敦颐笔下“出淤泥而不染，濯清涟而不妖，只可远观，不可亵玩焉”的荷花，而是画家张大千写意的荷，情与态丰富感人，妖艳而不俗，沉着而不浮，生动而不匠；又是清代画家唐艾工笔的荷，色与韵娇嫩逼人，妩媚而无邪，天真又不虚，甜美而不腻。

那年圣诞节之后，许多空出来的不能给梅一朵打电话的中午，刘冬明就关在办公室里，以张大千与唐艾的笔墨方法画荷花。那千姿百态，那胭脂泅粉，就是活脱脱的梅一朵在画里逐渐成形——边说笑边摇曳的手势、步态，红粉的笑颜，天真多情的眼神……他记起了梅一朵填过的那阕中秋祝词，“中秋无月雨雾笼，绿水映霓红。三杯两盏夜已深，醉面似芙蓉。一则消息人不远，明灯下，婵娟似共。桂子初湿香更重，一朵祝福浓。”啊，醉面似芙蓉的，不就是我心中最爱的你吗！刘冬明把词的上半阕也写进了画中，他想，这幅画从此就变成了俩人共同的结晶，共同的纪念了。

就是出差，刘冬明也会带着收有张大千与唐艾荷花的画册，食指在画中荷花线条与墨迹上摩挲，像他在那些个暗夜的车里，江滩边，摩挲她的肌肤——滚烫的、细腻的、粉嫩的、散发出白玉兰香味的浓郁的肌肤。

他是多么想她。她的丈夫去世，在去世之前他们就已然分手，而不论分没分手，他知道自己都不会出手去帮助她与余秘书长的公子谈判的，他忽然意识到自己是一个多么怯懦与自私的人，他不值得她爱，她却曾经那样发了疯地爱自己。

只是有一件事他想不明白，她是那样要见自己，要与自己说话，谈爱情，却总是不将自己完全地给他。她宁愿付出金钱给自己买衣物，也不肯为自己脱下最后一件衣物。这年月，那么多的红颜为了得到权力的护佑，为了仕途的升迁或是一点蝇头微利，飞蛾扑火一样扑到手握权力的人的怀里，而她却只要他与他谈谈爱情。她是多么不可思议的一个女人。

现在，她的丈夫走了，她是单独的一个人，是最需要自己的时候，而从自己的角度来说，又是最不能亲近她的时候，如果她要他娶她，他该怎么办？

爱情犹如疾患。

刘东明终于病倒，高烧不退，上吐下泻，彻夜睡不着，偶尔因为疲倦，意识搭上睡点，起飞的灵魂便看到自己来到悬崖，一脚踏空，马上就醒了。

他对妻子与下属说自己只是重感冒，然而他感冒得不是时候，一场蔓延香港台湾地区和大陆各地的，来历不明的疾患骤然而起，从广州出差回来后，从不进医院的刘冬明被迫隔离。

41

“SARS”病毒肆虐。

板蓝根口服液涨价，相关联的防疫药品涨价；口罩涨价，相关联的防护用品涨价。

感染和死亡的数字一天天攀升，大人们的神经一天天绷紧，行人行色匆匆，店铺门可罗雀。

学校在广播里告诉学生，要勤洗手，自来水下冲三十秒钟才干净。

小学部的孩子们，一听到下课铃声，就飞奔到水龙头旁边，排成长龙，前面的同学伸出小手在水下兴致勃勃地冲洗着，后面的长龙都左左右右地偏着头朝前看，同声数数：一、二、三、四……直到三十，好了，该我了，前面的洗完又跑到后面排队帮着数数、等待，嘻嘻哈哈，乐此不疲。

罗伟林去世差不多半年了。半年来，体育老师的未亡人，年仅28岁的梅一朵，经受了巨大的心灵磨蚀。

母亲梅超英因为直到埋葬罗伟林才知道女婿去世的消息而大骂梅一朵，但是在三爹和街坊的劝说下，忽然自己想通了，她站在二楼的平台上告诉邻居：哪家的女儿有我朵朵这样痛惜做娘的？没有！这么大的事情一人顶着，她是女人的相貌男人的刚强，我们老汪算过，她命里终究会成个人物。

她得知女婿身亡的赔偿费都给了亲家，背地里骂梅一朵：猪！蠢得做猪叫，女婿也有赡养岳母的责任，我本该有一份的。

梅一朵从包里拿出一页纸递过来，说：我来养你，我协议都写好了，我工资的一半都是你的，我没做到你可以拿着协议去告我。

梅超英便拿着女儿签了名的协议，在凤码头的街坊家里进进出出，说：我老汪摸过女儿的骨相，说她天生能干异凡庸，她就真的不普通，几十万赔偿给了那边的乡里人，还要把工资的一半给我。

街坊就劝她：女儿新死了丈夫，一个人住在那边，就是不害怕也孤独，这么好的女儿，怎么不接回来住呢？做女的会做女，你这个做娘的一点都不会做娘。

梅一朵从小和母亲性格不合，她不愿意回来，可是街坊都说了这样的话，母亲就由不得梅一朵了，她说了句：你这个时候不回来就等于当着街坊的面打你娘的耳光。

梅一朵只好搬回既香喷喷又臭烘烘闹腾腾的凤码头。

回来那天，梅一朵没想到街坊像当年自己结婚送亲一样，都涌到巷子口来看，都说：朵朵瘦了这么多，作孽呢。

三爹逗梅一朵开心：瘦了好，清秀，我们朵朵年方二八，正是大好时光。

梅一朵洞悉三爹的苦心，却也清楚地知道，这个年方二八，不是古时指的那个二八一十六岁的妙龄时光，三爹在偷换概念。自己虽然只有28岁，好多同龄人都未谈及婚嫁，可是自己的那个少女身份，已随罗伟林死掉，再怎样努力忘却，这也是改变不了的事实。何况罗伟林的身影还是这样频繁地出现，一抬头，一低头，一转身，好多次都看到他好像刚刚还站在这儿，等她细看的时候才闪开的。

她竭力去想罗伟林对自己的不好，以此来忘掉过去开始新的生活。然而每次从模糊混沌的记忆里逐渐清晰浮现的，都是他对自己的贪恋的眼光，贪恋的环抱与胶着，以及他贪恋不成，控制不了她时的一种逆反的虐待和狂躁。他是这样地要自己，其实自己在不露声色间，也在享受着他的渴求。这是一种互补互克的平衡，如今没来由地突然被打破，像得意的氢气球一个劲地跑向高空，如果不能被重新接引回气压均衡的高度，终归要爆破。

梅一朵不再强迫自己忘却，她用刻意地记得来忘记，她知道，反复地痛，就会麻木，累积一个又一个的不习惯，就会是新的习惯。

罗伟林有段时候喜欢打鼾，扰得梅一朵睡不着，还不承认，梅一朵就用手机给录了下来，没成想竟成了他留在世间唯一的声音，现在，她就把这段鼾声设置为手机的彩铃。

初听她惊惧，再听她伤感，一次又一次，像散放在阳光下的一盆酒精，挥发至无，回归了最初的那个空盆。

就这样，很多个不习惯梅一朵在慢慢的习惯，很多的不理解她也强迫自己去理解。

比如盛冰冰，这么多年要好的朋友，罗伟林去世之后，她只去了一趟医院。罗伟林埋葬之后，梅一朵孤独无助，她却在一个月之内，把她的甲壳虫换成了吉普车，成为“驴友”，辞了职，天南海北地去旅行，丝毫不顾她哥哥的反对和梅一朵的哀求。

她振振有词地告诉梅一朵：死在上班下班的路上，不值；死在观望世间风月的路上，才值。

比如李璐，那日她请的专家确诊了罗伟林的死亡之后，她就没再陪着梅一朵，这以后，梅一朵去她店里做美容，她也很少在，偶一次在，对梅一朵也是异常冷淡。梅一朵开始猜她可能跟罗伟林早就熟识并有不同寻常的情感，但是罗伟林的家人又并不认识她，罗伟林也应该不会被这样一个有缺憾的女子吸引，这样百思不得其解，梅一朵心生烦躁，遂不再去她的店里。

再比如刘冬明。罗伟林故去之后，学校两个男老师，一个是音乐老师李瀚海，一个是美术老师曾骖文，总喜欢找她出去吃夜宵、唱歌等。李瀚海仍在局长刘冬明家教钢琴，一天出去吃夜宵，李瀚海无意谈到局长早就知道她的丈夫已经故去的事情，梅一朵对刘冬明，便彻底绝望，或者说彻底清醒。她并无悲哀地告诉自己，如果说跟刘冬明还有过爱情这么一回事的话，那也是她的任性爱上了他的自私。

生命本来就无依无靠，个体都有无法分担的悲喜，盛冰冰也好，李璐也好，刘冬明也好，甚至是罗伟林，自己都没有过太多的担当，换个位置思考，一切释然。

然而这种无奈的释然，重叠生命无常的阴影，终归不能使梅一朵在短期里从黑暗重归光明，直到SARS来临，她还处在“灰”境里。

南山新贵如临大敌，学生们入校都要逐个量体温，家长们每周都要在家校互联册上签上有无亲友去过疫区的信息，同事们谈SARS色变，梅一朵却咧嘴取笑同事：不是在西天，就是在去西天的路上，看你们白忙活。

她看到正方形的建筑，就会联想到骨灰盒，看到长条形的大巴车中巴车，就会想到棺材。

街道上、汽车里、商店中，到处都有戴着口罩露一双恐惧与怀疑神色的眼睛，梅一朵就会故意咳嗽几声，对着那眼睛扯嘴巴讥笑：天是棺材盖，地是棺材底，无论怎么逃，都在棺材里。

她这古怪的神情，不戴口罩的无所畏惧，竭力地咳嗽，好几次都在公共场所被人怀疑为蓄意散布病菌者，被“请”到指定地点，用“体温枪”直指太阳穴。那时候，梅一朵的心里，总有恶作剧的快意。

直到她的学生伍大洲被检查出高烧39摄氏度不退，梅一朵的心理才正常起来，她才觉得生命是不可以拿来开玩笑的，就是说说、想想，也不可以。

一个多星期以后的一天，盛校长把梅一朵叫到办公室，神情凝重地告诉她，伍大洲得的不是SARS——

盛校长话还没说完，梅一朵就欢呼起来，她不停地“好啊，好啊，好啊”的说，眼泪都流出来了，她这时才知道，之前的颓丧和无所畏惧，其实是她对生命无常最深层次的畏惧，一种无奈的心理衍生出来的逆反状态。

盛校长接着说：但是，是儿童白血病。

梅一朵又呆住了。

盛校长也含了眼泪道：在附一医院，医院下了死亡通知书。但是他情绪还不错，他不知道真相，要来上学，这个小家伙，他说他想他的“梅子妈妈和难兄难弟”了。伍海洋问他怎么是“难兄难弟”，这小家伙说，“爸爸你不是讲现在国难当头吗，我学校那些兄弟不就是难兄难弟吗，我们是难爸难崽呢”，这小家伙，真是聪明！伍海洋死活不接受这个事实，决定带他到北京的一所中西医结合治疗白血病的医院去，再看情况是否转到国外治疗，今天晚上的飞机。你赶快按这条子上写的名字把几个孩子找齐，我带你们到医院去见孩子，就告诉其他学生他是感冒，要他们想点办法逗他开心点。

到了医院，走廊拐角处，伍大洲的妈妈眼神呆滞，后脑勺在墙上一下一下地磕着，盛校长看见，要梅一朵先带着孩子们到病房去，自己就在她身边坐了下来。

病房里，伍大洲躺在床上，伍海洋在给他念故事书，看见梅一朵他们进来，伍大洲撑着双手坐了起来，冲大家粲然一笑，牙龈鲜红，脸色惨白，大眼睛深陷，高兴地叫：梅子妈妈，想死我了！又指自己的瘦脸颊道：来来来，这里“啵”一个。

梅一朵万难忍住了眼泪，俯身去亲，她怎么都想不通，这么一个稚嫩的生命，怎么就下死亡通知书了呢！

人类总在自己无能为力的时候，想到神明，而对于没有统一宗教信仰的国人来说，神明并没有确切的形象，他是人类对未知力量——生毁自然，拿捏自然的力量的一种统称。

罗伟林去世之后，梅一朵就想到过神明，她开始想到的神明有鼻子有眼有形象，是罗伟林老家庙里一个菩萨。

罗伟林在老家过最后一个春节的时候，梅一朵觉得无聊，央他带自己去那庙里，看到众多菩萨中，有一个雕像是背向而坐的，梅一朵觉得奇怪，她走近细看才明白过来：雕像的上方，是“反坐菩萨”的称号，旁边窄窄的木板上刻一幅朱漆对联：

问菩萨为何反坐，叹世人痴不回头。

她笑着喊庙外的罗伟林快进来看，罗伟林进来之后，她又取笑：只怕你们这里都是一些冥顽不化之人，我到过不少庙宇了，头一回看到还有反坐菩萨。

罗伟林见那时庙里没人，就用力将菩萨转过来正对大门，还笑说：这下好了，回去我劈两块板子，你重新写副对联，我看就叫“要世人回头不难，把菩萨搬正就是”。

梅一朵虽不是个信佛之人，不过还是有些害怕，她要罗伟林复原，罗伟林不肯，梅一朵自己推了下，推不动，又听到外面传来了人声，只好作罢，被罗伟林拉着逃之夭夭。

罗伟林出事之后，梅一朵想，怎么恰好就在这年出事呢，怎么街上那多人，唯独撞了罗伟林呢，只怕是得罪了反坐菩萨。

后来SARS从广东蔓延。梅一朵联想到一个笑话，说是外地人到广东出差都不敢弯腰捡东西，怕一弯腰就会被他们当作四条腿的动物抓去吃了。

梅一朵想，不是据说SARS是果子狸身上来的病毒吗？广东人太好吃了，或者讲人类太好吃了，不是从广东蔓延了这骇人的病，而是云天之外，一定有个超自然的力量，有只看不见的神明的大手，在调停这一切。

现在伍大洲得了白血病，梅一朵马上联想到了张兵国，联想到了校长“一对冤家”的讲法。她想张兵国的儿子张立奇，这几年都没有回过老家祭奠过父亲，他父亲的坟墓孤零零地在山野中，他孤零零地在学校里，也没有零花钱。罗伟林去世的时候，班上的孩子自发给梅一朵捐款，副班主任说看到张立奇一个人坐在座位上掉眼泪。梅一朵来学校上课之后，张立奇把他晚点的一盒牛奶省下来，送到梅一朵办公室，说：梅子妈妈，放假你要学校同意我出去做点事吧，我想赚点钱了，我有力气的。

梅一朵当他的面吮吸牛奶，苦涩的心中渗出甜蜜。

这时候她又想起张立奇给她的“蜜”，这“针尖上的蜂蜜”，小而完整的甜蜜，小而巨大的甜蜜，尖锐的甜蜜，使她想起看不见的那只神明的大手。

她要孩子们跟伍大洲玩，把伍海洋叫到了走廊上，她要提醒他这超自然的力量，也许他会生气，但是，为了两个可爱又可怜的孩子，她顾不得那么多了。

梅一朵还是不好意思说得太直接，她试探着说：伍总，这个时候，我觉得只要是有益于洲洲病症的方法，不管是什么方法，都应该尽力一用的，是不是？

伍海洋点头。

梅一朵说：那，那，伍总，洲洲的同学张立奇的老家那个县，有个庙里的菩萨，很灵的——

伍海洋忍住了生气，皱眉道：你说些什么啊？

梅一朵担心他不听自己把话说完就进去，心一横，豁出去了：伍总，有时候有些事情是说不清的，我也是大学毕业，我知道我在说什么。我来学校也这么久了，有些事情我也听说了，我的意思是，你到北京把洲洲安顿下来之后，还是派人到张立奇爸爸的坟上祭扫一下吧，张立奇从没回去过，没有谁给他祭扫的。

伍海洋瞪眼望着梅一朵，半晌，问道：你听谁说什么了？

梅一朵脸蓦地红了，结结巴巴：我，我是好意，我，也没谁跟我说什么，是那年洲洲跟同学打架，就是“9•11”那次，我路过校长办公室，听他们在说，说，说洲洲跟张立奇，是，是，是一对冤家，我，我还听这里，这里的老教师讲，张立奇的爸爸，摔在假山那死的，你，你是总负责的——

伍海洋有些放心地打断说：你真的是“梅诗人”，想象丰富，谢谢你的提议了。这几天洲洲老念你，说明你对他很好，我跟他讲我带他到北京去治病，去读书，他还要我把你也带去，要不然就不去，你进去跟他讲讲吧。

他们走进去，孩子们正在讲这学期刚转来的“干货（她家做干货批发的）妹妹”孙静音乐课上闹的笑话：

李瀚海上音乐公开课，学生进音乐教室都要先一个个对唱敲门歌：“谁呀？”“我啊”“你是谁？”然后学生就按照固定的曲调唱出自己的名字。

偏偏孙静是从一个小县城转来，她那里“孙”念成“伸”，最后套着曲调，就变成了，“你是谁”，她唱答“神经”。

伍大洲笑得直喊肚子痛，要梅子妈妈给他揉揉肚子，梅一朵去抱他的时候，看到他的牙龈渗出了些微的血，伍海洋也看见了，他端过杯子要伍大洲喝水，伍大洲喝完之后，还要听笑话，伍海洋不准，伍大洲就说那就玩游戏，还说好久没跟难兄难弟玩游戏了，问这几天大家又发明什么新游戏没有，大家说没有，还在玩木头人的游戏，伍大洲就要下地玩木头人的游戏。

伍大洲在梅一朵怀里动了两动，又说：哎呀，我怎么没劲了，还是看你们玩算了。

病房是豪华病房，伍海洋把中间的茶几挪开，几个孩子就玩开了。

伍海洋对梅一朵说：这游戏我们那年代就玩起，梅老师你们那年代也玩过吧？

梅一朵点头。

伍海洋说：讲起来这游戏还是时代的产物，政治的产物，“文革”那时候，谁都怕说错话，只好都做“木头人”了，“我们都是木头人，不准讲话不准笑，不准动”，好玩，能够把心酸变成游戏，真智慧，真幽默！

梅一朵说：哦？那我还不知道呢，其实，这也算文艺吧，文艺根植于生活才有生命力，所以我不要孩子们花太多时间不求甚解地去背那些古诗词，现在基本上我布置的作业就是要孩子们从游戏中、生活中发现自己想要写的东西，写一首现代诗歌或者小短文。有的老师说，诗歌不能进高考作文的，但我觉得离高考那还远着呢，还不趁小学有点闲暇时间培养他们的创造力、发现生活和体会生活的能力，到了要中考、高考那会儿，要应试呢，学生就没有自主发展的时间了。很多人看不起小学，看不起小学老师，其实最重要的就是小学老师，要把最有素质的老师放在小学六年里奠基，看学生的的创造力会不会损失小点。你看，现在我们国家的教育，到了初中就是进了流水线的大工业化生产了，高考的指挥棒舞着，学生就——

伍大洲一直在梅一朵怀里边看同学玩游戏，边听梅一朵讲话，这时他仰脸打断梅一朵的讲话，说：我好久没做写诗的作业了，我刚才写了一首诗。

伍海洋怜惜的眼神望向儿子，说道：你到底一心几用呢？

伍大洲又要同学不要玩了，说听他的诗歌，同学们安静下来之后，他为了显得正式点，就挣脱梅一朵的怀抱，有些吃力地后移身子靠床头独自坐着念：

一二三／木头人／这时大家停下来／只有时间没有停／他犯规了／谁管得着呢？

念完了，他得意地望着梅一朵和伍海洋，见他们都呆在那里没反映，就把双手抬起来分两边摊开，补充道：完了！掌声在哪里？

孩子们就鼓掌。

伍海洋眼里噙着泪水。

梅一朵心里反复念叨，“只有时间没有停／他犯规了／谁管得着呢”，一个不到十岁的孩子，怎么能在瞬间想到这些，真是神来之笔么？

梅一朵想到了她担心悸怕的那只大手，只是她没有想到，那只大手也将她深爱的人拖到了这个医院，他在相邻的隔离病房里，医生几经会诊，却最终不能确认他患的是不是“非典”——非典型性肺炎，因为他之前去了疫情最重的广州出差回来，还因为他一直高烧不退，医生在诊断书上写的是疑似非典，住不住隔离病房，由他自己选择，但是他忽然喜欢上了这种被隔离的生活，不准探访看望，无人汇报工作，不必应酬附和，没有仕途追求，没有文山会海，没有爱情，没有家庭，没有赡养抚养，没有病菌的侵入——医护的进出都要穿无菌服，只露两只毫无表情的眼睛。

他固执己见再观察半月，在半月的倒数第二天里，他听到了她的声音，磁性的女中音，还有她的学生那不一般的童诗：只有时间没有停／他犯规了／谁管得着呢？

他用几经消毒，无菌又无力的手掌，捧住无菌而发烫的脸盘，身子渐渐在无菌的病床上抖了起来。

泪水溢过他白净的指缝，在这个与世隔绝的孤独的病房里，只有他体内流出的泪水是带菌的。

爱情就是疾患。

42

梅一朵接受三爹的建议，开始考虑婚姻问题。

学校里，李瀚海和曾骖文大张旗鼓地追她。

李瀚海能赚钱，每月工资外还有教钢琴的收入，加起来近万，眉目也还清秀，做人却不“清秀”，喜欢称兄道弟地牵扯枝枝蔓蔓的关系，跟他一起吃饭，手机响个不停，开口就是“张兄、李兄、王兄”“金姐吧，金姐对我最好了，开口，只管开口”，对方话还没讲完，他就说“没问题，包在老弟身上”等等，好像世上的资源都归他掌控。他给梅一朵“表演”弹钢琴，弹他最拿手的“土耳其进行曲”，联系他平时的作为和表现，梅一朵觉得他弹的是“李瀚海捞钱曲”，琴键碰撞出来的金属声，梅一朵想，在他耳朵里，只怕就是金币碰撞的声音。

曾骖文高大俊朗，打扮不俗，是罗伟林那样的身材和长相，却是城市成长起来的男孩子的气质，白净整洁，容易羞涩，怕领导，跟哪怕是年级组长这样职位的人打交道，他也会脸红，说一句话，要抓半天的后脑勺，好像他的话是赖在那里的一群怕人的鸭子，要他那五根“指挥棒”使劲赶，才能赶到领导的面前来。他的英俊和羞涩让梅一朵心动，他的前途却令梅一朵担忧。

两个都不太满意，却不敢一口拒绝，不是她没有选择，是她没时间没机会去选择。

南山新贵是市里乃至省里的招牌学校，接待任务繁重。学校的接待不是到酒店吃饭的接待，而是展示教育教学环保卫生消防安全等等各方面、各条线的成绩与特色的接待。各处室八仙过海，最后又万川归大海一般归到班主任这里，今天准备这方面资料，明天准备那方面资料。最逗的是教育主任姚晶，她新创“师德痕迹管理”，每个老师，每天结合自己的工作写一篇心得日记，班主任额外再加一篇班主任日记。一月下来，交到她那里的资料倒是盈箱满箧、蔚为壮观，但是老师沦落成“书记员”，根本没有时间主动地开展教育研究。外出谈恋爱，更成为奢侈的事情。

南山新贵的年轻老师又多，这样一来，学校倒是“内部消化”了七对，可是同事成为夫妻，弊大于利，终归是个无奈的结果。梅一朵原来没在意，还跟这几对同事打趣说：没有监督的权力滋生腐败，没有监督的婚姻滋生背叛，你们这样最好，24 小时监控，绝对的百年好合。

现在轮到自己头上了，她深入地去了解，才知道全天候监控的婚姻，虽然没有滋生背叛，却迅速滋生了厌倦，这时她才感觉到学校愈来愈繁杂的“封闭式管理”，真的是老师的健康爱情和婚姻的头号杀手。

她仗着跟盛校长的交往程度，去他办公室建议，谁知盛校长开口闭口都是“领导要检查”“领导只能看资料”“领导肯定了我们的做法”“领导对我们的关心和监督，我们要表示感谢”“只有在领导的监督和帮助下，我们才能更快更好地发展，成长得更为壮大”……

梅一朵被他“领导领导”的搞得哑口无言，却烦躁不已，回到办公室，李瀚海又来纠缠她，要“剥夺”她晚自习以后的时光。她拒绝了，不料下了晚自习，曾骖文又等在了门口，拦着她“这个学生最有意思了，那个学生最有意思了”地扯闲篇。

梅一朵看到学校门口竖着的“学生自理，家长止步”的小宣传牌，忽然有了恶作剧的想法。她对曾骖文说：哎呀你这人吧，别的我都喜欢，就是胆子太小了，不像个男子汉。当然，可能是没机会让我发现你的勇敢，不过呢，我一看你在学校领导面前就哆嗦的样子，心里就难过，这样，你今晚如果能办成一件事，那我就能放胆地跟你公开交往了。

曾骖文忙问什么事。

梅一朵指着牌子认真地说：你把这个牌子上的字，改成“学校自理，领导止步”。要用同样的字体，同样的颜色做。

曾骖文听到“领导”两个字，又开始抠后脑勺了，抠了几下，为难地说：不好吧，明天真的有卫生局的领导来呢，我刚写完的欢迎标语，又要他们止步，不好吧。

梅一朵故作轻蔑地“嗤”了一下，说：没胆子吧，这牌子放到这里好几年了，大家都看熟悉了，像一对夫妻一样，熟悉了就不会再注意了。你同色同字体地改过来，你又是搞宣传的美术老师，这些东西又都是你们美术组在使用，你搬来搬去他们不会注意，你改完了也没谁会注意的。你就是不敢！那就算了，我要回家了，回晚了我妈妈会担心的，你以后也不要再找我了，我妈妈最不喜欢的就是怯懦的人。

曾骖文还在为难地抠脑袋，嘟囔说：我还是觉得不是个事，你怎么会有这样的想法呢？

梅一朵丢下一句“别怪我没给你机会啊，是你自己不珍惜的！”就偷乐着走了，怕他再打电话来跟自己磨蹭，又把手机都关了。

但还是有些担心，第二天，梅一朵比平时提早了半个钟头去学校，却还是去迟了。

梅一朵低估了爱情的力量和曾骖文的心智水平，也错判断了“老牌子”的魅力，虽然夫妻自是难以做到“相看两不厌”，但是总有“第三者”来发现其“推陈出新”。

南山新贵的老师轮到值日那天就要提前一个小时上班，监管学生们的晨练，曾骖文昨晚下决心改了牌子之后，就跟别人换了值日，提前一小时站在校门外的“怡园”里，边巡视晨练边观察校门口的牌子，他想看看是不是真像梅一朵讲的那样，大家都不看，如果发现哪个老师注意到了，他就会马上走过去说明，是梅一朵要他改的，改了她就答应跟他相处，并要求保密，他要借这个机会广而告之，逼梅一朵就范。当然，他不能真把玩笑开到领导头上，这牌子虽然尺寸颜色跟老牌子一模一样，却是他连夜另做的，只要等梅一朵今早上班看见了，看过了，点头了，他就会去将老牌子拿出来重新摆上。

果如梅一朵所料，他看到一个又一个的老师进校，都直奔传达室打卡，半眼都没瞧新牌子，就连值班行政在校门口走来走去，也没看一下，后来校长的车也提前来了，却也是从自动校门往里长驱直入，没有丝毫犹疑。

弯江教师报的一个应邀记者，看错了时间，提前一个小时到了南山新贵的门口，她只在校门口懊丧烦躁地“咿呀”了一声，就发现了这块胆大包天的牌子，接着又惊叹地“咿呀”了第二声。

她掏出相机给这牌子拍照的时候，曾骖文管辖的晨练区里正好一对学生发生冲突，他转了头去调解，没有看见记者留下了他的“罪证”。

记者拍完照之后，就兴奋地等在了校长办公室门口，她想到了“早起的鸟儿有虫吃”这句英国谚语。

梅一朵赶到校门口的时候，记者正在校长办公室，给盛卫国看数码相机上的“学校自理，领导止步”，并请盛校长批准他们报纸做一个独家专访。

梅一朵看到牌子，又急又好笑，正准备打手机叫曾骖文搬进去的时候，曾骖文自己跑过来了，望着她嘿嘿地笑个不停。

梅一朵横他一眼，笑道：你还真做了啊？摆在这里浪费了，要摆到校长办公室去，你敢不敢？

正说着，见盛校长和记者拐过来了，俩人脸吓得煞白。

梅一朵低声吩咐曾骖文道：快把它搬走！

曾骖文说：那怎么行啊，我一搬校长就看见了，就知道是我搞的了，我不搬他还没注意呢。

梅一朵知道自己玩笑开大了，她只好紧贴牌子站着，想遮住。

校长看到曾骖文和梅一朵在牌子旁边别扭着，心里已经明白了几分，他对梅一朵说：梅老师怎么不到班上去，在这里干什么？

梅一朵笑说：不是还早嘛。

校长说：梅老师你站开。

梅一朵只好让出“学校自理，领导止步”。

校长严厉地看着正抠后脑勺的曾骖文说：你做的？

曾骖文为难地看向梅一朵，没作声，还是抠着后脑勺。

梅一朵见这阵势，赶紧说：那什么，我该到班上去了。

校长喊住她道：不是还早嘛！又对记者说：这就是我们学校的才女、诗人，想象丰富，想象力我都跟不上，刚才你问我，这个牌子是不是“学校新一轮教育改革风暴的宣言”，是“宣战牌还是休战牌”，我还不知道，可能这位才女知道，你问她吧。

记者纳闷地望着梅一朵，见她涨红着脸看着地不做声，尴尬地笑了笑，对盛校长说：真是个误会？怎么会这样呢？

梅一朵并不十分害怕，又见旁边的曾骖文一副熊样，还是觉得这实在是一件好玩的事情，心里还是想笑，咬唇忍住道：我，我不过是跟曾骖文开个玩笑，我没想到他会当真。

盛校长说：你这哪是跟他开玩笑？你们俩这是拿学校的声誉、拿领导开玩笑！要不是今天这位记者同志发现得早，八点半钟上级领导来看见，你负得起这个责吗？

曾骖文鼓足勇气解释道：不会让领导看见的，我一直守在那边，看，看着这里，其实，真，真的没一个老师看这牌子，我，我是准备等，等梅老师看见了，就拿进去的。

记者趁机问梅一朵：你能谈一下，你为什么要他写这几个字，而不是什么别的内容呢？是不是各级各领域的领导来检查多了，引起了你们的反感？

梅一朵见记者要上纲上线，觉得真的讲不清了，就从不锈钢支撑架上取下牌子，敷衍说：哎呀我错了，我负责找人改过来就是了。说完拖着牌子，拎着大挎包，赶紧往校园里跑。

盛卫国看她这惊慌的样子，望着她的背影哭笑不得，连连摇头。

记者问曾骖文：她怎么会要你改宣传公示牌的？你不知道这一改的影响吗？刚才你说，你擅自改了，只是想让她看见，她看见了你就撤走，是怎么一回事？

曾骖文不好意思地望着盛卫国，见盛卫国也是询问的眼神，就将前后经过讲了一遍。

女记者打趣道：这真的是现代版的烽火戏诸侯。

盛卫国又好气又好笑，对旁边远远近近装作巡视晨练，实则是一耳朵一耳朵地听绯闻的值日老师说：走开点，走开点，是巡视我呢，还是巡视学生？

曾骖文见校长没真生气，边抠后脑勺边表功道：我，我没改，我多做了一块，我拿出来就是！

盛卫国说：还是不老实！算了，给你一个接触梅一朵的机会，你去找她，就说我说的，我们什么都知道了。

见曾骖文屁颠屁颠地走远，他嘀咕道：我看她自作聪明怎么下台！

梅一朵还是没能“下台”，她就这么稀里糊涂骑虎难下半推半就地公开了跟曾骖文的关系。

李瀚海情路失意仕途得意，学期末，他被抽调到市教育局重点工程办公室，一个很需要他这种“张兄李兄”称兄道弟的人才的地方。

像牌局结束后的洗牌一样，李瀚海赴任之前把梅一朵叫到了校门外的怡园里，把围绕着她的那些已知的、未知的、虚的实的、亲见的、猜想的种种关系洗了一遍。

他的开场白是：其实这次我能去重点办，是你的成全。

梅一朵笑道：你算了吧，谁不知道你李兄能量大，怎么又扯到我身上去了？我要有成全的能力，我首先就成全自己了，这学校呆的，又没前途又累死了。

李瀚海认真地说：冰雪聪明！刘兄讲，要抽调人才的时候，他首先想到的是你，你的文字功夫和口才，很适合这个位置。

梅一朵马上想到了刘冬明，但她还是问：刘兄？哪个刘兄？

李瀚海有些意外地看了梅一朵一眼，回道：就是刘冬明刘局长，你原来的学生家长啊，刘卅的爸爸，我一直在他家教琴的。

梅一朵这时候反倒脸红了：哦，你教他儿子钢琴，他给机会提拔你，关我什么事呢？

李瀚海长叹一声道：你让我很失望，关键是，你让刘哥很失望。

梅一朵借远处的落霞托住惊慌的眼神和心情，悠悠地说：我很久很久没跟他联系了，刘卅转学之前，我就没跟他联系了，即使刘卅不转学，一个学生家长，有什么失望不失望的，我教好我的书就行了，关他什么蛮多事，你讲话总喜欢这样言过其实。

李瀚海说：刘哥重感情，讲义气，刘卅也像他爸爸，老是问我你的情况。他们晓得你们家罗老师走了之后，很关心，总问你情绪怎样，有次还透露，说重点办要抽人，他知道我们关系好，那意思就是要我问你的意见，看你愿不愿意去。我开始还不明白，他完全可以直接问你的，为什么要在我这里绕个弯呢，后来我知道了，一则是他关心你，感谢你原来很关心他们家卅卅；二则是想成全我们，他亲口说过，我跟你是再合适不过了，你却跟了那男不男女不女的。刘哥他现在还不知道，他要知道了，你讲他有好失望——

梅一朵愈加惊诧地打断道：他，知道我们，关系好？

李瀚海说：是啊，我还一直以为我俩是板上钉钉呢，有个星期天，你记得不？我给你打电话，后来去了你娘家——

梅一朵惊慌失措，她想起了有年中秋节她给刘冬明一家的谎言——她娘家是住在军区的。

因此这时她打断李翰海道：你跟他说我家住在哪里了？

李翰海纳闷地说：我说这个干什么？我只说我跟着你去了你娘家，他也没问我你娘家怎么的，我说这个干什么？你听我说完，那次我追到你娘家，特意告诉你，刘哥刘局长说了，我是一个能给你带来幸福的人，当时你烦躁，你不要我扯他，你讲关他什么事？你不记得了？我本来是那天要告诉你，局长有这个意向要你去重点办的，你那个态度，我以为你是不想去呢，后来他觉得我要是跟你在一起，我去了也是一样的，再说，这个我就只跟你交底啊，我教他们家卅卅这些年，刘哥给我钱，我从来都不收。刘哥是个重情意的人，还是那句话，你要现在跟了我，还来得及，他还不知道你跟了曾娘子，你要想改变工作，以后有的是机会——

梅一朵气愤地说了句：岂有此理！站起来就要走。

李瀚海一把按下她坐到石凳上，说：你听我跟你分析，分析完了再走，不会瘦了你一块肉的。

梅一朵没好气地说：有什么好分析的？你根本在这里胡说八道！我根本不知道你在讲什么！你是什么意思，你直说好了！

李瀚海说：离开那不男不女连自己都养不活的人，我们在一起。你也看到了，前途摆在这里的，刘哥真的讲过，我跟你适合，我去了重点办之后，还是可以教琴，就是你不上班了，我把你养在家里也养得活，也过得好。刘哥真的讲过，你这样不错的女人，应该有个好的家庭，他也知道你对你们班那个孤儿张立奇的善举，他讲——

梅一朵再次站起来，厉声道：他讲什么，还是不关我的事，但是我要讲的是，你利用我们的善良和重感情。我就是太善良了，要不我就马上给他打个电话，讲你和我从来就没有关系不错过！你以为我是你那样的人，看到你有了好前途了，就马上对你摇尾乞怜？你开口闭口刘哥、局长！我告诉你，即使他儿子现在不在我班上了，只要我给他个电话，我说的话还是会比你灵些，你信不信？我只是不喜欢做这样的事！

梅一朵说完起身就跑开了。

李瀚海对着她的背影喊：你再想想吧！我完全可以不把这些告诉你的，我为什么要告诉你啊？你好好想想吧！

43

南山新贵被评为“抗‘非典’先进集体”。

学校以此为由头，每个老师6000元以内的旅游经费，任其在全国范围内选线路旅游。

盛冰冰来电话，要梅一朵选择云南四飞十日游，她们好在丽江或者大理见面。

盛冰冰全国各地游来游去，最后在云南把车卖了，又问她哥要了些钱，在大理到丽江的一个山沟里，捐建了一所希望学校，她周末住在丽江，有时也会去大理，平时在学校教英语。

她跟梅一朵说：很忙，但是没压力，笨鸟，选这条线吧，看看我在丽江和大理的新男朋友，他们三个都有些像他，一个走路时背影像，一个侧面像，一个笑起来眼睛和嘴角扯出来的弧线特别像，你来看看，我只想你来看看是不是像，还有，他们三个虽然都是白种人，却是三个不同的国籍，哈哈，我觉得自己生活在公海上。

梅一朵毫不犹豫地定了这条线，为了甩开曾骖文，她要负责报名的办公室主任给她保密。曾骖文直接问她选了哪条线，她只说自己还没想好。

跟曾骖文出双入对地相处了一段时间后，梅一朵觉得李瀚海没说错，曾骖文比罗伟林还不适合自己。

当然，这里面也有先入为主的因素，原来罗伟林喜欢从背后环抱梅一朵入睡，梅一朵本是个想入非非之人，每夜只是浅浅的睡眠，虚空里她总认为自己的第三只眼在看着睡梦中的灵魂如何飞离肉身，曙光初现的时候，重又飞回。在罗伟林的强壮的臂弯里，梅一朵觉得安心，混沌中灵魂重返，有足够的力量牵引。

跟曾骖文住在一起的那几个晚上，他却总是要枕着梅一朵的胳膊入睡，头顶着她的胸口，让本来就睡不踏实的梅一朵，每夜要几次从梦中惊醒，惊醒的瞬间，意识里都是有人把她推向深不见底的悬崖。

这还不算，坐在沙发上看电视，曾骖文还爱把头枕着梅一朵的腿。俩人出去吃饭，时不时地，他还撒娇，嘴巴“啊”的张着，示意梅一朵喂。

梅一朵也喜欢浪漫，那时跟刘冬明偶在一起吃饭，包厢里，她也会趁没人的时候，对刘冬明这样张口。如果曾骖文的表现只是情侣谈恋爱阶段的特有表现，梅一朵会觉得很合心意，但是去了曾骖文家里之后，她却对他的这种行为产生了反感。

曾骖文的妈妈削苹果，还未削完，曾骖文会突然把头转向他妈妈，“啊”的张嘴，他妈妈就把削干净的那一半伸到他嘴里，让他啊呜先咬一大口嚼着。

曾骖文坐在沙发上看书，他妈妈和梅一朵坐在一旁看电视，这位妈妈会趁广告的时段，凝视自己的树上结出的英俊儿子，看到情不能自禁处，还会喜盈盈地起身，照着儿子的脸咬苹果一般，啊呜亲上一口。

曾骖文会抬头皱鼻子看着妈妈，回馈一句苹果汁一样软而酸甜的长音：妈——！表情自然，旁若无人，看得出这是他们母子间惯常的表达。

这也许还能忍，然而，就是这个寡母带大的独子，这个独子依恋的寡母，会为了梅一朵吵架，原因是这个曾在档案局还当过中层干部的寡母，会让儿子要了梅一朵的生辰，去找算命先生排八字，说梅一朵命里克夫。

寡母说：我也命里克夫，所以我不再嫁，免得害了第二个男人。

曾骖文说：那我跟她就只谈恋爱不结婚，反正我不能让她属于另外的男人。

罗伟林死后，梅一朵也开始朦朦胧胧地信命信神明，但是听了曾骖文转述了他们母子之间的争执之后，却于心底深处升起了一股厌恶，她知道，这厌恶，一半来自恐惧，一半来自反抗。

我，梅一朵，姣好的梅一朵，完整的梅一朵，纯良的梅一朵，怎么就成了命运勘定的不洁不吉之人了呢？

她无论如何也不愿承认。

一方面，她厌恶这对告诉她残酷“八字”底牌的母子，另一方面，她又不甘心遂了这迷信寡母的心愿，就这样被驱逐出视线。

所以，她不跟曾骖文明确了断，却不再允他近身。“克夫”的谶语，这隐在意识暗处的毒蛇，总在她独处的时候，失神的时候，倏然晃头。

在校门口登上旅游大巴，刚放好行囊，转身就见曾骖文背着双肩背的旅游大包，故意翘嘴，半是埋怨半是得意地望着她，梅一朵只好以玩笑作解释：够默契！考试基本合格！

飞机驶离跑道，轰鸣上升，高大的城市建筑渐渐变得像售楼部里的模型那样规整小巧。往西，再往西，云层底下是山区的景致，民房像随手撒落到山坳里的带壳花生，梅一朵忽然意识到这是罗伟林的老家，是罗伟林骨灰埋葬的地方，她惊骇得耳鸣心跳。

奔涌而来的云群像大海的雪浪扑向沙滩，遮住了梅一朵初婚留下印记的青山绿水，她像首次乘坐飞机的游客，将眼睛紧贴飞机小小的舷窗，想要看到更广的云海。

远离地面，远离世俗的真实，连巨大的山峦都变得好像可以一手覆盖，何况山峦的村落里，那些根本就看不见踪影的人们，以及他们视为天大的爱恨情仇丰功伟绩，得意，或者失望。

所以，苦难的人类，云层之下小如灰尘的人类，总在自己不知所措的时候叩首问天，就连被儒释道充盈浸染的苏轼，也还会“稽首天外天”。

这片不被世人知晓的云层之上，有着所有盲的钝的明的慧的心灵所景仰的神明，以及他们业已“仙逝”的亲人。

不管这些亲人在世的时候，握的是屠刀还是拂尘，人们都愿意相信，云端是他们最后而永恒的所在。因为身在高天之上的云端，自是视域广阔通亮，能看到看懂看透他们尚在人世的亲人们的困惑与困难，从而排风驭电施以援手，惩恶扬善伸张正义。

梅一朵同样排风驭电的心思，由己及人，由人及己，推理出年纪轻轻的她的年纪轻轻的亡夫，同样也在这片云端之上。

罗伟林，我阳世的生命也到了跟你相当的高度，你在哪里？你能从哪一朵云里幻化出来吗？我想看到你的笑容，或者是你更经常出现的怒容、愁容。

你妈妈说对了，我没给你过上好日子，每次出去旅游，你都不愿意跟我去，说南山新贵选的都是贵的线路，家属还要额外算钱，浪费！连这点钱你都不舍得花，每次我想都没有多想就把你独自留在家里，你这短短的一辈子真是不值。

如同气流裹挟着飞机，巨大的愧悔裹挟着梅一朵，压逼到她失声啜泣。

曾骖文以为她是坐飞机的反应，把她的脸扳转过来，要她靠到自己的肩膀上。

梅一朵圆睁眼睛打掉捂着她脸颊的红润白净的手，斥道：干什么啊你！心里想的是，曾骖文这只亲昵的手，已被随行的罗伟林躲在机翼后面看到。

同样的幻觉也出现在石林阿诗玛的天然石像前。

阿诗玛日夜呼唤着她的阿黑哥，抽象的爱情在这里被人和天游戏般的具象成了石像。在这个忠贞爱神的石像前，有一排人工设置的“刀山火海”，要来考验游客中的爱侣。

同事们都笑推曾骖文背梅一朵过刀山火海，在曾骖文背上的摇晃中，在同事们的笑浪里，梅一朵也没心没肺地傻笑着，快乐地抬头看天，她就看到明净的蓝天上，罗伟林透过云和云的缝隙，俯瞰这正喧嚣进行的爱情游戏。

冰淇淋，很怪，很多时候，我怎么想，都想不清楚他的面容，但是，阿诗玛的石像前，我真的看得很清楚，他是皱着眉看着曾骖文背我的，他并不祝福我跟曾骖文。

我也不祝福你们，笨鸟，你又在往低处走，每次你总是看着高处走向低处，所以你总会有摔跤的感觉，其实你是不自信，其实你也没什么好不自信的，除了笨点，其他都好。

在玉龙雪山海拔近5000米的地方，租来的，亲近了无数人味儿的大红棉袍包裹着盛冰冰和梅一朵。她们俩同吸着一个氧气包，气喘吁吁地说着，有猛烈的风扬起她们亮黑的长发，是呼啦啦飘着的烦恼的旗帜。

她们的身旁，粗麻绳牵着竖立的木棍，围着十米见方的一小块雪，因为游客的猛增，这是玉龙雪山能到人的山峦上，供人景仰的最后一小块雪。男的女的老的少的游客，在雪的下方，或坐或躺，照相机断章取义这难得的夏天的雪，回去冲洗出来的片子，定像他们坐卧在茫茫雪峰上。

她们俩谈着生与死的重大命题，看着上来又下去地举着相机的一批批兴致勃勃人的自欺欺人的举动，觉得自己好像置身事外，置身世外，即使她们也觉得自己的思想不会远过目力的所及。

盛冰冰说：不是旅游旺季，这里会有很茂盛的雪。

盛冰冰说：温暖是冰雪宿命的坟墓。

盛冰冰说：寒冷是它们唯一存在的理由。

盛冰冰站起来唱一首英文歌：Country road take me home...To a place, I belong...Mountain Mama...

梅一朵熟悉这首美国乡村摇滚《乡村路带我回家》，但是梅一朵不知道盛冰冰是以自己的身份在唱，还是以她美国前男友的身份在唱。

“I belong...”盛冰冰反复地唱。

或者，盛冰冰在唱一种归属感，或是归属的茫然，她不知道自己属于云南，或是故乡，不知道自己属于确切的哪个人，甚或是单属于自己。

高山打鼓远传音。

梅一朵头一次到这么高的地方，她也想站起来喊几句。

用盛冰冰的歌声衬底，看着游客远离了她们的视线，梅一朵对着灰的虚空喊：

你听得见吗——

你看见了吗——

春城的花都被割到了市场和世博会，你看见了吗——

有一匹拖着满车玫瑰的马在我面前停了脚步看着我，那是你吗——

澜沧江边的蝴蝶都成了蝴蝶馆飞不动的标本，你看见了吗——

我找了很久才找到一只惊慌逃到树丛的小黑蝶，那是你吗——

玉龙雪山只有这点儿雪了，你看见了吗——

我在跟你说话，你听见了吗——

我这以后到底跟谁一起走啊，你听见了吗——

远去的游人在回头指点她们的疯痴。

猎猎的风把她们的声音吹向苍茫的山后。

梅一朵的手机意外地响起。

是伍海洋的短信：

洲洲想念你，他强烈要求下学期到你班上复课，请尽快来京给他补课，我已告知盛校长，见信后快回信，洲洲要得到你答复才肯做这一疗程的介入。

玉龙雪山山脚繁花似锦的牦牛坪，梅一朵跟曾骖文正式分手，她说：接下来，你跟他们去西双版纳吧，我要去北京辅导我的学生，我们不合适。你妈说得对，我不能害了第二个男人，如果要结婚，我也不会选爱人结婚的，会选仇人。上天给了我这把看不见的克敌之剑，跟你妈一样的，独门武功，我怎么能浪费了呢，你笑什么，我是说真的，是真的，盛冰冰托人帮我订了明天的机票。

44

大北京。

伍大洲小小的病房里，梅一朵碰到前来探病的刘冬明和他的儿子，他们是陪着伍海洋的同学于凤鸣副市长来看伍大洲的。

是天意吗？

梅一朵的心慌跳不止。

来北京之后，她只是第二天陪伍大洲去医院介入科做了一次介入，其余的时候，她都在住处等他回来，再陪他玩，给他补习。这天早上，伍大洲又怎么都不愿意去医院，最后梅一朵劝了很久，说一直抱他，他才答应，谁能想到，这是促成她跟刘冬明的再度相会。

长久的不见才能见证长久。

刘卅长高了不少，梅一朵搂着接近她胸口的头，目光浓亮，呢喃道：都长这么高了，真的很久很久很久不见了。

伍海洋觉出了梅一朵搂抱的不同。

也是隔了许久不见，梅一朵那日进到病房同样也拥抱了伍大洲，细细打量着伍大洲因为化疗而掉得稀少黄软的头发，以及坏掉的一只眼睛，和满口变得桀骜粗黄的牙齿，她甚至还呜呜地哭了，但是跟她给刘卅的这个拥抱相比，还是脆薄而没有韧劲。

那天是属于人类的母性和善性，而今天，她是一头充满欲望的小母兽，虽然这欲望得到了驯化和被隐忍，却因隐忍而显得坚韧和更具感染力。

稍加凝滞的时间里，伍海洋听到了刘冬明的一声自然发出，却又不自然的叹息。

伍海洋心头飘上一片阴云，很久以前，盛卫国曾经随口谈起过刘冬明可能对梅一朵有意思。其实，他这次将梅一朵叫来给儿子补习，只占了动机的很小一部分比例，更多的，他是在为自己考察下一任夫人。他累了，他想给儿子找一个纯良的母亲，给自己找一个忠贞的妻子。

伍海洋藏了内心的酸意打趣道：你看这梅老师，几个月下来人瘦了不少，激情没瘦噢！

刘冬明笑笑说：是啊，梅老师好久不见了，愈发清秀了。

梅一朵放开刘卅腼腆地笑了笑。

伍海洋问：嫂夫人呢，没同来？

刘冬明说：是，这次我正好和于市长来北京开两天会，平时都是她送孩子来学琴的，跑来跑去她也跑烦了。

梅一朵闻言，慌跳的心冷了下来，心情从久远温暖的回忆里又跳到被记忆刻意删除的部分。她又想到多年前的那个圣诞节夜晚，他对他夫人备至的呵护，和对她“疯了”的责骂。

接下来的时间，直到刘冬明带着儿子和于副市长一起与他们告辞，梅一朵都是淡淡的神情。

梅一朵他们住在一个叫“潇湘旧观”的院落里，是伍海洋的一个同在日本留学的至交，回国后在北京盘下的大四合院，除了后栋是二层，其余都是飞檐的平房，专门用来接待他们称之为主流社会，梅一朵称之为“上流社会”里的闹里偷静之人、忙里偷闲之人、明里偷暗之人、醒里偷醉之人，或行里偷停之人。

从院落里的大柳树和老石榴树、飞檐上的琉璃瓦、背阴的青灰砖缝的苔藓来看，这建筑确实有些年头，虽然房市楼市炒得如火如荼，梅一朵还是不能估量出这个东三环内闹市中的僻静之所的现有价格。当然，价值，从那些出入朱漆大门的车的档次，那些人的气定神闲，偶然面对面，那眼神中的空无一物，又涵盖一切，梅一朵是能感觉到的。

梅一朵住在后栋二楼楼梯拐角的一间房子里。这天早上，伍海洋带了孩子去化疗，她吃了服务员送到房中的早点之后，就照常去了走廊的另一头。

那里，一楼的长廊跟这栋二楼的裙檐相接而形成了一个凹处，她入住的第二天傍晚，便在这里发现了一只卧着的黑猫，黑猫听到她的脚步声，居然煞有介事地仰头望了她一眼，那有些厌世的慵懒眼神让梅一朵心惊。

罗伟林去世之前，梅一朵对于动物的态度是不排斥也不宠爱，因此也不留意和关注。她对那些养宠物的同事和朋友说：我不是不想养宠物，我是没那样的心理素质。我小时候养过小白兔的，养得很大了，有天放学，发现我妈妈居然把它做成了桌上的一盘菜，我一个月没跟我妈讲话，你看我有多伤心。后来长大些养过一次金鱼，结果陆续死掉，死一条我要伤心几天，再死一条我又要伤心几天，我想，任何宠物都活不过我的寿命吧，养得愈久我愈伤心，只好放弃啦！

弄得那些同事朋友反诘她：照你这样讲，养宠物的人倒成了狠心之人？

梅一朵无言以对，却还是相信自己对自己性情的判断。

罗伟林去世之后，她突然开始关注那些大的小的动物了，特别是它们的眼神。她觉得自己连丧夫这样巨大的不幸都能承受，一只动物的得与失，便是小意思了。她要曾骖文陪着去过宠物市场，一路看过去，各色各种的鸟、鱼、狗、猫，她不去问它们的品种和价格，一靠近就跟它们对眼睛。她记得谈恋爱的时候，去罗伟林体育系的宿舍，在那里看到过一本书，说是意外身亡的魂灵，是可以附着到动物身上，通过动物的眼睛来传神和表达在人世未竟的心愿。

而这只卧在琉璃瓦间的猫，它的眼神多么像心烦意懒的罗伟林！它从哪里来，又从未听它叫过，是否怕发出的语言暴露了南方口音？

梅一朵试图逗它，“喵喵”地引导它，它只睡它的，理也不理，有时候趁四周没人，她会对着它的背脊轻声讲话：大懒猫，太阳晒屁股了还睡？哦，你做晚班吧，才下班吧，打麻将去了？我是朵儿呢！

叽里咕噜讲一大串，有时候猫会扭头看一眼她，总是慵懒和厌倦的眼神，仿佛在对梅一朵说：你吵什么啊！

又像在说：我知道了！

这天，是梅一朵重逢刘冬明以后的第三天，她意外地看到黑猫这天是面对走廊睡着的。

梅一朵对闭眼酣睡的黑猫说：你到底是谁啊？你怎么把他给派来了？我们的重逢是你安排的吧？你在考验我吧？我告诉你，我真的对他死心了，这样一个怯懦的男人，比你还不如呢。

她就看见黑猫起身绷腿躬身地活动，也不看她一眼，然后手机突然响起，黑猫遁逃，手机里显示经年未见的，梅一朵熟悉的号码。

刘冬明问：在医院？

梅一朵冷冷地说：没。

刘冬明问：在哪里？

梅一朵答：潇湘旧观。

然后刘冬明略一迟疑，报了一个宾馆名和房号，说是在不远的地方，要梅一朵马上自己打车去。

挂了电话，梅一朵不无讥讽地沉吟：宾馆！哼！再联系就在宾馆，开门见山啊，是他出息了呢，还是堕落了？是自己丧夫的身份涨价了呢，还是跌价了？宾馆！为什么不是茶馆？是他觉得身在异地自由了，还是他觉得自己变成寡妇饥不择食了？宾馆！哼！马上自己打车去！马上！罗伟林走了这么久这么久了，这段痛苦无依的日子，他在哪里？现在说，马上，宾馆！连李瀚海他都给予了提拔，自己怎么就不能得到他的半点关照呢？痛苦孤独的时候他不施以援手，连安慰的话都没一句，现在说，宾馆！马上！哼！不去！本小姐好不容易得来的自由之身是无价的！无价之宝！你以为是二手车哦！

赌气站在房间的落地镜前，梅一朵款款地迈近，又退远，迈近，又退远，在这游戏般的进退中，她“谋杀”着时间，谋杀着某人阴险自私的盘算，她终于获得了些许报复的快感。

黑色的手机在白色的床单上再次响起。

梅一朵以为是刘冬明又在催促自己，她的心瞬间又忐忑起来，拿过一看，原来是伍海洋。

伍海洋这时候打电话过来本来就有些意外，他的第一句问话居然还带有盘问语气：在哪里？

梅一朵愣了一下：诶？

伍海洋说：我忽然想起，洲洲应该有些教辅资料或试卷检测一下你的教学效果的。你从云南来，所以那时没嘱咐你带，你去西单图书城选一些吧，吃完中饭我们让他考考，考六十几分每门奖励你六百元，七十几分奖励你七百，以此类推，小朋友嘛，不是都要鼓励？你也是小朋友呢！

这是他们认识以来，伍海洋给梅一朵说的最长最中听的一段话。平时他跟她说话，不会超过十个字，给梅一朵的感觉是，他根本没把她放在眼里，这次她来给他儿子补课，也好像是应该的，来了之后一不说补课费二不说差旅费，连谢谢、辛苦这样的套话都没有，弄得梅一朵暗自生气的时候，只能自找理由平衡：第一，我只是为了我可怜的学生来的；第二，我是为了摆脱曾骖文而来的；第三，这件事是盛校长安排的。

今天他是受了什么刺激，会如此善待自己？他不会是知道刘冬明正约了自己，故意捣乱吧？可是他为什么要捣乱？梅一朵想不通，就像当初想不通李璐为何对自己忽然冷淡。

刘冬明又来电话，问她到了哪里。她如实告诉局长说自己还没动身，不过伍总要她马上去西单买辅导资料。

刘冬明说：是吗？这个伍海洋，好吧，你去吧。

听刘冬明这么爽快地顺应取消了约会，梅一朵又开始失落起来，她想了想，问：你在北京有车吗，你能带我去吗？

刘冬明又一迟疑，然后说：好吧。

车上，一阵沉默之后，梅一朵首先拆开了话闸，她说：李瀚海，去重点办，是你帮的忙吧？

他答：是。

梅一朵说：他告诉你，我跟他谈恋爱吧？但是，我从来，就没跟他好过，他撒谎，他别有用心。

他答：是吗？

梅一朵问：我们家那个那样了的消息，也是李瀚海告诉你的吗？

他答：是。

梅一朵觉得这样绕起来实在有些滑稽，便笑问刘冬明：哦，刚才你要我去宾馆，什么事呢？问完后心如鼓擂。

刘冬明仍然只是盯着前方道路说：哦，卅卅转学之后，作文老是不会写，我想你是不是能抽点时间，也帮忙——

梅一朵本来是想等他说出想念自己的话，然后就对他讥讽打击一番的，他却说出个这样的事，她失望地打断道：假！

刘冬明的脸上这时浮现了笑容，略一偏头，问：怎么？不愿意？

梅一朵说：小女子才疏学浅，教不了你们家大公子！

刘冬明说：谁不知道你梅老师大才女啊！要不伍大设计师会不远万里把你调来？北京这样那样的教育中心多的是呢！

梅一朵从这话里听出了些醋意，又有点高兴起来，她想遣将不如激将，男人都是好斗的公鸡，随时随地都要有旗鼓相当的斗争对象。以前，刘冬明跟罗伟林，甚至后来的李瀚海都没有构成竞争态势，那是因为在刘冬明眼里，他们都不是对手，所以自己铁定爱他一个，现在伍海洋就不同了。

于是她说：他看重并不代表所有人都看重啊，刘局长要看重的话，又怎么会让卅卅离开南山新贵呢？

刘冬明说：不是练琴嘛，这么久了还把这事放在心里？

梅一朵说：是练琴嘛，李瀚海教你儿子练琴你提携了他，我教你儿子你准备怎么提携我啊？

刘冬明说：梅老师学精了啊！这样，伍总怎么提携，我就怎么提携。

梅一朵见他又转到了伍海洋这里，突然悟到是不是他给自己来电话之前，问过伍总自己的电话，也许这么久，他早删除和忘记了自己的电话。哦，对了，手机里开通的是伍海洋给自己的北京的号码，自己都给忘记了，这样的话，伍总突兀地吩咐自己去买资料就解释得通了，他得知伍总忽然派出她做事，就改变了对自己的态度，也解释得通了，这样固执地吃伍总的醋，同样能够解释通了。

梅一朵就故意羞涩道：他啊，他跟你不同。

刘冬明转头研究她的表情，问：怎么个不同？不都是学生家长吗？

梅一朵打马虎眼道：你是曾经的，他是现在的。

这话梅一朵故意用省略宾语的方式，来模糊“家长”和“情人”的概念。

果然，刘冬明上了她的思路，他有些勉强的干笑了两声问道：是吗？他儿子能接受你？

梅一朵控制着语境道：当然啦，我跟他感情一直不错，那天我陪他去做介入，他还跟护士小姐说京片子“咱妈特漂亮是不？”

梅一朵有意将伍大洲原话中的“梅子”二字省去。

刘冬明叹气道：那我祝福你。不过，他老婆，不，应该说他前妻知道他这么快又有了你，连亲生的儿子这么快就认了你，肯定会悔死气死的。

梅一朵听到“前妻”的说法，心里惊慌，她来那天，问伍大洲他妈妈怎么不在？伍大洲告诉说是他姐姐在加拿大也生病了，妈妈去照顾姐姐了。伍海洋在旁边没说半句，自始至终没说半句，怎么就这样了呢？天呐，这男人该有多深啊！

刘冬明见她发怔，问道：怎么？你不知道？听说是他老婆先提出离婚的，他退出了他岳父公司的所有股份，拿股份的一大半做了离婚和违约的赔偿金，现在他除了滨江的房子，手上也没多少钱了。

梅一朵问：他比他老婆要强呢，怎么他老婆舍得？

刘冬明疑惑地望了眼梅一朵，说：他没跟你细说过？暑假你们南山新贵在搞维修你知道不？

梅一朵说：知道啊，学生刚放假就开始了。

刘冬明说：这次的维修费用都是伍海洋主动从他岳父的公司里划拨的，是背着他岳父和老婆干的。这事跟他儿子到北京治病是同时进行的，不光是一般的刷墙铺地的小维修，是加固梁柱的大工程。上半年，他儿子的病刚一稳定，他就把儿子妻子丢在北京，自己跑回来做这档子事，听说他们夫妻翁婿就是为这事闹翻的。

梅一朵恍然大悟，说：我觉得你原来可能猜对了，当年南山新贵的建筑，可能真有大猫腻，可能造出的根本就是一豆腐渣工程！

刘冬明从这话里听出梅一朵跟伍海洋，也许并没有深交，但还是警告道：这话你记错了吧？我没说过噢！

梅一朵笑看刘冬明，说：真以为我会跟伍总于市长盛校长他们告密？就这么警惕我了？

刘冬明说：警惕什么？于市长，唉——，明年换届，市委余秘书长马上就接她了，她于市长，该警惕的是她呢！

梅一朵更惊了，她问：余秘书长？就是他儿子撞死了我们家——，你认识？

刘冬明淡然道：当然。

梅一朵说：那是他儿子撞的——，你当时也知道？

刘冬明说：知道。就是我背后让李瀚海给你透露，开价50万，他给你讲了没有？

见梅一朵陷入沉默，刘冬明转了个话题，说出了找她的真实原因：是这样，梅老师，北京的一位老部长，上个世纪八十年代末从我们家乡进的京，现在省里的一、二把手都受过他老人家的提携。他5岁的混血儿孙子在国外出生、长大，老部长希望他回国补上中华民族文化启蒙课，托我从家乡找个家庭教师，能听懂英语，普通话和家乡话都要好，还要有国学功底，特别是品性要好，我想来想去，你最合适。

梅一朵没想到是这么个事情，她仍然没有马上回答，老部长的背景将她震得有些晕乎，晕乎得几乎忘了个人的情感恩怨，她理了理思绪，然后镇定地问：我为什么要去这样一个跟我毫不相干的家庭为奴为婢？你把我送到这样的一个家庭对你有什么好处？

刘冬明的脸有些红晕轻泛，他有些意外地看了眼梅一朵，见她脸上没有任何表情，心有些慌乱，忙解释道：你又想歪了，第一，老部长是大家都尊敬的老领导，他家里人不会将你当作奴婢，你也不是奴婢，而是教师，只是家庭教师而已，也只是暂时去个一年半载而已。学校方面，我会去说的，算作局里借调，至于你为什么要去，那是因为几乎所有的咱们省里市里的领导进京，只要有时间就会去拜访他老人家的。你去了他家，你这样聪慧漂亮，他家会喜欢的，你进入他们家，多留点心，就能掌握上层的脉象。你教好了他们的孩子，他们原来是要我给找个家乡的大学生的，所以他们承诺一年后给家庭教师在北京找个好工作，你原来不是讲你最大的心愿就是要回北京叶落归根吗？我记得你告诉过我，你父亲是在京城里头出生的。

联想到刘冬明前面所说明年要准备换届的事情，梅一朵猜想他这是在盘算自己，是让她替他去把住上层的脉象。

梅一朵心里无限悲凉，她问：那孩子现在在北京吗？

刘冬明以为梅一朵被自己说动了，高兴地说：国庆节回来。如果你愿意的话，那孩子回来之后我们去见见。他们国外的观念，不管孩子多大，都很尊重孩子的意愿呢。到时你只管跟那孩子搞好关系就行了，这是你的强项，换作刚毕业的大学生，恐怕还做不来。

梅一朵也装作高兴地说：没问题的，保证完成任务。其实她心里想的是：好，你也有倚仗我的时候了，主动权在我手里，到时间就看本小姐高兴不高兴了。

车正好进入停车场，泊稳之后，刘冬明像许久之前那样，照例警觉地看了看前后左右，照例迅速地在梅一朵脸颊上亲了一下，照例说：好宝贝！

人还是这个熟悉的人，动作也是这熟悉的动作，话也还是那句熟悉的话，但是，它们怎么都像炎夏里没进冰箱的隔夜菜，一股馊味儿呢？梅一朵想。

45

伍大洲确实聪明，三门、两个单元的课程，不到一个星期学完，考试，居然都在九十分以上。

伍海洋掏出他那刻有几个毛体“为人民服务”字样的手工钱包，两指捏出一沓红票子，也没数，扔到坐在床上的梅一朵面前，却对床的另一端的儿子说：看到没有？知识就是金钱！

儿子伍大洲笑着观察梅一朵的表情，见梅一朵涨红了脸并不去拿那些钱，就顽皮而夸张地爬过来，抓起，往梅一朵手上塞，边说：不对不对，知识就是梅子妈妈呢！

梅一朵没想到伍海洋会当着孩子的面给钱，所以她把塞到自己手上的钱又放回到床上，说：洲洲讲对了，教知识学知识是我跟洲洲两个人的事情，与钱无关，再说了，要奖的话奖励洲洲才对，班上的学生，学那么久，复习又复习，还有不及格的呢。

伍大洲又把钱抓起塞向梅一朵说：我还没讲完呢，这点小钱是我跟老爸借的，长大会还给他的，你拿着去买裙子穿吧，在学校你老穿那老大娘的校服，我好喜欢看女孩子穿裙子的！

伍海洋打趣道：听到没，听到没，你在我儿子眼里是女孩子！把钱收起吧，也只有你们这没见过钱的才会推来推去。

梅一朵似乎有些生气，又似乎被伍海洋的激将法打动了，她面无表情地抓起钱起身。伍海洋以为她要送钱回她的房间，没料到走过他身边的时候，她突然一转身，把那沓钱直接有力地塞向他的裤子口袋里。

受到突然袭击，伍海洋吓了一跳，他本能地抓住了梅一朵伸到他口袋里的那只手的手腕，同时去梅一朵的眼里搜寻信息，看到那里面有夸张了的愤怒，有些变形，像通过了哈哈镜，顽皮又可爱。

伍海洋露出洁白的牙齿，他脸上唯一强过常人的地方。以前，他的前妻在熟人朋友面前替他谦虚长相的时候，说“跟他就不要谈长相了”，他就会故意露出洁白整齐的牙齿，还特意也将下巴翘起好让别人看清楚，边含糊不清地说“我牙齿长得好”，是幼稚园孩童的表情动作，每次都会逗得众人哈哈大笑。

现在他没想要逗梅一朵笑，反倒是梅一朵的举动逗笑了他。

他笑口张开，好看的贝齿就齐刷刷露了出来，又因为梅一朵比他高半个头，他要看清她的眼神只能仰着头，所以此时他的动作就像在电视上做牙膏广告，滑稽可笑。梅一朵也忍不住笑了，同时真心赞道：你牙齿真漂亮！

梅一朵的手还在伍海洋的裤子口袋里，手腕还被伍海洋握着，她想抽出来，伍海洋却没有放开，还故意用力地握了一下，有些信息就在这瞬间沟通。

因为梅一朵背对着伍大洲站着，她的身子又挡住了伍海洋的，他们俩的表情，伍大洲都看不见，所以他着急地喊：你们在干什么？

这一喊，就把他们俩喊开了，同时也喊出了他们俩的羞涩，这羞涩双方都看在了眼里，知道刚过去的这几秒钟里是真的达成了一种协议，而这羞涩，就是协议上签名之后，又加盖的一枚重复强调的印章。

晚上十一点多钟，梅一朵收到了一条短信：请到208房。

这邀约，在梅一朵的意料之中。

此前一个多小时，她一直在做准备，用房间备有的玫瑰花泡浴，又用自己带来的海藻泥做全身的美白，将脸上搽好保湿霜，满脸再涂上甜香的玫瑰精油，再想想，又将精油搓到长发的发尾上，心潮起伏地在房间来回走动，发尾摩擦她裸露着的粉白温热的背部，有一阵阵的玫瑰花香四溢，她的情欲首先就被自己撩拨，她将它控制得太久了。

而多年前，她的朋友，她所尊敬的女性，也是她还不知晓的情敌，就是用这同一品牌同一出产地的玫瑰“精魂”，摄了她亡夫的魂魄的。

208房有着硕大厚重的双合老式木门，还有高高的门槛，梅一朵每次经过它去看猫的时候，都会要对着它的紧闭投去好奇的目光。别的门间或可见有服务员或者客人出入，唯独这扇门，梅一朵从未碰到它开启过。

质地精纯厚软的地毯吞没了梅一朵的脚步声，使得她的心跳声在静夜里单一巨大，她觉得伍海洋比这两扇木门内的世界更加神秘。

门是虚掩的，露着一条两寸多的缝，里面却没有灯光，梅一朵害怕起来，又不甘心离去，就轻叩了两下门，里面传来伍海洋的声音：进来。

梅一朵将门推到仅够她侧身而入那么宽，闪了进去，昏暗里伍海洋的身影从沙发上起来，不急不徐地往前走，梅一朵以为他要拥抱自己，停了脚步等着，没想他却走了过去，锁了大门，把灯摁亮。

乍亮的灯光很刺眼，习惯了之后，梅一朵看到这只是一个会客厅，古色古香，中规中矩，一无睡塌二无床铺，而自己却穿着睡衣站在这个穿戴整齐的，熟悉又陌生的男人面前。

她的脸又红了起来，表情极不自然，不知道自己该坐还是该站。

伍海洋看在眼里，故意取笑她：梅老师你穿得太少了，你这是在诱惑我你知道不？

伍海洋的话让她哭笑不得，在自己房间的时候，她确实为穿什么到208房费了一番脑子。首先她穿的是白天见伍海洋父子时穿的波西米亚风格的粉红花朵长裙子，临出门的时候，忽然想到了伍海洋的利嘴，怕遭他讽刺自己装正经，因为很晚了，她在自己房里，应该是穿得随意些的，她不能让他看出了她的等待、她的刻意准备。因此急忙又换上了超短的橘红百褶裙，与罗伟林生前穿过的军绿色的篮球背心。罗伟林去世后，她留了几样比较新的他的棉内衣，当睡衣穿。

弄了半天还是没穿对，伍海洋这张嘴呀，梅一朵首先想赶紧逃出去，听他这样挑衅自己，又决定豁出去，于是说：不知道谁诱惑谁呢，谁给谁发的短信啊，谁下午的时候抓着谁的手不放啊？

伍海洋眼里依然有戏谑，小嘴巴里的贝齿又笑得露了出来，说：你还说呢，最先是你撞了我第十一根手指你知道吗？你一撞就把它撞肿了！

梅一朵迷惑了，她走过来在他旁边的沙发上坐下，军绿背心下面的橘红短裙，随意飘在白皙结实的大腿根，像枝头娇艳欲滴的扶桑花怒放着，这扶桑花烫着了对面的眼睛，她却浑然不觉，只凑近问：啊？你是六指啊？看看，我只听说过长六指的，还从没看见过呢！

伍海洋烫红的双眼笑得更厉害了，他把双手伸到梅一朵面前说：哪来的六指？然后收了笑，故意严肃地对梅一朵说：我小时候家里很穷，给你讲个穷孩子的故事吧。

伍海洋眼眸发亮，盯着梅一朵讲了起来：我小时候，家里穷得没裤穿，一条裤要穿到烂，烂了外面，大人还是抽空补，口袋里子烂了他们就觉得没必要补了。那时候刚上学，小学一年级，学算术，老师问，五加五等于几？我口算不出，老师提醒，两个手一共多少指头就是得数。我懵住了，不记得，只好把手伸到烂口袋里偷偷去数，那时候不像现在的孩子还有内裤穿，所以我一个指头一个指头地数，结果数出五加五等于十一。你就是碰肿了我的第十一根指头。

梅一朵听着听着明白了，笑说：谁碰了？我可没碰啊，我真的没碰呢，我碰了难道我没感觉吗？哦，我知道了，你那沓钱太长太厚太硬了，肯定是那钱碰的，所以我才没感觉。

伍海洋仍然装作很认真地研究梅一朵道：你真的没感觉？你没感觉它怎么会有感觉？哦，你看你看，根本不要你碰，刚才你眼光扫一扫它，它又开始肿了，你眼光有毒呢！

梅一朵只好双手掩面，连声“呀呀呀呀”似娇似嗔地迎合又反抗。

伍海洋走过来，牵了梅一朵的手，绕过一个虎啸百川的湘绣大屏风，满是古董青花瓷的博古架侧，一扇圆月形房门，中分两半轰然洞开，缩到墙壁的夹层里，梅一朵觉得自己进入了武侠剧的场景。

一张足有三米宽的大床铺横空出世又虚位以待。

伍海洋往床上一躺，更衬托出了床的大。

梅一朵问：这么大床铺，是照同时躺四个人的尺寸做的吧！

伍海洋说：你们小学老师就是没文化，这是规格，是待遇，跟需要躺几个人没关系。

梅一朵问：什么规格？总统套房？皇帝寝宫？平时给哪个大人物睡的呀？

伍海洋不答，说：磨蹭什么？都脱了吧！

梅一朵脸一红，说：你怎么不脱？

伍海洋说：等你自己脱完了再给我脱。我说你还装什么呢？不就这么回事吗？越底层越虚伪！

梅一朵叹了口气，心里的脚向门外走去，地上的脚却钉子钉住了一般，手还是顺从地脱了，她不知为什么之前可以坚拒自己深爱的刘冬明的请求，而现在面对伍海洋，却毫无办法。

脱了之后，梅一朵还是不好意思看伍海洋，更不好意思走近床铺，她心里挣扎得厉害，一边觉得自己在卖，讽刺自己怎么可以做出这样无耻的事情；另一边觉得伍海洋已经离婚，自己也是单身，这是成年男女在谈恋爱，是可以走向婚嫁的，是正当的交往，不悖伦理。只要自己不是要他的钱，只要彼此有爱情，就不是卖。但是，究竟有没有爱情呢？梅一朵无法确定关键的这一环。

她拖延时间，走来走去细看房间四周，发现里面的用具厚重简单古朴，椅子、盆景架、小几等，都是大的、小的、高的、矮的天然老树干挖出来的，随物赋形，用清漆漆过，看得出纹路、疤痕和本色。靠窗的室内小水池里，竖着个汉白玉雕的玲珑楼阁，有一米多高，梅一朵走近一看，在楼阁的牌匾上发现了“黄鹤楼”三个字。

伍海洋懒在床上欣赏裸着身子走来走去的梅一朵。他满意她对房内各个贵重物件的欣赏。

梅一朵那丰盈的胸随着她的走动一颤一颤，粉红的小乳头如同火柴头擦着上了磷药的火柴皮一般，就要划燃他的眼球；小蛮腰弯弯柔柔地陷下去，是男人天生的搁手架；臀部浑圆坚实紧致，是“白玉桥”横卧时最牢固有力的桥墩；浓密的长发一会儿滑过肩头垂直在胸前，一会儿又被拂到背后，像现代桥梁上，竖琴一般的斜拉索，他心里感叹造物的完美，不禁意乱情迷，连梅一朵的问话都没听清楚，他应道：什么？

梅一朵抚摸冰凉的黄鹤楼雕塑，说：这么高这么精致的手工，要多少钱啊，刚我是问，为什么放个黄鹤楼呢？常在这里睡的大人物是湖北人吗？

伍海洋笑她：说你没文化还不承认！放黄鹤楼就是湖北人吗？“黄鹤一去不复返，白云千载空悠悠”，这是一种情绪表达呢！文盲！

梅一朵背对着伍海洋在一屋子的摆设上摸来摸去磨蹭着，伍海洋不耐烦：过来！

梅一朵转身过来，站在床边。

伍海洋仍然躺着没动，说：帮我把衣服脱了。

梅一朵说：你又不是你儿子那么大。

伍海洋只好自己三两下脱了衣服，又平躺在床上，望着梅一朵，这时候硬硬的声音软了下去，说：来，亲亲我这小十一指，安慰安慰它。

梅一朵终于意识到伍海洋并没有爱自己，他在把自己当作她最痛恨的职业的人。她忍无可忍，泪水夺眶而出，她捡起地上的背心胡乱套上，又迅速捡起地上的短裙与内裤，顾不得穿上，就飞奔出了这个噩梦似的地方。

什么人呐！

她在心里骂道。

你就是凤码头出来的卖货！

她在心里恨道。

46

凤码头的卖货！是梅一朵钉入骨髓的耻辱，她此生无法清除，只能选择不去想起。

第一次听到这句话，是她十三岁情窦初开的时候。

十二岁，已然挺拔秀美的她，坐在斜对门春哥哥的自行车后座上去上学，一手扶着后座架子，一手拿着春哥哥给她的葱油饼早餐，银亮的笑声夹在长发里，随风飘扬。

放学后，她捧着春哥哥在河滩边摘的一束小野花，几根狗尾草，走在海魂衫少年推着的单车右边，踩着夕阳的尾巴回他们共同的凤码头巷子里各自的家。叮叮当当的自行车的声音杂在叮叮当当少男少女的说笑声脚步声里，像水珠滴入凤码头烧开的油锅里，炸得巷子里的黄昏火星四溅。

一年后的暑假，春哥哥举家搬迁，离开了凤码头，将房子租给了乡下来的一个篾匠师傅。篾匠师傅扎纸屋、扎花圈，来请隔壁三爹唱生平弹词的丧家，总会顺便买他们的祭奠用品。

那个暑假，梅一朵从乡下舅舅家回来，纳闷地走进充满了青竹子和浆糊气味的春哥哥的家，打听春哥哥一家的去处。篾匠老婆那斗鸡眼看起来像望着别处，实则望着梅一朵，说：房东老板娘嘱咐我不要说，说给别人也可以，尤其不能说给你们家。

梅一朵问为什么。

斗鸡眼老婆露出了为难又兴奋的笑容，说：还是不说了吧，说起来大家都会不好意思。

梅一朵意识到了什么，转身走开，但是走得很慢，刚一出门，就听斗鸡眼的老婆高声对他的篾匠男人说：她妈妈是凤码头的卖货！我们租的这家房东老板娘讲，整个巷子的男人都被她娘偷尽了，说她娘偷了自己的老公也就算了，如今小卖货又来偷她的崽，她就是卖家神当土地，也要隔开他俩。

小梅一朵坐在江滩边的丝瓜棚下，泪水像江水一样一波一波从伤心的上游涌来。周围柠檬黄的丝瓜花开得窃窃私语，蜜蜂与苍蝇嘤嘤嗡嗡，四周寂静得发烫，忍耐不住的梅一朵终于哭出声来，又哭成了号啕，直哭得天昏地暗，夕阳西沉，直哭得蝙蝠与夏虫发出揪心的鸣叫围拢过来。

直哭到她的妈妈，凤码头卖货的妈妈在江堤上喊她吃饭，喊不应，大声咒骂，随着怒气的升温，她听到她的妈妈将她的称呼不断变更：

朵朵吃饭。

朵鬼子吃饭！

死畜生死到哪里去了？

死化生子莫让我找到你！

然后是她的妈妈骑着单车沿着江堤远去的声音，她的称呼变成了：死婊子——

那时她认为，世间最恶毒的词语，莫过于卖货、婊子，她这一辈子可以饿死，就是饿死都不要做卖货。

她疲倦至极地离开蚊子、蝙蝠、癞蛤蟆、牛虻包围的江滩，拖着滞重的腿，往麻石砌就的码头走，可是她不想回家，不想回到卖货的身边，她搜肠刮肚曾经见过的妈妈的卖货的行为。

她记得刚上小学一年级那年，有个从外地来修铁路的叔叔，经常满面红光地从她妈妈的房里出来。在她过生日的时候，那个叔叔还给她买了一件她人生第一次认为是最漂亮的衣服，粉色的细灯芯绒，领子与口袋的里边都用松紧带拉出了荷叶边的皱褶，口袋上还绣着白色的兔子抱着橙色的萝卜。她无限喜欢这件衣服，但是她穿了不到半年，那个叔叔消失不到两个月，她的妈妈，居然将这件漂亮的新衣服撕成几片，挂在江滩边的菜地上，做了稻草人。单薄的灯芯绒稻草人，日晒雨淋，终于在梅一朵一日三回的探看下烂成破布，某天一阵大风吹过，小小梅一朵的最爱，旋上天空，落在江里，自此不见。

她还记得在她的小学阶段，凤码头的那些叔叔伯伯，以及旁边煤码头、木码头的叔叔伯伯，都喜欢上她家来串门。他们来的时候，会给她带一支铅笔，几粒水果糖，给她家送来一碗豆腐，几条咸鱼，半桶在水里蹦蹦跳跳的河虾。这些叔叔伯伯一来，妈妈总会给她零钱，让她去大街上的百货店买双袜子、买瓶酱油，买包豆豉，当然，也总是同意她顺便买点自己喜欢吃的零食。而如果这时候她不在自己家里，在对门的三爹家，三爹总会在自己和小伙伴玩得起劲的时候，找到理由让自己回家去，三爹是附在她耳边轻声说的：

“我听见一只燕子飞到你的房里了；

“我听到一只蝴蝶停在你窗上了；

“我听到你养的小白兔，它们在打架；”

……

她笑呵呵地跑过窄窄的巷子跑回家，有时能看到燕子或是蝴蝶，有时候又看不到，但是每次她准能看见的是叔叔或伯伯，在她家里和妈妈聊着或者是撩着。

十三岁的她，猛然间悟到，这就是她妈妈在卖，好心的三爹是派自己回去阻止她妈妈的卖，而她，却一直蒙在鼓里被卖货养大。难怪巷子里的婶婶阿姨都说她长得好，是吃百家饭长得好，百家饭是多么耻辱的饭！

她那时不准备再回家，但是她只有十三岁，她能到哪里去，她不想去舅舅家，不想去一切跟她的妈妈有关联的地方。她知道她的早逝的父亲在北京有家，但北京是比天边还远，还看不到的地方，她怎么去？

她累极了。她看到靠近码头的地方，有一只小木船底朝天搁在架子上，是刚刚维修好，上过桐油的，她闻到桐油的清香，她觉得这是个比她的家干净的地方。

她缩到反扣的木船下，在白净的细沙上仰躺着，马上就睡着了。

是三爹找到了她，三爹那么好的听力，自然听到了篾匠那斗鸡眼的老婆告诉梅一朵的话。

三爹推醒梅一朵，说：莫听人家的，寡妇门前是非多。

那时的梅一朵，万万没想到宿命也有遗传，十五年之后，她自己也成了寡妇。

又一年之后，她居然卖到了北京。

她在恨自己的同时，好像对母亲的恨，轻了。

47

毕业六年后，梅一朵在北京再次碰到柳眉。

柳眉浅金色长长卷发，化的是国际影星国际名模常化的烟熏妆，打扮前卫，做旧的七分牛仔裤色泽残褪得恰到好处，一边的膝盖处还有一个线头缕缕白茸茸的破洞，露着蜜色肌肤，衬得梅一朵规矩的西瓜红及膝背带伞裙格外地幼稚。

柳眉抽着烟，姿态优雅，熟练地吐着烟圈儿，比学校时要妩媚性感了不少，却比那时要沉。在学校，她是飘的，梅一朵想。

她的男朋友亦是有型有款，眉眼炯炯，干净，文雅，稳重，举手投足都表示他是教养极好的家庭出来的公子，讲一口纯正的京味普通话，声音淳厚，内容精准到位，亦不多言，偶尔随微笑绽放出来的，是那种年收入至少在五十万以上的男人才能有的深沉底气。他是她喜欢的那种类型，然而，她也悲哀地知道，她此时的社会地位，他是她无法企及的一个梦幻。

柳眉的父亲当年给行将毕业的女儿开的公司，原来只有北京一家，经营了六年，29岁的她居然就在全国各地发展了五家分公司。而雄心壮志，时刻牢记京城皇城根儿底下的父亲的出身，时刻回避自己粪码头的出身的梅一朵，此时的身份只是可怜的体育老师未亡人，小学语文教师。

巨大的落差无形中就让梅一朵憋屈不已，何况他们还将其落实到有形。

今天是盛校长请客。柳眉的文化传播公司承接了学校文化墙和天文广场以及海洋馆和百草园生物基地的设计工程。工程在学生放假的时候就已开始，跟伍海洋的维修工程同时进行。在此之前柳眉多次跟校方洽谈，梅一朵居然一无所知。

因为都在北京，所以就有了这个小聚会，一共七人：盛校长、梅一朵、伍海洋、刘冬明、市驻京办主任和柳眉这对情侣。

排坐是这样的：局长刘冬明和柳眉夫妻一对儿上座，伍海洋和盛校长居两侧，驻京办主任在梅一朵的上首，而梅一朵，被涮到靠门的、上菜的最下座。

进门的时候，盛校长和柳眉一对儿先到了，在休闲区的沙发上坐着边看新闻边闲聊。梅一朵、刘冬明、伍海洋三个人差不多是并排从大门里，跨进这带卫生间、酒水间、衣帽间、休闲区的豪华大包。

柳眉肯定一开始就认出了梅一朵，但是她却先没认她，而是先听盛校长介绍了局长，把局长刘冬明让到餐桌的上座坐下，又听盛校长介绍伍海洋，她也笑吟吟地伸手握了伍海洋的手，还顽皮地叫他“伍叔叔”，说是从小这么叫，改不了口了。

梅一朵听她这么叫，心里像被什么东西痛划了一下，她早就知道伍海洋比自己大了15岁，昨晚在他面前赤裸身子的时候，她没去想这些，现在，这个男人被自己大学里的怄气对手称为叔叔，她觉得自己又被命运狠狠地嘲弄了一把。

她心烦意乱起来。

盛校长向柳眉介绍梅一朵了，说：我们学校的老师，梅一朵，师大中文系毕业的。诶？柳总，你们应该是校友啊？

柳眉还是笑吟吟地伸手过来，淡淡地说：是，我们关系很好。然后手往靠门边的座位一指：老同学，坐那吧，改天我们再单独叙旧。又看向随后进来的驻京办主任，说：袁主任，好好陪陪我老同学吧。

整个场面就这样控制到了柳眉的手中。

矮、胖、老、黑的袁主任殷勤地笑着，肿眼泡里放出灼人的光芒，对梅一朵做出请坐的手势，说：愿为美女效劳！

梅一朵有了掀翻桌子的冲动。

席间，他们谈热钱，谈资金链，谈圈地、股市、楼市，都是柳眉游刃有余地把握着话题走向。梅一朵觉得柳眉在专捡她这个小学老师无法涉及的话题谈，是在故意整她，而他们，这些男人们，有两个还跟她有过那样一种暧昧，却都无视她这个当年同样是系花，同样才华出众的美女的存在。

梅一朵有了把整栋金碧辉煌引爆的冲动。

凭什么啊，她，一个暴发户的女儿！

梅一朵又想到了自己的出身，想到了现在还独自住在德胜门内大街老四合院里的独眼叔父。

她手在桌子底下偷偷给妈妈发短信：妈妈，我在离叔叔家不远的地方，想去看看他，不知道他方不方便，你给他打个电话，告诉他我北京的手机号，要他马上给我打个电话。

发完短信，她发现柳眉终于把话题引到了一个她可以听懂的领域。只要听得懂就可以找机会展现才华控制气场了，梅一朵心里有了一线希望，遂洗耳静听。

柳眉讲的是一个年仅25岁的纽约美女，因为出身底层，又向往富人区的别墅生活，她得知至少要年薪50万美金的才能住到那里。她也曾找过几个男友，年薪最高的仅20万美金。她得意于自己的青春美貌，困惑于何以得不到更高薪金的中产者的青睐，所以，她在网上发帖子谈了自己的困惑，题目是“怎样嫁给年薪50万美金的富人”。最后，华尔街的一个年薪超过50万的金融家给了她回帖。你们猜猜，这个金融家是怎么回帖的？

梅一朵见柳眉一脸的神秘，不知她又在玩什么花样，不敢轻易作答。

几个男人，脸上或写着不屑，或写着嘲弄，或写着不感兴趣，都缄口不语，好像这是不可泄露的天机，或是不值一答的童言。

柳眉并不失落，她自信地点将道：伍叔叔你来讲，你的身份跟这个金融家最相近，如果你再婚，面对这样一个女子，你会考虑吗？你会怎样回帖？

柳眉说完，似乎是随意，似乎又意味深长地看了梅一朵一眼。

看得梅一朵心惊肉跳。

昨夜的画面跳到眼前，她差一点就把自己卖了呀，可眼前这个鬼魅一样的女子，她怎么好像什么都知道？

伍海洋白牙齿闪闪亮亮地笑了笑，说：玩笑开到叔叔头上来了啊！不过，撇开我自己不谈，我倒是可以以华尔街金融家的身份分析一下。从他的身份来说，也就是从生意人的角度来说，跟这个傻妞结婚是个very bad（非常坏）的经营决策。道理再明白不过，听我解释，抛开细枝末节，这个傻妞所说的其实是一笔简单的“财”“貌”交易——甲方提供迷人的外表，乙方出钱。公平交易，童叟无欺。但是，这里有个致命的问题，这个所谓美女的美貌会消逝，但金融家的钱却不会无缘无故减少，事实上，很大可能会逐年递增，而这个纽约美女铁定不可能一年比一年漂亮。

柳眉煞有介事独自鼓掌，“啪”——“啪”——“啪”，很慢的三下，带有浓厚的讽刺意味。梅一朵知道，那肯定不是讽刺伍海洋，因为柳眉肯定了他：伍叔叔，高！你们同为孤枕英雄，所见略同。

刘冬明摇头笑道：如今的新新人类大造词汇，我头一次听说有孤枕英雄的。

柳眉说：局长你是饱汉子不知饿汉子饥啊。经济圈里，欲望很盛的人才会不断扩张，这是饥饿感激发的内驱力，我们纳税人必须持有这种内驱力。还是回到华尔街的帖子，那个金融家就是从经济学的角度来剖析的，他讲，从经济学的角度讲，他是增值资产，而这个美女是贬值资产，不但贬值，而且是加速贬值。他告诉这个美女说，你现在 25 岁，在未来的五年里，你仍可以保持窈窕的身段、俏丽的容貌，虽然每年略有退步。但美貌消逝的速度会越来越快，如果它是你仅有的资产，十年以后你的价值甚忧。

驻京办袁主任及时恭维道：只有柳总这样的绩优女子，才敢挑起女人价值这样的话题，薛总你的运气比我们的都好啊！

梅一朵这才知道柳眉的男朋友姓薛。

薛总谦逊地笑笑，就事论事地说：我跟眉眉之前讨论过这个话题，用华尔街的术语说，每笔交易都有一个仓位，金融家跟这个纽约女子的交往属于“trading position”（交易仓位），一旦价值下跌就要立即抛售，而不宜长期持有——也就是这个女子想要的婚姻。这个说起来很残忍，但对一件会加速贬值的物资，明智的选择是租赁，而不是购入。年薪能超过 50 万美金的人，当然都不是傻瓜，因此这个女子注定要失败，这些只富不豪的资产者只会跟她交往，不会跟她结婚。所以这个金融家最后劝她不要苦苦寻找嫁给有钱人的秘方，而应该想办法把自己变成年薪 50 万的人，因为这比碰到一个有钱的傻瓜的胜算要大。

柳眉得意地接话道：最有趣的是回帖的最后一句——如果你对“租赁”感兴趣，请跟我联系。

说完她又扫了一眼梅一朵，梅一朵几乎确信伍海洋在她面前炫耀过昨夜自己的尴尬，说不定还加油添醋地说自己是千方百计地想“租赁”给他。

大家脸上都配合地浮现出一些笑意，之后，盛校长有些不以为然地说：这不是个新鲜的命题，从繁华的京城到偏僻的小县城，这样的租赁市场到处都是。

梅一朵正色说出了今晚的头一段话：我认为这确实没什么好说的，这个隔着大洋被我们讨论的女子有些悲哀，不过我倒是有点崇敬她，因为她完全有资本去租赁市场捞一笔防老的储备金，但是她没有。租赁是可以反复进行的，身体的被租赁，对于我们这种受传统教育的人来讲，是无耻和堕落，如果硬要把什么都往经济上套，或者通俗地说，是往钱眼里套，那张爱玲老早就说过，“婚姻不过是长期的卖淫”。如果没有爱情的话，像你们讲的，一切都是交易，那婚姻它就是“长期的卖淫”，不是女方卖给男方，就是男方卖给女方。关键是，现实社会中，特别是被你们视为穷人的群落里，还是有正享受爱情幸福的人们。那天我坐在一个朋友的车上，一对黧黑的农民夫妇正在道路中间捡从他们的蛇皮袋子里掉落到地上的板栗，没有注意到我们的车。朋友到近前为了提醒他们让路，猛地按了下喇叭，那女的被吓得当场就倒在地上，男的则抱着她使劲呼唤，没喊醒，就拿扁担砸我们的车。我们开车门，说并没撞到他，给他三百块钱希望了事。他不肯，我们就威胁他，要他赔偿被扁担蹭破的车油漆，他把三百块钱扔到车里，说赔一辆车都要得，条件是我们要赶快送他老婆去医院。去了医院之后，医生说只是中暑，马上就醒过来了。可是令我们感动的是，一路上，他把老婆抱在怀里，那种难过的表情，那种对我们仇人样的激愤，那种体贴的呼喊，那种情动于衷的亲昵举动，好像他抱着的是世间再难寻觅的绝色尤物。可这个老婆，真的长得好丑，塌鼻细眼，还是龅牙，脸上是层层叠叠的黑壳斑，却并没有妨碍她老公对她的心疼。这份心疼，不是世界上任何一种货币能交换得来的。我认为，恰好是这样的婚姻，是世界上最有价值的。纵使现在许多的农家女都涂脂抹粉地进入了短期低端租赁市场，甚至不少的大学生也顺应潮流进入了中期或短期的高级租赁市场，但是，我仍然相信世界上还有不关乎金钱交易的爱情和婚姻，我坚信，谁最终嫁给了谁，谁可以跟谁相守到老，谁可以得到真心真挚的爱情，谁的爱情婚姻只是苍白的交易，这都是缘分与命运，是上天公平的安排，而不是经济规律的安排。你们讲的华尔街术语我不懂，经济规律我也不懂，但是，面对自然的大规律，我们都是一样的，我们都是自作聪明的傻瓜！

梅一朵的话语急速，眼光在在座所有人的脸上轮番扫射：她看到刘冬明听到一对农妇农夫的时候，下意识地喝了口旁边摆着的红酒，因为，梅一朵说的朋友的车上，这个朋友就是他；她看到伍海洋在不断地眨眼，好像梅一朵的话是不断在他面前挥舞的双节棍；她还看到柳眉那净好的男友，看着她微笑了一下，脸上一直有恬淡认可的表情。只有柳眉，在她的话结束时，还在刺她：梅老师，你跑题了呢，是不是最近受了什么刺激啊？

盛校长举起酒杯，起立道：好，各位杯中酒，难得京城一聚，我们换地方吼俩嗓子去！

一个巨大的地下宫殿，是京城有名的情绪集散地。

所谓有名，是梅一朵根据在那里看到了她所喜欢的一个蒙古族女影星而判断的。她跟着大家从下行电梯口走过来，就看到这个影星被数个男男女女散散地簇拥着，站在那里，他们好像还在等人，她并不说话，头微微昂着，没有笑容，也并不冷漠，是她扮演的孝庄太后的表情，衣着却时尚，不是花里胡哨、东扯一根带子，西打一个结子的时尚，是那种精致沉着的有品质的时尚。

梅一朵有意落到队伍后头，回头一眼一眼地偷偷看她，她想看清戏里戏外的不同，她知道人生同样也是一出盛大的戏剧。戏剧样的环境，戏剧样的京城之夜，梅一朵惶惑了。

旁人并没有像她这样无礼而少见识，他们淡然地经过，像看常人样地看一眼，走开。也许他们都是不同领域的高人，问题是他们都是怎样地走向“高层”的呢？原来也跟自己一样卑微可笑吗？他们也有过类似的心酸吗？

柳眉在前头的包厢口大声喊她：梅一朵，你刘姥姥啊？

大家都看向她，她恨得想一刀结果了自己。

柳眉向她走过来，这时亲热地搂她的肩：梅老师，都奔三的人了还追星啊？想见谁，你只管说，我找人给你安排就是了。

梅一朵觉得初见柳眉时觉出的“沉”是假“沉”，是她指间夹的那支烟给的错觉，她还是“飘”的，太顺的人怎么能不“飘”呢？

包厢里，领班早领着一队靓女在候着，她们一色的秀发披肩，着统一的艳紫短袖低领超短西装裙，个头都跟梅一朵差不多，在精致妆容与灯光的修饰下，好像姿色都不逊于梅一朵，只是那职业的笑颜，标明了与梅一朵不一样的身份。

几个男人，除柳眉的男友外，都很自然地每人点了个女子挨身边坐下，一个负责倒酒弄果盘的女孩子跪到茶几前忙乎。

这是梅一朵第一次见到传说中的“小姐服务”，她能判断出来，除了自己，其他人，都应该是经常见识这些的，那么，柳眉的男友，如果没有柳眉在旁，他也会叫吗？如果没有女士在场，他们会干什么啊？

正想入非非，门口飞进来两个蛇一样的女子，都由紧身“迷彩布筒”裹着——上面裹到半胸，下面裹至腿根的女子，她们一个飞向伍海洋，一个飞向袁主任，口中娇嚷的是同样的内容：哥，怎么才来啊，想死我了。

手臂就环上了他们的脖子，脸颊也随之紧贴上去。

梅一朵不由又想到昨夜，虽然她最终万幸没上伍海洋的床，但是，看此刻这情景，他原来真是把自己当“小姐”一般的应招身份啊！怪不得从昨夜离开到现在，他又恢复了那目空一切的神态。她觉得心脏自动冲到了喉头，要冲到地上摆脱这弱智的躯体。

伍海洋握着女子紧缠的手臂，漠然地看向梅一朵，梅一朵判断不准他是要把那手臂拉开，还是要按紧一些。

手机救命似的响起，梅一朵一改平日先看号码再接的习惯，马上送到耳边接听，是纯正的老北京腔调，是她从小听母亲渲染的独眼，并且因为独眼而一辈子独身的叔父的声音。

她大声地故意地在包厢里喊电话：叔呀？对，朵儿呢，咱妈告儿你的？好嘞，马上就到！

众人被她失真的声音和失态的表现所震慑，都安静下来，刘冬明还将正播放的歌曲调小了声音。梅一朵有些撒娇地对几个男人说：我叔父找我了，就咱妈告儿的，非得今晚去，还说让今后就住那儿，你们谁开车送我去啊？

伍海洋问：你叔叔来北京出差？

梅一朵说：咱老家就北京的啊，叔父在德内大街老四合院里头住了几十年了，谁送我去啊？

柳眉不无嘲讽，似乎又有点嫉妒地接话道：哦，忘了介绍我这老同学的家庭背景了，我们大学同学都知道，她爸爸在曾经的北平，曾经给宋美龄献过花，呵呵！

梅一朵不理柳眉，只看着伍海洋冷冷道：这段日子我要在叔父家帮他做些事，你们家洲洲就只能另请高明了。又看向众人道：诶？你们这些绅士们，谁送我啊？北京这么大，我这文盲加村姑会找不到北呢！

说话的同时，梅一朵内心乞求上天：天呐！帮忙鉴别我的真命天子吧，请将他从这些卖货手中抢回到我身边吧，这可是我忍耐力的范围内，能给出的最后机会啊！

刘冬明好像动了动身子，又好像没动。空气凝固了那么几秒钟，袁主任就说：我来送吧。

梅一朵欲哭无泪。

从噪音乱撞的地下宫殿上到地面，梅一朵回头再看，忽然觉得它根本就是一只巨大的金色痰盂，她从那一团金色里抽回眼光转向大街时，灰尘冲到了眼里，外面起风了。

她揉着眼睛，看见风从柳树那边的街道扑过来，把披头散发的柳树扭动得像金色“痰盂”的中央“的吧”里，那些吃了摇头丸的卷发女郎。

风裹挟灰尘再次扑向梅一朵，梅一朵的泪水就被老天的这份“千里送沙尘”的礼轻情意重，给弄出来了。

这群该死的男人！

我并不比一阵风更知道这群男人。

我并不比一粒沙尘更知道世间的真相。

只有在负气的时候，梅一朵的自我评价才会趋向准确。

大雨织到大风里，染着路灯的颜色，像巨大的白晃晃的刀片横切过来。

德内大街四合院紧闭的灰色大门前，梅一朵冒雨下车。轿车轻鸣告别的短笛，在层层帘幕的雨夜里很快消失。

并不宽敞的德内大街空无一人，积满灰尘的树木在暴雨里裸浴狂欢。梅一朵分开额前两缕湿嗒嗒的长刘海，在门槛上坐下。不一会儿，一辆三门轿车从街道的一头开过来，像一艘巡洋舰那样气派，犁得积水朝两边喷射。

梅一朵没有伸手挡那射过来的水片，她看到是个比自己还要年轻的女子开动的这庞大的卡迪拉克，车头一只傲慢的飞鱼，车内的女子并不傲慢，她侧头看梅一朵眼神有些疑惑。

汽车尾灯的光芒消失，天空紧跟着追来闪电，梅一朵想这年轻的女子是赶往哪个宾馆夜总会“工作”呢，还是到那里去抓回正在“工作”的老公。梅一朵在雷声过后，把手伸到包里发短信：

简直是耻辱！再也不想见到你！

然后，像做完了天大的事情，梅一朵仰头望天，对浓墨的天空轻声说了句“好了”，就站了起来。

站起来的时候，脑袋一阵晕眩，她扶着门框站稳，又下意识地看了看天，上一个雷声的尾音似乎还在云层的那边骨碌碌滚动。

天理昭彰。

梅一朵居然想不起世间还有哪个男子值得自己托付终身并珍惜，她觉得可笑，于是，在又一个闪电扯下来的瞬间，她就迎着闪电淑女般温温柔柔地笑了。

48

朵儿啊，你很乱啊！

没有啊，叔，离得近，我特意来看看您，您还好吗？

你白里胎着暗青，朵儿，叔给你卜一卦。

梅一朵不知道独眼叔父从什么时候开始，钻到《易经》里去了。她已经六年没见过叔父，平时也很少联系。妈妈曾经告诉过她，小时候，她一见到叔父皮皱皱陷下去的眼窝，就会大哭。六年前，她带罗伟林来北京看过一次叔父，坐了不到一刻钟就走了，叔父靠什么打发他的独眼时光，梅一朵从来没有关心过。

今晚，外面风雨纠结，梅一朵觉得橘黄的灯光下，叔父还是很慈祥的，彼此透着血缘的信任感，就连那深陷的眼窝，梅一朵也觉得正跟自己心里的那一块残破吻合，是能够产生共鸣的抚慰。

叔父真是个怪人，自己身上湿嗒嗒的，他不要自己洗澡换衣，要先给自己卜卦，难道自己真成了扁鹊面前的蔡桓公，病入膏肓尚不自知？

梅一朵说：湿着难受呢，您有最长的棉布褂儿吗？

叔父身高接近一米九〇，且身板硬朗，配上他的独眼，其实像战场上归来的赳赳武夫，并不像个弄《易经》的道人。

叔父说：别急，你先来卜卦。说着他就四处找卦，在那堆乱书乱衣服里翻了半天也没翻到，就从口袋里掏出个一元硬币，递给梅一朵说：只要有阴阳，这个也一样。你丢吧，丢六次。

梅一朵就顺从地丢了六次，叔父根据朝上一面的阴或阳，在一页纸上也长长短短地画了六次横线。

待梅一朵洗完澡套着他的藏青立领棉布对襟褂子进来，他已译好了卦象，背靠着书桌递给梅一朵看，说：蛊卦，物腐蠹生之象，不进则退之意。

梅一朵接过，见上面写着：

蛊卦：

山风蛊，君子以振民育德

第十八卦艮上巽下

蛊：元亨，利涉大川。先甲三日，后甲三日。

梅一朵笑道：太玄乎了，我只知道“蛊”的意思是把许多毒虫放到器皿里，让它们互相吞食，最后剩下的那条不死的毒虫就叫“蛊”。我的心里有毒虫吗？或者我受到了什么的蛊惑？

外面的风雨跟老旧的玻璃窗推推搡搡的，弄出一阵阵跌跌撞撞滴滴嘟嘟的响声。

叔父在桌前坐下，望向掉漆木框的玻璃窗，玻璃窗离他们也就米多远，叔父把好眼睛的这个侧面给了梅一朵，梅一朵看到叔父独亮的这脉目光像是穿透了玻璃窗，穿透了黑夜。

叔父的花白头发是自然卷，由于屋顶灯光给出的明暗和色泽，叔父的头脸有了油画的效果。梅一朵觉得沉默着的叔父很像《简·爱》里的罗切斯特，那个最终跟简·爱修成正果的瞎眼破产的绅士。

叔父年轻的时候有没有他相爱的女子，或者中年有没有暗恋的女人呢？这自然是个无法从他那独有的“窗户”里窥破的谜。梅一朵眼前的叔父是沉静的，是口深深的古井，是口把所有的苦水都酿甜，把一切的热情都吸凉的深深的古井。

良久，叔父“咝”地吸了口气，还是不看梅一朵，顾自说道：山下有风，风被山阻止不流通，静止不动，腐败之像。“元亨”，就是从一开始就很顺利，利于跋涉大川，具体时间是甲日的前三天和甲日的后三天。通俗说来，蛊卦有蛊惑，败家子，侵蚀，发生事端之凶。要治理整顿，任凭大风劲吹，我自岿然不动而静守。

梅一朵笑了，说：我还是没听懂，不过我倒是想起苏轼的一句诗“八风吹不动，独坐紫金莲”，不过苏轼这里的讲的好像是佛家偈语，不知道跟这儿是否有联系？

叔父摆摆手，说：朵儿大学学过古汉语吧，你那点儿书在心里，就像后房那些个书，我多久不看，不晒，就长虫子了。不过跟你讲的还是能通，不至于对牛弹琴，感兴趣的话，叔父可以把二十年的所学所研教你。

“对牛弹琴”的字眼，让梅一朵想到了晚餐时，柳眉极力推荐的日本神户牛肉。七个人吃了一万多块钱的牛肉，全因为那牛是听音乐喝啤酒长大的，这就是附加值。那牛它能懂音乐，能在音乐中让自己的肉细腻鲜美，这就是时代的进步。这个进步很好玩，梅一朵想着想着就笑了，要不要跟叔父讲呢？讲的话，他会不会认为自己是在讥笑他这几十年所学都被视为落伍呢？

叔父好像知道她在想什么，那对着梅一朵的大半张脸微动纹路笑了一下，说：你听我分析完就不会觉得它是老古董了。你这卦儿，上卦是“艮”，下卦是“巽”，“艮”是阳刚，“巽”是阴柔，所以说上刚下柔，不久将发生混乱的现象，又风入山下，闭而不出，即是物腐虫生。

梅一朵边听叔父说着，边心不在焉地翻看背面，背面错落写着：

初六：干父之蛊，有子，考无咎，厉终吉。

九二：干母之蛊，不可贞。

九三：干父之蛊，小有晦，无大咎。

六四：裕父之蛊，往见咎。

六五：干父之蛊，用誉。

上九：不事王侯，高尚其事。

梅一朵听懂了叔父说“不久将发生混乱现象”，心里有点牵动，也想马上知道这卦对于自己命运的具体阐释，又见反面这七七八八的都像异族文字一样难懂，她怕叔父真要收她做徒弟，一字一句地给她讲，于是删繁就简道：您刚说不久将发生混乱现象，怎么个乱法呢，是说我个人的心理，还是我所处的环境？

叔父把整个脸都转向了她，说：乱了不是？急了不是？这卦嘛，就四字儿，振疲起衰。开始你也讲了，这蛊，本义为毒虫，引申出来就是，诱惑迷乱，无事生非，比喻腐败。这卦儿认为，事情总是日久生弊，积弊成乱，乱而复治。因此，面对积弊的状况，必须坚定信心，积极治理，推动新局面出现。治蛊首先要加强教化，从而振奋士气，提高素质。其次，审慎制度方案，在实施过程中还要区分情况，灵活运用，讲究方式方法，并注意保护父辈的声誉。

梅一朵疑惑了，自己并非领导干部，刚心里默求的也是自己的感情和事业，怎么都是治国定邦的词句呢？

叔父说：闺女儿，这卦儿，表象看来不好，其实蕴藏了很大的能量啊，是王侯将相求的话，肯定要乱世而治了，而对于个人来说，正如佛家所言“创造所赋予的肉身，原本就万法具足”，也就是说，大自然的万象万法，如同人的自身，其实每个人都是一个小宇宙啊，再说你的问题，是积累了很久啊，必须乱了，正乱呢，要解决这些腐乱，定要事先筹划研究，内心监督执行，贯彻始终啊！朵儿，不可使父辈蒙羞啊，你心里早年的信念，要坚持啊！最近两年，你被迷了，腐了，乱了，但是，朵儿，你听叔打个比方儿，风乱就成旋儿风，旋风的力量大可搬牛儿，水乱就生漩涡儿，漩涡儿的力量猛可吞舟。小时就给你算过，命里你占天乙、太极等多颗贵人星，你还坐文昌贵星，是有大前途的啊，要坚持！记住，不进则退，你得操纵这旋儿，要不自己就被旋进去了。

雨柱儿像透明的虫子，紧贴着玻璃窗急扭而下。

这个破旧的小屋，就是爷爷奶奶繁衍生息的地方，他们有着怎样的故事，父亲小时候又有着怎样的故事，父亲应该不爱妈妈的吧，那么他之前有没有过至爱呢？

父亲早逝，唯一能在人前说得起话的父亲的皇城根出身，其实也是这样的破败不堪，她的生活与希望总在背道而驰，她早已六亲无靠，现在，连她自鸣得意倍加珍惜的她的身体，也被人等同于夜总会里廉价出售的肉体。

这个雨夜，耻辱与绝望以从未有过的力度，重重地啃噬着她的心，她知道自己在这个世界已经无所依存了。

闷热的旧屋里，梅一朵闷闷地胡思乱想，也不敢多问叔父一句，她其实一进门就想独自安静，她有那么宽那么深的一条伤口要舔呐！

就寝的时候，梅一朵头一回领略到了独眼叔父独特的幽默。

独身的叔父很认真地对梅一朵说：这样吧，还是我去睡别墅吧，那儿养了很多宠儿，它们不认识你，会伤到你，你就睡这床吧，这床只是有些叔父的老人味儿，没有动物味儿。

梅一朵又纳闷又惊喜，脑子立刻转悠开了，她想起袁主任在路上给她介绍说的：这京城里，真正的显贵富豪，并不是你能在夜总会或者星级宾馆、海鲜酒楼里能看到的。他们深居简出，每月从深山郊野的别墅山庄里钻出来，去顶尖级的音乐会，或者票友沙龙里洗洗耳朵，然后不声不响地回去，自然有前头那些开名车着名牌的二流富豪给他们累积财富，他们要是走出来，那真个儿就是凡人有眼不识的泰山！

梅一朵的脑海里，跟着就闪出了绿树掩映的豪华别墅，以及别墅里的狼狗、贵宾犬、波斯猫、汗血宝马，同时想到的还有，叔父没有后人，自己是老汪家唯一的后辈儿唯一继承人，她喊道：天呐！您竟然还有别墅！怎么连咱妈都不知道！都养的什么宠物啊？

叔父饱绽微笑，领着梅一朵来到了后面那间房。昏黄的灯光下，一个老式大床上垂挂着蚊帐，蚊帐上浆满了灰尘，以及跟灰尘同色的岁月的陈调。透过朦胧的蚊帐，隐约可见床上靠墙的那一边，一摞摞码放着尺多高的书籍。

叔父抬起长手，指那床，不慌不忙地给梅一朵解释：逢初一、十五，我就住在这别墅里，昨儿个七月十五，刚在这儿过的夜，许多既没影儿，又无声的虫爷们儿，把我给享受了一顿儿。瞧你那细皮嫩肉的，伺候这些个爷儿们不起。得嘞，你前头儿睡去吧！

梅一朵听得张大嘴巴，啼笑皆非，她也手指床道：这，这儿？就您的别墅？怎么它就是别墅了？

叔父说：不是经常住的地方，产权又归咱，怎么就不是了？好吧，闺女儿，前头睡去吧！

睡在袅袅而起的蚊香味儿一统天下的旧床上，梅一朵几次想到叔父的幽默和自己的想入非非，都不禁哑然失笑。

后房不断传来“噼啪”的拍虫拍蚤之声、老手掌摩挲老皮肤的“嗞嗞”之声，笑着，笑着，梅一朵又掩着口鼻哭了。

一条短信就在这时候跳了进来，上面写着：

我在德胜门门楼下，你不来，我就等到天亮。

49

骤雨打新荷。

北京东三环，一个由水银的镜面与橙色的墙漆装饰出的连锁旅店的大床上，刚刚从云雨里出来的刘冬明这样总结道。

如果不经过非典时期的隔离病房，刘冬明认为，这个时候的自己，是绝不会像个初恋的毛头小子一样来追求爱情的。

非典的时候，每天看到死亡数字的攀升，医院强烈的消毒水的气味，医护那唯一没有被防护用品包裹的布满血丝的双眼，都让他觉得自己死到临头，但是死到临头他居然都没有得到她，他这一辈子是多么的残缺不堪。

至于那些他的抱负、他的名位，在死亡的面前，又显得多么的脆弱与虚无。我是谁？为谁来到这世上？一个连爱情都不敢大胆追求的男人，如果他死了，是会了无痕迹，就像从来都不曾出生过一样。

虽然他靠着自己的努力与金章叔叔的提携，不到四十岁的年纪，就到了正处级的位置，再往前走，也许能在退休的时候成为一方诸侯。但是生死都不由人，前程上的事，向来变数极多，又由得了谁。他累了，这么多年压抑着生活，让他着实地觉得累，觉得没有生趣，觉得不人道。他想，抛开身上的光环、名位的束缚，自己也是个有血有肉、有情有欲的男人。

金章自从得了那种病以后，这几年他们夫妻之间已经基本没有过性方面的接触。而子宫的切除，使得金章的性情也发生了改变，对他的不信任，对物质的贪婪，对名位的渴望，对已经逝去的青春执拗而又徒劳的挽留，使得刘冬明常常身处于她的强大气压下。刘冬明不愿意跟生病的妻子争吵，而他的沉默、避让，使得金章就像一个大力士拳击棉花，费了大劲却落了空，心情更加烦躁、郁闷，对他的猜忌也越深，就更变本加厉想跟他吵。这样的恶性循环，使得他对维持一个平静和谐的家庭生活丧失了信心。但他不想离婚，也不能离婚，不但不能离婚，在人前他还要格外装出对妻子的体贴照顾。为了他自己的形象，也为了孩子。大人有错，孩子无辜。

找别的女人发泄？他很难做到。这其中固然有政治生命上的考虑，也因为，他从本性上不能接受那种纯交易的男女关系。他想象的男女关系，是有情也有欲的，由情而产生欲，由欲又提升情，直至达到水乳交融、灵欲合一的境界。

他压抑着自己的情欲煎熬，拒绝了很多女人为了交易的投怀送抱。他不知道哪天这种煎熬就会熬干了他，然后化成焚身之火，将他彻底烧成灰烬。

就是这梅一朵，他看到了她的爱情。她的诱人身体也如春风一般，让他压抑多年的情欲如离离原上草一样，破土而出。

但是，她只愿意保持着和他的精神恋爱，直到他们都争取到了自由之身的日子。

他以为是她所说的军官家庭出身的背景对她伦理观的影响，这也是他爱惜她的原因之一。还有她在每年换季的时候，每个节日，甚至是六一儿童节，10月13号少先队建队日，她都能想出美好的说辞给他送衣物鞋包，送书，送进口的咖啡、红茶，甚至是名表等大大小小的礼物。他没有什么物质反馈，她也不计较，无论自己写得好不好的文章，画得好不好的画，只要是给她看的，她全都双眼放光，爱不释手。她是多么爱他，爱得多么干净。

他又怎能不爱她。

隔离病房的无菌病床上，他曾经在呼吸极度困难，意识濒临模糊的时候，几度发下重誓，如果能活着出院，他此生定要得到她。

而高烧稍退，意识清醒的时候，他就设想与她翻云覆雨的滋味，他那时发誓要使尽十八般武艺，让她幸福至极，让她对他终生难忘。

没成想，他给她的第一次却是骤雨打新荷，那么短暂，他还没来得及想十八般武艺的事情，她还在一朵半开的荷花的状态里，他的洪峰就冲垮了堤坝。

骤雨打新荷。

他说。

明明是一场失败的性爱，却贴上了这样唯美的标签，骤雨打新荷，只有他才想得出。

她想。

窗外的风雨已经停歇，至于什么时候停的，梅一朵发现自己居然没有注意到，这证明刚才失败的性爱里，自己还是投入与专注的。

渣土车的声音却煞风景地响起，还不止一辆，旅馆的背后是个拆迁工地吧，现在的中国，哪里不拆呢？梅一朵想。

拆了整个中国，拆了全世界，身边的这个男人，恐怕也不会拆掉他的家庭，他只是要得到她，他如愿了，接下来就是厌倦和抛弃吧？悲哀泛上了梅一朵的心头，骤雨打新荷，她想起了元好问的一阕词里，那对殉情的男女，那些真挚的爱情，那一池的并蒂莲。她翻过身去，左手搁在刘冬明的右肩上，嘴巴凑近他的耳朵，一字一字地，在渣土车的轰鸣里吟着：

问莲根，有丝多少，莲心知为谁苦。双花脉脉娇相向，只是旧家儿女。天已许，甚不教白头，生死鸳鸯浦。夕阳无语，算谢客烟中，湘妃江上，未是断肠处。香奁梦，好在灵芝瑞露，中间俯仰千古。海枯石烂情缘在，幽恨不埋黄土。相思树，流年度，无端又被西风误。兰州少住。怕载酒重来，红衣半落，狼藉卧风雨。

不知不觉，她又沉浸在了少女时代的纯爱梦幻中。罗伟林去世那夜，她当着李璐的面，刺破手臂，许下的焚书坑儒的誓言，又被她抛到了九霄云外。

在她低吟苦词的时间里，刘冬明的手指也随着吟诵的节奏，轻抚梅一朵裸着的白藕一样的全身，真如粉荷一样的软香。

手指也不够，他起身细细地用那贪恋的眼光又抚了一遍，连水草里的娇蕊也不曾落下。

眼光也不够，他记起了十八般武艺的愿望，他的唇也使上了，他的舌也使上了，他的脸颊也使上了，他的心也使上了。

梅一朵这朵荷花，终于怒放，终于妖娆，终于汁液淋漓。

他心满意足地抬头高呼，就看见衣架上，西瓜红背心伞裙在空调风的吹动下摇摆起舞。

“是你梦中的女郎，红色裙摆大太阳。”

“金色痰盂”里，伍海洋落寞的歌声又涌上了刘冬明的心头。

莲心知为谁苦。

50

梅一朵趴在窗户边，几小时几小时地隔着玻璃看旅馆后的工地。

一连看了三天。

她看着忙碌的工地，感受着悠闲的红太阳慢慢地上升，慢慢地变白，慢慢地越过工地，越过她住的旅馆的楼顶，慢慢地往西去。

白日里，工地上的渣土车静静地卧在阳光下，粘满泥土的车厢空空的，像她的心一样，她的心也粘满泥土，有咸湿又新鲜的满足感，也是空空如车厢一样等待黑夜的到来。

黑夜来了，渣土车就可以满载着泥土，开足马力地飙起来；黑夜来了，他的儿子睡着了，他也可以满载着激情，让自己开足马力地飙起来。

只是漫长的白天，睡不着的白天，她看着工地上的打桩机冲上去又跌下来，冲上去又跌下来，挖掘机有着尖尖牙齿的大嘴咬一口大地，吐出泥土，又咬一口，又吐出来。

都是有力的、有节奏的动作与声响，梅一朵觉得它们分明是在光天化日下交媾。

她认为这是她永世都不能忘记的几天，她从来没有觉得性爱是这样的美好，灵也对肉也对，节奏，嘴唇与手指的温度与触感也对。

沉默也对，沉默里俩人的呼吸、气味也对，相视一笑也对，闭上眼睛，让全身的毛孔来偷窥对方的欲望也对。

呼唤也对。

她叫他月亮哥哥，他只在晚上摘一片月光遮颜而入，他只能在晚上，带给她月光一样高古与银亮的感觉。

他叫她棉线宝宝，她缠绕，坚韧，细白，缝补自己生命里巨大遗憾的伤痕。

联想也对。

她说：撑一支长篙，向青草更青处漫溯。徐志摩写的，就是你刚才做的。

他说：满载一船星辉，在星辉的斑斓里放歌。这句也是，多么美好。

她说：波光里的滟影，在我心头荡漾。

他说：在梅江的柔波里，我甘愿做一条水草。

还有一句，他们没有说，也不愿意说，却都联想到了，“但我不能放歌，悄悄是别离的笙箫”。

就在他们放浪形骸的第三天，一个电话打过来，吹响了他们别离的笙箫。

电话是盛卫国校长打来的，张立奇丢了好几天了，留在学校监守工程的总务主任和赵众山校长派出的队伍怎么找都没找到。

梅一朵接到电话后，连日飞回了学校。

南山新贵，梅一朵冲值班生活老师大吼：值班，你们值的什么班！怎么这么大个人丢了这么多天你们都不知道呢？

三个值班的生活老师都是比梅一朵大的中年妇女，她们用沉脸、闭嘴、侧头，来回应梅一朵的盘问。

梅一朵觉得很没面子，可是旁边的盛校长并没阻止她，于是她就像在班上上课那样点名了。

她指着年纪最轻的那个问：你，你讲，最后看见张立奇的是谁？他最近说过什么反常的话，或者做过什么反常的事情？

那个生活老师准备用继续沉默来压压这位学校里著名的“梅子妈妈”的气焰，却看见盛校长看着她的眼神里也是询问，就直对着盛校长回答：这几天，我们学校里面、学校附近没少找，脚都磨出了血泡，具体在谁值班的时段丢的现在谁也说不清楚。最后看见张立奇的是总务主任，他那天中午吃完饭去办公室，看见张立奇坐在他的电脑前面，不知道是玩游戏，还是查什么，他看见总务主任进来就关了电脑的窗口跑出来了。

年纪稍大的生活老师说：其实这事情要算我们的责任，我还真不知道怎么算。主要是今年暑假学校搞基建维修，大门、侧门、后门都是开的，后面靠着南山山脚的围墙又拆了，要装什么一片一片的诗歌墙，那里一个班都可以并排出去，就莫说他一个了。这样的状况，连保安都管不了，我们又管得了哪时？管得了哪地？

另一生活老师也开腔道：主要是今年搞基建，没开夏令营的班，所以张立奇也就没有纳入到具体哪个班来管，才会丢了几天都不知道的。我记得原来放假张立奇总在电脑班的，他就喜欢玩电脑。那些个假期我给他们电脑班去送绿豆汁、冰淇淋的，别的同学都吃完了，他还望都不望一眼，很着迷的。现在放假了，没书读，没安排哪个陪他玩，他想玩电脑，只能偷着去总务主任的办公室玩一下，所以就觉得没意思嘛！刚放假的时候，我还看到张立奇在校园里的这个工地看一看，那个工地帮一帮的，很有兴趣的样子，太阳大的时候，他要不就在寝室睡觉，要不就趴在床上做作业，还蛮乖的呢，谁想到他会跑呢？

梅一朵这时候是真着急了，她听着听着，想起张立奇走丢的那几天，正是自己与刘冬明偷欢的那几天，光顾着自己的享受，居然好久都没联系孤儿张立奇，自己真是不应该。这样想着，她的眼泪又下来了，她在盛校长面前痛心疾首地检讨：盛校长，都是我没安排好，我应该想到我们都去旅游了，他会没人惦记和关心。别人不惦记不关心都说得过去，但是我忘记了，真的不该。刚放假的时候，我带他回去了几天，他真懂事，他看到我妈忙里忙外的，觉得麻烦，就硬要回学校。他很可能都跟我打过电话，但是，我换了北京的号码，都没想到要告诉他啊，我去旅游的那天，他还送我到车边，笑嘻嘻地说，祝梅子妈妈旅途愉快！我，我——

说到最后，梅一朵擦着随眼泪一起流出的清鼻涕，接不上话来。

盛校长问生活老师：赵校长呢？

几个生活老师连忙抢着回答：跟总务主任领了保安，又到外面的网吧和电脑游戏室去找去了。

盛校长拿出电话，拨通，不耐烦地对那头说：都给我回来！

总务主任办公室，梅一朵打开电脑检查着，希望看到张立奇在上面写了什么文档，或是上了什么相关网站时看到了什么有启发的资料，结果什么线索都没找到。

她回头问赵众山：你们当时怎么不报警呢？当年刘局长的儿子丢了两个钟头，你就叫来了那么多警车，现在多少天了，怎么都不报警呢？

赵众山看着盛校长，似乎面有难色地嘀咕：这个，因为是张立奇嘛——

梅一朵尖锐插嘴道：张立奇怎么啦？农民工子弟不够格？

赵众山也不生气，看着梅一朵的眼神跟看着上级或者是真正的学生家长一样谦卑，话的内容也有些故意，他说：不是这个意思，张立奇，我们学校一向都谨慎对待他的，偏偏又是他出了事，我真的为难啊！

盛校长厉声说：有什么为难的？说说这些天你们怎么找的吧！

梅一朵边听背后赵众山说着，边盯着电脑屏幕发呆，鼠标自动滑到了时间处，弹出了带有农历日子的日期框，梅一朵突然眼前一亮，她起身对大家喊道：我知道了！他走的那时候正是农历的七月半，你们知道农历七月半吗？祭祀祖先的日子，一定要给死去的亲人烧纸钱的。他肯定跑回老家给他爸上坟去了！上学期我上课的时候，讲到民俗问题，就讲过这个。

总务主任说：你怎么把封建迷信都搬到了课堂上呢？

盛校长问：学校没安排给过他零花钱吧，按理说，他就是想去，记得回去，也没路费啊？

梅一朵惊呼：哦，对了！这学期他考得好，我私下里给他奖励了50块钱！天呐！

盛校长想了想，道：好吧，去安排车，要那辆越野车，我跟梅老师去他老家跑一趟！

总务主任和赵校长面面相觑地出去了。

51

一路上所见，都是青翠的生长，一种浓郁的植物青腥气钻到梅一朵的鼻孔里，一阵向着成熟和收获沉着奔跑的声音就会在她心里，擂鼓一样地生发出来。

山坡上，一株株稳重的橘树狠抠着红土，苍黑的枝丫已经挂满可爱的橘子，橘们还是青绿的皮色，躲藏在同样青绿的树叶下，这种同色所带来的安全感，让梅一朵想到了“护犊”。

一垄垄的稻田里，水稻已有尺把高，挤挤挨挨的，已经看不到彼此之间的间距。有农人在它们中间弯腰，扯草，起身，扔草，有的还趁直身的时候，隔着田垄在阳光下大声地聊天，偶尔几句飘进梅一朵的耳中，梅一朵把教学参考书里阐释过的“锄禾日当午，汗滴禾下土”的“悯农”情怀，搬到这境遇里，竟然丝毫也没有解读出预想中的困苦，她听到在他们之间飘来荡去的声音，真的是快乐得响亮纯净。

司机小胡攀谈道：老板，你注意到没有，田里干活的都是老人和半大孩子呢。

盛校长说：对，打工家庭中的留守儿童问题，教育部也关注到了。

梅一朵说：他们的妈妈也是，孩子的教育问题不比赚钱更重要？男人出去赚钱，女人就应该留下来理家嘛，要不赚钱为了什么呢？孩子是未来的希望啊！

盛校长笑道：留下来的也有，他们面对的就是另一个问题了。

司机小胡说：那确实，要不就守在一起穷，要不就两地分居，要出事还出得快些，那就不光未来没希望，连现在都没希望了呢。

问了好几次路，终于找到了张立奇的舅舅家——小溪的桥头一栋倚着山脚而建的青瓦土砖房，从厨房里的木檩子被烟熏黑的程度看，至少住过三代人。

然而梅一朵他们进到屋后看见的正在铡猪草的农妇，并不是张立奇的亲人。

带他们来的那个隔了五里路的邻居早就跟他们讲过了，方圆几十里都知道，张立奇的舅舅今年春天已经去“守法”。“守法”是这里的方言，意思就是坐牢。

张立奇的舅舅前年七月半趁工地歇工，回来给父母姐姐姐夫烧纸钱，顺便帮同去打工的乡亲李四贵送钱物回家。李四贵有两年没回家了，父母住在哥哥家，他那三间草房里只有妻子和一个四岁的女儿，而他自己，在打工的地方，已经有了一个相好的女人。这些，张立奇的舅舅都知情。

事情并没有出在送钱的时候，而是送完钱，第二天帮她家去山那边抓猪崽回来的路上。

寂静的山岭上，他们坐在树荫底下歇气，歇着歇着，就歇到更深的树丛里去了，接下来就分不开，也不准备分开了。

张立奇舅舅的理由很简单，既然李四贵不喜欢家里这个，他外面又有一个，那就把家里这个给自己算了，反正自己喜欢。

张立奇的舅舅为了这事，还理直气壮地到镇上去打长途电话跟李四贵商量，谁知李四贵不同意，还赶回家里把老婆和姘夫打了一顿，不过，事关男人的尊严，他并没有声张。

后来李四贵的老婆偷偷跟张立奇的舅舅一商量，就决定文的不行来武的。

那时候家家户户正烧着草肥，他们就合伙将李四贵打晕，抬到屋后的草里，一并烧掉了。

神不知鬼不觉地烧完了，老婆就对外申明李四贵跟张立奇的舅舅又一块儿出去打工了。过一个月，张立奇的舅舅再从外面回来，宣布李四贵赌博借了高利贷，被追债的剁了扔到海里喂鱼了，委托他照顾孤儿寡母，他们就顺理成章地住到了一起。

事发是因为张立奇的舅舅又移情别恋，李四贵的老婆喊不回，又气不过，就把事情给讲了出去，最后双双都无期“守法”，剥夺政治权利终身，虽然他们并不知道政治权利到底能给自己带来什么。

梅一朵他们进到屋后看见的，正是李四贵的嫂嫂，李四贵的女儿已经给了他们抚养，他们就搬到了张立奇舅舅的家里，算作补偿，这个房子比他们原来的房子要好，交通也方便些。

那女人问他们干什么，梅一朵正准备回答，盛校长抢道：过路的，讨口水喝。

那女人汗流满面的，也不停下手里的活去擦，甚至头也没抬，说：随便喝吧。

出了屋，梅一朵把盛校长扯到一边问：怎么不问一下张立奇来过没有？

盛校长说：你不会判断吗？肯定没来过啊，来过了她会是这种表情？能少点麻烦就少点吧。再说，这种情况，张立奇即使能找到这里，也留不住的。

梅一朵又赶上前面那带路的青年，问他知不知道张立奇父母的坟墓葬在哪里。那青年说知道，梅一朵拿出一百元钱递给他，托他多买些香火蜡烛和纸钱纸屋烧给他们。

回家的路上，司机小胡说：梅老师你这一百块钱打水漂了，他肯定会吞了的，他烧了没烧你又看不见。

梅一朵望着窗外飞快退却的青山和云雾，低声说：举头三尺有神明。

52

回去之后，梅一朵就报警了，不过，最后找到张立奇的，不是警察，而是她自己。她为了找他，嫩白的肌肤都晒脱了一层皮。

那天梅一朵照例在她曾带张立奇去过的街道、巷子寻找，走到八一路，忽然发现街对面跪着乞讨的一个黑瘦驼背的老头儿，身上穿的衣服显眼又刺眼，那是南山新贵新款的校服 T 恤衫，照衣服的大小来看，正是张立奇的型号。

梅一朵走了过去，老头儿照例端着破盆子对她作揖着抖动。

梅一朵从口袋里先拿出 5 元钱，放到盆子里，却并不走，而是蹲下来，跟他商量，问他可不可以看看这件衣服的领子后面。

老乞丐很纳闷，又看了看盆子里毛票中间的巨额 5 元钱，才点头答应了。

梅一朵走到他身后，翻开领子，果然里面用油性笔写着：张立奇 X0407。

梅一朵心里一阵狂跳。

几个行人不断回头，好奇地看着梅一朵的举动。

梅一朵绕到老乞丐的前面，又蹲了下来，生怕吓着了谁似的柔声问道：您能告诉我，是一个什么样的人，在哪里，什么时候，给了您这件衣服吗？

老乞丐捧着盆子的手，还在习惯地抖动，面上也是习惯的可怜和乞求，他不理梅一朵，绕过她的身子，斜着把盆子从她的身旁伸过去，眼巴巴地望着一个又一个路过的行人，继续乞讨。

梅一朵起身从挎包里掏出钱包，抽出一百元，对老乞丐说：用一百元买了这件衣服好不好？

老乞丐仰头看了看面前红红的一百元，又疑惑地看梅一朵。

梅一朵半真半假说道：我是你穿的这件衣服的学校的老师。我们学校有规定，校服一律只能自己学校的学生穿，如果外流，哦，就是给了别的身份的人穿了，就乱了规矩，您知道不？这样我就要罚款了，刚才我看了名字，是我班上学生的衣服，我的学生我要负责，您告诉我，他是什么时候给您的，您知道他现在在哪里吗？

老乞丐有些放心，他接过一百元，很内行地摸了摸，又对着阳光照了照水印，放到裤子口袋里，又利索地脱下衣服交给梅一朵，一改先前的孱弱和呆滞。

梅一朵接过衣服，一股浓厚的汗馊味儿直冲进鼻孔，她心里忍了几忍，终于没有表现在面上。当她把衣服放进自己的大包的时候，看见衣服的背面下摆处有一道半干的血印，她不知道是老乞丐弄上的，还是张立奇弄上的，心里有些痛。

梅一朵这时的样子比老乞丐更可怜，她向老乞丐乞求道：我求求您了，您告诉我好吗？这孩子，是什么时候在哪里给这衣服的？

老乞丐还是没有作声，他紧盯着梅一朵的脸，眼睛一眨一眨的，好像在判断着什么。

梅一朵知道他不是个哑巴，因为先前她刚过来的时候，他还对着她“您发财您发财”地说着职业语言。

梅一朵从钱包里又拿出张一百元的，说：您告诉我，这张又是您的了。

老乞丐伸过手去想接钱，梅一朵往回一缩，说：您得先告诉我！

老乞丐还是面无表情，也不讲话，却站了起来，把盆子里的钱都倒进垫在膝盖底下的一个布袋子里，捏着盆子，折身走去。

梅一朵知道他是要给自己带路，心里升起了一线希望，又还有些害怕。她看到老乞丐的后腰处有一个长长的伤疤，从疤痕的半愈程度和位置来看，校服上的血痕是这个老乞丐的。梅一朵又同情起这个老乞丐来，觉得自己用一百块钱来引诱这样的阅尽世态炎凉的老者，还在他眼巴巴伸手的时候把手缩回，真是太不应该。

转过街角，老乞丐就在一个小饭店门前站住，用手往里指了指，说：后面洗碗。说的时候，眼睛始终盯着梅一朵手上捏着的一百元钱。

一路上心潮起伏，梅一朵已经忘记了手上还捏着钱，她顺着老人眼巴巴的光看向自己的手，恍然大悟一般地“哦”了声，把钱递给老乞丐，心里的同情和自责顿时少了一半。

梅一朵亮明身份，饭店的老板似乎早在意料之中，他还跷起大拇指盛赞南山新贵和张立奇：不错，你们学校治校理念真是不错，大前年我们家孙子想进，还进不去，真是个遗憾。你看他比这小张同学小不了多少，放假了天天在家睡懒觉玩电游，现在的学生呢，又只听老师的，他们老师没布置社会实践这个作业啊！你们南山新贵都是权贵子弟，还能来做这种体力劳动，诶？这个小张同学的家长是个大官吧，我问他爸爸干什么的，他还说爸爸单位有纪律，不能对外讲。

张立奇兴冲冲地出来，头一句话就是：梅子妈妈，我还以为你们要到开学报到查人数才发现呢，怎么这么早就来啦？

梅一朵嗔怪道：你还说！差三天就开学了呢！我们都找了你半个月了！

张立奇把手伸向老板。

老板就笑着从口袋里掏出50元给他，说：你打破了一个勺子，就不扣钱了。

张立奇把50块钱放到口袋里，又向老板伸出了手。

老板和梅一朵都愣住了。

张立奇说：我是看到你饭店门口的牌子上写着“600元/月，招洗碗小工”，我才进来的。600元除以30天等于20元，我8月7号来的，今天8月27号，我做了一共20天，20乘以20等于400，你还要给我350元。

老板眼睛瞪得溜圆，说：嘿！当着你老师的面我们可要讲清楚啊，你进来的时候可没说要工钱的！

张立奇说：可我讲了洗碗啊，洗碗是600元一月啊！

老板说：这孩子！你不是来完成社会实践作业的吗？

张立奇说：作业是我的，可是我做的是你们饭店的事情啊，我没比他们少做啊，你不是说我比他们还勤快些吗？

老板说：我哪知道你是来赚钱的啊！

梅一朵哭笑不得，问道：你要赚钱干什么？学校什么都给你安排好了。

张立奇说：比如，罗叔叔去世，他们都给你捐款，我就没钱捐。我想参加机器人兴趣班，学校又不同意，只准我参加不收费的兴趣班。

梅一朵说：我问了学校，确实机器人的元件太贵了，只有那些家里有钱又聪明的子弟才能参加的。当然，你是很聪明。这样吧，你硬要参加的话，我再去学校给你争取，他们不同意的话，我来出。

张立奇说：我不要你的钱，你把钱给你妈妈吧，她连黑锅巴都舍不得倒掉，放到筛子里晒干，放点油盐炒炒自己又吃了，我还想赚钱给她买点好吃的呢！

老板问：你们这是怎么一回事呢？

梅一朵把老板扯到一边商量说：他是我们学校收养的山区孤儿，这次是从学校偷跑出来的呢，刚才我才知道，他是想尽早赚钱来回报，真太懂事了，您看——

老板说：唉——，看在他懂事的分儿上，更看在你们南山新贵的面子上，就给他吧，这孩子，精明呢！

而更精明的是这位老板，他跟着梅一朵一起去了学校，找到盛校长，好歹把他的孙子转到了南山新贵。

梅一朵也因此从一个普通的老师，直接升任学校教科室主任。

不过，盛校长在会上却丝毫未提张立奇外出打工的事情，他在会上说：梅一朵老师这几年来，班级工作，教学工作，文学社工作，都干出了非同一般的成绩，这是才；对待分到自己班上的特殊学生，她既当老师又当妈妈，放假的时候，孩子就在她娘家过，真正地、长期地做到了爱生如子，这是德；更重要的是，这个暑假，当她看到学校校服被乞丐穿着沿街乞讨，就立即掏出两百元钱，把校服买了回来，这是爱惜学校声誉的高度体现，这就是忠，忠是大德！也不是一般的老师能想到做到的，有这三点，我认为，梅老师完全可以胜任学校中层领导的工作！

台下，脸色绯红的梅一朵老师顺着校长的思路佩服自己：是啊，我当时怎么就作做出了如此英明的抉择呢？如果这老乞丐穿着南山新贵的校服，干出了作奸犯科之事，还真是毁了学校的名誉啊！

53

网破是残，鱼死是缺。

在南山新贵小学部原校长赵众山的人生哲学里，鱼死和网破加起来不是残缺，而是另一种圆满，阴性的圆满，类似于殉道或者殉情。

开学前两周，教育局领导和盛校长找他谈话，告知另一个更重要的“上级部门”——“关工委”——关心下一代工作委员会，需要他这样一位经验丰富、资源丰富、见多识广的“老骥”去伏枥。

末了，深切照顾到赵众山求圆满的性格，盛校长还补充道：您是南山新贵的元老，位置可比瓦岗寨程咬金，南山新贵小学部这几年的成就，是有目共睹的，最大的成就，就是您把您的弟子，我们的教育主任姚晶带了出来，大家都知道，她可是深得您的真传了，您看，您高就之后，就让她来接您的位置怎样？

赵众山当然明白这一打一摸的把戏，但他还是没看懂这人事变更背后的东西，他不明白，好歹自己也是几年的校长了，怎么之前没摸到半点风向，难不成又是为了那死难的张兵国的孤儿张立奇？可是上回是张立奇跟那个特殊“家长”，利益核心中的伍海洋的公子发生冲突，这次就他一个人出逃，也找回来了，又明显不是他赵众山的错，就算自己没及时报告，也不至于动了自己的位置吧。

求圆满的赵众山，几年来，前一个事关张兵国“阴谋”的谜底还没猜到，又添了一个以自己为谜面的谜语，他心里那猫，又开始抓起来，比当年凑不到5块钱存银行时，抓得更厉害。无奈，只得在“鱼”将死的时候，拖个“网”破，来成全这阴性的圆满。

国内风起云涌的这些贵族学校、民办学校，经过上世纪末疯狂的“抢滩”，和后来理性的“淘沙”之后，办学模式更趋成熟，政策支持也更加强大。它们跟南山新贵的区别就是，一个是国有民办，一个是纯粹的民间资本。不过，同属于民办性质，之间的交流，还是不少。

一个滨海城市的民办学校，“垂涎”南山新贵的优质资源已久，这次正好要扩建一所分校，赵众山就带着小学部的八个骨干教师，甩了这个“围城”里的职业倦怠，奔向那里的更高工资和新环境了。

八个骨干教师的离开是在假期。盛校长虽然气愤，却还没有伤筋动骨，南山新贵虽然比普通学校要累，但是工资却是他们的一倍，要来的老师大有人在。只两天的工夫，这八个缺，连带上期抽调去重点办的李翰海的缺，都找到了合适的人顶替。谁料开学之后，赵众山又暗中拖走了俩人，凑成了他所期望的“十”的整数，盛校长就再也忍不住了。

盛校长忍不住发火，却知道世间只有千里眼，没有千里火。他的怒火没办法像诸葛孔明借东风，顺风一直烧到千里之外的赵众山，也没有听说哪里发明了专供发射怒火的运载火箭，所以，他的怒火只能对着剩下没逃的兵来发。

他对姚晶吼道：通知你们小学部，周六不休息，开整风会议！人家初、高中部有升学压力，都没出这么多逃兵，小学部为什么这样，要深挖！这几天都要做准备，在年级组之间，开展批评和自我批评，要有深刻的反省，翔实的材料。

吼完姚晶，盛校长的怒气有所缓和。他想到了古代的“株连九族”，诛得最多的是明成祖，诛了方孝孺十族，第十族就是方孝孺的老师。现在，他生赵众山的气，却对着赵众山的弟子发飙，恐怕要算历史上的“株连第十一族”。想到这里，他心情得到缓和，请求教育局支援的电话，也讲得平和了。

谁知教育局相关领导对这种现象也很生气。如果答应盛校长的请求，他们就要到普通学校去抽调两名素质高的老师来顶缺，还要再找两名代课老师给普通学校，这样做麻烦也不小，因为普通学校的校长也不是省油的灯，平时他们不见宠于教育局，也没得到更多一点的拨款倾斜，反而总把他们的精兵强将抽走，因此他们都一个口气——“我们学校不办算了，我们愿做他盛卫国的儿皇帝呢”。

连环受气之后，教育局相关领导便主动提出要参加南山新贵的整风会议了。但是，领导话锋一转，又交代盛校长，堵和疏要相结合，通知你们的教科室，做好师德教育的培训计划。

盛校长就叫来梅一朵，想起这诸多麻烦中，除了要赶走“好奇心”太重的赵众山，历练教科室主任，再就是要提姚晶，让她父亲死心塌地为学校卖力宣传，以求赢过几所新建的同质学校。然后就是要调个位置给梅一朵了，暑假里，刘冬明就透了口风给他，或许要将梅一朵推向北京。

所以，看见梅一朵乐不颠地走进来，盛校长火又上来了，他板脸质问梅一朵：学校老师异动这么大，你作为教科室主任就没什么想法？

梅一朵知道盛校长正为拿了开学红包就不辞而别的这两名老师生气。她却并不认为有什么好生气的，北京三夜给了她无限的回味空间，叔父给她卜的“山风蛊”的能量卦似乎正在应验的途中，她想到了于副市长最初也是个教师，她觉得现在在走于副市长的成功之路，她觉得假以时日，是完全可以成为柳眉话题中的“年薪50万的美女”的；再则，她认为南山新贵是不愁没好老师进来的，进的新老师多，对她这个刚刚走马上任的主任来说，反而还是个好事，因为新人总是服管一些，所以她并不着急。

她如实回答盛校长道：我觉得一直在一个环境里干着同样的事情，确实很乏味，不光老师，就是学生也一样。你看那些孩子们，他们闷得没办法，不是上个学期就出现了吃饭的时候不上食堂，就餐时间过了，他们又集体分批去食堂偷菜吃的事情吗？那是为什么，那是闷啊！所以我觉得人员流动一下，进点新鲜空气是件好事。

盛校长说：那不还是孩子嘛！孩子是受教育的对象，老师是教育别人的啊！这样不忠于职守，家长们意见会很大！再说，这跳槽的风气是传染和蔓延的。提升去上级部门也还好说，可他们这是去另一个学校！是背信弃义！教科室一定要拿出师德培训的计划，要解决思想根源的问题！

梅一朵说：根源，根源不就是利益驱动吗？他们那些走了的老师，还不就是为了多挣几个钱？你给大家涨点工资就是了。

盛校长没想到梅一朵会这样说，又发火了：工资是跟德能勤绩挂钩的！不是凭什么跳槽事件涨的，不是我盛卫国喊涨就涨的！你怎么也这么俗气？一个老师怎么能这么俗气，开口就是钱！钱！钱！开口闭口就钱钱钱的老师，她根本就不配当老师！为什么初、高中部没有出现跳槽现象？就因为你们小学老师没文化！觉悟低！

梅一朵一听这话，就记起了伍海洋曾经半开玩笑半点真的这样说过，她没想到同样的话竟然从自己的校长口里出来了！她瞪圆那好看的黑眼睛，愣住了。

盛校长一口气吼完，也愣住了。

然而，让梅一朵更没想到的是，教育局王副局长在周六的整风会议上，居然也是开口闭口谈钱。

“从一个师范毕业生，到一个成熟的教师，这中间教育局要付出多少培训经费？”

“从普通学校的成熟教师，到够格来南山任职，这中间又要付出多少培训经费？你们来南山之后的付出和报酬，这中间的差价，你们算明白没有？”

“建南山新贵的贷款，到现在还没还清，今年的维修，以及诗歌墙、天文广场、海洋馆、文化长廊的创建，又是一笔贷款。你们都是南山新贵的主人，这不止是他盛校长的贷款，这也都是你们的贷款呐！分摊下去，每个人都欠了银行10万块钱的债！盛校长都一个人担着，平时要你们操心过没有？你们是国有民办的性质，实行工资返还的制度，盛校长他还要筹你们的工资呐，他少过你们的工资没有？这样高的工资，这样好的学校，这样好的校长，还有什么要走的理由？所以说，这些跳槽的老师，根本就是钻到钱眼里去了！根本不配当老师，师德败坏！根本不配当南山新贵的老师！我可以讲，这些钻到钱眼里的人，他还为人师表呐？他走到哪里都是死路一条！”

上面说得义愤填膺，下面的老师听得窃窃私语。梅一朵坐在第一排的行政位置里，听不清后面老师们的议论。她想，老师们是被10万欠债震惊了吧！这有什么好震惊的呢？美国这样一个超级大国，还是最大的负债国呢。不过她又想，能进南山新贵确实不容易，要珍惜，自己得亏当初盛冰冰和她哥盛校长的帮助。盛校长也确实不容易，这么多贷款，学校还要发展，师生员工还要稳定，哪样不要钱？这么高的工资，自己还提出要再涨，真的不应该。这样想着，梅一朵就觉得真的不是钱的问题，是师德出了问题。她决定上网查查，想个好的师德培训计划，怎么都要帮盛校长分忧了。还有，张立奇要参加机器人兴趣小组那几千块钱，也不要向学校提了，自己既然认定要报盛校长的恩，也认定要施恩于张立奇，就节约一点，费用归自己出算了吧。

到这里，关于钱的话题还远没有结束。

散会之后，梅一朵终于听清楚了老师们的议论。原来，那些后来才进到南山新贵的老师，很多都属于学校聘任。要解决编制，就要参加教育局一年一度的考试，梅一朵就是通过了考试面试立即就解决了编制的。但是，听了老师们的议论她才知道，有些从外地县考进来，上面又没关系的老师要解决编制，据说是可以花钱买指标的，一个两万块。

梅一朵想无风不起浪，老师们这么议论，自然是教育局那边有风透过来。具体是什么人在暗暗地搞这些事呢，又该怎么买，梅一朵也不想打听。反正她一没给教育局的领导送过钱，二没给学校领导送过礼，所以这时候她不在这些老师的角度考虑问题。她也懂得，教育领域某些人的腐败，实际是在腐蚀“祖国的明天”，是最厉害的“种子性腐败”，但是她心里却依旧感谢盛校长，她想，盛冰冰兄妹早替我省了两万块钱呢！

真是身在福中不知福啊！一定要报恩！

还有刘冬明，他曾经说过他从不管钱，连自己的工资卡都是他老婆经管，如果她老婆长期背着他受贿，岂不是终将害了他么？

54

姚晶新官上任，除了搞好整风运动，对小学部各部门提出新的要求之外，还在盛校长的指导下，发动包括初、高中部以及国际部的全校师生，为四年级一班患白血病的学生伍大洲捐款。伍大洲回学校之后，就与刘局长的儿子刘卅一起，转到了一班朱老师班上。

开学报到的时候，伍大洲来过梅一朵办公室，直问她暑假里为什么突然不教他了，是不是爸爸或者是他自己做错了什么。

梅一朵对伍海洋没有同来看她而更生怨恨，她认为伍海洋在故意回避自己，是怕自己纠缠他，她想让他看到她已经释然，她很想他进来，他只要看到她能跟他轻松谈笑，就会知道她对北京那夜已经无所谓了。

这样想着，她跟五大洲说：你们没有错，是张立奇跑出去赚钱了，他好可怜，没有爸爸妈妈，没有零花钱，他就出去给饭店洗碗赚钱啊，他是偷偷跑出去的，就像你刚来学校那次一样，我们只好找啊，一直找到开学才找到呢。

伍大洲说：那为什么你不教书了呢？他们说你升官了，其实我还是喜欢七班一些，可是你又不在了，七班的同学都说你抛弃了他们，张立奇还带领班上同学吵事，说要赶跑这个新老师，一定要你回去。

梅一朵便以此为理由，带着伍大洲，从另一个走廊上楼，绕开一班，把他带到了七班，去给那些学生做工作，她想，我看你伍海洋不来找儿子！

安抚的话儿煽得学生们哭声嘤嘤，新班主任脸色尴尬，这样拖延到中午饭的时间，找来的却是伍海洋的秘书。

梅一朵问：伍总呢？

白白胖胖的年轻男秘书说：新公司刚成立，伍总焦头烂额的，哪能分得出身。

因为这句话，还因为离异的私企老总居然弃用美女，而请了个同性的贴身秘书，所以，在得到全校为伍大洲捐款的消息时，梅一朵第一个带头捐款1000元，是学校老师中捐款最多的。她记得在北京，刘冬明对她讲过，因为离婚，伍海洋没了公司，财产也所剩无几，现在新公司成立，肯定需要大量资金。伍大洲也告诉她，每天他还要吃中药，每副药是 100 元，梅一朵这个时候又认为，虽然他们之间没有任何感情交流，他也还是这样一个冷酷的人，但是，穿衣见父，脱衣见夫，茫茫人海两个人，能够赤身相见，这也是不浅的缘分，她梅一朵要用实际行动证明，她是一个大度的、有尊严的女人。

最后，全校汇总，共捐款十万零七千四百元钱。

第二周的晨会上，梅一朵终于见到了伍海洋，瘦小身材的他，带着更弱小的，因为化疗而坏了一只眼睛的伍大洲，站在宽大的升旗台上，衬着事件的背景，父子俩显得那样可怜，梅一朵站在升旗台右侧的行政人员队伍里，恻隐之心顿起。

事情在梅一朵唏嘘感叹的时候，改变了方向，伍海洋宣布，将所得款项转赠给学校，用作小学教育科学研究基金。

梅一朵和众师生一道，惊讶地望着台上，她知道，伍海洋这是把钱划归了她所在的教科室。

在众人的惊讶中，伍海洋从伍大洲手里拿过卷着的大锦旗，展开，只见上面八个金黄的大字：

善款载德，流转无疆

伍海洋说：谢谢大家的善心，本来，我是想谢绝大家的，我不想因为我们自家的困难，而连累了大家。后来，你们盛校长告诉我，有很多学生捐款，连名字都没留，不好退还，所以我想，就用这个款项来做教育科学研究吧，如果有可能，就研究这八个字，研究它的载重量。我想，我们这个商品经济社会，尤其我们南山新贵这样的学校，很多家长都是大笔资金的操盘手，你们长大了，也要接着操盘，你们的爸爸妈妈都知道，货币累积到一定的额度，对于拥有者而言，它只是一个冷冰冰的数字，毫无意义。我的一个朋友，身家过亿，没有任何违规行为，不久前跳海自杀，只是极度空虚。而我们的教育，要提防这样的功利性。当然，这不只是教育的问题，我们很多成年人都在一个怪圈里挣扎，这是个怎样的怪圈呢？可以用十六字概括——“收入上升，信誉下降，彼此戒备，天天过节”，大家知道是什么节吗？愚人节，我们都在愚弄自己愚弄别人，症结就在于信任感的缺失，所以，货币资金只有跟善心结缘，它才能体现人类繁衍生息的初始原则，才能为人类服务，这样繁衍的人类，才会有真正的幸福感和安全感。

这是梅一朵头次听伍海洋在正规场合讲正经话，她不明白，这样一个有学问，有远见的人，为什么一闲聊，他就要显得如暴发户一样粗俗？他真是深，太深了。不过，小学老师梅一朵，这时候的认识也随着伍总上升到了巨大的“人类”的高度，她激昂地想到，对于人类而言，深，不就是巨大而恒久的诱惑吗？

梅一朵实实在在被他的“深”而诱惑，又因为他的“深”而自卑，她想找一条路径，既能不被他轻视，又能去探索他。

心潮澎湃。

当晚回到凤码头，她就告诉了三爹伍海洋转赠捐款的事情。

梅一朵能够成为南山新贵这样的学校的教科室主任，三爹自是非常欣慰。他告诉梅一朵，一定要珍惜这个珍贵的平台，要深入钻研，慢慢形成自己的教育思想体系，过那么几年十几年，就会成为某一教育思想派别的创始人和掌门人的。

现在，听到梅一朵新官上任就接了这么个任务，他忧从中来，说：他这是给你出了个巨大的难题的啊。“善款载德，流转无疆”，这怎么研究？太形而上，根本不能量化，不能量化，你怎么管理？

梅一朵说：只有做难题才能体现我的能力嘛，您说，人的终极成功到底是什么，我觉得伍总引导我们研究的，是人类大教育的终极性研究，以及如何让孩子们从小懂得这一点。

三爹思忖良久，瞎眼仰对着天花板，慢慢道：如何成为一个德高望重的老人，然后体面的死去。

梅一朵喜出望外，一气呵成了篇论文，题目是“教会学生怎样去死”。

写完论文，兴奋不已，躺在床上怎么都睡不着，联系到姚晶对自己“删繁就简”和“立异标新”的科研要求，以及盛校长提出的师德培训，又连夜撰写了一套“名师工程”的方案，代替以往以班级成绩和纪律为总领的五十七条考核标准，从老师的言行举止、文化素养、各科教学中的德育渗透，到学生受教之后在学习生活中相对应的体现，总共是十八加十八，一共三十六条“名师”的考核标准，每完成一项，奖励 50 元，完全达到这些标准的，每月奖金上浮 1800 元，连续一个年度拿满额奖金的，再奖励暑期出境游。

完美无缺。

写完后，梅一朵分别用伍海洋、盛校长、局长，甚至是于副市长的身份通读了方案，每次每个身份给出的评价都是——完美无缺。

和衣躺到床上准备小寐的时候，她忽然想起也许要先给姚晶看，又以姚晶的身份，闭眼默诵了一遍，评价却是——可笑！荒唐！

得出这个评价以后，梅一朵便自己又当正方又当反方地辩论起来。

正方说：教学生去死？天下哪里有这样的命题？这样的老师？

反方说：你还是名记者之后呢，这种标题多具新闻感啊，现在的人多浮躁啊，我这是策略呢，先用“邪”的标题来吸引读者，再用“正”的内容来感化他们。况且，人一生下来就是奔死去的嘛，还没有一门教“死”的课程呢，那些教“生”的，全都是断章取义。

正方说：“名师工程”，岂是你一个刚上任的小学教科室主任能评定的！就是市教育局、省教育厅来评，也不见得够专业水平，还有，你以为伍总将这款项戴帽子给了你们教科室，就任由你支配了？学校任何一笔资金都要经过学校中层以上领导开会讨论议定的，怎么你就可以私自全部放到你们的小金库呢？

反方说：我们可以请全国知名的，甚至是国际知名的大教育家来评嘛。资金呢，我没说不能开会讨论啊，开会讨论是你们的事情呢，我又没把钱拿进自己的口袋。

辩论以后，梅一朵又起床加上了聘请国际国内专家团来当名师工程的评委一项，再以姚晶的身份来读，还是，嗯，完美无缺。

第二天，情况却完全相反。

姚晶一看，点头不已，啧啧称赞；其余几个看了的，表情都如阅读漫画幽默一般，“哎呀”不止，怪笑半漾。

但是，都拿不定主意，最后，盛校长让姚晶请来她父亲报社的骨干，再加上国内正当红的知名“养成教育”专家，进行了三天的调查论证。

戴金丝眼镜的教育专家再次拿他的“拳头产品”——“长、宽、高”开讲。

他说：我们要把学生培养成什么样的人？那就是“长”，具有一技之长，好安身立命；“宽”，有宽广的知识面，解读和享受人生；“高”，具备高尚的品格，令世人景仰。这三点，可适应一切学生，而据我了解到的南山新贵的学生，因为家庭和学校条件优越的缘故，前两点的养成是水到渠成、顺理成章的，难的就是第三点，这第三点对一切学生，包括老师来说，都是最重要的，也是最难的。而梅老师创设的这个“名师工程”，就是打造了“高”的熏陶环境。国外我权且不说，在国内，应该是首屈一指的，是对我们“养成教育”的细节性开拓。另外，值得一提的是梅老师那篇“教会学生怎样去死”的论文，可以说是开教育之先河，也是对历年来教育思考逻辑的一种矫正，虽然这个题目听起来有些吓人，但是涵义却振聋发聩。为什么这么说？我拿大家经常使用的计算机来打个比方。现代个人计算机的电源供给器，都是电子式的，打开操作手册中的规格，可以看到电压允许有上下 35% 的浮动。因此，一个额定电压为 110 伏特的计算机，当外界电源的电压下降到 70 伏特时，是允许额度中的下限，理论上个人计算机还是可以正常运行的，当然，品质太差的除外。当电压下降到 60 伏特时，超过了下限，系统可能会出现问题。假使这问题出在磁盘驱动器，电压太低的问题不用仪器测量是看不出来的，使用者只看到磁盘驱动器出现了故障。这时工程师应该处理哪个部分？是电源还是磁盘驱动器？答案非常清楚。当然，在电子工程师这里，这是一个很简单的笨问题，一个受过基本训练的电子工程师，修理个人计算机的第一个步骤就是测量电源电压，很快就会发现是电压问题，等电压调到正常范围之后，再看看磁盘驱动器是不是还有问题，多数情形下磁盘驱动器始终是好的，只要电压正常了，问题也就解决了。而品德，便是人类的电压，所有的幸福感、安全感、犯罪感都来自于它。当它低于下限时，就会犯罪，或者消极自杀，当它高于正常值，就会得到高山仰止的荣誉，这就是终极成功，也是梅老师指出的“成为德高望重的老人，然后体面死去”。这个目标可能和技能、知识，甚至是贫富都没有关系，却是人类幸福和安全感的唯一源泉。而我们现在的教育，倒过来了，教学生怎样“生”，怎样在有生之年占有更多的生产生活资料，把智慧用在巧取豪夺上，然后轻贱那些不能巧取豪夺的人。这样就导致了国际犯罪、个人犯罪的发生。如果发生了犯罪行为，处理的方法就是量刑入狱，或者是量刑罚款，这就等于修理更换没坏的磁盘驱动器，纵使起到了暂时的遏制，那也是头痛医头，脚痛医脚。如果我们从一开始都有着“怎样体面地死去”的奋斗目标，用它来统领教育，一切就可以迎刃而解。但是，品德是个微妙的东西，也不是短时间内就可以养成的，也不是教得会的，需要如梅老师提出的那样的名师，创设环境来熏陶，所以，我在赞同梅老师的观点的同时，也拥护她与之配套的“名师工程”，同时，我也很希望在我们南山新贵国际实验学校，进行我们养成教育的子课题研究。

教育专家的话赢得了报社名记的热烈掌声。

“别出心裁又不露痕迹”，这是盛校长对记者们的要求，学校的形象宣传这些年可以说是连篇累牍，南山新贵之前拒绝了很多家报纸杂志，现在他们亲自来请，自然要做得非同一般，至于如何达到盛校长的要求，他们之前是一头雾水，现在，专家的话，给了他们很大的启发，自然是要不遗余力地鼓掌。

而南山新贵现教育处主任，原教科室主任却针对专家的发言提出质疑，他说：现在，全国的学校教育都在高考指挥棒的指挥下工作着，说哪个学校是一流的，还是在用考入名牌大学、名牌中学的学生人数来说话。再则，国家的教育方针是要学生“全面发展”，梅老师提出的“名师工程”，夸大了德育，明显弱化了智育和体育，这样培养出来的人才，家长满不满意？社会满不满意？如果我们学校培养出来的，都是些手无缚鸡之力、口无辩驳之才的学生，他们个人将来又怎样去参与社会的竞争？怎样代表国家去参与国际之间的竞争？南山新贵咬咬牙或许可以成为世外桃源，不管尘世的游戏规则，但是南山新贵只是渡口，不是最后的乐土啊！

姚晶很快接话反驳。

现教育主任跟她年龄差不多，在学校一直以老成持重而称道，跟她形成了鲜明的对比，一直是她的竞争对手，很多事情，她早就看在了眼里，这时找到了言说的机会，她说：所以伍总那天将善款转赠给学校的时候就说，教育要防止功利。其实他还不了解我们内部的很多实情，这个情况在所有的学校其实都普遍存在，今天这里都是自己人，说说也无妨。比如，你在教科室组织的那些个获奖的公开课，在班上一遍又一遍的排演，一次又一次的改动，不错，最终是获奖了，可它代表某个老师教学的真实水平么？它的副作用远远大于获奖本身，这一点我不知道你是明知故犯，还是压根就没了解过。很多学生都告诉我，说上这样的课都上得想吐了，不说该答的问题，就连老师的表情都能背出来了，假死了，你说这是干什么？这是以实际行动告诉学生，荣誉是靠作假得来的，是教学生虚伪呐！

现任教育主任说：公开课毕竟不是常规教学，所占比例很小，我不想把话讲远了，没有好的身体和好的成绩，这样那样的教育牌子打得再多，那也都是些云里雾里的事情。

一席话说得热闹闹的气氛又冷了下去。

梅一朵认为自己胸有成竹，她也开始反驳道：像脑袋长在人体的最上端，称为“首”，它指挥着手、脚等器官为身体服务。它们都很重要，但是有分工的不同，也有地位的不同，手脚没了不会死，脑死亡，这人就死了。

话说到这里，梅一朵忽然顿了一下，她想到已经好些天都没记起罗伟林了，她又飞快想到了医院太平间罗伟林那已经变形的尸体，水肿得看不出原形的脑袋。她用力地咳嗽了一声，把罗伟林咳跑，让注意力集中，继续话题：这就是医学上的脑死亡，我讲到哪儿了？哦，脑死亡，其实我要讲的也不是脑死亡，我是讲德育的重要性，并不排斥智育和体育，是指挥和协调它们的。体育能让人身强体壮，可身体强壮的人他可以利用自身的强壮去抢钱、去杀人，智育能让人聪敏，可高级犯罪的人都是聪敏的人。所以对于人而言，脑最重要，哦，不是脑，是什么？是什么？怎么这会儿我记不起来了？哦，对不起，我不能继续我的发言了，我想到了我死去的丈夫，他是脑死亡的，他就这样走了，我现在怎么都赶不走他遗体的惨象，他没能德高望重，他也没能成为老人，虽然他是个体育老师，长得健康又帅气，但是，他最终也没能体面地死去。哦，哦，对不起，我跑题了，我很乱，乱，请原谅。

梅一朵泣不成声，最后，擦着眼泪，跑出了会场。

55

文史不分家。梅一朵爱好文学，自然也喜欢历史。近来，她对袁世凯短命皇帝史很感兴趣。

袁世凯当了83天的短命皇帝，梅一朵决定让自己当38天的短命主任。

王阳明说：破山中贼易，破心中贼难。

袁世凯说：如果全国老百姓一定要我做皇帝，我就做。

假话的背后是他真正的窃国贼心。

有学者分析出，其实遭世人唾弃的袁世凯的窃国贼心，中国任何一个农夫都有，陈胜吴广李自成，这是没成功的，还有很多成功了的，就连孙悟空都说，“皇帝轮流做，明年到我家”。

梅一朵刚刚从世界上最小的主任——小学班主任，晋升为倒数第二大的主任——小学教科室主任，就把这个贼心给破了，决定的时候，她很欣赏自己。

除了欣赏自己的破贼心之勇气外，她还欣赏自己读史读出的独特心得——世人皆是贼，各取所需偷。

她认为，袁世凯这般的男人，还有武则天那样的女人，是窃国，此外，更多可能成功的，是窃情、窃物、窃名、窃利，或者像她自己，窃人——是的，她怀孕了，是上天帮着她从刘冬明那里窃来的，当然，这不是她的本意，可袁世凯最初不也这么说吗？

袁世凯曾向陈裕时表白：外头人说我要做皇帝，这个皇帝是最要不得的东西，不是清朝就在你们手里推翻了的吗？我是在全国国民宣誓忠诚下就职的，怎么能说我要做全国人民所推倒的玩艺呢？你是对历史研究很深的人，当然知道有史以来做皇帝的都没有什么结果……

多么真诚的表白，可是最后的事实是他窃了，所以他是洗不清了。梅一朵现在也洗不清了。

她本来可以悄悄地上医院做掉的，要是在发现自己怀孕以前，她没有发现亡夫罗伟林与自己的熟人李璐，在眼皮子底下明目张胆地窃情，以及学生家长，打过自己主意的伍海洋，堂而皇之地窃名窃利，她或许会这么做，但是，事实正好相反。

罗伟林！如果不是这个学期双 S 顶了李翰海的缺，调到了南山新贵，梅一朵永远都不会知道这个事情的真相。

留着寸头的双 S，晃动着右耳独戴的老银圆圈大耳环，眼里闪烁着男人才有的欲望火光坐在梅一朵办公桌对面，轻拍桌子强调说：梅主任，我没想到，伟哥的老婆会这样漂亮！梅主任，我真的一直就是这个号码，没改过，你刚讲的那个 7788 的号码，不是我的，不过，我猜到了是谁的。我原来的学校，包括守传达的老梆子都知道这个女人，她是一个美容院的老板，腿有残疾，伟哥经常带她跟学校里的老师一起打麻将。我原来以为你跟电视里的那些晒得又黑又瘦，尖牙利嘴的女记者差不多，不是讨男人爱的那种女人，我没想到你这样漂亮，我是男人我都会爱上你，伟哥真的是脑壳有问题——

伍海洋！这个男人总是让梅一朵羞愧难当。他的深，折射出梅一朵的浅；他的无情，讽刺了梅一朵的多情。

且不说刘冬明早就怀疑的南山新贵当年的工程猫腻和有张立奇的父亲张兵国骤死事件，以及北京那夜的羞辱，单说这次的善款转赠，原以为伍海泽是默默奉献，可到最后，他却巧用了梅一朵的思考成果，和南山新贵、于副市长的背景，名利双收。

报纸的专题引起了电视台相关栏目的注意，他在电视采访谈话中新增了当年于副市长指导下的包括南山新贵学校、新市委市政府大楼、高新开发区在内的整个工程的设计理念和工程质量的推介内容。

在他深入浅出的描述中，他的工程理念是既与国际接轨，又蕴涵中华“儒、释、道”文化的；工程质量是经得起百年风、雨、洪、震的。他对自己完成的工程项目还主动年年修缮，售后服务绝对完美。

无论是报纸还是电视的采访，最后，他都会将“高帽子”回赠给社会，回赠给政府，回赠给他的市场。

他总说：“善款戴德，流转无疆”，我曾经也是个孤儿，我故去的父母原来在一个化工厂工作，我3岁那年的一天，父亲不慎掉进了厂里的硫酸池，我母亲哭喊着随后赶到，却是故意跳了进去，他们成全了完美的爱情，却给了我一个残破的人生。是社会修补了他们留给我的残破，我是吃抚恤金长大的，我上学、出国留学到建立自己的公司，用的都是社会给予我的善款。如今，南山新贵又给我儿子捐款，是的，我儿子继承了我不幸的宿命，这么小就患上了白血病，他患病的时候，国人正备受SARS的折磨。在层出不穷又不断变异的病毒面前，人类总是惶恐而无助的，但是，人类独有的道德因子会让自身生生不息，这也就是我将善款回赠学校，极力支持南山新贵重抓德育课题的原因。

与此同时，省里正进行“十佳青年”的评选，他们父子三代人的不幸和感恩赢得了黎民百姓的无数“善”票，他成为了“十佳青年”中得票最多的一位。他的新公司名称，打印在发行量极大的报纸上，他那露着贝齿的“笑”像下面，梅一朵恍然大悟，这是可信度最高的广告。

此时，“名师工程”，被人背地里戏称为“名士工程”，也就打造了伍海洋这样一位“名士”。而其余，在宣传到位之后，在专家“飞”走之后，一切都被束之高阁，梅一朵也被束之高阁。

梅一朵去教学楼走动，首先发现她的老师便会既像是跟她打招呼，又像是提醒别人那样大喊“梅主任来啦”，办公室的其余老师们就会停止正进行的话题，也显得亲热或者是尊敬的那么叫她一声，然后很自然地切入似乎是一直在忙碌着的工作。她，被他们众志成城地排挤在外。

梅一朵呆在教科室，教科室旁边就是学校的小会议室。学校各部的校长书记，还有总校长，加起来号称九大元首，经常路过她的办公室去开会。那么多“密谋”的小会，那么多亲昵的小会。梅一朵在没关门的时候，听到过他们之间的亲昵，他们戏称姚晶为“妖精”校长，叫姚晶发言说请大家认真听听“妖言”，每次姚晶都撒娇地反抗。他们之间还讲“泛粉泛黄”的戏言，有一次，梅一朵听盛校长夸姚晶巧妙地化解了家长和老师之间的矛盾，讲她会讲话嘴巴甜，中学部校长忙说，“哪里甜哪里甜，我最喜欢吃甜食”。这样的气氛，是梅一朵想进入的，但是，她被隔离在外。

面对同事们那含义丰富的目光，面对领导们那弄不清含义的目光，梅一朵只能自叹“官”衔易得，壮志难酬，桃李园丁，沦落至官场小卒了。

原来当语文老师的时候，再不得志，再没考好，还有学生每日投来纯净爱戴的目光，教会一个生字，也还有一个生字的成绩，现在呢？

“孤标傲世偕谁隐，一样花开为底迟”。

百无聊赖的梅一朵，好久不背诗句的梅一朵，把手指在键盘上敲出一阵下暴雨的声音，电脑屏幕上，隶书的这句诗，就像怎么削也削不完的苹果皮，一溜一溜地“嗤”出来、“嗤”出来……

她给刘冬明打了个电话，提醒说国庆节就在这个周末，他说：好，周末我陪你去北京老部长家里。

她真是只想逃离，她想逃到天子脚下去养胎，生孩子，然后在那里扎下根来。

北京回来之后，刘冬明只是将儿子刘卅再转回南山新贵的时候经过了她的办公室。他走在老婆身边，远远地望着她笑了一下，脚步都没慢下来，就走开了。开学工作很忙，他们没有相约，连梅一朵给他的电话，他都是接得匆匆，挂得匆匆。或许是旁边有人，每次说话他都一本正经，因此，梅一朵在看到验孕纸上出现两道红线的那一天，一半是因为通话环境不允许，一半是因为赌气，她决定他不主动问，不主动表达对自己的需要，就不将这个消息告诉他。

后来北京三夜的强大记忆袭上心头的时候，她又有了新的想法，她想在去北京的时候，到曾经产生胎儿的地方，举行一个什么浪漫的仪式，再给他一个惊喜。

他会惊喜吗？或是惊惧？

她想起北京的第一夜，她提醒他，用个套吧，怀孕了怎么办？

那时他用轻柔的，沙沙的，甜腻得如同糯米饴的声音作答：那就生下来，叫我爸爸，叫你妈妈。

她感动不已，搂住他狂吻，他就是在她出其不意的狂吻里骤雨打新荷的。

第二夜，俩人兴起的时候，她又问：要是有了孩子，叫个什么名儿呢？

他装作很认真地想，然后又装作很认真地答：卅卅是三十号出生的，所以名卅，咱们这个孩子一号出生呢，就叫刘一，二号呢，就叫刘二，三号出生，又是个公主，就叫刘三姐，以此类推。

她轻拍他的脸颊，说没见过这么不负责任的爹，她要他说个正经的名字，像刘卅的名字一样正经。

他就严肃地说：叫刘一川吧，卅字拆开，就是一川。

她直呼极好。

但是在第三夜，他穿好了衣服，准备回到儿子刘卅的身边，她留他，再次认真地对他说：这几日真是我的排卵期，要是真怀孕了，怎么办？

他这时候的回答是：那可就真难办了，应该不会怀孕吧，我还有那个能力？

她心里失望至极，其实她也知道他还有家庭，她要真将他的孩子生出来，两个都将背上骂名。关于孩子的问题，就像关于他们的婚嫁问题一样，只能当作一个梦，一句情话来讲。

如果不是觉得南山新贵学校不是她呆的地方，梅一朵也不会有为刘冬明偷生孩子的念头，现在正好要离开这个是非之地，天赐良机，这一年半载，是谁都管不着她了。

谁知这个周末，刘冬明不是单独陪她进京，同行的还有他的妻儿。

也是在路上梅一朵才知道，老部长，其实就是刘冬明老婆金章的亲叔父，而让梅一朵离开南山新贵进京，也是金章的主意。她难道知道了刘冬明和自己的关系？她这是要拆散刘冬明和自己吗？梅一朵心里不安而又恨恨地想。

老部长一家，包括那由金发碧眼的医护接生、在金发碧眼的玩伴中生长、将中文说得颠三倒四的、有着金发碧眼的母亲的5岁混血儿孙子，都很喜欢黑眸闪闪、黑发披泻的梅一朵。梅一朵也很喜欢这一家子，喜欢这一家庭，她默默地环顾，心里说：嗯，很好的养胎氛围，很高贵的出生地，比她母亲怀她生她的粪码头，不知好了几千几万倍。

她不断想到叔父给卜的、振疲起衰的、物腐蠹生的、乱而复治的、充满能量的山风蛊卦，这个时候，她一改当这个短命主任之初的解释，她认为，以人为本，“人”，才是最大的能量，上天赐予女人生育权力，“生育”，才是女人最大的能量积累与散发。

伟大的教育家、思想家孔子，为什么取名孔仲尼，原因就是他母亲在一个叫仲尼山的地方，窃天意而孕之生之。

所以，梅一朵决定瞒好刘冬明在内的众人，坚辞空头主任的职位，英勇北上，将这个“窃人”计划，巧立名目、轰轰烈烈地进行到底。

56

刘冬明夫妇带着孩子第二日就离了老部长家，去了呼伦贝尔大草原旅游，梅一朵则按照他们的吩咐，留下来试用一周。

梅一朵心生嫉妒，又无可奈何。她在国庆假期的几日里，以巨大的热情遮掩自己的落寞。她使出浑身解数，想出多种游戏，编出很多故事，中英文结合，语言与动作搭配，来让老部长的小孙子快乐，以便能被老部长留下——她又觉出了自己的孤苦无依，她意识到新认识的老部长或许是她最后的稻草。她不能让她的孩子一出生，也过和她一样六亲无靠的日子。

国庆假期的最后一天，老部长的夫人中规中矩地和梅一朵签订了聘任协议，梅一朵揣着协议登上了南归的飞机，她要回学校办理交接手续。

出了机场大厅，一辆大巴开过来，标明的线路有凤码头娘家那一站，她却并没有上去，只是扫了一眼，像扫一个在多年前就已经疏远了的熟人，然后漠然地让它开走。

又等了许久，来了一辆标明途经教师村的大巴，她这才急忙爬了上去，其实她与教师村自家的房子，已疏远多时。

坐定之后，她也没有记起这一天离亡夫罗伟林血溅魂飞的那个月夜，阳历算来，正好是一年。

此时，她抬头看着一架刚刚冲向灰蓝色天空的飞机，想象那候机大厅里跟她擦肩而过的年轻白人女子以及她推车里的中国婴儿正被安全带扣在了上面。

由此，她联想到了个体生命从受孕、出生到终老这一生中许多不能自主的命运关口，真的就像顽童抛石那样的随机卑贱，然后，她这才想明白，她之所以爬上这趟车，是想去她和罗伟林曾经的家里，拿一张他们的结婚证，到学校计生专干那里，领一张准生证。

房间关了差不多一年了，母亲几次催她去房屋中介公司登记，将房子租出去，她不是借口没时间，就是说租不了多少钱，懒得搬东西。

她是吃完中饭回教师村的，进屋后，外面就电闪雷鸣地下起了大雨。

她赌气似的，放开手脚，搞起了她作为女人的历史上最细致、最大规模的大扫除，连挂婚纱照的钉子都擦了，连厨房底柜最角落里的那个煮当归蛋的瓦罐都翻了出来，擦出了本色。

擦婚纱照的时候，干抹布从罗伟林俊朗的笑容上拭过，梅一朵还无动于衷，擦瓦罐的时候，梅一朵却禁不住心痛起来。她想，现在这样的年代，这世界上恐怕不会再有第二个男人亲手给自己煮当归蛋了。她还想到了宁为玉碎，不为瓦全，她和罗伟林这瓦罐一样的婚姻。

元配？原装？

她想，若再结婚，怎样都不是“元”和“原”了。

雨一直下，天近黄昏，保安拿着扩音器在楼下喊：这是谁的车啊？快开出去啊，涨水啦——

梅一朵站到窗口往下看，真的好深的水了，快淹掉汽车的大半个轮胎了。旁边几个地势和地位都高于这老教师村的新建小区，地表的雨水龙蛇狂舞仓皇而下，下水道的盖子早被淹得看不见了，只有鼓涌出来的水，在那里翻成大而厚实的黑泥浆水花，标明这一“洞”脏水的地下源头。这是谁的车呢？肯定不是院子里谁家的，要不保安会知道车牌的，怎么这么大的声音喊都听不见呢？说不定是去哪家偷情的外来男子，把车停到了谁的视域之外，据说市一中就有一个男老师的妻子就跟着他的一个朋友私奔了，真的，谁知道呢。

梅一朵在窗前幸灾乐祸地看了一会儿，还是不见有人出来开车。突然“嘭”的一声巨响，梅一朵猜想可能是那个老化了的变压器进水又爆炸了。她按下电灯的开关，果然，停电了。

她看见陆续有人从家里趟水出去，水已经没过成人的膝盖了，有年轻的妈妈背着孩子的，有年壮的儿子背着父亲的，有老公背着老婆的。梅一朵记起有次涨水，罗伟林最特别，是抱着自己出去的，邻居们还打趣说，到底是体育老师，力气大些。

梅一朵在窗口站到天完全黑下来，水已经涨到了那辆轿车的窗边，梅一朵完全没有“逃亡”的想法。

像黑夜垃圾桶边倏忽蹿逃的一只黑猫，梅一朵也忽然想到了这是个黑色的日子，她连忙拉开抽屉，翻到了一个打火机，试了下，能打燃。

她又打开家门，去对面邻居家的门口，抽出了三根他们从端午节一直挂到现在的艾草。进门之后，她又从厨房抱出擦干净了的瓦罐，放在婚纱照前。她撸去艾草那已经枯萎的叶子，把长长的干干的茎斜斜地插到瓦罐里，然后用打火机点燃，当作香。

她就着旁边酒店的高楼上泻进来的光，盘坐地上，笑了笑，抬头对罗伟林讲话，她说：我应该还是你最在乎的那个吧。要不，冥冥中是谁牵引我，在今天到这里呢？不过，我晓得，如果这时候你能开口说话，你一定会否认的。唉，算了，有些话今天我们就挑明吧。你跟李璐的事，我知道了，是你先背叛我的，不过现在我原谅你了，毕竟你是凡人，到处都是背叛，你当然不能免俗。但是我还是记得你的好，现在也只记得你的好了，也只有你对我的好才是原汁原味的。你其实是很幸福的，你临死，李璐为你做的，让我知道了你得到过真正的爱情，我感谢李璐，要不面对你，我会更加歉疚。我最大的歉疚就是没能给你生个孩子。我要告诉你的是，我现在怀孩子了，不过，这孩子的父亲也许并不想要，他陪着他自己的孩子，他自己的老婆，正幸福着。但是我不想放弃这孩子，也不想再跟谁结婚了，真的，婚姻嘛，你也给过我几年，就这么回事，我呢，我就独自带着这孩子，当作是你的孩子来生，来带。我把他带大，带成一个大气忠贞的男子，能够给得起好女人恒久爱情的男子。哦，我真的觉得我可能怀的是男孩儿，你看这样好吗？如果你同意，就让他顺利出生，成长，如果你反对，就将意外降临到我身上吧！

讲完这些，梅一朵就静静地，笔笔直直地躺到了床上。

风声、雨声，泥腥味儿、水腥味儿，以及刚刚燃放的艾草的苦香味儿包裹着她，累了一下午，她沉沉地睡了过去。

不知道多久，手机的铃声将她吵醒，一接，原来是许久没有联系过的电视台的一个编导。编导的声音很兴奋，他大喊着：朵儿你还在用这个号码啊，你还住教师村吗？我刚在教师村采访完呢！我又换了一个频道了，我们频道要做一档我们原来做过的差不多感觉的周播剧，正到处找编剧呢！我刚采访的时候才想到你，你现在还在这里面吗？还是坐船出去了呢？

梅一朵问：坐船？坐什么船？

编导说：你没在啊？你们这里水都快淹过杂屋了，动用了消防官兵和皮筏艇，都转移了好多住户出去了，这是你们这里涨水史上最大的一次呢。出去了的老师们都找教育局吵起来了，现在政府、教育局已经安排这些住户到旁边的五星级酒店住下了。

梅一朵起身到窗边一看，果然，水已经快到一楼的阳台了，还有消防兵在转移被困人员。靠近另一个高档小区的街道边，站着许多围观的民众，还有背着摄像机的、拿照相机的，他们都举着伞，饶有兴致地望着“教师洞”，像望着掏空了文物后的古墓。灯光晦暗，梅一朵看不清人的面目，却很清楚自己重又兴奋起来，却不知道自己为什么兴奋。

她用兴奋的声音对编导说：我早没住教师村了，我住到我娘家了，你刚说，政府和教育局领导要把大家都转移出去？为什么？这水怎么涨都不可能淹过一楼吧，为什么都要转移？

编导说：住户讲，这房子有差不多二十年了吧，这边还在抽水，冲击力加吸拉力，怕房子垮吧，我想政府也是以人为本吧。诶？这问题我还没采访呢，好了，明天再具体联系。

编导急急地挂了电话，梅一朵终于明白自己为什么兴奋了。

她重新躺到床上，竹床垫透着凉意，梅一朵心里热浪翻滚，她望着天花板，脑海里的那一洞厚黑的水，似乎就倒悬在了头顶。她看着天花板上的脏水一漾一漾在有力地推动，口里就和着这漾动的节奏念念有词：罗伟林，是你请来白娘子水漫金山吧？是你请来法海收我吧？我不会逃的，要垮就垮，要淹就淹，到明天，如果我还活着，就是你同意我的主张了。

黑夜里，风雨里，屋外的消防兵喊了起来：还有人吗——还有人要走吗——还有人吗——

一声声一声声地拖着喊，近了，又远了，最后消失了，只剩扯天扯地的风雨声，和六楼的一张床上，梅一朵那越来越均匀、沉着、坚决的呼吸声。

57

梅一朵把结婚证、户口簿，以及上学期的体检结果都放到学校兼管计生的生活主任办公桌上，严肃地说：曾主任，麻烦您帮我到街道去办张准生证。

五十多岁的老大姐主任，正戴着老花镜在看报纸。报纸上登着教师村涨水创历史新高的新闻。新闻里，刘冬明局长说涨水原因已经查清，是人为因素造成的，处在教师村排水系统下游的新建小区，在他们竣工的时候，留了一车混凝土在管道里，严重阻塞了排水管道。怎么协商的局长没讲，是否追究原因，是否赔偿已造成的损失，局长也没讲，只说了教师村年底将告别涨水的日子。

曾主任也住在教师村，昨夜是在旁边的五星级酒店过夜的，她也接受了采访，很遗憾，报上却没有写到她激昂的一段话，就连名字也没提到。她有些生气，又不好言说，听到是梅一朵的声音，因为在气头上，根本就没去理解梅一朵话的内容，这时她对梅一朵说：哎呀幸好你搬到娘家去住了，教师洞这鬼地方——

曾主任把报纸丢给梅一朵，说：你看你看，教师洞这几年都成了新闻焦点了。往年从未表过态，这回就表态了，昨晚我把我记录的历年的涨水次数、日期，都给了记者，你是没看见那场面！所以水涨得再高都是空的，关键是民愤要涨，大家齐心协力一闹，在酒店大堂闹！你说这边是富丽堂皇的五星级大酒店、高级住宅区，那边是年年涨水破旧不堪的教师村。这一对比，就把我们这些当老师的地位比出来了吗？那酒店不是涉外酒店吗，经常有外国人的旅游团入住，我看到他们还拍了照呢，也拍了教师洞涨水的照。搞不好，这个新闻会变成国际新闻也不一定。

梅一朵耐心等她发泄完，再次把结婚证户口簿等推到她面前，平静地说：我想办张准生证。

曾主任这下比看到“教师洞”涨水还要受惊了，她眼光越过滑到鼻尖的老花镜的上方，研究梅一朵，问：你什么时候又结婚了？

梅一朵说：没有，我想给罗伟林生个孩子。

曾主任打开结婚证，看到罗伟林的遗像，又听了梅一朵的话，她变得有点结巴，问：啊？啊？他不是——

梅一朵很冷峻，仿佛是上台作报告应有的冷峻，而平时她连作报告都难得冷峻，她答：是的，就是因为他走了，昨夜是他的忌日，我是在教师洞过夜的，他托梦给我，要我给他生个孩子，又不准我嫁给别人，不然就决不放过我。梦中他说要我去做人工授精，还告诉我去哪个医院做，说我这几天就是排卵期，最适合做。今早上我打了那个医院的电话，在我们省果真就那里能做，但是，要准生证。

曾主任发白的脸有些缓和，她说：你还年轻啊，你就为了这样一个梦不嫁人了？

梅一朵说：为什么要嫁人呢？难道没有男人就不行吗？

曾主任想了想，想到了梅一朵跟她的侄儿曾骖文有过一段恋情，后来听曾骖文的妈妈说梅一朵命里克夫，这学期大家又都知道他们分手了，但是，年轻人的心一碗水，又偷偷的好上了也讲不清，于是她问：是不是曾骖文的？我那嫂子倒是讲过你克夫的，不过，既然你们有了孩子——

梅一朵有些生气地打断说：你知道我克夫还劝我嫁人？你嫂子不想克死第二个男人所以不再嫁，是节妇烈妇，我就不能也做节妇烈妇吗？

曾主任以为自己成功套出了底牌，面露得意地说：这么说你已经有了？真是我们家文文的？

梅一朵说：没有！更不可能是他的，他根本就不行！你这个做姑妈的不知道吗？

曾主任有些头晕了，她以为是老花镜的原因，就摘了下来，还是头晕，就说：你等等，慢点慢点，是不是因为他不行，你们又想结婚要孩子，就打算去做人工授精？那为什么不先去领你们俩的结婚证呢？

梅一朵撇了撇嘴，哭笑不得，又偏了偏头，忍了忍，说：真的不关他的事，我们早分手了！另外，你放心，他不行的事情，我也只跟你讲了，我会替他保密的，也请您老人家替他保密，有机会你也劝他早点去治疗。

曾主任又把老花镜戴上，重新仔细观察了梅一朵的表情，觉得她可能讲的是真话，但是还是觉得哪里不对劲，就说：你妈妈也同意？

梅一朵说：他们生我征求了我的意见了吗？你妈妈生你征求了你的意见了吗？生孩子是我个人的事情，为什么要别人同意呢？我都超过晚育年龄好远了，并不违反计划生育政策，这结婚证户口簿的都齐全，不就够了吗？

曾主任心里盘算着，对梅一朵说：你这妹子，我也是为你好嘛！这样，你东西放这里，我下午去趟街道就是了。

梅一朵知道这个曾大喇叭又要“现在开始广播了”，就说：等下午干什么？就去吧，现在就去，我陪你一起去，我请你吃中饭。

曾主任说：看你性急的，也不在乎这几个钟头不是？我还要检查学生宿舍的卫生呢。

梅一朵说：我陪你一起去检查，检查完了我们就一起去。

曾主任只好叹着气给办公室主任打电话请求派车，不过，电话里，她还是隔靴搔痒地小广播了一下，她对办公室主任说：梅主任要我帮她到街道去办准生证，你安排个车吧，我们马上到校门口去，要司机快点啊，梅主任很急呢。

曾主任讲电话时的兴奋是压抑着的，像湿柴冒着烟燃烧，梅一朵冷笑着在心里对她说：曾主任，曾大姑妈，曾大广播，等准生证到手，你宣扬得越广越好的，这一会儿您就先忍忍吧。

梅一朵在南山新贵的最后三天，也是她女人史上最受关注的日子，就连中学部、国际部的老师都注意到她了。

交接工作的这几天，她故意不穿校服，穿着低腰牛仔裤，露脐的胭脂红短T恤，那里有白皙的小腹闪现，依旧平坦。

她这样打扮着，骄傲地走在校园中，面带微笑，目不斜视，仿佛T台上的国际名模，时刻感到了追光的存在。

她听到的议论有——

“这就是小学部的那个梅子妈妈啦，听说准备人工授精做单亲妈妈呢！”

“听说她命里克夫，所以才不再婚去人工授精的，之前我还以为克夫只是个传说呢。”

“听说是为了弥补没给亡夫生孩子的遗憾，才这样做的，真是人鬼情未了啊！”

“她们小学部原来都喊她‘梅诗人’呢，诗人嘛，思维就是不一样。”

她没听到的议论就多了，不过意思大致一样，那就是——“信她的人工授精！肯定是去给哪个达官贵人养私生子。”

盛校长没有参与讨论，他只在心里猜了两个人：局长刘冬明、至交伍海洋。

他本来不是很情愿答应放梅一朵去北京做家庭教师的，这学期离开的老师太多了，梅一朵又刚被作为“大忠”的楷模提为主任。不过后来他听说了准生证的事情，马上就改变了主意。他对书记说：让她早点走的好，你看她来学校做的几件事，哪件不出格？再让她在学校出格下去，不知道闹出什么名堂来。

盛校长觉得应该跟伍海洋商量一下，便去了他的办公室。哪知伍海洋却反怪盛校长跑错了地方，他说：她肚子里的货你要问她嘛，你跑到我这里来干什么？

戴过一回绿帽子的伍海洋，此时肺都气炸了，那晚在北京的潇湘旧观，梅一朵临阵逃脱，他以为正好证明了她是个良家女子，没成想她从他身边跑开，居然与别人怀了孩子。

他和盛校长同时记起了北京的那个雨夜，在KTV里，梅一朵走后，刘冬明的魂不守舍与提前离开。

他们用默契的眼神对视，又摇头微笑，肯定了彼此心里的想法。

另外，一班的班主任朱老师听说后也没有参与讨论，她自己就是那个年代的私生女，妈妈带她长大，不知道受了多少歧视吃了多少苦。她知道“额外一条筋”的梅一朵现在听不进任何劝告，当年梅一朵初进学校，闹起了“梅子妈妈”称谓的风波，朱老师首创歇后语“病孩子的鼻梁——额外一条筋”相赠，后来梅一朵的学生考试思维怪异，她又以这句话相赠。这次，梅一朵要让“梅子妈妈”的称谓落到实处，还是单亲的，朱老师反而没说出“额外一条筋”来。她同情她，替她担忧着以后的道路，还希望这准生证会由于突如其来的意外而作废。

梅一朵走的时候，也只有朱老师主动送她，梅一朵看出了她眼光里的真诚。校门口，喜欢流泪的她流下了这几天来的第一次泪水。她还郑重地把张立奇拜托给了朱老师，她说：七班现在的班主任好像对我有点成见，学生到现在还不怎么买他的账。张立奇和伍大洲是两个最特殊的学生，伍大洲在你班上，好关照，张立奇呢，大事我就要他来跟您商量，学校里有个可依靠的老师，他才不会孤独，我妈妈也会不定期地接他到家里去的。他参加机器人兴趣班的钱，我会一直给他交下去，请你监督他训练，也监督带他的老师不要偏心，一切参赛机会都麻烦您帮我给他争取到。这孩子重情意，他会记得你的好的。

跟朱老师分手后，梅一朵又想到了自己教过的班级孩子们的集体哭留，她觉得只将这两个学生郑重托付也不应该，就马上编了条长长的短信发给了七班的新班主任：

请不要用成人的眼光去挑剔他们；请让您的眼光里常常写满对他们小小成绩的欣赏；批评的时候，不要愤怒，眼光里要有怜惜之爱，宁愿哭，也求您不要发火；孩子们是来学会爱的，爱学习、爱老师、爱生活，不能将恨和厌倦教给他们。

58

古语云：英雄到老皆皈佛，宿将还山不论兵。

老部长的夫人，Bob 的奶奶，在教堂参加儿子的洋式婚礼时受到感染，到老没皈依到佛门，却成了虔诚的基督徒。

其实最初梅一朵能够在老部长家里静心养胎，还多仗了这位部长夫人的信仰。从到老部长家的第二个星期开始，她就止不住地每日清晨起来就干呕，漱口也呕，闻到油盐的气味也呕，秘密藏不住了，向老部长夫人招供后，老部长夫人就是用《圣经》里的话语，默默规劝不太高兴的老部长的：

我若能说万人的方言，并天使的话语，却没有爱，我就成了鸣的锣、响的钹一般。

我若有先知讲道之能，也明白各样的奥秘、各样的知识，而且有全备的信，叫我能够移山，却没有爱，我就算不得什么。

我若将所有的周济穷人，又舍己身叫人焚烧，却没有爱，仍然与我无益。

如今常存的有信，有望，有爱；这三样，其中最大的是爱。

老部长退居二线之后，耳朵渐渐发聋，需用助听器。他要是与人聊得高兴，或者会议上都是英雄所见略同时，他就会认真戴好助听器，认真地听与说；要是他听着听着，觉得话不投机，或是违背了他恪守的原则，他就会自顾自地大鸣大放一番，然后把助听器一拔，说：我要说的就是这些，你们说你们的吧。

梅一朵刚来的第一周，老部长还是经常戴上助听器，听她讲学校里那些小学生的趣事与童言。后来，他发现梅一朵反常的生理反应，问及夫人，才知道梅一朵是怀孕了，而且是人工授精，还是替死去的丈夫生孩子时，他就不能接受了。

这简直是离经叛道嘛，他对夫人说。

这以后，再在客厅看见梅一朵，他就不戴助听器了，就是本来戴着的，只要发现梅一朵有跟他说话的倾向，也赶忙拔下来。就连夫人说着话说到梅一朵的事时，他也不耐烦地拔助听器，外加拿报纸来遮挡视线。要不是孙子跟梅一朵建立了深厚的感情，他都差点要给孙子换老师了。

夫人知道丈夫的犟脾气，还知道他有个逢字必认，逢书必翻的习惯。夫人自己也有抄写《圣经》的习惯，不过原来都抄在一页页A4的打印纸上。动了规劝丈夫的心后，她就把前面几条关乎基督的人间大爱抄下来后，再贴到卫生间的墙上、餐桌上、茶几上，甚至是他们卧室的床头柜上了。

老部长初见这些字条，还把它当作普通的句子来念，念了几天，发现这句子还是有些道理，再念几天，发现夫人还没有换掉，就知道是夫人的良苦用心了，他指着茶几上、餐桌上的字条对夫人说：你要背要抄一个人躲到书房里去，贴到这公共场所，我一个党的干部，信仰的是共产主义，来我客厅的，也是跟我同一信仰的同志，虽然我是要入土了，但是你不要腐蚀了后来者，赶快扯掉！

夫人在心里默唤着：噢，主耶稣。顺从地撤掉了字条。

但字条撤掉后，内容却在老部长的心里生了根，他渐渐理解了夫人的良苦用心，也渐渐理解了梅一朵的做法。

这个女孩子，来家之后，安安静静的，手机也不用，少量的电话都是买了磁卡去外面打，家里的电话从没用过，甚至连她的父母，都没往这里打过一回。只要听到外面有敲门声，她就躲进自己的房间，客人走了才出来。她一心一意地在自己家里，除了偶尔跟家乡的电视台发剧本的邮件，她几乎跟外界隔绝。她的这种内敛、隐忍，和不一般的谈吐，不是一般的家教能够造就的。虽然“人工授精”有些刺耳，却也从另一个角度证明了这女孩子的脱俗、大气，她心中怀有的，也许就如夫人所抄内容所述的大爱吧。

有了这个波折之后，老部长对梅一朵更加欣赏和怜爱。有次北京一个专拍红色题材影视剧的制片人来找他帮忙牵线融资，他就主动把梅一朵推荐给他们剧组试写剧本，没想到剧本初稿就得到片方的认可，梅一朵马上就有了五万块的进账。拿到稿酬之后，梅一朵就给老部长家里每人买了一套衣服，还添置了许多别致的盆景和小装饰品。她这种贴心的做法，更让老部长全家人都把她当自家人看待了。

对于老部长态度的转变，梅一朵内心充满了感激。来部长家里之后，她虽不多言，却在默默地观察和感受着周遭的一切，她发现，事实的真相，跟以往的道听途说，真的太不一样。

在以往所读的那些文学作品中，北京，是厚重而神秘的；北京的大部长的府邸，更是侯门深似海。家里，摆的是古玩珍奇，吃的是山珍海味；来客，必备金银细软罕见宝贝。而部长本人，必爱丹青翰墨，书香四溢，走路肯定龙行虎步，满嘴都是官场人脉、天地正气。总之，肯定不是常人的思维、常人的脾气、常人的气度，更加不止是常人的“胃口”。

住进老部长家里之后，梅一朵发现，这个共和国的部长太“普通”了，家里的陈设也很简单，吃的也很平常，来客偷偷送了什么没有，梅一朵躲在房里看不见，但是，老部长拒绝别人送红包梅一朵是听到了的，他生气的喊声，梅一朵相信，那绝对不是装出来的。有时候，他跟孙子玩时疯得高兴，简直就是一个老顽童。

是那些文学作品的作者没有亲见过共和国的大官，所以凭想象捏造呢，还是这个部长真的跟别的部长不一样？

梅一朵不想去深究，她只在心里默默感激着这个部长，以及他的家人让她感受到的这一切。

有信，有望，有爱。

她的有信始于那次偷听。不知从什么时候开始，梅一朵如一切心底有爱，心头有伤的小资女人，不相信面对面的海誓山盟，只相信戏剧般的偶遇偷听。

那天家乡的于副市长来老部长家拜访，梅一朵起了躲到房间偷听的心。

于副市长的声音正合以往梅一朵读过的那些小说中的描写：大声说小事，小声说大事。因此，梅一朵把不到她话语的脉络，而老部长因为耳朵的原因，每句话都是声声入耳。梅一朵听到老部长在用秦朝李斯的故事跟于副市长谈官员的贪腐。

老部长说：你不知道李斯关于老鼠的典故？据说就是两只老鼠改变了李斯的人生观。有回李斯上厕所，他看到厕所中的老鼠又脏又慌，见人就跑。上完厕所他去粮仓巡视，那里也躺着只老鼠，又肥又悠闲，见人也不怕。李斯悟到地位决定一切，从此奋发，一定要做到粮仓里的老鼠。后来，他跟荀子学“帝王之术”，又帮秦始皇统一天下，他得到了他的富贵粮仓。最后呢，还不是被赵高陷害，被腰斩，灭三族。其实啊，真正害了他的不是赵高，而是他自己的思维，死的时候，他虽然是帝国丞相，却还是当初那个小吏的思维，他关心的，始终是老鼠，而不是粮仓。

老部长说：对嘛，你这思维就是对的嘛。身为国家干部，守的就是天下大大小小的粮仓，如果大家想的都是到这国家粮仓里饱餐一顿，那粮仓就不是粮仓了嘛，那就是老鼠窝嘛。

老部长说：我只帮正，我不帮邪。

就为老部长的这些话，梅一朵觉得世间还是有信、有望、有爱的。她怀着爱的结晶，带着混血儿Bob，在这有着威严的武警站岗的大院里走进走出，想到没几条大马路过去，便是古代威严的皇宫内院，现代首脑的作息地；更近的大院，也住了前任的总理，心里便充满了自得和自豪。又因为偷听而坚信了老部长的光明磊落，更觉得腹中的宝宝能在这样一个氛围中孕成，然后诞生，真的是充满荣光。

直到刘冬明夫妇的双双来访。

他们眼光躲闪，忍不住总瞄她的腰腹，来者不善。

她想肯定是老部长的夫人给她的侄女露了口风。她后悔那次老部长家的保健医生来给Bob治疗感冒的时候，她同意了保健医生的检查，并且当着老部长夫人的面，说出了受孕的日期。

保健医生问：预产期什么时候？

之前她其实朦胧地知道，预产期应该是孕前最后一次月经第一天往后推九个月的样子，但是她以为那是每日都同房的夫妻，搞不准受孕的准确日子，才这样大略估算的，而北京那三夜，是刻骨铭心的三夜，所以她毫不犹豫地回答：8月21、22、23号，这三天中的一天受孕，预产期可以更精确么？医生你帮我算算？

说得保健医生和老部长夫人哈哈大笑。

她想老部长夫人一定是将这个细节告当作笑话告知了她的侄女，她的侄女根据自己丈夫在京的日期，是足可以怀疑他们的。

但刘冬明会蠢到承认么？她自己都没有向他承认哪。

而她不知道的是，刘冬明夫妇在保健医生给梅一朵做孕检之前，就分别从不同的人那里，得知了梅一朵怀孕的消息。

刘冬明是从盛卫国校长那里知道的。

盛卫国去局里办事，装作顺便给刘冬明汇报工作的样子，背对着墙上局长画的一幅仕女写意小品，告诉局长，梅一朵去北京之后，教科室主任就提了朱老师来当，所以现在刘卅新换了一位班主任，也是又年轻又有经验又漂亮的一位女老师，与梅一朵不相上下。

刘冬明只微笑点头，不置可否。

盛卫国无趣，只好说那我走了，快走到门口的时候，又装作突然想起的样子，回头说：听说梅一朵老师是拿了准生证去北京的，老部长家请家教老师，应该初衷不会是请个孕妇吧，那到时候谁照顾谁呢？

刘冬明果然停止了他的微笑，头也僵在那里，点不下去了。

他想起了这段日子梅一朵偶尔打来的电话里，居然半句都没有提这方面的事情，她是想偷着生下来？她想干什么？他意识到了问题的严重性。

金章是从朱老师那里听来的，但是首先她不敢确认，她知道假期梅一朵是伍海洋叫着去北京的，或许她怀的是伍海洋的孩子，但是朱老师说梅一朵拿准生证是为了人工授精，为了给亡夫生孩子，这就可疑了，伍海洋已经离婚，她完全可以光明正大地嫁给他，光明正大地给他再生个孩子。

金章越想越怕，她给婶婶，也就是老部长夫人打电话，嘱咐她请保健医生给梅一朵孕检，看预产期是什么时候，而不久后老部长夫人反馈过来的信息，居然出乎她意料的有精确的受孕日期，那就是她随着她们市文联带着一个合唱团去法国参加国际音乐节的那几天，也是她不得已让老公送孩子去北京学琴的那几天。

她基本上肯定了自己的猜疑。

她的办公室订的一份娱乐八卦的杂志上，那一期正好登载了香港影星成龙与情人吴绮莉的恩怨故事，她看到成龙最初是指责吴绮莉设计陷害自己，固执地生下小龙女，所以他在得知小龙女的出生后，立下遗嘱，除了慈善款外，将所有的财产都给了原配林凤娇与她的儿子。但时隔五年之后，成龙又在公开场合流露出了对不起小龙女的情绪，办公室的同事都在说，骨肉至亲的，成龙以后肯定会将遗嘱再做修改，小龙女也是人呐，孩子总没有错。

也有同事说，吴绮莉就是看准了骨肉至亲这一点，她好厉害。

而与吴绮莉不同的是，金章并没有给刘冬明生下孩子，刘卅是她弟弟的孩子，刚满月就抱过来带的，讲好了家族中人要绝对保密。

自己照顾了这么多年的老公，自己的叔叔栽培教育了这么多年的老公，居然也染上了社会上的这些坏风气，包起了二奶，还要生孩子？！

她不知所措，难过得把自己关在家里哭得天旋地转，而刘冬明这两天还总在办公室加班，回得格外的迟，居然都没有发现她哭得红肿的双眼。

她确信他早已不将她放在心上了。她失去了子宫，等梅一朵的孩子出世，她又将彻底失去儒雅帅气的老公，失去人人羡慕的和睦幸福的家。

她咒骂上天的不公，老公的负心，和梅一朵的阴险。

她不想落到人人耻笑的地步，就是人人同情也不是她能忍受的，她想留住最后的尊严。

她决定用放弃生命的方式，留住最后的尊严。

在她确信梅一朵怀着自己老公孩子的第三个晚上，十点钟，她给丈夫刘冬明的办公室打电话，问他什么时候回来。

他说，文件还没有批完，批完就回，然后利落地挂断电话，没有容她说第二句。

他还能如此平静，可见背着自己生孩子，他已成竹在胸，这让她绝望。

她到书房翻箱倒柜，找到诸多的刘冬明的画作中，那日被儿子窥破的一幅“细风吹雨弄轻阴，梅花欲谢恐难禁”的画，又将登载有成龙与吴绮莉恩怨的娱乐杂志从包里拿出来，翻到那一页，装作随意摆放的样子，一并搁在床头。

这是她留给丈夫刘冬明，也是留给这个世界最后的谜语。她想只有刘冬明能猜到谜底，她也只要他猜到，这样她在保存尊严的同时，又可以给他的良心敲一闷棍，如果他还有良心的话。

她拿着修眉毛的刀片，哭了又哭，深呼吸了好几次，就是不敢下手，她不知道是自己怕痛，还是心有留恋。

听到门口传来丈夫刘冬明掏钥匙的声音，她终于鼓足了勇气，将刀片用力划了下去。

从医院缝针回来，刘冬明才开口问话：她告诉你的？

金章心里一动，一横，果断地点头。有报复后的快意泛上了她的心头。

刘冬明这些日子的猜想，在妻子的点头之间得到了证实，看似率真的梅一朵，原来心机很深。

他哽咽着对妻子说：你不要再干傻事，成龙犯了所有男人都会犯的错误，我也，也对不起你，这样，我去北京，让她把孩子拿掉。

妻子金章也泪珠滚滚，她瘦弱疲惫的身子一歪，伏在丈夫刘冬明的怀里大哭起来，一边含混不清地说：我要，和你，一起，去。

59

12 月 5 日，北京下起了第一场雪，杨絮一样纷飞的雪花里，梅一朵跟着刘冬明和他的妻子金章，从老部长家出来。

走到刘冬明从市驻京办借来的别克商务车旁边，梅一朵缩着脖子朝车里望了望，她疑惑地问：谁？是谁要见我。

刘冬明拉开车门，也不看梅一朵，冷冰冰地说：上车吧，上车再说。

梅一朵忽然害怕起来，她迟疑着不肯上车。

已经上车的金章，伸出那只没有受伤的手臂，猛然拉了车门边的梅一朵一把，将梅一朵拉上了车。

刘冬明关车门，将车发动。

梅一朵意识到了什么，她使劲拉车门，大喊：让我下车，让我下车！

金章冷冷地说：如果你自己跳车，孩子肯定也是保不住，你的命也未见得保得住，你死了你是自杀，与我们无关。

梅一朵惊呆了。

车子顶着雪花，朝北四环的方向开去。

梅一朵整理了雪花一样纷乱的思绪，说：你们带我去医院流产？

刘冬明夫妇俩都不回答。

梅一朵说：不说话是吧，不说话就是默认。

刘冬明说：梅老师你别冲动，这样大家都好。

梅一朵说：可以，我其实也不想要这个孩子，只是两个人的孩子，我一个人做不了主。今天既然你来了，既然你也不想要，那正好，只是我边上这个人，跟我肚子里的孩子无关，你要她下车，我俩去医院，我就做掉，不然，除非你们打死我，否则我不会上手术台的。

刘冬明一个急刹车，将车在路边停住，回头恳求地看着自己的妻子。

他的妻子愣了一下，然后沉着脸，慢悠悠地将宝蓝色的棉麻围巾系了个结子，拿着包，擦着梅一朵的膝盖，拉开车门，下车了。

两个人的车内，梅一朵的泪水猛然冲了出来。

刘冬明开始没有作声，只一边机械地开车，一边盯着自杀一样扑向挡风玻璃的雪花发呆。大朵大朵的雪花漫天飞舞着，撒在车上，像灵车又像婚车。

梅一朵终于忍不住哭出声来。

刘冬明说：梅老师，你也别哭了，这是个意外，你看见她的左手腕包着的白纱布了吗？我回来迟一点，她就没命了。

梅一朵说：你好狠心，连自己的亲骨肉也要杀死，当初你怎么说的，刘一川，你说生下来就叫刘一川，叫你爸爸，叫我妈妈。

刘冬明这时也哽咽了，说：我也想有这个结果，但是你太不懂事了，你该先告诉我的，为什么要背着我告诉她？

梅一朵说：我告诉她？谁？你的太太？

刘冬明又一个急刹车，将车停在路旁。

他回头看着她惊愕的眼睛，还是那么熟悉又好看的眼睛，那里头没有谎言。

他的心抽搐起来，泪水出来了，他拉开驾驶座边的车门，从车的前头绕到侧边，他想抱抱梅一朵。

他的眼泪掉到冷空气里，落到地上的时候，成了雪子，天也下着雪子，在他拉开车门的一瞬间，漫天柔美的雪花都变成了雪子——冷硬的，白色的，天的眼泪。

他看到了雪子，看到了街边小饭店皮革帘子前的卖烤红薯的小贩，却没有看到他的商务车后，三十米的地方，停着的一辆出租车。

他抱着梅一朵，止不住去吻她，她先是挣扎，然后静下来，再是很热烈地回应，吻着，吻着，俩人的舌头都觉出了咸味，他们一直在流泪。

烤红薯小贩的身后，也有一双眼睛在落泪，长及脚踝的深灰色羽绒服，宝蓝色的棉麻围巾，左手袖口处，细细的一截白纱布在漫天的雪子里飘动。

60

北四环回龙观的一个医院里，一阵燥热的梅一朵拉开大红的长羽绒服的拉链，她的脸红扑扑的，像一朵盛开的扶桑花，也不知是医院的暖气所致，还是大红色的衣服映红的，红色的梅一朵在医院过道候诊的天蓝色椅子上格外引人注目。

她的黑眸子里此刻有迷离的幸福，她看到刘冬明在导诊台排队领病历，填名字，又走到挂号的窗口，排队，挂号，缴费。

她看到他不管在哪里，干什么，总是隔不了一分钟就转头或者侧头看她，俩人的眼神一经碰触，就会微微一笑。

好像是丈夫陪着爱妻来孕检，好像她怀的是丈夫十世单传的婴儿。

她慵懒地靠在硬硬的椅子上，眯着眼睛，眼光始终罩着刘冬明，偶尔有人挡住视线，她都会调整坐姿重新找到他，他也是这样，有个临产的孕妇身材高大，站在梅一朵的椅子前与丈夫争执良久，他居然着急地从排着的队伍里走出来，一路小跑着过来，看她仍在座椅上偏头找自己，才安心地又去排队。

她的这种恍惚的幸福被她的固执的想象，像吹气球一样，越吹越大。

幸福气球破碎在护士叫诊的时候。

护士叫：刘小静，进来。

刘冬明推了推梅一朵，说：叫你呢，走，我陪你进去。他对她耳语：谨慎点好。

防谁呢？梅一朵的心里如同吸进了漫天的雪子。

她的脸变得惨白，腿脚发软，身子往下蹲，刘冬明搂住了他，凑近她的耳朵再次低语：生孩子的事情，传出去我就摊上个大事。

他的温热的气息喷到她的脸上，她直觉得冷。

冷入骨髓，就麻木了，早在梅一朵躺到手术台上打麻药之前，她就已经进入了全麻的状态。

她像个木偶似的，不再说话。

顶着刘小静的名字，抽她的梅一朵的血化验；

顶着刘小静的名字，让针扎到梅一朵的胳膊上；

顶着刘小静的名字，给梅一朵的静脉里输液；

顶着刘小静的名字，拿掉了梅一朵的儿子。

医生说：是个男胎。

她曾经预感自己会生个男孩，他都给取了刘一川的名字，典型的男孩子的名字。

他们的预想都对，现在真相大白，她都懒得对他说。

他把她从担架上抱到留观室的病床上，背对着身后来来往往的病人与陪护，似乎是豁出去地、动情地吻她的脸，他的泪水掉到她麻木的脸上，她也懒得对他说。

他在她的耳边低语：这真的不是我想要的结果，刘卅不是我的亲生，是她弟弟的孩子，请你理解我。

她的眼睛才睁开，麻药的药效似乎在渐渐退去，首先是眼睛活泛起来，慢节奏地扫视着刘冬明的泪意，嘴巴接着也活泛了，嘴角抽了两下，她也隐忍着哭出声来，不是喉头的呜咽声，是忍得上下牙齿互相磕碰的声音，像冻得直哆嗦。

那时她还没有意识到，这是她为他们之间流下的最后一场泪水。她以为失去了孩子，以后会常为着这个小小的不幸的爱情结晶而哭了；她以为他们的私情被他明媒正娶的一辈子也不忍辜负的妻子知道了之后，他们就只能中断谁也不愿中断的恋情，她以后的日子就要以泪洗面了，就要经常地，用泪水来祭奠曾经的美好，用泪水来发泄心头的思念，用泪水来祈求老天法外开恩，让他们缘份双全了。

从得知刘卅不是刘冬明亲生的那一刻开始，直到他们出了医院，他应她的要求，去河边的一家湘菜馆吃饭的时候，她都是在流着泪的，想想心头一抽，泪又下来了，想想心里又一阵发紧，泪又下来了。

隆冬季节，湘菜馆里返璞归真地在大堂中央放一口大铁锅，里面烧着红红的木炭，有美丽而柔和的黄的光焰在有红有白的木炭与炭灰上摇摆，是取暖，更为置景。

点完菜后，刘冬明从包里拿出写着“刘小静”的名字的病历，长腿像两只船桨，在一桌一桌的客人的缝隙里绕着划了过去，划到燃着红红木炭，黄黄光焰的大铁锅旁边。

梅一朵的泪眼看着刘冬明划离了自己的身边，看着他划到大铁锅边，看着他撕下病历的封面，丢到大铁锅里，看着火焰的力量将纸张先是抬起，然后又舔了下去，成为灰烬。

刘冬明又撕了第二张，第三张……

梅一朵的眼泪被惊惧猛吸了回去。

大堂里的客人都看着这个举止怪异的儒雅的男人，他们从他被火焰逼得眯缝着的眼里没有看到笑意，他们都认为他不是在做游戏，他们都看到了底牌，他是在销毁罪证。

在京城已经结了冰的河边的这家湘菜馆里，刘冬明心里的坚冰终究没能被周围许许多多陌生的带着高温的眼光所融化。

他的脸被火焰灼红，他的双眼里仍是无尽的寒凉。

他也看到了梅一朵眼睛里的寒冷，泪水已经在她的眼里结成了钢蓝色的冰。

热火朝天的大堂里，还有一双眼睛也充满了寒凉，那双眼睛藏在临摹有丰子恺的“看花携酒去，酒醉插花归”的画作的四方大柱子的后面；

那双眼睛远远地看到刘冬明局长重新回到梅一朵老师身边后，一直紧紧搂着她，桌上的菜，他们谁都没有动。

这双眼睛终于看累了，有液体流出来，滚烫滚烫的，液体的主人以为流出来的是血，抬起手掌去抹，是无色的液体；

这双眼睛顺势就埋到了自己的两只手掌之间，白瘦的手背上青筋爬行，左手手腕处，细细的一截白纱布露出来，急剧地抖动，像一只白粉蝶翕动挣扎的翅膀。

61

老部长家大院门口，金章等在雪地里，她拉开别克商务车的侧门，准备亲自扶梅一朵下车。

梅一朵像碰到了炭火一样，手臂本能地一痉挛，从她的手中弹了出来。

刘冬明从另一侧下来，看着自己的夫人，不知自己该不该出手。

梅一朵在他的犹疑里，弓着疲惫虚弱的身子，下车，嗞嗞地踩着积雪，火红的背影在雪地里摇晃，蹒跚，她走到门口，拿出自己的出入证，递给卫兵，卫兵验过之后，做出了请进的手势。

自始至终，这朵耀眼的雪里红梅都没有回头。

她听到卫兵问刘冬明夫妇要出入证，她心里愣怔了一下，脚步却没停。

刘冬明说：一起的。

梅一朵仍然没有回头，她让扑面而来的北风将这样一句话递给卫兵：不是，我根本就不认识他们。

那曾经憧憬的“要有浪漫的缘起，曲折的过程”的伟大爱情理想，随着她的这一句话，也埋在了京城的第一场雪中。

只是她还是舍不得离开老部长家。

她喜欢老部长家的不奢不陋，Bob 的亦中亦洋，喜欢这生活节奏的不疾不徐，甚至是老部长耳朵的亦聪亦聋，还有他老是讲不厌的“爷爷不长（部长）孙子长”的玩笑。

更重要的是，她知道自己在偌大的京城，更大的人世，已经无依无靠，老部长是她咸鱼翻身的最后一根救命稻草。

没有了愚蠢的爱情，智慧的灵光就会在自己文昌挂阁的命运里闪现吧，她不是凤码头卖货的穷孩子，她是皇城根的女才子，天生能干异凡庸的不俗的女子。

天将降大任于斯人也，必将苦其心志，劳其筋骨，饿其体肤，行拂乱其所为，然后动心忍耐性，增益其所不能。

让该死的爱情死去吧，大任必将降临。

在走进老部长的家门之前，她这样给自己打气。

所以她还是践行了之前刘冬明的一半建议，告诉老部长，天雪路滑，她摔得不轻，流产了。

刘冬明让她讲的另外半句她是不会讲的。她怎么会告诉老部长，为了不麻烦老部长家照顾自己，她要回到家乡去呢？

当然，作为师范大学的毕业生，她是学过心理学的，她首先要做的是不要让老部长家的人认为自己不懂事而心生嫌弃，所以她进门之后，便拿出自己的存折，递给老部长夫人，说：密码是 Bob 的生日，这里面是这几月来你们给的工资，我太喜欢 Bob 了，早已当作我的孩子，本想他回英国去上学的时候，我再一并给他的，现在，我的孩子也没了，医生说，也许之后，也怀不上了，如果你们同意，

Bob能叫我一声梅子妈妈，我就心存感激了。但是，这半个月，医生说要养着，我准备去德内大街我叔父家里——

老部长戴着助听器认真地听着，这时候他大声地打断：就在这里养，你叔父独自一个人，那怎么行？

一旁的Bob也大致听懂了梅一朵的意思，走过去，跪在沙发上，像个大男人一样搂住了梅一朵的头。

老部长夫人将存折又放回梅一朵的手中，轻叹：噢，主耶稣，留下来吧，孩子。

又对旁边的保姆吩咐：去买个猪肚，再买只乌骨鸡，我们给梅老师炖着吃。

梅一朵固执地把存折又塞到了保姆的手里，说：这个月，我们的伙食费，你照顾我的费用，你从这儿取，好吗？拜托了。

梅一朵成功地留下来了，但是终归没有留多久。

老部长家的保姆是不住家的，在他们的大院外租了一间地下室的小房间住着，买了辆旧单车来回跑，每天中午去菜场买了菜，来做午饭和晚饭，晚饭后收拾完屋子就离开。

梅一朵来之前，一家的早餐是夫人给热保姆先天晚上买来的馒头包子，豆浆油条，或是煮了速冻的汤圆，馄饨，饺子。早餐之后，老部长夫人就带着孙子Bob，让老部长的司机送着，去教堂做早祷告，或是去孤儿院，敬老院做义工。

梅一朵来了之后，只看了一个早晨，她就提出由自己做早餐，她的理由是，作为老乡，她有义务帮老部长找回味觉记忆里家乡的风味。

其实这之前她从未亲自动手做过一顿饭。母亲很能干，做小吃的水平堪比三爹唱弹词的水平，自然是用不着她动手；嫁给罗伟林之后，她一没有家庭主妇的意识，二没有家庭主妇的时间，自然也从未下过厨房，不过凤码头小吃一条街出来的孩子，这些是不用刻意去实践的，多少年看都看会了。

她记得弥漫在她少女时光里的各种小吃菜品原材料与成品的气味，住在凤码头小吃一条街，根本不需要三爹那样精准的嗅觉，气味是从早到晚主动飘进房里，飘进梦里来的。

她吩咐老部长家的保姆去菜市场买辣椒，她首先要做的是白辣椒牛肉面，然而这个来自老部长夫人的家乡宁波的保姆，提着新买的辣椒一进门，梅一朵就知道她买错了。

梅一朵指着通红的灯笼辣椒说：这种辣椒，晒出来会是萝卜味，不，就是萝卜，味都比它浓。

第二天，她就亲自与保姆一起去菜市场，买了长而青绿的牛角尖椒，买了模样土气的白萝卜，买了青白里泛出绿色的卷心菜，买了牵藤的偏老的空心菜，回家之后，指导保姆择好，洗净，除了白萝卜切成条状与子姜、蒜头、剁椒放入坛子浸泡外，其余的全部用开水烫过，放在驻京办主任连日坐飞机从家乡买来的竹筛子、竹簸子里，搁在老部长家阳台上，过阳光。

熟悉的气味飘到老部长的鼻子里，他的童年的记忆也纷至沓来。

他想起小时候在外婆家里，穿着自染的枣红色家机布裙子窈窕的妈妈，和穿着青蓝色家机布衣裤，矮瘦的外婆一起，在门前的晒谷坪上，支起大竹筛子，大竹簸子晒辣椒，晒青菜，晒长豆角，晒莴笋梗子，这些被阳光照大照绿的蔬菜，初端到阳光下的时候，是浓郁的绿色，傍晚端进屋的时候，却变成了白色。

外婆告诉他：太阳收绿色，就像老天爷收人的命一样，绿色好比人的一口气，老天爷给娃娃吹口气，娃娃哭喊着生出来，老天爷收谁的命，这人就落气了，就像绿色晒成白色这么简单。

老天爷给的，老天爷也要收回去。外婆又自己对自己说。

外婆就是在那个夏秋之交被老天爷收走的，老天爷收外婆的时候，外婆和他的妈妈正在剁辣椒——大大的木盆子中间放个大木砧板，一堆红红的辣椒放在上面，母女两个手起刀落，笃笃笃笃的声音里，两把菜刀上下飞舞。

他那时六七岁的光景，在旁边看得有趣，但是不敢近前，只能在她们一米开外，不然双眼也会像她们一样被辣得泪流不止，他看到她们两个一边剁辣椒一边高兴地说笑一边揩泪水。

忽然他看到外婆的一只脚伸进了小椅子底下的横杠里扯不出来，外婆喊他的母亲：贞，贞——

他看到外婆的嘴巴忽然歪向了一边，脸却是笑的，喉咙里说不出话，浓痰在她的喉管上下翕动，声音呼呼呼呼如拉风箱一样。

母亲赶紧丢了菜刀去抱她的妈妈，他则跑到门外的晒谷坪扯开喉咙求救：来人啦，救我外婆。

晒谷坪的下面是他表舅家的田，表舅正在田里除稗子，听到喊声，连忙往外婆家里跑，边跑边对他说：我知道你外婆可能要走了，早上她在扫阶基，我说婶婶你扫阶基啊，你外婆说，早上扫阶基，晚上哭娭毑。

多年后他知道，外婆是那种知道自己死期的善终，难怪脸上带着笑。

这样，那个夏天散发出的阳光下的蔬菜的气味，那圆圆的簸子与筛子里的干菜的皱缩缩的样子，妈妈和外婆阳光下翻动干菜的白而轻巧的胳膊，她们阳光一样灿烂的笑容和银子一样好听的笑声就永远埋在了他童年的记忆里。

梅一朵在他家阳台上做这些的时候，封存了多年的人物形象，一下就从他记忆里跳了出来，他眯缝着眼看着翻动干菜的梅一朵的嫩白的手臂，垂在肩头的麻花辫子，宽松的枣红色的睡裙因为手臂的抬起，裹出了她的腰与胸的线条，他恍惚了，喃喃地说：妈妈。

当梅一朵亲手做的白辣椒牛肉码子的面条端到他的面前，他刚挑了一箸入口，立即老泪纵横。

外婆死的那年冬天，他的妈妈生小妹妹难产死了，那簸子与筛子上翻飞的嫩白的手臂是妈妈与外婆留给他的，阳光下最后的绝唱。

妈妈。

他吃下第二箸面条之后，又喃喃道。

梅一朵的孩子被拿掉以后的那半个月里，老部长夫人照例出去早祷告，做义工，开兄弟会，也总是带上孙子Bob，因此，每个上午的时间，都是老部长与梅一朵俩人在家。

老部长这时候就显出了极大的对梅一朵的怜爱，他宁愿自己不吃那些家乡口味的早餐，也要梅一朵躺在床上养身子，不仅如此，他还亲自下楼去药店买了各种产妇需要的补品，笨手笨脚地煮给梅一朵吃。

吃的东西端到梅一朵的床边之后，他还总要守着她吃完，有时候，看梅一朵起身费劲，还会伸出手去扶她，或者是抱着她坐直身子，又扯过大枕头让她靠着腰。

尤其是手术后第二天上午，梅一朵去上卫生间，忽然大量的血块与血液涌了出来，梅一朵一阵晕眩，咕咚掉下了抽水马桶，此阶段一刻都不敢摘下助听器的老部长，一边大声喊着梅一朵的名字，一边赶紧找来卫生间的钥匙，打开门，扶起梅一朵。

他顾不得梅一朵的衣冠不整，躲开眼睛用浴巾给她揩干净下体的血液，系好裤子，又将她抱回床上，然后赶紧拨打了急救电话。

所有这种心疼、紧张、怜惜，与其说是长者疼晚辈，不如说是孝子伺候母亲更准确些。

梅一朵是妈妈带大的孩子，从来没有得到过这种无微不至的，在她看来是来自父辈的疼爱，因此，一天天过去，在单独相处的照顾与被照顾间，俩人建立了真正像一家人那样的关系，不知不觉中随便了起来。

62

过小年那天，刘冬明借口去广州出差，回了一趟老家梅县，他想去他们梅溪客家人特有的公王庙里，挂一个写着“新丁刘一川”的添丁灯笼。

公王庙在梅溪已有近四百年的历史，据说在公王爷爷的庇佑下，这一族出了不少进士、学士、院士、博士、将官与富豪，从古至今，只要谁家添了男丁，便要将写着新丁名字的红灯笼，挂到庙里，一来祈求公王爷爷的庇佑，二来向祖宗汇报，这一脉后继有人。

而他刘冬明这一脉实际上就在他这里断了，其实在抱养刘卅的同时，他也死了这条心，他不愿意随父亲回乡祭祖，也有这个原因，他觉得自己对不起祖先。

为了化解这个心结，他经常跟院士父亲开玩笑：爸爸你怎么不生两个孩子呢？你那时候又不计划生育，毛主席还说人多力量大呢，你怎么不听毛主席的话呢？要是你听了他老人家的话，传宗接代的重任就不要我一个人来扛了。

他那时候是告诉父母，自己和妻子都有问题，才不能生育的。

父亲回答他说：做好事业，也等于养个儿子，也是对祖先、对祖国的一种交代。要养个不肖子，更加愧对祖宗，愧对社会。

父亲将家里的私事戴了顶大帽子来言说，表面上看，是对有无后继之人不在乎，但刘冬明知道，作为受客家人重男轻女、多子多福的民俗文化哺育出来的子孙，父亲其实骨子里是很在乎的。要不在得知伯父的独子离婚之后，孩子判给了母亲一方，父亲怎么会那么生气，又那么费力地追到上海，出钱请最好的律师要回来呢？要回来之后还以伯父家家境不好为由，主动负担孩子的学费，又为孩子考大学找工作操心，其关心的程度，远远大于对刘卅，这不是骨子里在乎又是什么呢？

因此在猜到梅一朵怀了他孩子的那天傍晚，他还有将这个消息告知父亲的冲动。他以加班为由，在办公室拖延时间，抽了无数根烟，设想父亲知道之后的反应，也设想妻子知道之后的后果，想来想去，主意还没拿定，妻子就以性命相胁，他权衡利弊，还是以保护现有的亲人、现有的安逸生活为重，放弃了这个来路不正，来时不对的孩子。

但心里又怎么能甘心？

他们客家人，几百上千年前为避战乱，从中原逃到南边的山区，一靠崇文重教谋发展，二靠远涉重洋求生存，而这两点，都需家族的繁衍与壮大才能完成，因此，他的祖上几辈，都是结婚之后，青年男子马上下南洋去非洲挣钱养家，媳妇儿便在家里等着孩子出世照顾老小，婚姻的目的好像便是繁衍，与爱情几乎无涉。

而他刘冬明，作为客家人的子孙，不能为家族繁衍的羞愧多年来重压在心。而今有了饱含爱情的结晶——奢侈品一样的子嗣，却不能让他见到日光，见到这个欲望张扬的人世。

但孩子毕竟来过，他客家人刘冬明终归是能有骨血，也有过骨血的，这一点，他一定要告诉祖宗，他相信祖宗是明察秋毫的。

从机场出来，他租了台出租车，直接开到镇上的杂货店，但杂货店老板说：你是外地来的？我们这里没有添丁灯笼，你要到卖花圈香烛的篾匠店里去买。

生死相依。

庆生与祭死的用品都在同一个地方出售，原来生与死离得如此之近！不是吗？他的骨血刘一川，生死都在他的一念之间。

他的心又开始了绞痛。

村头的篾匠店里，客家人刘冬明买了个最大的蔑灯笼，又亲手裁了一张九寸长三寸宽的红纸条，亲笔写上：新丁刘一川，再用手指沾点浆糊，小心翼翼地贴到红灯笼上，比他在文件上签阅任何一个意见，在案头画任何一张画，都要用心。

篾匠店老板问：哪天做酒？今日公王庙里螺丝塘邱家屋场添灯做酒，你府上的公子跟他一个日子出世？

客家人刘冬明略一点头，提着灯笼逃之夭夭。

到了公王庙，却是不能近前挂灯。

公王庙里的添灯宴席还没散，还有乡邻燃点鞭炮陆续来贺。

客家人刘冬明要司机将车停在离公王庙十米开外的坡下等着，他自己则走到庙对面的田埂上，遥望这一边的热闹。

公王庙的围墙边，金黄色的鞭炮花怒放，透迤开去，像窗帘一样密实地遮住了围墙，公王庙种鞭子花，也是多子多福的象征，多少年在夹缝里求生存的客家人，简直只为繁衍而活。

他那年中秋随父亲回来祭祖，就正逢一家人娶亲，那新娘手上是拿着柏树枝进屋的，父亲当时告诉他：这是客家人的风俗，柏枝，就是“百子”。

而父亲今生注定是没有孙子了，公王庙里，他家这一脉，也几十年没有进去挂过灯笼了，他今天定要弥补。

站在田垄上抽完一包烟，邱家的添灯宴席才散，却又见剩下的十几个人，相邀着趁办酒的桌子未还，正好边打麻将边晒太阳。

客家人刘冬明为难了，他知道守庙的老人并不认识他，但留下打麻将的呢？也许有五服之内的堂兄弟，到时怎么说呢？

他尴尬不已。

又抽了三根烟，他决定放弃向公王爷爷禀告，他要将写着“新丁刘一川”的灯笼，带到祖坟上去焚烧——未生先死，刘家的列祖列宗，另一个世界里，你们就替我照顾这个可怜的小伢儿吧。

想到这里，刘冬明泪如雨下。

广东梅县腊月二十四的大太阳下，他脱下外衣，包裹住大红的灯笼，穿过飘着杀鸡宰鸭的血腥味与油炸捶丸香味的村庄，从小路绕开乡亲们住着的围屋，上到后山。

被院士父亲修葺得庄严气派的祖坟前，刘冬明用捡来的干柏树枝托着“新丁刘一川”的红灯笼，放到平时燃点鞭炮的烟灶里，打着了很久以前梅一朵送给他的Zippo打火机。

火苗在太阳下几乎看不见形状，刘冬明不忍马上焚烧，又将火熄灭。

熄灭又打燃，打燃又熄灭，他的眼泪已经淌完，他的嘴角出现了微笑，他看着墓碑上密密麻麻的名字，叫这些名字的祖辈他一个都没有见过，他对着陌生的祖先说：我的儿子刘一川来报到啦！多多关照！

就点燃了灯笼。

写着“新丁刘一川”的那片九寸长的红纸最先燃烧，黑黑的灰烬被火力推出烟灶，扑向蹲在灶前的刘冬明的眼睛，刘冬明抬手一抹，再看，手心一线乌黑。

他笑：这孩子，跟他妈妈一样顽皮！

63

每年四月中下旬的十到十五天里，雄心壮志、雄性勃发的北京就会变成“飞絮”的温柔乡。白丝丝、毛茸茸、轻飘飘、黏糊糊的白色精灵，情切切地亲吻你的脸颊、钻入你的脖颈，还要明目张胆地飞进你的家，占领你家的饭碗、你家的床，甚至是你张开的口，呼吸的鼻。

如果你是在北京生了根的常住者，要年复一年地享受它们的“温柔”，这个时候，北京的男人就会比外地男人更明白一点，世界上最烦人的并不是屋里的管家婆，最缠人的也不是屋外的小情人了。

如果你是首次在这个时候来北京的出差旅游者，假设你坐的是火车，一下车，你马上要找的，保准不是来接站的人在哪里，而会张望着思索，那正在装卸的“棉花”专列在哪里呢？

如果你坐的是飞机，你还是会想，都动用“专机”运棉花了，难道首都首先得到了地球要重回寒武纪的消息？

这种情绪和错觉，都是北京那500万棵大叶杨带来的。

这一年的热，也来得特别反常。四月底直到五一劳动节的一周里，北京白天平均气温达到了历年少有的30摄氏度。

梅一朵被拿掉的胎儿，若论预产期，就是这几日，这也是梅一朵不用强记，也忘不了的日子。

这天一早，老部长夫人便带着孙子Bob去参加拯救大叶杨的行动。梅一朵起床后，像原来在自己家里一样，懒得穿内衣，只套了件长及脚踝的玫瑰红珊瑚绒家居服，便坐在阳台上，头从膝盖处摊开的书本里抬起来，出神地看着窗外。

在这杨花飞舞的时候，一双燕子也带来了它们在哪里孵出的宝贝，在檐下窃窃呢喃。

大叶杨是植物的母亲，雨燕是动物的母亲，梅一朵是人类的母亲。

三个物种的母亲在北京的春光里相遇了。

只有梅一朵是空的，腹中与心中一样空。

她有些惆怅，记起还没有给老部长做早饭，便去他的房里看他是否起床，她打算给他煮过年从凤码头的娘家带来的，自制酒药子做的甜酒冲鸡蛋吃。

老部长这时候却也在书房看书，他很愿意吃家乡的辣蓼花酒药发酵出来的甜酒。

老部长对梅一朵说：也别煮了，我们就吃生甜酒，我小时候，常常打开妈妈捂甜酒的棉被，偷吃。偷吃是世界上最好吃的吃食，明白吗？梅老师？

梅一朵说：明白，我也经常偷吃，偷吃似乎也是一种童趣？

银发的老部长，与黑发的梅一朵，站在一大盆生甜酒边，一人一勺地舀着吃，说不完的话，吃不厌的甜酒。

他们聊到家乡水边漫天的紫红色的辣蓼花，聊到江南的好春景，聊到水灵的南方妹子，聊到山桂花，聊到纯正好吃的山桂花蜜，聊到蜂窝被马蜂侵犯的时候，工蜂是如何在田野里找到主人回去救命。

他们边聊边吃，白脸吃成红脸，还在吃，还在聊，吃到盆子见底的时候，梅一朵意识到自己要醉了，但是纵然这个时候，她依然没有泄露，她自己的外婆家，其实很巧的是，只和老部长的外婆家隔着一个村子，她怕老部长知道了她是谁的后代，任何暴露她粪码头卖货的女儿出身的事情，潜意识里她都锁得紧紧的。

老部长却完全放开了，还趁着醉意，唱起了家乡的山歌。

这一顿别具一格的早饭，他们直吃到了快 11 点钟。

梅一朵没想到辣蓼花酒药的甜酒这样浓，顷刻她就血脉贲张，心如鼓擂。

阳光直晒进房间。梅一朵醉醺醺地躺在了沙发上，说：热，热呀。

老部长也带着浓浓的醉意说：热，热呀。他脱了自己的上衣，光着上身，摇摇晃晃地站了起来，准备回书房里去。他的身上哪儿都瘦，就是肚子滚圆，滚圆的肚子上，还有几颗很大的褐色的老年斑。

梅一朵梦里还在说：热，热，顺手解开了玫瑰红珊瑚绒家居服的腰带。顿时，大半个丰满骄傲的乳房跳了出来，跳进了他的眼里。那是像他妈妈那样丰润香甜的的乳房，那是哺育了自己的骄傲的乳房。

妈妈！

老部长跪倒在沙发边上，泪水模糊了他的双眼。他头一歪，枕着她的胸脯就进入混沌的童年：妈妈——

老部长夫人就在这时候回来了。

她见到了沙发上和跪趴在沙发旁的两具衣冠不整的身体，她见到老部长银色的头发正覆盖在梅一朵高耸的胸脯上。

她唤：哦，主耶稣！

她赶紧跑到门边，阻止孙子Bob换鞋进来，她说：走，走，我们快走？

Bob大声问：Why？又很响地带关防盗门，坚持要进来。

老部长夫人在门的玄关处抱紧了孙子，大声朝里面喊：你们快进房，快进房！

沙发上的俩人同时被唤醒。

梅一朵朦胧睁开眼睛，与银发飘飘的老部长对视，俩人都惊呆了。

梅一朵没有做任何解释，当即就清理了所有的行李，将存有作为家庭教师收入的存折，压在了枕头底下，离开了老部长的家。

她已颜面扫地，存折是她留在老部长家最后的一点尊严。

走上自行车道，梅一朵发现前面一群“京片子”，正怒气冲冲地围着几个民工模样的人在高声说话，旁边一棵巨大的杨树被伐倒在地。

走近了，梅一朵听到了他们的议论，原来，他们正在给有关部门打电话，说要保护北京的功臣大叶杨，还有的说得很极端：

“有权有钱儿的，空调车空调房热不着，不知道老百姓就靠着大叶杨给点儿凉爽”。

“这杨絮的都是母树，这人避孕的方法都那么多，科学这么发达，就不能给这树儿打什么避孕针啥儿的吗”。

“虽然它是一棵树，可咱们是人哪，做人怎么能忘恩负义呢，非典那时候没砍，现在砍啥儿呢？到底是谁的主意呢，是不是想借着换树的工程捞钱儿呢”。

梅一朵这时的心境是说不出的悲苦与无奈，她只想找个由头撒野，她认为不撒野她会被憋死的。她蹲在被伐倒的大叶杨旁边，抱着它粗粗的枝干，如丧考妣似的大哭起来。

她想起了“金色痰盂”里的那些小姐，听说她们的收入不菲，那么，哭过之后，就去那儿卖吧，谁叫你是凤码头卖货的女儿呢？

长得好，是自己生存的唯一利器么？这把利器为什么一次次的总是伤害到了自己？男人只是需要一具丰满的肉体，可是我是有思想的、有品格的呀，为什么漂亮总是变成了自己人生路上的绊脚石呢？

难道就这样回到凤码头？

绝不能这样！

那又能哪样？真的去卖么？真的去么？

梅一朵越想越伤心，越哭越厉害。

哭得旁人面面相觑。有人指着她的行李箱说：肯定是外地来上访的，受了刺激，咱们快走，别惹事儿。

64

陶三河头也不回地走进自家的门。不用招呼，凤码头最后的老居民们都相跟着走进来，仿佛走进的是自己的家。铁砣娘走在最后，到了门边，想了想，一口井扯住了她的脚步，她转身朝这井走去。

这井，现在在她家厨房呆着。

在凤码头没有接自来水的年代，这井是公用的井，井边常年栽着一架葡萄藤和一架丝瓜藤。每天男男女女老老少少的人来挑水，总要在粗粗细细的藤子搭起的棚下，家长里短地聊半天。尤其每年的农历七月初七夜，牛郎织女相会时，这井边的丝瓜棚下，就如除夕守岁一般热闹。不知哪朝得出的经验，说是只有丝瓜棚下，未满七岁的，火焰低的孩子才能看见鹊桥会。于是，这一晚，不管火焰高还是低，七岁以下的孩子都会吵着要去看，这样一来，七月初七夜一过，铁砣家的葡萄就要少一半，孩子们的牙齿也要软几天。不过，铁砣娘不和孩子们计较，吃就吃呗，葡萄又不是自己喂奶喂饭喂大的，是吃粪码头的水土长大的，因此，那时候街坊邻居从未生过嫌隙，日子过得是又快速又快活。后来各家接了自来水，都懒得去挑了，井边的热闹也渐渐消退。再后来，见人人都把私房周边的空地搭建了房子，铁砣的爹也把这块带着井的空地做了自家的厨房，公井变成了他家的私井。

为此，不少街坊跟铁砣家生了嫌隙。他们认为，井是大家的，不用是大家的事，但是忽然又想用了怎么办？要知道，井是可以当作冰箱来用的，况且井水里泡凉的西瓜是比冰箱里拿出来的好吃得多，难道以后要泡，大家都跑到你家厨房去泡？或者忽然自来水停个一天两天呢，都排队到你家厨房去挑？

铁砣爹心里堵得说不出一句反驳的话来。他家屋后只有这么块空地，本来房子就小，不搭这么一块，铁砣结婚的房子都没有，他只能一边背地里骂着“你妈的！他妈的”不知谁的妈，一边在众人的眼光里顽强地把这房子盖了起来。

为缓和邻里关系，陶三河出来做主，他在巷子口朗声说话，让铁砣家的厨房常年不锁门，大家可以随时出入。

大家其实也只是口里说说，听陶三河这样断了，反而都不上铁砣家的门了，铁砣家的人也不好意思跟大家再像以前那样热络。加上铁砣家又在巷子最尾，渐渐地，凤码头好像就忘记了这户人家，直到几年后铁砣的爹病逝，陶三河喊了巷子里的街坊四邻都去丧事上帮忙，关系才稍微缓和。

但也没缓和多久。

紧接着政府出钱，从巷子口的陶三河、梅嫂家，到巷子尾的铁砣家，各家的门楣都换上了仿古的飞檐与翘角，贴上了清一色的青砖瓷片仿古墙面，挂起了中国红的大灯笼，再把巴掌大的蓝底白字“粪码头”老牌子取下来，将原木搭的“凤码头”的新门楼竖稳当，统一管理，粪码头就变成了凤码头小吃一条街。

手艺都差不多，生意的好坏就在门面所处的位置上凸显了出来，靠巷子口的生意自然要比巷子尾的好，因此铁砣家是最差的。

铁砣娘就想办法，她要儿子儿媳到巷子口去发宣传单，宣传单上只有一句话——“铁砣小吃，送井水泡茶与井凉西瓜”。生意果然招揽过来不少。

嫌隙却也卷土重来。这次，凤码头不是逐渐将铁砣家忘却，而是逐渐将他家记恨。记恨就像毒气，到了一定的浓度，小巷子里就觉得快要窒息，按照习惯，是非又说到了陶三河那里。

陶三河在这件事情上是最有发言权的。贫穷卑贱的粪码头变成凤码头小吃一条街，最先就是陶三河为帮衬师傅的遗孀梅嫂的小吃摊子，日日坚守唱弹词招揽客人而发起的。等市场做起来，政府插手之后，陶三河就不是帮哪家了，随便谁家有客人点弹词，他都免费去唱，所以凤码头小吃也越来越出名，尤其是夏天，都午夜了，滨江马路边吃客们的小车，还一辆接一辆地开过来。

而这次，陶三河毫不犹豫地站在了铁砣家一边，他说：一棵草总要有粒露水珠子养，大家住在巷子靠前，好码头就是老天给你们的露水珠子，你看现在你们的生意都还不错，都有余钱剩米了，只有铁砣家家徒四壁。这口井呢，就是老天养他家的露水珠子。粪码头臭气熏天的时候，我们被人看不起，那些有门路的街坊也看不起自家祖辈，都搬出去了，而留在这里的，几十年来都晓得互相疼惜。如今成了凤码头，小吃的香味香飘万里了，难不成还为了一口井这样的蝇头小利弄得臭名远扬？

大家听陶三河这样一说，都没吭声，也不再议论，铁砣娘本是个老实人，得了便宜当然不好再卖乖，就自觉自愿地与大家再次拉开了距离。

现在，铁砣娘矮胖的身子挑着两桶还咝咝冒凉气的西瓜，一摆一摆地送到陶三河家，大家都笑呵呵地起身来接，好像凤码头里公井私井之争从来就没有出现过。

井水泡出的西瓜多少年没吃过了，确实好吃，尤其这个时候来吃。只有陶三河不吃，他听着铁砣娘嘭地杀开一个西瓜，嘭地又杀开一个西瓜，心里的高兴也嘭嘭嘭地接连绽放。

平时要是街坊们请他断了家长里短，断了是非恩怨，总是会对他讲句多谢。但是今天，他带领徒子徒孙在凤码头首“战”告捷，却没有一个人讲，都在呱唧呱唧地吃西瓜，仿佛这辈子没吃过西瓜，仿佛吃了这次就永远没有下次了。

听着这呱唧呱唧只顾吃西瓜的声音，陶三河明白，是这些老街坊心里的感谢太重了，浓得堵住了他们言路。眼睛还没瞎的时候，陶三河喜欢去河边看大浪扑向河滩，每次扑过之后，他总会看到河滩上留着些被主流遗弃的东西，一只烂拖鞋，一把秃头扫帚，甚至是一个被抠掉眼珠的布娃娃。当拆迁的浪潮像之前的若干个社会浪潮一样扑向凤码头的时候，这些河滩垃圾，又清晰地回到了陶三河的瞎眼前，让他心疼，也让他痛心。渐渐的，心疼和痛心酝酿出了一份决绝，陶三河就铁了心跟凤码头最后的街坊一起，“铁”成了“钉子”。

陶三河听到两只苍蝇在门口的太阳里吵吵嚷嚷追追打打，几番争斗后，又闯进了他的家，就说：梅嫂，今天中午你家的辣椒炒肉没吃完吧？没吃完为什么不放到冰箱里，不怕外面这么大的灰？

梅超英说：您这是怎么听的？

陶三河抬起下巴，对着右前方的空中顶了顶，说：看，它们才到你家去吃过。

大家都停止了呱唧，抬头看，看到空中的两只苍蝇，叠在一起的两只苍蝇，就噗地笑了，西瓜籽儿，西瓜汁直线喷射，有的喷到地上，有的就直接喷到对面坐着的人的身上。喷到了身上大家也不计较，这是个喜日子啊，红红的西瓜汁不正是给自己打的红彩么？是个好彩头。

秋伢子站起来追着苍蝇打，“啪”的一下没打中，“啪”的一下，又没打中，就放弃了，酸溜溜地嘀咕：这奸夫淫妇！偷了梅嫂的肉又来偷情，咦，三爹你还听得出它们吃过辣椒炒肉？

陶三河说：没进门的时候，公的还没得逞，母苍蝇叮了辣椒炒肉，辣得嗷嗷地叫，公的呢，要追这母的，没追上，急得也嗷嗷地叫，但是嗷和嗷还不一样，随后它们进屋了，也阴凉了，公的也得逞了，声音就软了下去，窸窸窣窣地，比你们吃西瓜还甜蜜呢！

说得懂了人事的人都咽口水，大家都把眼光在梅嫂和铁砣娘之间看来看去。

凤码头的人都晓得，梅嫂虽说是陶三河名义上的师傅娘子，但是师傅死后，丰韵泼辣的梅嫂没少撩拨陶三河，陶三河自然是不搭腔，也不得罪；而铁砣娘，因为自家贫弱，得过陶三河不少恩，也含蓄着向陶三河示好，在铁砣爹过世三年后，还要儿子亲自上门请过陶三河，说是以后就由她来照顾陶三河的饮食起居，这也被陶三河婉拒了。这消息被凤码头的人知道后，都佩服陶三河的节操，更佩服陶三河的精明，他们说：三爹是何等角色！这些人看他无后，还不是想打他房子的主意？

而婉拒之后，陶三河与这两个女人都来往，俩女人却心照不宣地不再说话。

不再说话的两个女人，在凤码头“保卫战”首战告捷后，居然红着脸相视而笑了。

65

当凤码头的两个女人一笑泯恩仇的时候，市政府副秘书长刘冬明在咀嚼易藻远指挥长丢给自己的两句话：秘书长你这是烽火戏诸侯么？

组织一次拆除行动，人工费伙食费车辆调度费，哪样不是钱？想看戏，这戏票也太贵了吧！

这两句话是刘冬明副秘书长在拆除队伍光临梅一朵家的现场，看到屋顶上的梅一朵昏倒，而下令撤退的时候，易藻远指挥长丢给自己的。

虽然此时的刘冬明副秘书长已经两鬓斑白，级别也高于易藻远，但他知道，这个前区公安局的老局长，头发比自己白得更多，革命工作也比自己干得更多，他要呛自己几句，自己只能受着。

灰尘飘飞的办公室里，刘冬明指间的香烟一支接一支地点燃，屋内烟雾缭绕，似乎白发是烟雾凝成的秋霜。

这个卑微身世的梅一朵，当年的谎言是多么重的用情，她为了赢得自己的欣赏，自己的爱情，背后又受了多少委屈。

刘冬明此时意识到，不光红颜是祸水，自己一介儒生，也是祸水。

那年冬天，刘冬明和妻子金章，胁迫着将梅一朵送上了手术台，从京城回来之后，他就一言不发地与妻子分房而居。

在走进家门前一刻，他的钥匙插在防盗门的锁孔里的时候，妻子告诉他，其实他送梅一朵去回龙观医院的全过程，她都尽收眼底，她说：我们离婚吧，我知道你要婚姻是为了要什么。

他没有回答妻子的话，只是当夜就睡到了书房里。

到了第二年春天，梅一朵从老部长家扫地出门的消息传到了金章的耳中，那夜，她炒了几个当时还是教育局长的刘冬明喜欢吃的菜，开了一瓶茅台酒，她举起酒杯对心生纳闷的丈夫说：今晚你搬回主卧室吧，那个小娼妇，连我叔叔这样的老革命都抵抗不了，何况你呢？

刘冬明没有端杯，他起身拨通了叔丈人家的电话，他问老部长：梅老师呢？

老部长着急的声音炸雷一样在那边传来，刘冬明只好将手机移开一些才能听清楚，那边在说：我要知道我也不会问金章了，她总是不接我们的电话。

刘冬明没有在意妻子金章眼里的愤怒，他紧接着又亲自拨梅一朵的手机，一声，两声，总是不接，断了之后再打，一个，两个，还是不接。

妻子金章忍无可忍，将酒杯掷到地上，说：我们还是离婚吧，没想到你还这样在乎她，这样一个水性杨花的人，你还在乎！

他没有理会妻子，又拨打局里的电话，说：订今晚我能赶到的最快一班去北京的飞机，要司机马上接我去机场。

他是要到京城德内大街去找梅一朵，他记得她为他怀上胎儿的那个雨夜，他在德内大街找到了她，她亲口告诉过自己：一个人，根所在的地方，才是自己的救赎地，像《飘》里面的斯嘉丽，心灵遭到了重创，只能回她的塔拉庄园。

他饭也没顾上吃，匆忙地洗了个澡，提着当年梅一朵偷偷但是很用心地给自己买的，带有一朵花标志的梦特娇公文包，旋开门，就要往楼下走去。

在走出房门的那一刻，妻子金章似乎重又回归平静的声音问：你就不管我了？

他停了一下脚步，还是带关门，走下楼去。

走到二楼拐角处，他听到了一声巨响。

然后是惊呼：跳楼了！谁？！快叫救护车。

然后是他司机的声音，凄恻，尖锐：金姐——局长，快来啊！

埋葬了妻子，他再也无心仕途，那年正值换届之年，找了个机会，他向市长表达了自己的心愿，最终，他如愿地挪到了联系科教文卫的副秘书长的职位上。

在市教育局欢送宴会上，老同事都举杯祝贺他成为市领导，以后开会，他的名字就要排在市教育局长前面了。

老同事这样说，他都笑纳，其实他也明白，谁都知道，市政府的副秘书长是个闲职，市教育局长，虽说只是部门领导，但一把手的含金量，比副秘书长不知要高到哪里去了。然而他的确心灰意懒，连谦虚、解释的力气都没有了，当一把手的能力与雄心壮志，已经随着妻子的纵身一跃，灰飞烟灭。

妻子金章走了之后，他也死了寻找梅一朵的心，每天上传下达工作之余，他就躲到书房里写字画画。此时他不敢再临唐艾那丰饶的粉荷，只摹写徐渭那充满死亡气息与癫狂状态的藤蔓、败荷与残菊，他也不敢再写竹与梅花的精神，只临八大山人的茅屋秋声。一年又一年，他临摹得几可乱真，然后越临他越明白，这些几可乱真的翻白眼的鸟与鱼所睥睨的视域之外，总是绽放着永不凋谢的瘦梅与丰荷。

直到去年，城建拆迁变成了人人唯恐避之不及的工作，他这个落魄潦倒的副秘书长，被调整到了联系城建拆迁这个烫屁股的工作岗位上。

时隔八年后，教育局再次为他举行的践行宴上，他又喝得酩酊大醉，他以为现在自己完全彻底地离开了教育，关于梅一朵老师的消息，会更难得再听到，其实这几年，他联系教育，也只是仅仅听到过梅一朵老师在局里借调一年的函件到期时，给南山新贵学校寄来过一纸辞呈。

谁想造化弄人，命运将他调到现任的岗位上，就是为了与她的再度相遇。

无论如何，就是违纪违法，他也要补偿她，补偿她的家，对于他生命中的两个女人，他都亏欠太多，一个永不能补偿了，另一个，既然重逢，就一定要了了这个良心债。

只是从何处着手呢？梅一朵这样的爱脸面，要尊严，大规模行动的那天，她显然也认出了自己，他以为她会下来和自己谈判，他没想到她居然会晕厥。

她还会主动来找自己吗？

刘冬明的头，再次剧痛起来，他都可以感觉到后脑勺痛的部位，头发又唰唰地白了一片。

66

在伍海洋别墅的地下酒庄品酒，易藻远指挥长受到了他的隆重礼遇，走的时候竟然还得了一对“82年的拉菲”。关于伍海洋，易藻远也耳闻过他的小气，圈子里的人说他从不为女人花钱，就是圈内聚会，他的好钱也从来是要用在刀刃上的，而他的拆除分公司进驻凤码头拆迁指挥部一年多，连面都难得见他一次，如今重礼相待，为哪般？

第二次梅家的拆除行动受阻后，伍海洋主动打来电话，他请他以指挥长的身份，亲自约谈梅一朵，地点就在伍海洋安排的高档会所。

老易，强攻不了就用智取，硬的不行就来软的，相信我，对付女人我比你有办法。电话里，伍海洋嘻嘻哈哈的。

商人无利不起早，易藻远明白伍海洋肯定有自己的算盘，却把话说得这样好听，似乎完全为了自己着想，易藻远看不起这种做派，却始终猜不出伍海洋约谈背后的真实意图。

虽然小等了一刻钟，梅一朵到底还是来赴约了。

她走进包厢看到多年不见的伍海洋也在，黑黑圆圆的眼睛连眨了好几下，脸色才恢复正常，玩笑道：资本家也在啊，什么情况？

伍海洋也似乎带了点玩笑的口吻回道：老易是我多年的朋友，他硬汉一条，侠骨柔肠，一身正气，两鬓风霜，我佩服不已。凤码头久拆不下，他人硬心不硬，只把肝脏气硬了，作为至交，我不能见死不救。

梅一朵拉开椅子坐下，说：伍总学工科的，语法没学好，刚才堆砌的诸多形容词，一般是用作悼词的，呵呵，易指挥长别见怪，我不是说您，对事不对人。

伍海洋试出了梅一朵的钢火，士别三日当刮目相看，美女亦然。

伍海洋吩咐服务员：快上菜上酒，上我带的 82 年拉菲，你们这里没什么好酒的，是不是真的都难说。又对梅一朵说：咱们先叙旧。

易藻远闻言心里暗笑，82 年拉菲几万元一支，他伍总一出手就是好几支，法国波尔多地区就那么大，就是算了整个法国的葡萄园，一年产出的葡萄也有限，能酿成酒的就更少了，而伍海洋一家就拥有这么多，能真到哪里去？他还开口闭口说别人假酒。

易藻远更看不起伍海洋了，不过人家帮自己解难，就任他信口雌黄吧。

梅一朵笑了笑，说：看样子伍总等了我两个小时了？

伍海洋娴熟地摇晃红酒杯，说：这样的事情是从不会发生在我身上的。

梅一朵也摇晃酒杯，煞有介事地看挂杯，煞有介事地说：82 年的拉菲，不醒酒俩小时，咱们岂不是在暴殄天物？

她想起了第一次与伍海洋和刘冬明吃饭时，自己连燕窝都没吃过，这几年，她随着电影制片人找投资，赴饭局，是长了蛮多所谓场面上的见识的。

伍海洋回敬道：醒好了带来的，不当小学老师了，还是没文化！

梅一朵并不见怪，也不想再与伍海洋唇枪舌剑了，那样显得自己小气，她抿了口酒，让酒包裹自己的味蕾，然后皱了皱眉，咽下去。

易藻远看到了梅一朵的皱眉，以为梅一朵会要嘲笑酒的味道不真，哪知梅一朵只是宽容地笑笑，放下酒杯，擦了嘴唇，对伍海洋说：洲洲呢？上了什么大学？

伍海洋说：虽然没文化，良心还是有的，还记得你的学生。他可是总念起你，只是这些年你人间蒸发一般，他去了哈佛，学金融数学。

易藻远指挥长这下明白了他们的关系，只是不知道明明有孩子为桥梁，伍海洋为何要通过自己来约谈。

伍海洋问：那个你收养的孤儿张立奇呢？考到哪里了？

梅一朵说：他硬是要读师大，说要当一个像我一样的老师，你看，我自己反倒早早地当了教师队伍的逃兵。

伍海洋盯着梅一朵的眼睛说：那倒是子承母业了？

梅一朵终于脸红了。

伍海洋又追问：你，后来，自己还生了孩子吗？

易藻远一听，明白伍海洋继续在装，他的手下送过去的梅一朵家的资料上写得明明白白，梅一朵至今未婚，哪来的孩子。

易藻远听不出的弦外之音，梅一朵还是听出来了，伍海洋不问自己后来又结婚没有，而是问生孩子没有，他是在打听当年她怀的刘冬明的孩子，有没有私生下来。

梅一朵转移话题，她看着易藻远指挥长说：伍总行走江湖这么多年，规矩还是没学到家，光顾与我叙旧，我可是应了易指挥长之约来谈拆迁的。

易藻远说：谢谢梅老师的周到，今天有伍总这个老朋友在场，你给我们透个底，要怎样你们才搬走？你晓得，协议你妈妈都签了，签了协议的不搬，其他人家更不会动。

梅一朵说：伍总和我是老熟人了，应该清楚，我梅一朵不是个爱钱的主，但是钱有时候又不叫钱，叫尊严。当年建凤码头小吃一条街，也是政府说的，我们投了所有的积蓄改造房子，有钱能升层的，也升了层，当时你们不制止，后来办房产证却不允许，现在只按原始房产证上的面积拆，价格还没有旁边木码头新建门面的一半，换做是你家，你会拆吗？

易藻远说：你们现在的拆迁款早已高过评估价，旧房子怎么能跟新门面比？再说你们是住改非，是擅自将住宅改成了商业用途，房产证上并没有标记，我们用住改非的政策来提高拆迁价，就是对事实的一种尊重，凤码头的广大拆迁户也都认可了，目前就剩了你们七户，你说要是现在又提高你们的拆迁价，前面走掉的那些人不会找过来掀了我们指挥部？

梅一朵说：你们翻来覆去都是这几句话，那恐怕今天这顿饭，只能我和伍总叙旧了。

伍海洋说：这样，梅老师，易指挥长，你俩都是我的老朋友，我来折中一下，梅老师家的房子就按照旁边的新建门面价来拆，你们指挥部还是按照老规矩老价格签协议，多出的部分我公司来补足。

梅一朵说：伍总果然大手笔，但是这回你给的可不是善款，我还记得你的那面锦旗，“善款载德，流转无疆”。

易藻远没想到伍海洋会这样说，他笑道：伍总，凤码头可不止梅老师家一户哦。

伍海洋说：其余几户与我无缘，我只助有缘人。

梅一朵说：那你这样，不是助我，是害了我，我的街坊看着我长大，我不能为了这点钱丢了良心。

梅一朵说完抓起包就走，走到门边，看到了布餐台上的拉菲酒瓶，她掉转头，指着酒瓶说：谢谢你的82年拉菲，这瓶子倒是真的。

梅一朵出门后，易藻远摇着满头银发说：到底是凤码头出来的，伶牙俐齿！不过你既然与她是老熟人，就应该有共同的朋友啊，随便叫一个过来，不强过我来约谈？

伍海洋久久没有作声，只是不停地摇晃手里的高脚酒杯，出神地望着荡漾的红色液体，内心也随之荡漾，他想自己对梅一朵是真的动过那么半点真心，却没有她期待的那种真情。

真情是什么？是毒药，已经毒死了他的婚姻和家庭。

但是刚刚与梅一朵见面不到半小时，怎么心里又生了一种蠢蠢欲动的情愫？

他猛喝了一口酒，直咽下去，想浇灭心头之火，不管怎样，拿下凤码头这块地，是最重要的。

易藻远指挥长看着伍海洋，想着梅一朵，他想这个女子不寻常，自己也该动动不寻常的脑筋了。

67

凤码头的留守户们都在等。被岁月撕得破布一般的红绸灯笼在热南风里与灰尘共舞，门面都不能营业了，大把的时间多出来，日子就过得极慢。三餐饭之间的漫长时段里，他们都聚集在巷子口，嘴里说着，怎么还不下雨呢，还不下雨呢？似乎是在等雨，其实人人心里明白，他们是怕着，又等着拆除行动的再次到来。

这样过了几日，似乎过了几月，拆除队伍没有等来，凤码头等来一个半熟的人——陶三河唯一的睁眼徒弟，大总。

看着大总进了陶三河的家，大家也都跟了进去，得知大总是来请陶三河带着他的徒子徒孙们去西边乡里唱丧事弹词时，大家都异口同声地反对，反对的理由是：万一我们一走，队伍来了怎么办？

大总连忙解释：现在快得很！好几路公共汽车都直达，要是听到了队伍启动的风声，一个电话，不出半个钟头就赶回来了。

陶三河也不蛮想去，三十年前，他在西边乡里唱弹词出过一回事。

那是他眼睛瞎了休养半年之后，第一次跟师傅出去唱弹词。师傅要他唱死者的生平弹词，他唱错了死者的姓，把易桂英唱成了李桂英。而恰巧来参加丧礼的邻居里，就有一个母亲叫李桂英的。这人晚上喝了点酒，一听自己活得好好的母亲在陶三河的嘴里成了死人，乡亲们还叽叽喳喳地议论，就猛地从人群里跳出来，操起屁股底下的板凳向陶三河砸去。就在板凳快要落到陶三河身上的时候，一旁的师傅冲过来抱住了陶三河，身子一歪想躲开，躲开了板凳的身子，却没能躲开板凳那尖尖的脚，师傅的后脑勺砸出个血窟窿。陶三河闻到了师傅的血腥味儿，自己的血气也往上涌，猛地捡起板凳打算循声砸回去，关键时候师傅拦住了，说：三河，走，快陪我去医院，迟点血就流干了。

陶三河这才忍下了一口气，陪着师傅连夜到医院缝了九针。

后来陶三河的师傅给他算命，说他是木命，而西方属金，金克木，要他少去西边。当时他问师傅：怎么又克到了您的头上呢？

师傅只呵呵一笑，这事就没了下文。从此，陶三河就再也不到西乡去唱了，这事儿大总也知道，以前逢了西乡有人请，就派了徒弟去。这次大总却明说：师傅，我晓得西乡你忌讳，但是现在人家出了高价，唱一晚，您老是一千，徒弟是五百，我公司也会有一万块的进账，这样的好事我好多年没碰到过，兄弟们也都喊着要去。请的那方，是个不差钱的主，我们人去得越多越好，要知道，拆迁以来，我们都没怎么赚钱，兄弟们也要吃饭啊！

听大总这么一说，街坊就觉得不好挡了人家的财路，何况陶三河带了徒子徒孙到凤码头来帮忙，做血肉城墙，他们也没付过半文钱。心里过意不去，就又反过头来劝陶三河：不就是半天一晚么，等了这么久队伍没来，难道这个下午这个晚上就会来？

想起不能空了徒弟们的饭碗，再说这些徒弟也只能背下一部分弹词的老本，弹词的九板八腔、方言十三辙，没有一个徒弟学会了，恐怕应对不了大场面。加之自己很久没去给仙游的老者唱生平弹词盖棺定论了，也有些技痒，犹豫再三，陶三河就随了大总启程。

68

西乡其实就是梅一朵的外婆家，也是梅一朵的生发之地。

那年，唱弹词的汪瞎子汪必成家的屋顶被彻夜打架的猫踩坏了不少燕子瓦，又逢着了连夜雨，他就叫他唯一的睁眼徒弟陶三河爬到房顶上帮忙捡漏，不想这个之前喜欢模仿师傅与师兄弟戴墨镜装瞎的陶三河，偏偏就在捡漏的时候摔到了地上，全身皮肉无损，却唯独摔坏了视神经，变成了和他师傅、师兄弟一样的真正的瞎眼弹词艺人。

汪必成打发妻子梅超英过去照顾独身又刚瞎的徒弟，那时的梅超英苗条秀美、勤快能干，风骚泼辣。

陶三河的眼睛没有瞎的时候，就总见自己这个师傅娘子频送秋波，他知道师傅看不见师娘那送向自己的秋波，但他自有自己的原则——明眼人不能欺负瞎眼人，徒弟更不能欺负师傅。

所以他总装没看见。

瞎眼之后，他内心狂躁不已。师娘受令过来照顾，麻利又热情地给他斟茶煮饭，洗衣浆裳，给他烧好热水，提到水房里等他洗澡，就差给他脱衣擦背了。

而师娘对陶三河的体贴，不但没有缓解他内心的狂躁，反而变本加厉。他站在水房里，哗哗地撩水洗澡，躁得不行，就拿打湿了的粗布手巾使劲抽自己的腿、胸脯，抽得啪啪作响。

师娘就在这个时候猫一样地潜了进来，嘴唇堵住他的嘴唇，温软的手掌同时捂住了他的命根。

有股火焰猛然蹿到头顶，奇怪的是，狂躁水一样地流走了。

对门，师傅弹月琴的声音骤然响起，弹的是大悲调《悼潇湘》的前奏。

他猛然警醒，推开了师娘。

他对师娘说：我总要学会照顾自己，以后就不劳烦你了。

对门的月琴声戛然而止。

他和师娘的故事却没有因此而停止。

随着对眼瞎现实的接受，陶三河的嗅觉与听觉与日俱增，脑袋里的那套辨声定位的打铁行头逐渐形成。他的对门，住的是师傅家，他的隔壁，住的是李家夫妇与他们的春、秋两个儿子。每逢夜深人静，隔壁李家夫妇木板床上的动静总是大如惊涛骇浪，将他撩得心似火煎，而对门的师傅家，却总是和风细雨，轻声慢语。

那日师娘水房里撩拨自己之后，他便有意彻夜聆听师傅家的动静。一连几夜，他听到的都是师娘那充满埋怨的哼哼唧唧，而他们蚊子一般细弱的话，也总是那几句：

没劲了。

换个手。

我要睡了。

我还睡不着，再来。

陶三河便明白了为何师傅与师娘结婚三年多了，还没怀上孩子，他心里感叹：可怜的师傅，可怜的师娘。就不由得重重地一声叹息：唉——

接着他的这声叹息，对门沉静了，几分钟之后，他惊愕地听师傅对师娘说起了自己：三河心地不错，人又高大，他生的孩子，应该不错。

明天你娘生日，我就不陪你去了，三河在家闷了几月，你陪他去散散心，让他给你娘唱一曲。

他与师娘，隔着一条巷子，都听到了，也听懂了弹词艺人汪必成的心意。

第二天，就在西乡，梅一朵的外婆家屋后的稻草垛下，梅一朵接天地之灵气，像个阴谋一样地生成了。

等他们从西乡过河渡水地回来，汪必成就在粪码头宣称，昨夜送子娘娘来了他的家。

陶三河自然明白师傅的用意，师娘肚子里的孩子，自然，永远都只能是师傅的亲生。

陶三河也深刻理解师傅的心计，此后师娘再明里暗里逗引自己，他都断然拒绝，他怎能辱没师门。

谁料师傅死在了女儿梅一朵的百日宴那天。

师傅死了之后，师娘提出一起过，将孩子的事情公之于众，他也断然拒绝，他是师傅的真传弟子，以后他还要广收门徒，将弹词传承发扬，汪氏弹词一门的声名，怎能因此败坏？

师娘却不懂男人的这些雄心壮志，被陶三河拒绝之后，她开始在凤码头毫无顾忌地招惹起来，陶三河知道，她一半是因为本性，另一半，是对自己的报复。

当大总包的大巴车进入西乡，陶三河便强烈地感到这个城市扩大了不少，也通畅了不少。他还记得四十年前，他随师娘来这里，是坐了半个小时的船，再坐半个多小时的公共汽车，然后又走了差不多两个钟头的山路，才到达的。到达时，满耳朵听到的，也是鸟鸣与乡间牲畜家禽的叫唤。而现在，不到一个小时就到达了，一路上都是车流的声音，下车之后，半点乡间的声音都听不到，全是城市的喧嚣。

陶三河问大总：这是西乡么？

大总说：没错，三十年河东四十年河西，现在这周边都是高档住宅和医院学校，西乡的村民老房子早就拆完了，现在都集中住在中间这一块，每人都分了地皮建了式样统一的楼房，上面他们自己住，下面两层是门面。没了田地，他们就靠出租门面过日子，过的虽然是市民的日子，骨子里还是农民，老了人不开追悼会，一定要做道场，请您老唱生平弹词。

这生平弹词却没有唱成。

他们浩荡的队伍一进去，就享受到了躺在灵柩里的亡母的待遇。不是接受跪拜的礼遇，而是被当作了没有生命的物件，被归置到一边不予理会，茶都没有一杯送上来。备受瞩目的是一支乐队，他们忙着在灵堂里调试音响，还把架子鼓敲得嘣恰恰的响，来看热闹的人都围着他们转。

这种事情陶三河他们不是才遇到，弹词受冷落有些年头了。虽然那些看似洋气的乐队和他们一样，都被前来看热闹的人统称为“唱夜歌子”的，但是，夜歌子和夜歌子又不同，那些唱流行歌曲的强势得很，哪次都是自己让着他们。不让不行啊，唱流行歌曲的人一上场，灵堂里顿时就掌声笑声不断，可月琴一拨，灵堂里的人就要走掉一多半，只剩了亡人的亲眷在他们所唱的亡人生平里追忆往昔，哭哭啼啼。有什么办法呢，一朝时势一朝人，一朝人也造就一朝时势。

虽然习惯了被冷落，但是陶三河听着徒弟们因为干渴和难堪，喉咙里发出的“嗯嗯”声，心里还是很不舒服。他知道这种被称之为“做道场”的老式丧礼上，是一定安排了村里最俊俏的小媳妇大姑娘来泡茶递烟的，而现在，这些大姑娘小媳妇到哪里去了呢，盲人们是瞎了眼看不见人，难不成这么大一支瞎眼队伍别人也看不到？

肯定是看得到的。那些被安排泡茶的女人们，都在黄头发红头发的乐手旁边晃呢！洗脚上岸变成市民之后，她们就刻意地观察最受男人喜欢的女市民是怎样打扮的。看来看去，她们终于得出了结论，露出半个胸脯或者整条大腿的打扮，是最性感的，也是最能吸引男人眼光的。不是吗？那些租了邻居家或者自己家开按摩店的小姐们，还有电视与网络上那些走红地毯的明星们，不都是因为穿得少而得到了男人的宠爱么？所以逢了这样的热闹场合，她们就穿了自认为最性感的吊带背心和热裤出来接待来宾了。她们要在集体的、陌生人的眼光里，来估量自己的打扮是否有魅力。这样一来，盲艺人就被她们忽略了，也该被她们忽略，因为她们穿得再性感，这些瞎眼珠子也看不见啊！再说，看见了又怎样？一群瞎眼珠子，口袋里的钱还没有自己的多！

陶三河冲着那群打扮性感的泡茶小媳妇所在的方位喊：大总，难不成要弟兄们吞痰做茶吃？

大总跟主事的人在商量晚上唱哪些曲子，听陶三河这么一喊，就对主事说：你们这里泡茶的堂客们真不贤惠，来了这么久茶都没一杯。

主事就拿喝酒喝得血红的眼睛去找那些泡茶的女人，找到了也不喊，只将桌上放着的准备烧给死者的纸钱揉成团，扔向她们那大面积露出的白肉上，惹得她们回头笑骂：作死啊！

主事就指着那一排盲艺人说：泡茶！

她们中间的一个说：他们人太多了，要喝茶的自己去倒吧！

气得大总一甩手出门，要旁边的超市送了几箱矿泉水进来，一人发了一瓶，偏不发给那些乐队里的人。

发完矿泉水，大总就把陶三河领到房里，让孝子孝女们讲亡母的生平和为人，陶三河听了记下，好提前打下弹词的腹稿。

孝子孝女孝媳们讲完，陶三河正准备出去，其中的一个孝媳提出：是不是把对龙总的感谢也编到弹词里唱出来，毕竟今晚的弹词是龙总花大价钱请来的。

大总问：哪个龙总？跟我联系的是凤码头上那个开挖掘机的小徐啊，他说拆迁那天听了我师傅唱弹词，才想起要请的。

孝媳说：小徐就是龙总请去的啊，龙总就是开拆除公司拆烂屋的老总啊，呵呵，不过这次听我表弟说，他们董事长的建筑公司，要中什么码头的标建房子呢！承诺中标以后包给他，他就不再拆烂屋了。

陶三河问：这个龙总是你家的——？

孝媳说：他还真是个仁义人，讲起来我们连远亲都算不上，他是我表弟老婆的弟弟的大舅子，没一点血缘关系，还花这么多钱，送个这么大的人情，所以，今晚真该好好唱唱他，感谢感谢他！

陶三河一听，抓起大总的手就往门外走，边走边说：快！要大巴车快来接我们，快回去！还不回去就迟了！

孝家一听说他们要走，就都过来拉人，说是钱都打到大总的卡上了，怎么能走人呢！

陶三河说：把卡拿出来，钱退了！快点！

大总哭丧着脸说：师傅，你又不是不晓得，我屋里是堂客管账，卡一直在她手里呢，这一下如何退得钱出呢？

陶三河甩开拉他的手，大步走到灵堂里，对着徒弟们喊：走起来啊——

于是大总被作为人质扣下，盲人们由一个残存了一点点视力的徒弟牵头，陶三河第二，其余的近百个盲艺人，手搭肩地排成长蛇阵，向着老城区，向着凤码头进发。

这时候，这天的夕阳正瑰丽地死去，颜色由血红变姜黄，再变青紫。统一穿着白绵绸裤褂的陶三河的队伍走在新修的十车道大马路上，身上的颜色也随着夕阳的颜色而变化，心情亦是越走越急，步子也是越走越快。盲杖敲敲打打的，声音如骤雨急下，惹得路上大小汽车里的人都伸出脑袋看，他们说：瞎子出来游行了？什么情况？

凤码头，秋伢子骑着电动车往巷子口冲，一边大喊：他们的队伍又来啦！

梅超英飞快地起身关门，又嘱咐梅一朵：快给你三爹打电话，狗日的真是盘算好了！

梅一朵心里冷笑一声，刘冬明的面目出现在了她的脑内。这时她没急着打三爹的电话，而是回房间去，换上了第一次去教育局长刘冬明办公室穿过的那条一走动便似红浪翻滚的大褶子连衣短裙，搬了张凳子坐到二楼平台上，这才给三爹打电话通风报信，又安排大巴车去接已在半路的弹词艺人们。

安排妥当，梅一朵看到滨江大道的丁字路口，指挥部的队伍拿着防护盾牌，跟在徐徐开动的越野车、救护车、消防车之后，说说笑笑地往她家这边走来。

梅一朵从凳子上起身，并下意识地扯了扯齐臀短裙的大褶子，眼里带着十二分的挑衅，盯着队伍前头的，挂着警车标志的越野车。她特别想知道，现在的市政府副秘书长刘冬明，如果从越野车上下来，会以什么样的眼神来跟自己面对。

梅一朵这种豁出去的心境，是在前次拆除行动中，突遇刘冬明，知道自己被他窥破身世又还活在世上的时候，猛然之间生发出来的，她记得当时就像被切除了肿瘤一样的轻松。

装，是世界上最累的活。

爱，是她身上最大的恶性肿瘤。

她虽未挑明，心里却清楚得很，上次指挥部的行动未遂，与其说是三爹的弹词队伍发挥了作用，还不如说是他刘冬明那些年欠下的债发挥的作用。

那年冬天，京城的漫天大雪中，他们夫妇胁迫着自己流掉了胎儿，她的心中，对于刘冬明，是只剩了深深的恨。

第二年仲春，她辗转听到刘冬明的妻子金章，因为丈夫要进京寻找自己，而赌气跳楼，心里的恨又被更复杂的情绪冲退。被冲退之后，她明白，隔着一条胎儿的命，又隔着一条成人的命，她和刘冬明之间，是真真地缘尽了。

其实那日就是金章不跳楼，刘冬明也是寻不到自己的。那日她确实如刘冬明所料，想去唯一让自己有些小骄傲的皇城根老祖屋疗伤，哪知她一进门，就发现叔父家多了一个五十多岁的女人，与一个二十来岁的脑瘫男孩，而叔父居然要自己叫这个女人做婶婶。

原来，德内大街她叔父住的那条巷子，马上就要拆迁，经人撮合，叔父为了利益，也为了自己的风烛残年，就在迟暮之年初婚了。

那女人面上倒是热情，也能说会道的，她留梅一朵住下，还说亲戚要常来常往，明年搬到回龙观社区的新居之后，他们要去南方接梅一朵的妈妈来住一阵子。

梅一朵从她的话里听出了自己在独眼叔父家真实的、新的定位，她只是个远房亲戚，只有吃顿饭，喝口茶的资格。

她连茶都没有喝，就拖着行李箱走了。当然，她没有去那据说日进万金的“金色痰盂”，她就是没了皇城根老房子的继承权，她也有皇城根老居民的血统，她认为不能辱没了高贵的门第。

她站在德胜门的城楼下，在车来车往的街边，拨通了老部长曾经介绍过的红色电影的制片人的电话。

红色电影制片人将她安顿在新闻纪录片电影厂附近他的工作室里住下，工作室是他租来的一个两室一厅，里面并排两间，带卫生间的是他的卧室，不带卫生间的是他的办公室，外面的厅贴满了他曾经参与制片的红色电影的海报，算作他的会议室兼接待室。

参观完整个房间，梅一朵仍然抓着她的行李箱把杆，问这个年纪已知天命，讲两句话就要将舌头伸出来飞快地舔一轮上下嘴唇的制片人：你讲，我能帮你的工作室做什么？

制片人一舔嘴唇，蘸着湿漉漉口水道：我手上题材一大堆，你先住下来，听我慢慢讲故事，讲人物，你挑你感兴趣的写剧本就是。如果你不愿意亲自动笔，那我找别人来写，你帮我做剧本统筹也可以。

梅一朵终于将手从行李箱的把杆上放开，笑着说：你真好！

从这个晚上开始，梅一朵就睡在了这个东西南北满天飞，将老婆孩子长期丢在老家的电影制片人的床上。

一改过去的矜持，这次她在受到暗示要她上床之前，没有与他谈爱情，他对自己这么好，凭什么呢？

她终于明白男人对自己最感兴趣的不是自以为的才华，而只是身体，她的被很多人称赞过的性感的身体。

才华只是个冠冕堂皇的幌子，趁着还有身体，就在这个幌子下进行颜面尚存的交易吧。

再说他还不算太老，除了舔嘴唇的败相，长得也还不赖，穿得也还有那么几分艺术气质。就这样吧，成交，陪他睡了，就是还了他收留自己，给自己挣名挣利机会的恩情。

不是吗？欠人恩情，是世界上最难受的事情。

她忽然理解了小时候，妈妈为了凤码头、木码头、煤码头那些叔叔伯伯的小恩小惠而宽衣解带的行为。

谁说妈妈是凤码头的卖货？她是凤码头最懂得感恩的人。

她还记得三爹曾经严责过妈妈：张三李四王五麻子你都要，你就这样贱？

妈妈是这样回答的：都是几个熟人，我怎么好意思回了谁。

不过梅一朵还是没有妈妈那样仁慈，她多了一层底线，她不准这个制片人舌吻自己，要进入身体之前，也必须戴套。

她不是怕怀孕，那次引产的时候，医生说她以后也许不能怀孩子了。她这样做，只是将这种私密又关键的部位，看成了她唯一给过爱情的刘冬明的专属地，那里只有他与她毫无阻隔地亲近过，之前的亡夫罗伟林，她都没给过这样的机会。

如此时断时续地写了几年电影，她还是没有像她父亲汪必成给她算的命那样，大红大紫。这些题材的电影，都是什么纪念日，或者是什么纪念馆的应景命题之作，连院线都没进过，她拿到的，也只有三万五万的廉价稿酬。

不过说起来还是很好听，她，梅一朵，一个小学老师出身的外地女子，居然凭借创作才华，在京城站住了脚。

直到一年前，凤码头棚户区改造拆迁的通知贴到了她家的墙上，她才被母亲叫了回去。

其实老家拆迁，对于她也是个台阶，她早就想回了，偌大的京城，她走在街道上，站在地铁里，蹲在西单图书城的柜台前，睡在制片人的大床上，她就从没有过扎根的感觉，熙熙攘攘的人流车流里，她始终觉得自己只是一片秋风吹落的黄叶。

夕阳照在梅一朵家的房子上，照在她的脸上，她的红裙上，她的依然白皙的长腿上，越野车里的刘冬明长再次觉得这个女人真像天堂里的圣母。

他依然不敢下车，只对易指挥长说：你们去办吧，注意不要过激，别出事，敲山震虎就能达到目的。

其实刘冬明为了这次与梅一朵的再见面，还提前一天去发廊染黑了头发。当他顶着一头忽然变黑的浓发参加拆除行动分工预备会的时候，在座的女士眼睛都发亮了，从不奉承人的易指挥长还竖着大拇指说了一句：马英十。

意思是比马英九还要帅一成。

但他不知为什么，还是临阵退缩了，时隔这么多年，他依然没有勇气面对这个女子，这个他一天都没有忘记的女子。

离重逢那日又过去了这么久，她怎么不主动来找自己，她对自己，到底是爱着，还是恨着？

夕阳变紫。陶三河带领的这队盲眼之师终于等到了梅一朵租来的大巴车。

又当他们赶到凤码头，穿过僵持着的拆除队伍走到梅嫂家楼下的时候，梅嫂手上自割的伤口淌出来的血迹，也由血红变姜黄，再变成了青紫。

闻到空气里师傅遗孀的血腥味，想起四十年前师傅也曾为自己流过血，陶三河的瞎眼窝里浸出了浊泪，他指头一扫月琴，突兀地白了句：林妹妹，我，我来迟了！

盲艺人们绕着圈又围在了梅嫂家的楼下，梅嫂这才放心地从楼上系着绳子跳了下来，接受拆除队伍带着的医生给他的伤口做清创与缝合，缝合之后，拿了些药物，她又将绳子捆在腰上，众目睽睽之下，让梅一朵将她拉上了二楼。

从陶三河的队伍进来，到梅嫂重新爬上二楼，指挥长易藻远都一直沉默着，没做半句声，也没有行动，这时候他狠狠地瞪了陶三河一眼，说了刘副秘书长曾经说过的那个字：撤！

队伍又嘻嘻哈哈有说有笑地离开，易藻远指挥长钻进了越野车，对一脸严肃的刘冬明耳语：最新消息，唱弹词的陶三河，是梅一朵的亲爹。

69

三次针对师娘梅嫂家的拆除行动，弹词艺人两度集体亮相后，陶三河的艺术生命就发生了逆转。

首先是市电台请他去做节目，又是唱弹词又是介绍，还有听众的热线接了进来，陶三河在直播间里无限唏嘘，他是真没想到，从小酷爱的弹词，还有起死回生的这一天。

陶三河小时候，家里开了个茶馆，那时候闹市区茶馆很多。茶馆不像现在的茶馆，要隔成小间，那时是类似礼堂一样的大通间。茶客到茶馆，喝茶是其次，主要是听弹词听说书。他说他那时候崇拜弹词师傅啊，都恨不得自己变成一只老鼠，钻到师傅的月琴里去，时时跟着师傅跑。后来呢，就学了这一行，他那时候是师傅唯一的睁眼徒弟，为了跟师傅与师兄弟保持一致，等他能独立唱弹词的时候，就也买了副墨镜戴着，装瞎。他说：装瞎有两个好处，其一，眼盲又有高艺，令人佩服；其二，眼盲行动不便，让人同情。

主持人俏皮道：您现在也戴着墨镜，也是装的吗？

他长长地叹了一口气，说：唉，一语成谶哦！三十来岁的时候，有一年因为意外，我的双眼就真的瞎了。那时候我就想，老天爷看我老是装瞎，可能像看到叶公好龙一样，会错意了吧！

一个星期之后，好事再次来临，电视台又登门来请。

电视台是一档选秀节目邀请陶三河的，陶三河负责用弹词现场编唱做点评。这次陶三河带上了曾经在电视台工作过的梅一朵，梅一朵也在电台采访了陶三河之后，看到了汪氏弹词的复兴希望，又操起了小时候弹过的月琴。

虽然在电视台的地面频道当过编剧，也亲临过台里的一些综艺栏目的录制现场，但时隔十年，梅一朵还是被本省卫视的长足发展震撼了。而现场的音响效果，更是深深地震撼了陶三河。以前他去丧礼或者寿宴上唱弹词，那些音响，声音大是大，可是不保真，不丰富。这录制现场的音响，是既大，又清晰，连陶三河的呼吸，给月琴紧弦时手与木柄的轻微摩擦声，都被清晰地送出去。这送出去，又不像普通音响是猛然砸向听众的耳朵，陶三河觉得，它是带着尖尖的箭头，盘旋着钻进人的心里。钻也不是从耳朵里钻进去的，好像是从全身的各个毛孔里渗透进去的，进去了还在盘旋，盘旋到五脏六腑哪里都舒服。

为了配得上这震撼人心的音响，陶三河的点评一改往日市井弹唱时的俚俗，全部用了雅评。

声音甜得发黏的选手，他评点弹词的起兴是：

槟榔蜜涎吐胭脂，荔枝膏茶搅瓊酥。

声音厚实或高亢的选手，他就换成了：

曲径绕回廊，疏篱透晚香。

或者这样来比喻：

云霞横碧落，孤鹜傲江天。

选手们的声音年轻，是槟榔蜜涎、荔枝膏茶，可以曲径绕回廊，也可以孤鹜傲江天；陶三河的声音苍老，是老坛酸菜、陈年原浆，可以乌云遮望月，也可以潜龙搅深潭。这两种绝然不同的音质与形式，通过这音响一扩一转，就相辅相生得天衣无缝，夺人心魂。节目异常出彩，陶三河，以及以他为首的汪氏弹词因此出了名。

又过了几天，大总再次来到凤码头。

一进门，他就从皮包里摸出一本套了透明塑料外壳，A4那么大的材料册子，塞到陶三河手里。他告诉陶三河，这几天没来看师傅，是去跑弹词的省级非物质文化遗产名录项目了，现在已经批下来，陶三河是唯一的传承人，还被授予至高称号——弹词活化石。国家级的申报材料也递上去了，还要拍纪录片附上，评上国家级之后，就要代表中国，走出国门去唱弹词了。

随着大总的叙述，陶三河那馄饨皮一样的瞎眼窝里，泪水慢慢地浸了出来，慢慢地成颗，再成线。

揩了一把浊泪，陶三河笑了，恢复了惯常的交谈方式，说：大总，明天你帮我到西山去看看，这些天没落雨，怕是那边的土都干开了坼呢！

大总说：什么意思？西山？土开坼？哦——大总一拍他的大脑袋，说：祖坟开坼！

陶三河感叹：谁想得到呢，土都埋了大半截了，祖坟才开坼。

大总又从包里摸出两个聘书，递给陶三河，说：聘请您老为省艺校的客座教授，梅一朵也被聘为您的助教，不是有个女子十二乐坊搞民乐搞出了名堂吗？我们也搞个弹词乐坊，还搞理论研究，弹词就彻底救活了！

陶三河忽然不笑，也不说话了。他扯过搭在脖子上的白手巾，不断地、久久地擦着并不明显的汗。大总也静静地看着陶三河。他在等待。他知道有些东西，是会要来的，也是必须他承受的，他做好了思想准备。

屋外，秋伢子的妈妈喊儿子回去吃饭；梅一朵有一下没一下地拨着月琴；沿江风光带传来了广场舞的音乐声。

许久，陶三河停止了擦汗，攥着手巾去揉胸口，说：大总，这好事来得太快太多了吧，我的心就不安，你说怎么突然一下子，好事就跑到我们这要拆的粪码头了呢？怎么天老爷一下子就照应了我们这群瞎眼珠子呢？

大总很快接话了，他叹口气说：师傅啊，主要是那天刘秘书长在拆迁现场看到了我们的弹词，和您老的号召力啊！

陶三河不合时宜地笑了两声：呵呵！秘书长，秘书长是把我当作凤码头的宋江了，要用这活化石把我招安呢！

大总说：他们说，是双赢吧。

陶三河将两本聘书又里里外外地仔细摸了一遍，连同申报国家级的材料册子一起，递回给大总，说：大总，九年前你拜师，学的是哪一曲呢？

大总迟疑着说：《韩湘子化斋》啊，是神仙腔，就是那次，您告诉我，韩湘子是我们的祖师爷。

陶三河说：不错，好徒弟！没有忘祖！今天师傅再给你唱一遍吧。伸手拿过月琴，腿上一竖，一拨，唱：

须弥山上一只鹅，阿弥陀南无；
口含青草念弥陀，阿弥陀南无；
畜生也有修行意，阿弥陀南无；
凡人不修所为何，阿弥陀南无——

大总听出了陶三河是在谴责他。师傅把聘书还给他，又给他唱祖师爷韩湘子，看来是要拒绝跟指挥部合作了。但是，现在的处境，是只能前进不能后退的，他扑通一声，跪在了陶三河面前，带了哭腔说：师傅啊，别唱了，我难过啊！我晓得，凤码头的邻里，都是您老的手足兄弟，但是弹词呢，师傅，我们的弹词，可是您老的亲儿子啊！断了手足命犹在，断送亲子苦难当呐！

最后一句，不知不觉中，他带上了弹词的大悲腔。

陶三河又长叹了一声：唉，树倒猢狲散，擒贼先擒王，大总，我晓得什么重要，你走吧！

结果从大总离开的那天傍晚，到第二天中午，陶三河都没有睡着，也不吃饭，任凭凤码头的声音与气味将他淹没。

屋里屋外，物事纷纷。

动静最大的，是砖块，三三两两被水泥结在一起的砖块，陶三河想，它们当然也可以叫作墙，如果它们还活着的话，就像他自己，曾经是连茶都讨不到一杯的唱夜歌子的陶瞎子，现在是倍受重视的弹词活化石，非物质文化遗产传承人，两种叫法之间，是生死之别。

身边砖墙萧萧而下，挖掘机的铁齿又咬着了哪栋房子的胸脯，巨型铁齿咯咯响，木檩子旧砖头摩擦出它们的体味，这种体味聚集着几十年的日光月光的气味，男人女人的气味，风霜雨雪的气味，油盐饭菜的气味，还有粪码头几十年前的粪味，弯江里头臭鱼烂虾的腥味，它们和在一块儿，就有了酱香陈酒的醇厚，很醉人，它们一波一波地往这个活化石的鼻子里灌，醉得他只想抹一把泪，擤一把鼻涕，骂一把娘。

日上中天，倒地了的老墙体的老气味更浓了。再次念及几十年的老街坊，几十年的老心事，忍啊，忍啊，陶三河终于没忍住，他摸索着上到楼顶，仰头朝着火辣辣的太阳，扯开喉咙骂：X 你的娘咧——！

眼泪就下来了，鼻涕也出来了，他用那被琴弦磨得起了老茧的手指，将汗水、眼泪、鼻涕和在一起，一揪，再甩到酱香陈酒一样的空气里，又对着苍天喊了句：X 你的祖宗哦——！

惊得午睡里的梅一朵鞋子都没穿，就往三爹家飞奔。

70

与梅一朵约谈之后，伍海洋放弃了通过她来打动刘冬明副秘书长的计划；又通过三次行动，伍海洋观察到了刘冬明那掩饰不住的为难与心痛，以及他得知陶三河是梅一朵的亲爹的消息之后，花心思去做宣传部的工作，动用各种老关系老人情来推动弹词的申遗工作等等情状。伍海洋又有了新的计划，他想女人狠起心来真是比男人还要狠，他不如直接站到刘冬明一边，帮他完成偿还灵魂债的心愿——梅一朵和陶三河去卫视录节目，就是伍海洋的关系达成的。那日为了酬谢他，这些年来再也没跟他吃过一次饭的刘冬明破例与他吃了饭，也喝了酒。酒酣人醉的时候，刘冬明终于对他一吐为快，显然，时隔十载，因为梅一朵，他们又继续了交情，还因为梅一朵，伍海洋终于看到刘冬明又活了过来。

活了就是人了，是人就会有欲求，有欲求就有突破口，伍海洋看到了希望。

从这以后，梅一朵老师的这两个学生家长就经常聚会探讨，如何在她不知情的情况下，既能帮到她，又能推动拆迁，尽早让风码头这块地三通一平，尽早招标。

一来二往，刘冬明副秘书长也如伍海洋期待的那样，带他去见了主管城建拆迁的副市长。

一切都朝着预期的方向发展，伍海洋看着深陷真情的刘冬明，就像一个不吸毒的人看人吸毒，既向往，又庆幸。

爱情就是冰毒，这辈子他都不要碰了。

梅超英和梅一朵坐在门口吃面条，看着对面陶三河家的大门这时候都没打开，觉得纳闷，梅嫂大喊了两声：三爹！三爹！

没人答应。

梅一朵就说：未必三爹这么早就出去了？

梅超英说：出去了不要紧，别这个时候队伍又来了。

话音未落，一辆警车停在巷子口，庞大的队伍尾随着走过来，行动真的又来了。

梅超英“呀”的一声，拉着梅一朵进屋把门关了，又赶紧打陶三河的手机。

对不起，您拨叫的用户已关机。

梅一朵想，难道这个刘冬明忘了曾经的恩情？难道他把原配妻子金章的死，算在了自己的头上？这时候要替发妻报仇？

她被自己猛然升起的想法吓呆了。

梅超英看着梅一朵的样子，也顿时没了主意，浑身发抖，带着哭腔喊：天老爷诶——，要照应呐，瞎眼珠子天照应呐！

老天居然听见了她的请求，队伍从她门前目不斜视地走过去了。

梅一朵回过神来，说：不拆我屋里？

梅超英说：呀！莫不是虚晃一枪，等下又杀个回马枪杀到我屋里来了？快！我们把礼花弹搬到楼顶上去，免得措手不及。

母女俩往楼顶运送礼花弹和石头砖块，正忙着，听到街坊秋伢子在叫陶三河，拍了陶三河的门见没人应，又拍梅嫂家的门。

梅超英伸了头出去说：我们也不晓得他什么时候出去的，手机也关机。

一朵云飘了过来，秋伢子的脸就阴着了，说：今天是拆铁砣家呢，那个大总的号码你晓得不？

梅嫂摇了摇头，又说：怪了！出去就出去，怎么关机呢？他可从不关机的，而且偏偏这时候队伍就来了！

秋伢子说了句：是怪哦。忽然想起前天他照例守在指挥部对面的粉店里打探动静，看见过大总从指挥长的车上下来，又一起进了指挥部。当时他没在意。紧接着下午铁砣被人叫去打牌赌博被抓了，他也没发生联想。现在，队伍兵临城下，陶三河又失踪又关机，而前些日子，凤码头的钉子户们都看到了电视上陶三河好不风光！这之间有联系吗？想着想着，秋伢子就觉得自己的天眼倏然张开了，似乎看到了事情的真相。他忽然一转身，朝铁砣家方向边跑边喊：各位，快关门啊，陶瞎子把我们卖了，铁砣就是他点了眼药抓进去的呢！他是眼线呢，拆迁的眼线就是他呢！

陶瞎子是拆迁指挥部的眼线？！铁砣的娘就是听了这句话昏死过去的。铁砣的老婆连喊了几声娘，见婆婆没答应，摸了摸还有鼻息和心跳，又说：娘诶！别人家里，昏是要昏给指挥部的人看呢，你现在不吓他们，吓我做么子！

娘还是没睁眼也没应声，脸色一阵红一阵白，她去掐娘的人中也没掐醒，想了想，一咬牙打开了大门，指着躺在地上的婆婆说：大家看清楚了，我婆婆被指挥部的吓死了，大家做个证！

指挥部的医疗、公证、拆除等几支小分队进来了。医疗人员马上把铁砣娘抬出去进行急救，公证人员对拆除行为做了公证，拆除便开始了。

秋伢子和家人关着门守着自己的老房子。

听着挖掘机轰隆隆乒乒乓乓拆铁砣家的屋，家人的心就不安起来。秋伢子的哥哥春伢子，也就是梅一朵十三岁时的初恋，他们家在凤码头拆迁开始的时候就轮番回来守屋谈判，这时他谴责弟弟秋伢子道：你没抓到证据呢就乱喊，铁砣娘都吓瘫了，你要是错怪了三爹，看你怎么收场！

秋伢子其实喊过一嗓子之后，心里也有些忐忑。这时候看家人都怪自己，就气冲冲地摔门而出，门缝里留下一句话：我倒要证明给你们看！

正是午饭时分，秋伢子知道指挥部定点吃饭的几个饭店。他想，这陶瞎子一伙，是不是正在某个包厢里跟指挥部的人风光呢？

秋伢子几个饭店挨个找，终于在一家饭店的停车场找到了易藻远指挥长的车。他又一个包厢一个包厢地顶开门缝看，他看到大总、易藻远指挥长一干人正觥筹交错，一个老板模样的人对大总敬酒，说：耽误一天，我公司就要损失几十万利息，我先干为敬！

里面没有陶三河。

秋伢子一会儿血冲头顶，一会儿又心里打鼓样不安，他决定硬着头皮去一趟指挥部。

指挥部的前坪里，刚刚收兵的队伍正蹲着站着吃盒饭，秋伢子走到他们中间东张西望找熟人，忽然听到有人叫他的名字。是经常上门谈拆迁的一线工作人员"光脑壳"，他问"光脑壳"：看见陶三河没有？就是陶瞎子。

"光脑壳"诡异地一笑：呵呵，他是政府的红人呢，怎么会被我们这些小喽啰兵看到？

秋伢子问：什么意思？

"光脑壳"说：没什么意思，要你老爹来跟我们谈啊，何必咬着个屎片子油饼子都不换。拆是一定要拆的，你看今天铁砣屋里就挡不住。我告诉你们，信那瞎子，吃亏的是你们自己！

秋伢子试探着问：陶瞎子是你们的眼线？

"光脑壳"笑得更诡异了，说：呵呵，这话是你说的啊，我什么也没说！

还要说什么呢？不是明摆着的吗？秋伢子把电动车骑得飞快，一瞬间就闯进了铁砣家的断墙中窜出来的老灰尘里。他一家家敲开门，一家家耳语：陶三河的确是眼线，大总是他的狗腿子，指挥部的"光脑壳"还在我面前卖关子，您老听我分析，看是不是？

日落西山，凤码头还被新起的老灰尘笼罩着，晚霞射过来，尘雾变成了朱纱。大总把陶三河送到了瑰丽的红尘朱纱里。

红尘朱纱的气味让陶三河打了个寒战。

街坊邻居一直守在巷子口。他们本来端着饭碗或是端个茶杯，蹲着站着在聊天，看到陶三河从车上下来，就都噤声了。

陶三河翕动鼻翼闻了闻，轻声问大总：凤码头今天又有老房子倒地了？

大总说：没有吧！

陶三河又闻了闻，说：肯定拆了！

他走到街坊身边，他停下脚，问：拆了哪个屋里？

秋伢子转头对众人说：我讲对了吧！

有人阴阳怪气地问：大师，他们什么时候拆我屋里呢？

梅嫂楼顶上生气地问：三爹！你关什么手机啊！

大总替陶三河回答：我一清早就接了三爹去拍电视了，三爹评国家级传承人要用，拍电视是不能开手机的。

陶三河感受到周围毒针一样的眼光越来越密集。他脑子飞快地运转，搜寻着这毒针的来龙去脉。昨天晚上，大总过来劝说他配合宣传部抓紧拍纪录片申报国家级，他就犹豫过，怕像上次去一样，中了指挥部的调虎离山计。但是大总说，电视台有好远？上次西乡都赶回来了，这次还怕赶不回来？耽误了这次申报机会，就不会有下次了。听大总这么说，加之观察到近段时间来，女儿梅一朵对弹词的空前热情，陶三河就去了。哪知一进录播间，编导就要大家把手机统一放在外面的筐子里，还不知什么时候关了机。也怪自己唱弹词唱得太投入，忘记了时间，忘记了拆迁，忘记了整个世界的存在。

陶三河的心绞痛起来，为了尽快弄明真相，他边走边喊：大总，快，快进屋去！

俩人回家调出当天的录像看和听。录像是安装在房顶的四个方位的摄像头拍摄而来，当凤码头的纺织厂和水厂的住宅楼拆掉之后，巷子口的陶三河家因为地势的原因，就成了凤码头最高的建筑，可以俯瞰整个拆迁工地了。取得这个战略位置的首日，陶三河便让大总在二楼顶四个方向都安装了摄像头，拆迁的任何违规行为，他都要摄下来刻碟做证据。

大总盯着显示屏，在一旁解说：拆除队伍来了，是拆铁砣屋里，秋伢子说你是眼线。

至此，陶三河明白自己又一次中计了，而且这次中得彻底，他虚脱了的声音喃喃道：我听见了，听见了，大总，搭帮你，啊，感谢你，你快走吧，啊，恩人，我自己听就是了！

陶三河说这些的时候，大总一直看着他。

他看到他转身摸向旁边的竹床，他走的时候，像脖子上忽然吊了个无形的大沙袋，腰背一点点地驼了下去。他驼着腰背躺到竹床上，弯弯地侧躺着，松松的白汗衫松松的肚皮垂到一侧，像一只挖了馅儿的瘪饺子。

大总心里歉疚起来，有些痛，说着：师傅我走了。

就逃了出去。

陶三河铆足力气长叹一声。自从那日大总告知了刘副秘书长就是抢救弹词的幕后人，他就再没睡过一个好觉了，他的心力都在担忧与煎熬中一点点泄露殆尽。

显示屏里，画面在流动，声音也在流动，这些声音像一条条鞭子，响亮地抽着他这只落水狗。

他听到了救护车呜咽着开远了。他听到嘈杂又清晰的人声，大大小小，议论的声音，喊叫的声音，来来往往熟悉和不熟悉的脚步声，挖掘机的声音，轰隆隆倒墙的声音，叮当当瓦片倾泻碎裂的声音，人群被灰尘呛得咳嗽的声音，惊慌逃窜的灰尘与人群的声音。

在这阔大浑浊的背景音里，街坊跟梅嫂的对话尖锐地跳了出来，尖锐地划开了他的心，划得鲜血淋漓。

街坊说：梅嫂，陶三河出去真的连你都没告诉？你看他城府好深，他瞎眼珠子就好比窗户拉了个窗帘，他看不到我们，我们也看不透他，所以被卖了都会帮忙数钱。

街坊说：我们不算么子，好歹你还是他的师傅娘子呢？你看他现在，国家级的活化石，还不是你老公教的？真不知好歹呢！

梅嫂说话了。梅嫂说：你们讲得对，可能当初他喊我们几户人家开会的时候，就跟指挥部一起设了个大圈套给我们钻，我屋里搞行动的那天，他可能是演戏呢，他反正唱了几十年的夜歌子，本来就是戏子一个。

最后是梅一朵的声音：娘你莫乱讲！

71

拆了铁砣家的房子，凤码头的几家钉子户备受打击。这个陶三河，他们信赖了几十年的街坊长者，当初开会说得多好啊，共生死，同进退，每家每户的拆迁价一定要争取到和旁边新建的门面一个价，另外还要紧抓房子这根最后的救命稻草，迫使指挥部给每家每户失业下岗的人找条活路。现在，他倒是越活越精彩，活成了活化石，就不管他们了。怨过恨过之后，他们便轮番劝说梅嫂，要她让女儿找来电视台原来的同事，背着机器去指挥部采访。

梅一朵问：采访什么？电视台是政府的电视台，找来了也要站在政府的立场说话的。

与梅一朵曾经生过情愫的李春，搬出去之后考了一个大专院校的工艺美术系，毕业后跟药店老板的女儿结了婚，便丢掉了手中的画笔，但他的文青情结还在，愤青情结也在，他也帮着劝梅一朵：要你的同事找政法频道，他们很愿意为民请命。

梅一朵摇了摇头说：没有过硬的理由，没有大的事件，人家不会来。别人都同意拆了，拿了补偿搬走了，就我们几家顶着，指挥部也没把我们怎么样，他们不会来“请命”的。

李春说：我弟弟搞到了他们内部的拆迁真相，他们用的是推杯换碗法，你看走得最早的那些拆迁户，虽说名义上在补偿外都奖励了一万元，但是跟走得迟，会谈判的比，还是吃亏了。他们第一天贴的公告上的拆迁价格是正当的，但是他们只半夜在巷子口的墙上贴一下，拿录像机录下做证据，又换成了少得可怜的所谓的评估价的公告，因为他们知道人心不足，无论出多高的价，大家都会要再往上涨，因此他们就这样来骗我们。那些搬走的街坊很多都厌倦了谈判，反正老屋都租出去很多年不住了，也没有我们这么多困难，就在他们涨了些价的时候，签字了事。实际上，他们应该给我们一大碗的，只给了一酒杯那么多。所以我们剩下的这几户，都是有实际困难的，我们也是有理由的，我想，政法频道是会看到这个新闻点的。

梅一朵有些被说动。队伍第三次来她家的时候，僵持那么久，她一直都没见刘冬明下车来，或者他根本就没来，现在指挥部又已经拆了铁砣家，她的心里也起了恐慌。她很想知道刘冬明现在的真实心情，这些天，她又像许多年前那样，不断地想着他，梦到他。

梅一朵便去找了政法频道。没料到政法频道还真的对这个事感兴趣。她换上了那条大褶子红短裙，与政法频道的记者以及众街坊一起，来到了指挥部。易藻远指挥长拒绝回答记者的提问，众街坊就簇拥着记者说要闹到市政府去。

易藻远指挥长想了想，态度软了下来，说：我帮你们叫市政府的领导来。

车一驶进闹哄哄灰蒙蒙的拆迁指挥部，刘冬明副秘书长就看见了梅一朵那耀眼的红裙。他面无表情地走下车，经过梅一朵与众街坊的时候，也不正眼看谁，只冷冷地说了一句：你们选个代表出来谈。

梅一朵想都没想就抢着答：我吧。

时隔十年之后，曾经熟悉又眷念的四目相对，层层岁月的云翳退去，又都呈现出了湿润的暖意。

刘冬明长轻轻地说：你受苦了。

梅一朵心里痉挛起来，面上却平静：都过去了。

刘冬明又说：你还是那样漂亮。

梅一朵说：老了。

刘冬明说：香味不一样了，以前是暖香，像广玉兰一样，现在是冷香，真像梅花了。

梅一朵不好意思起来，她知道街坊还在外面等着，大开的门外，指挥部的工作人员和街坊群众不断地经过，她不想继续这个话题，她知道自己还肩负着邻里的信任。

梅一朵冷冷地说：还是谈拆迁吧。

刘冬明说：你告诉他们，剩下的这七户，要按照煤码头那些底商门面商品房售价来补偿是不可能的。但我可以保证是凤码头拆迁户中最高的价。但是一定要保密，也要配合指挥部做一些相应的形式，你们可能不知道，实测面积如果和总价不合，上面审核时会通不过，款项也是拨不出来的。

第二日，按照指挥部的暗示，每家都将便宜的杉木板子买到家里，用屠户烧猪毛的那种小型液化气火枪烧一遍做旧，再连夜在房里隔出一层楼，这样一来，隔出来的楼层面积，便使得每户各多了十几万到二十万不等。

你看，只要船过得舵也过得，我们都会想办法的，所以你们真的不要信那个瞎子的了，他只晓得瞎搞！一线拆迁人员这样对被拆迁户说。

大家将信将疑地签协议，不到半个月，凤码头的最后七户，就拆得只剩了陶三河一家。

72

转眼到了农历七月十五中元节。

这个地方的风俗，清明节是活人到坟前去给死者挂纸扫墓，中元节，却是要在家里祭奠，门前烧纸，请死者归来省亲的。

太阳刚刚下山，从这个城市的四面八方就涌回来许多风码头的老街坊，他们是来这里给祖先烧纸钱的。因为他们新搬进去的高楼小区都不准放鞭炮，不准烧纸钱，而且祖先也只认得回老街老巷老屋的路，拆迁之后搬进去的新居，他们都没来得及禀告引领。最重要的是，巷子里的最后几家钉子户最后拆出了怎样的成绩或是后果，他们也想趁机回来看一看，再不看，就看不到了，明年回来，风码头肯定会是新面孔，不但故去的老祖宗不认得，活人也会认不出了。

虽然只是分散到本城的各个方向，相距最远的，也不过三四十公里，但这次带着纸钱香烛回来，却人人都是衣锦还乡的样子。碰到一起，先站在江滨大道上自己的或者借来的车边同人打招呼，互相谦虚或吹牛：

“你屋里最后怎么拆的？”

“那你屋里拆得太好了。”

“我？要不是怕灰尘影响我老娘的健康，我也要扛一扛的。”

“我也是，主要是我老爹怕吵，就随便签了，亏了。”

“只拆了那点钱？你讲假话吧，我又不找你借钱！”

“现在？现在我搞了个小工程在做，你呢？忙么子？”

“忙项目。”

……

男男女女聊够了，西天的最后一抹晚霞也藏到了一片乌青里去，滨江大道的路灯就亮了。

就着路灯，他们说说笑笑地来到一堆堆废砖头烂瓦片前辨认自己祖屋的位置，认准了，就点燃香烛，烧了纸钱纸扎用品，再放鞭炮，让祖先循声而回。估计祖先近前了，就往四方撒水饭，喂那些没有后人祭奠的孤魂野鬼，免得他们来抢自己祖先的贡品。妥当了，再禀告自己及其家人的近况，特别是现在搬到了城市的哪个位置，祖辈们千辛万苦建起的祖屋，拆了好多钱，兄弟姐妹又怎样地分配，都讲得清清楚楚。

这时候，圆圆的月亮还低低地被东边的高楼遮着，朦胧夜色里，废墟上一堆堆、一点点的火光明灭着。火光里，那些烧透和没烧透的纸钱被风旋起来，灰蝶黄蝶一样飞舞，配合着老街坊诵经般的呢喃禀告，整个凤码头像进行着一场集体丧礼。

陶三河先天晚上就摸索着到纸扎店里买了祭奠的整套用品，第二天一早，就在门口焚化了。焚化之后，他仰头禀告：娘啊，爹啊，房子昨天签了，明天就要拆了，价钱是指挥部算的，两百来个平方的房子，也拆了一百多万吧，哦，阴阳两隔，你们也不晓得如今的钱还值几个钱了，这样说吧，隔壁滨江诗意居的房价，十年前就是每平米三千块，而现在旁边煤码头新盖的大厦底商门面，最贵的每平米都要九万八了。呵呵，不过，我晓得其实你们不关心钱，你们最关心的还是我有没有后吧，今天，我就斗胆相告吧，师傅的女儿梅一朵，就是你们的亲孙女，只是，现在我还不好明说，以后，唉，以后的事情以后再说吧。幸好还有弹词，人死如灯灭，弹词救活了，可以唱个千秋万代，谁说这不是我们的一条血脉呢？何况朵朵现在对弹词又感兴趣了。

七月十五这天傍晚，陶三河很早就把自己关在了门内。他知道，关于他是拆迁指挥部的眼线的名声已经传开了，他也不想去解释，何况这当口上他确实得了弹词活化石的好处，肯定是越描越黑。这些老街坊，无论怎样误解他，他也是恨不起来的。都是些可怜之人，他除了祈愿他们越过越好，还能做什么呢？就是铁砣娘啊，这个妇人，那么多年，隔不了两天，门边上都会多一把择好的青菜，多一碗南瓜粑粑或是一条剖好的鱼，或者一塑料袋辣椒萝卜。虽然她没出声，但是那种气息，那种脚步声，他总是分辨得出来的。现在，她还在医院里躺着，自己去看，还没进门就被她的儿子儿媳赶了出来，这到底是天作孽还是自作孽啊！

再不能陪表妹园中玩耍，
再不能陪表妹同去观花，

再不能到月台对月谈话，

再不能清水池啊，同把船划——

中元节令里圆白的月亮升上来了，静静地看着凤码头，静静地看着二楼顶怀抱月琴的陶三河。陶三河迎着月亮仰头高唱，月亮仍然照不亮他的世界。

整个晚上，陶三河翻来覆去唱的都是大悲腔《悼潇湘》，一会儿韵白，一会儿弹唱，一会儿是袭人的身份与嗓音，一会儿又是宝玉的身份与嗓音。唱到最后，他唱破了嗓子，破了的嗓子唱出的大悲腔让悲伤更加彻底，更有劲道，这情之所至让他从此在九板八腔之外又琢磨出了一种破腔。

陶三河破腔唱出的《悼潇湘》一遍又一遍，终于把凤码头唱得安静下来，断墙里的老灰尘安静了，弯江里的水波浪安静了，收了纸钱的祖宗安静了，送了纸钱的子孙也安静了。他们都跟着陶三河的唱词想起了过去几十年热闹的凤码头，热闹的吃夜宵的人们，热闹的锅碗瓢盆生儿育女的往昔。

再不能。

往昔，俱往矣，就是再不能。

他们其实懂这个瞎子今夜的《悼潇湘》，到底是悼什么。

他们擦着眼泪说：他也可怜，以后到了那种防盗门的小区，邻里都防贼似的防着，他一个人孤零零黑魆魆地活，有什么意思。

他们说：这瞎子，还是个痴子，一辈子痴了弹词，拆迁不多争些钱，争个活化石有屁用，将来唱不出来了，活化石当饭吃？

只有靠得住的利益，没有靠得住的荣誉。

他们都这样说。

处暑节过后，天气终于转凉，凤码头也被夷为平地。梅一朵在最短的时间里，通过房屋中介，终于住到了旁边的滨江诗意居的高层电梯房里，虽然是二手房，虽然此时的滨江诗意居这个当年的风头已显苍老暮色，但梅一朵还是有了了却心愿的感觉。

搬进新居安顿下来之后，她就接了她曾经的学生张立奇来家里，她要教他弹奏月琴。

她没有请到伍大洲，伍大洲在大洋彼岸的另一块大洲上。

伍海洋没能如愿标到凤码头那块地的开发建设资格。折腾了不少时间，付出了相当代价，搞出了很多花样，却仍然得不到他要的结果。在市里主要领导班子的决策下，主管城建的副市长在这个问题上没有含糊，一切透明化地运作下来，还请了电视台新闻频道进行了全程的监督报道。中标的是一家非常有实力的国有公司。

虽然避免不了有混乱、有挫折、有迷失，但我们的社会终究在不断地进步，今后还会更进步，更成熟，更光明。

也许，自己大展拳脚的时代已经过去了，伍海洋这样想。他对生意场上的事开始意兴阑珊。他把公司交给了别人打理，飞到大洋彼岸，准备跟儿子一起生活一段日子。他以前给过伍大洲很多的东西，而给得最为吝啬的，就是陪伴。

他告诉了儿子梅一朵的新号码，伍大洲立即打了越洋电话，还互相发了微信，看到了彼此近来的样子。伍大洲长高了，当年因为化疗坏掉的眼睛装了假眼，还是瘦瘦的脸，气质和气色却都很好。伍大洲在微信里表扬梅一朵：老师不老。

梅一朵也没请到刘卅，刘卅在金章跳楼的第二天，就被他的亲生父母接到了另一个城市。

当梅一朵在滨江诗意居的房子里拨动月琴，那没有噪音干扰的回声，瞬间就将她送到了初恋失败的那个黄昏，那时候，她还是少女，一切的孽债，她还不曾知晓。

这样又到了秋分节气，陶三河领着新晋了市曲协秘书长的大总，回到了凤码头。

他皱缩着他的老鼻子，在凤码头废墟里嗅了半天，抓了一撮既带着六十年前粪码头的粪香，又带着十五年前凤码头的油盐辣酱香的老灰尘，用白手帕包紧了，塞到了月琴的共鸣箱里。

然后他与旁边滨江诗意居里走出来的，红裙飘飘的女儿梅一朵会合，一起奔向机场，他们要在北京转机飞到巴黎去唱弹词，按照前日饯行宴上的说法是：唱向国际。

在载着国家级非物质文化遗产、汪氏弹词正宗衣钵传人梅一朵的飞机飞出祖国边界的时候，刘冬明副秘书长被双规了。

他的交代材料的卷首语，不是对拆迁违纪的忏悔，而是这样一句话：非红颜祸水，非儒生祸水，是爱情祸水。

情债已了，他心里顿时轻松，交代材料写得飞快，但写到最后，他又觉得笔头越写越重，情债是了了，却因此对至亲，对社会，对人世，又欠下了更加深重的债。

他回过头去，将卷首语改成这样一句：

人的三生三世，就是一个不断欠债还债的过程，只欠不还炼狱为鬼，只还不欠天堂为神，而我，只想做人。

附：刘冬明画作

纸本设色　中国画　“萧郎江岸箫声泣”　刘冬明作

纸本设色　中国画　“寒山疏雨图”　辛巳刘冬明作

纸本水墨　中国画　“中秋无月雨雾笼”　乙酉刘冬明作

纸本水墨　中国画　“孤坐寒山瘦水”　甲申刘冬明作

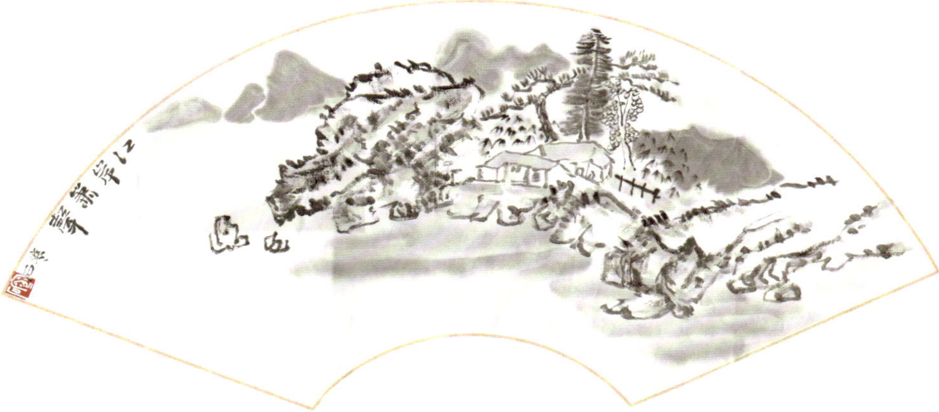

纸本扇面　中国画　“江岸箫声”　刘冬明作

纸本水墨　中国画　“细风吹雨弄轻阴”　庚辰刘冬明作

纸本设色　人物小品　“故人重分携”　癸未刘冬明作

纸本水墨　中国画　“三径萦回草树蒙”　刘冬明作

纸本设色　中国画　“摹元人画意清板桥诗”　庚辰刘冬明作